陳廣宏　侯榮川　編校

明人詩話要籍彙編

詩話卷　叁

復旦大學出版社

本册總目

蓉塘詩話二十卷（卷之十至卷之二十）……（八八一）
逸老堂詩話二卷……（一〇六一）
過庭詩話二卷……（一一〇五）
揮麈詩話一卷……（一一四三）
小草齋詩話五卷……（一一六三）
藕居士詩話二卷……（一二八三）
恬致堂詩話四卷……（一三二三）

姜南◇撰

蓉塘詩話

二十卷（卷之十至卷之二十）

侯榮川◎點校

蓉塘詩話卷之十

仁和姜南明叔著

剔齒閒思録

老態

元吴興趙文敏公孟頫《老態》詩云：「老態年來日日添，黑花飛眼雪生髯。扶衰每藉過頭杖，食肉先尋剔齒籤。右臂拘攣巾不裹，中腸慘慽淚常淹。移床獨就南榮坐，畏冷思親愛日檐。」篳冠徐延之云：「非身處老境，真知酌見者不能諳此，悲夫！」吁！能知老態而能至此境者，幾何人哉！

子房孔明

古今論者皆謂張留侯、諸葛武侯有儒者氣象，先後相伯仲也。然武侯有云：「治世以大德，不以小惠。」又云：「宫中府中俱爲一體，陟罰臧否，不宜異同。」此數語，留侯不能道之也。則武侯乃伊、吕一等人物，謂爲三代遺才者，信夫！

唐僖宗幸蜀詩

唐黄巢亂，僖宗幸蜀。羅昭諫有詩云：「馬嵬山色翠依依，又見鑾輿幸蜀歸。泉下阿蠻應有語，這迴休更怨楊妃。」雖有風人諷刺之意，而忠厚不足也。

蓴菜櫻桃

予暇日過訪洪子美，留飲，出蓴羹、櫻桃侑酒，曰：「此祖母舅氏蕭山魏公家所贈也，使猶在門。」蓋子美祖母襄惠公之夫人，則魏文靖公之孫女也。因憶文靖公致仕家居時，鄴丘劉菊莊士亨以詩寄之以寓情，其一云：「當代推公獨擅場，李唐詩句漢文章。湘湖春晚多風味，蓴菜櫻桃次第嘗。」則此二物爲蕭山之佳品，魏氏之世(亨)［享］者，可羡可羨。

武弁名言

儒紳之鄙武弁，自古皆然。目桓宣武爲兵，目狄武襄爲黥卒，其他或目爲老兵，或目爲老衙官者，往往有之。然其間人品之超邁，才略之英武，識見之遠大，而縉紳多有不及者，不能概舉也。晚生後學於前輩中，固當考其人品，觀其議論，雖武弁亦不可輕忽之也。姑以一事言之。

宋韓忠獻公、宋景文公同召試中選，王德用帶平章事，例當謝。二公有空疏之謙言，德用曰：「亦曾見程文，誠空疏，少年更宜廣問學。」二公大不堪。景文至曰：「吾屬見一老衙官，是納侮也。」後二公俱成大名。德用已薨，忠獻謂景文曰：「王公雖武人，尚有前輩激勵成就後學之意，不可忘也。」吁！王公之誨，真名言也，豈可以武夫而少之？韓、宋二公，晚年始有服善之心，豈非學力之到歟！

晚晴

諺云：「晚晴千日。」今世俗久雨見晚晴輒喜。然唐李義山詩有云：「天意憐幽草，人間重晚晴。」則晚晴之言，其來久矣。

正人知

士君子立身行己，當求無愧於心，不必求同於俗也。孔子曰：「不如鄉人之善者好之，其不善者惡之。」如此可矣。嘗愛司空表聖一聯云：「窮辱未甘英氣阻，乖疏還有正人知。」此表聖所以能全大節於暮年也。

金陵懷古

趙文敏公子昂《金陵懷古》詩云：「銅雀春深漢苑空，邯鄲月冷照秦宫。烟花樓閣西風裹，錦繡湖山落照中。河水南來非禹迹，冀方北去有唐風。溪城秋色催遲暮，愁對黄雲没斷鴻。」黄文獻公晉卿《金陵懷古》云：「五雲零落渺天涯，陳迹蒼茫日自斜。畫角已吹邊塞曲，紅藍新長内園花。可憐遺老埋黄壤，曾倚春風望翠華。好在北山猿與鶴，依然同住舊烟霞。」二詩在元儒中皆絶唱，其意則黄公爲優也，具眼者自能辯耳。

元世祖

今帝王廟，胡元世祖亦得與祀，蓋以國家統序所承也。按世祖之立國，貶孔子爲中賢，第儒流於倡後。國有大事，華人仕於其朝者，雖大臣不得與聞，臺省正官，非其族類則不任，其賤士似秦始皇。尊事沙門，其名爲帝師者，正衙朝會，百官班列而帝師專席於座隅，與其君同受群臣朝賀，帝后、妃、主皆受其戒。所以敬禮之者，無所不至，其奉佛如梁武帝。蒙古之制，凡攻城不降，矢石一發，得則屠之，其殘忍如曹操。命西僧楊璉真珈伐故宋諸陵，其貪暴如項羽。征日本，則十萬之師棄於海島，憤其敗衄，復欲征之，其窮兵不仁如隋煬帝。用奸臣阿合馬、盧世榮、桑哥輩，頭會箕斂以取於民，遣使括雲南金，遣使往馬八國求奇寶，責安南陳氏以金人代身，其黷貨如漢桓、靈。然則史謂其信用儒術，愛養黎元，皆溢美也。夷之以晉、隋、南北、五代之君可也，而與漢、唐、宋開基之主列於二帝、三王之次，同享萬世之祀，竊有憾焉。

詩有所感

唐王昌齡詩云：「奸雄乃得志，遂使群心摇。赤風蕩中原，烈火無遺巢。一人計不用，萬里空蕭條。」昌齡此詩，有所感激而云。使明皇用張曲江之言，則禄山之亂何自而生？使德宗行陸宣公之策，則朱泚之禍何由而起？忠言逆耳，擯棄長策，不四十年而大盗竊發者再，覆没兩京，天下騷然，雖仗忠臣義士之力旋能收復，而唐終於不振也。予讀昌齡之詩，重有感焉。

量銘

古人器物皆有銘識。如湯之盤銘，文王之几席、觴豆、刀劍、户牖諸銘，正考父鼎銘及《博古》、《考古》二圖，可見古器物皆有銘識。漢儒集《考工記》以補《周禮·冬官》之闕，凡攻木之工七，攻金之工六，攻皮之工五，設色之工五，刮磨之工五，搏埴之工二，具載職司器制。然雖非《周禮》之體，蓋亦古人之遺書也。且如「栗氏爲量」，其銘曰：「時文思索，允臻其極。嘉量既成，以觀四國。永啓厥後，兹器維則。」夫鍾磬、弓劍諸器，皆不有銘，而獨量有銘，蓋遺之也。此書器度不苟，綜理周密，秦漢家所不能及。而匠人營國之制，亦秦漢所不用，則知爲周之遺制無疑也。

劉禪孫皓

劉禪之庸愚，孫皓之淫虐，其致亡國，皆無足惜者。然使孔明不死，陸抗猶在，則邦未必遽喪也。蓋禪近篤實，皓亦聰明。《漢晉春秋》云：「司馬文王與禪宴，爲之奏故蜀技，旁人皆爲之感愴，而禪喜笑自若。王謂賈充曰：『人之無情，乃可至於是乎？雖使諸葛亮在，不能輔之久全，而况姜維邪〔一〕？』充曰：『不如是，殿下何由并之？』他日，王問禪曰：『頗思蜀否？』禪曰：『此間樂，不思蜀。』郤正聞之，求見禪，曰：『若王後問，宜泣而答，曰：「先人墳墓，遠在隴蜀，乃心西悲，無日不思。」因閉其目。』會王復問，對如前。王曰：『何乃似郤正語邪？』禪驚視，曰：『誠如尊命。』左右皆笑。」又《三十國春秋》云：「吴王孫皓爲晉所滅，以爲歸命侯。晉武帝與侍中王濟奕棋，皓在側。濟問皓曰：『聞君在吴，剥人面，刖人足，豈有之乎？』皓曰：『見失禮於君者，則剥刖之。』時濟伸脚局下，皓以此譏之。濟矍然收脚。」由此觀之，使西陵得人如遜、

〔一〕「况」，原本漫漶不清，據張國鎮本補。

抗、姜維，量力以舉事，以晉武之德，未必能一鼎足之勢也。

蒙貴

《酉陽雜俎》云：「猫目睛，旦暮圓，及午，竪斂如綖。其鼻端常冷，唯夏至一日暖。俗言：『猫洗面過耳，則客至。』」一名『蒙貴』，一名『烏圓』。」故古今詩人詠猫者，多用「蒙貴」字。按《爾雅》：「蒙頌，即蒙貴，似猱，紫黑色，可畜，捕鼠甚於猫。」又《一統志·安南國》「土産」内載：「蒙貴，狀如猱而小，紫黑色，畜之捕鼠甚於猫。」觀二書所載，則「蒙貴」自「蒙貴」，非猫也。《雜俎》誤矣。

百舌

《本草》陳藏器云：「百舌鳥，主蟲咬，炙食之，亦主小兒久不語。又取其巢及糞，塗蟲咬處。今之鶯，一名反舌也。」按《禮記·月令》：「仲夏之月，反舌無聲。」《注疏》謂：「反舌，百舌鳥。」《易通卦驗》云：「能反覆其舌，隨百鳥之音。」又《詩注疏》云：「黄鳥，鸝鶹也。」或謂黄栗留，幽州謂之黄鶯。一名倉庚，一名商庚，一名鵹黄，一名楚雀，齊人謂之摶黍。當椹熟時，來在桑樹，皆應節趨時之鳥。或謂之黄袍。今百舌鳥，玄身，黄嘴，爪大如鴿，交春始鳴，學盡百鳥之音，至夏五月則寂然矣。鶯則身黄，翅尖，黑嘴爪紅，暮春始鳴。《本草》謂百舌即鶯，誤矣。

東坡不殺生

蘇東坡云：「余少不喜殺生，時未斷也。近年始能不殺猪羊，然性嗜蟹蛤，故不免殺。去年得罪下獄，始意不免，既而得脱，遂自此不復殺一物。有見餉蟹蛤者，放之江中，雖無活理，然猶庶幾萬一。便使不活，亦愈於煎烹也。非有所求覬，但已親經患難，不異雞鴨之在庖厨，不復以口腹之故，使有生之類受無量怖苦爾。猶恨未能忘味，食自死物也。」又曰：「今日從者買一鯉，長尺有咫，雖困，尚能微動。乃置水瓮中，須其死食，生即放之。」觀此言，雖東坡平生好佛而有此言，亦士君子惻隱之心所當然也。東坡在《獄中寄子由》詩有「魂飛湯火命如雞」之句，非身在險難而與死爲鄰者，不能形容如此之親切也。

日記

本朝巡撫江南大臣，惟周文襄公忱最有名，蓋公才識固優於人，其勤慎專心於公事，亦非人所能及者。聞公在任時，置一曆簿，自記日行事，纖悉不遺。每日陰、晴、風、雨，亦必詳記。如云「某日，午前晴，午後陰；某日晴，某日陰，某日雨；某日晝晴夜雨，某日晝雨夜晴；某日午前雨，午後晴」，某日東風，或南風、西風、北風」，無不詳記。人初不知其故。一日，某縣民告糧船江行失風。公詰其失船爲某日午前，午後？東風，西風？其人不能知而妄對。公一一語其日時風候，其人驚服，詐遂不得行。於是知公之風雨必記，蓋亦公事，非漫書也。按(汝)［濟］南《師友談記》：「蔣穎叔之爲江淮發運也，其才智有餘，人莫能欺，漕運絡繹。蔣，吴人，暗知風水。嘗於所居署前，立一旗，曰『占風旗』。使人日候之，置籍焉。令諸漕綱日程亦各記風之便逆。蓋雷、雨、霜、雹、霧、露等，或有不均，風則天下皆一。每有運至，取其日程曆以合之，責其稽緩者，綱吏畏服。」觀此，則古人亦嘗爲之矣。

黄河套

陝西延安綏德之境，有黄河一曲，俗名「河套」，其地約廣七八百里。北虜時竊入其中，居久之乃去。葉文莊公盛爲禮侍時，嘗因言者欲築立城堡，耕守其地，奉命往勘。大意謂「其地沙深水少，難以駐牧。春遲霜早，不可耕種」。其議遂寢。然聞之，昔張仁愿築三受降城，正在此地。前時，胡虜巢穴其中，春深纔去。近時關中大饑，流民入其中求活者甚衆，逾年纔復業。則是非不可駐牧耕種也。今聞虜居其中，皆長子孫，邊將不復逐去之。縱不能爲患，然侵盗之事，不能保其必無也。議備邊者，宜有以預防之。

傲骨

戴氏《鼠璞》云：「唐人言李白不能屈身，以腰間有傲骨。予觀世俗如脂如韋之人，亦本氣質之自然。《詩》曰『籧篨不鮮』，又曰『得此戚施』，又曰『無然夸毗』。『籧篨』，口柔也，不能俯；『戚施』，面柔也，不能仰；『夸毗』，體柔也，卑屈以柔順人。天苟賦以此質，望其剛毅自立，可乎？」

孫鲂誥詞

宋孫鲂，本畫工之子，頗多避就。王澈爲中書舍人，草鲂誥詞，云：「李陵橋上，不吟取次之詩；顧凱筆頭，豈畫尋常之物。」鲂終身恨之。以予觀之，或者戲爲此語以譏鲂耳，非誥詞也。信有之，豈王言之體哉？

八司馬

《雲麓漫抄》云：「唐八司馬，皆天下奇才，豈皆見識卑下而附於叔文邪？蓋叔文雖小人，欲誅宦官，强王室，時計出下下，反爲所勝被禍耳。善良皆不免，當時有所拘忌，不得不深誅而力詆之。後人修書，尚循其説，似終不與爲善者，非《春秋》之意也。雖范文正公嘗略及之，八司馬庶乎氣稍申矣。」

詠猫

陸放翁務觀《贈猫》一詩云：「裹鹽迎得小狸奴，盡護山房萬卷書。慚愧家貧策勳薄，寒無氈坐食無魚。」劉後村潛夫《詰猫》一詩云：「古人養客乏車魚，今汝何功客不如。飯有溪魚眠有毯，忍教鼠齧案頭書。」劉詩不惟反陸之意，蓋有諷乎在位者〔一〕。國朝天順間，菊莊劉先生士亨亦有《詠猫》絶句云：「口角風來薄荷香，緑陰庭院醉斜陽。向人只作狰獰勢，不管黄昏鼠輩忙。」亦潛夫意也。菊莊又嘗題詩於南屏净慈寺壁，有云：「虎熟不驚團社客，鷗閒嘗送過湖僧。」時按察使泰和曾蒙簡見之，笑謂寮宷曰：「是乃譏我輩也。」

護法論

《唾玉集》：「張商英，字天覺，號無盡居士。嘗見梵册整齊，嘆吾儒之不若，夜執筆。妻向

〔一〕「位」，原本作「乎」，據張國鎮本改。

氏問：『何作？』曰：『欲作《無佛論》。』向曰：『既曰無，又何論？』公駭其言而止。後閲藏經，悚然有悟，乃作《護法論》。」夫商英初附王安石，後復叛之，其性傾仄無常，於此亦可見矣。彼有定見之君子，果如是乎？

術姬妒寵

《典論》云：「司隸馮方女，有國色，避亂揚州。袁術登城見而悦之，遂取焉，甚寵之。諸婦教之：『將軍貴人，重其志節，宜數涕泣以示憂愁也。若如此，加重。』馮氏後每見術，垂泣。術果以爲有心，益寵之。諸婦乃共絞殺，縣之於厠，言其哀怨自殺。術以其不得志而死，厚加殯殮。」吁！術志趣如此，則必不能延攬英雄，同奬王室，而建桓、文之功；其不明又如此，則必不能舉直錯枉，隨機應變，相時而行，以平僭亂，以安天下。其不能保終臣節，困餓而死，宜哉！

慕勢

《典略》：「漢中官常侍唐衡，欲以女妻汝南傅公明，公明不娶。轉以女妻荀彧。彧父緄慕衡勢，誡彧娶之，爲論者所譏。」按史謂緄爲荀氏才子，而與「八龍」之列，彧亦舉孝廉，人稱其爲王佐才。而父子羨慕紛華，甘心權勢，身名不之惜也，豈愛其至輕而忘其至重乎？縱不畏於聖賢，獨不愧於傅公明乎？然則匪龍也，鱔也；匪王佐也，庸奴也。其甘心於操，固也。一時之譽幸致也，終身之玷難磨也，是以君子慎之。

作邑之難

今之作邑者，多進士、舉人初筮仕者也。上而監司府州之責成，下而鄉社百姓之爭訟，急而征歛以供軍國之需，近而嚴慎以防吏胥之弊，能否出陟，皆繫於此。苟非廉以處己，公以服衆，明以折獄，慎以御下，勤以涖事，則未有能稱者也。宋林德崇父嘗爲劇縣，有聲。其與監司啓有云：「鳴琴堂上，將貽不治事之譏；投巫水中，必得擅殺人之罪。」時以爲名言。劉潛夫宰建陽，亦有一聯云：「每嗟民力，至叔世而張弓；欲竭吏能，恐聖門之鳴鼓。」語意尤勝。信乎，治邑之難也！

衛夫人書法

《古今法帖》：晉尚書郎李充母，以己姓衛，自稱李衛，善書。有書云：「衛有一弟子王逸少，甚能學衛真書，咄咄逼人。」然則右軍書法自衛而授耳。

評花

宋錢康功言：「予嘗評花品，以梅有林下之風，杏有閨房之態，桃如倚門市娼，李如東鄰貧女。」以予論之，則不然。《詩》不云乎：「何彼穠矣，花如桃李。」蓋以興王姬公子也，何負於杏而鄙賤之若此耶？康功之評，如游女摘花，惟競其色也。

蔡謨戲王導

晉王導妻曹氏，性妒。導憚之，乃密置衆妾於別館以處之。曹氏知之，將往。導恐被妻辱，遽命駕，猶恐遲，以所執（塵）［麈］尾柄驅牛而進。司徒蔡謨聞之，戲導曰：「朝議欲加公九錫。」導謙退而已，謨曰：「不聞餘物，惟有短轅犢車、長柄（塵）［麈］尾。」導大怒，曰：「往與群賢游洛中，何嘗聞有蔡克兒也？」克，謨父名。吁！謨，謔之虐者也；導，不可譏者也〔二〕。公卿位高望重，其宜此乎？其不宜此乎？君子思同寅協恭之義，懼小隙而成大釁，亦謹於戲而已。

〔二〕「譏」，原本作「磯」，據張國鎮本改。

詠明妃

籜冠徐延之云：「宋劉屏山先生《詠明妃》絶句云：『羞貌丹青鬥麗顔，爲君一笑定天山。西京得有麒麟閣，畫在功臣衛霍間。』詩載《負暄雜録》。予以爲均之詠史也，而議論宏遠，含蓄無限，較之胡曾所謂『何事將軍封萬户，却教紅粉去和戎』相去萬萬矣。」以予言之，漢之和戎，儘爲失策，屏山之詩意新而巧，而曾所責，不爲無謂也。

羅隱手植海棠

吾杭附郭錢塘縣，舊有吴越時羅江東隱手植海棠一本。王黄州元之嘗題詩云：「江東遺迹在錢塘，手植庭花滿縣香。若使當年居顯位，海棠今日是甘棠。」觀此則杭州海棠亦香矣，不特昌州然也。但恐詩人重稱過實，徒誇其韻，不能慰彭淵材之恨耳。

世濟廉介

李謨，字居定，台之黄巖人。中正統辛酉鄉試，爲蘇州府學訓導。廉介異於流俗。其弟子贄見之禮，一皆不受，而於束脩，止納其富者，若貧者，反與之錢米，以勉其學。有弟子莫鉉者，以不受其贄，取古人畫《時苗圖》，求楊尚書仲舉題詠其上以贈之。謨曰：「苟如此，使我爲市名矣。」但録楊公之詩而還其畫。秩滿即出外舍而居。其父茂弘，永樂乙未進士，任考功員外郎，廉慎安詳，一塵不緇。僚友咸推重之，年未六十，力乞致仕。一室蕭然，晏如也。優游十載而卒。載《紀善録》。若居定者，可謂世濟廉介者矣。

温公詞

世傳司馬温公有席上所賦《西江月》詞云：「寳髻鬆鬆綰就，鉛華淡淡妝成。紅烟紫霧罩輕盈，飛絮遊絲無定。　相見争如不見，有情還似無情。笙歌散後酒微醒，深院月明人静。」楊元素學士跋云：「温公剛風勁節，聳動朝野，宜其金心鐵意，不善吐軟媚語。近得其席上所製小詞雅，亦風情不薄。」由今觀之，決非温公作。此宣和間，恥温公獨爲君子，作此托爲其詞，以誣善良，不待識者而後能辯也。

獸有人心

獺祭魚而後食魚，豺祭獸而後食獸，以至虎狼之父子，蜂蟻之君臣，雎鳩之有别，其性則然也。傳記所載禽獸之事，往往有之。蜀鄧艾征涪陵，見猿母抱子，射中之，子爲拔箭取木葉塞創。艾嘆曰：「吾違物性，其將死矣。」投弩水中。又范蜀公言：「吉州有捕猿者，殺其母，之皮并其子賣之。龍泉葉氏示以母皮，抱之跳躑號呼而斃。」又周公謹言：「武平素産金絲猿。大者難馴，小者則其母抱持不少寘。法當先以藥矢斃其母，母既中矢，度不能自免，則以乳汁遍灑林葉間，以飲其子，然後隨地而死。乃取其母皮痛鞭之，其子極悲鳴而下，束手就獲〔一〕。蓋每夕必寢其皮而後安，不則不可育也。」觀此，則人之不孝於親者，猿之不如也。又《幕府燕（聞）〔閒〕録》云：「唐昭宗播遷，隨駕伎藝人，止有弄猴者。猴頗馴，能隨班起居，昭宗賜以緋袍，號『孫供奉』。故羅隱《下第》詩云：『何如學取孫供奉，一笑君王便著緋〔二〕。』朱梁篡位，取此猴，令殿下起居。猴望殿陛，見全忠，徑趨其所，跳躍奮擊，遂令殺之。唐臣愧此猴多矣。」觀此，則人之不忠於君者，猴之不如也。

〔一〕「手」，原本作「乎」，據張國鎮本改。
〔二〕「著」，原本作「暑」，據張國鎮本改。

醉經堂餔糟編　蓉塘詩話卷之十一

仁和姜南明叔著

論魯齋静修

草木子曰：「許魯齋，北方之學者未能或之先也，劉静修次之。」以予言之則不然，律之以聖賢出處之道，《春秋》經世之法，則魯齋不逮静修遠矣。

講老子

蘇欒城爲其子籀講《老子》數篇，曰：「高於《孟子》二三等矣。」以是見蘇氏父子之學，出於縱横、釋、老，雜吾儒異端，莫適所從矣。

莊荀揚子之文

陳後山云：「莊、荀皆文士而有學者，其《説劍》、《成相》篇與屈騷何異？揚子雲之文，好奇而卒不能奇也，故思苦而詞艱。善爲文者，因事以出奇。江河之行，順下而已。至其觸山赴谷，風搏物激，然後盡天下之變。子雲唯好奇，故不能奇也。」愚以爲文章以理爲主，而輔之以氣。莊、荀之氣壯，故志節著而文愈奇；揚雄之氣弱，故志節靡而文愈澀。《孟子》曰：「其爲氣也配義與道。無是，餒也。」若雄，其餒者乎？

胡端敏公論仁明武

胡端敏公世寧，嘉靖甲申以吏部右侍郎服闋被召，時群臣諫上，追崇者伏闕下，號慟聲徹内庭。上怒責以榎楚，降謫有差。公乃上疏略云：「臣昔效宋司馬光，言人君大德有三：曰仁，曰明，曰武。蓋是三德以仁爲主，而明與武所以威之。譬諸天地，仁則其生成之德，明則其日月之照，皆不可一日無者；若武則雷霆，時可一震而已。若震之數或震之過，則天下之物何所容，而天威亦反褻矣。故説者謂是三者，仁或可過，而明過則察，武過則殘，決不可也。臣願陛下，自今中外群臣有罪，下之司寇，責問罪狀，明白輕重，誅黜皆依律決斷。奸不能惑，佞不能移，所謂武也。若乃廷辱之以箠楚，則恐其間或有心寔忠良而體素怯弱者，一時不堪，偶斃雷霆之下，遂傷日月之明，而大爲天地生成之累矣。臣知此事非出陛下本心，寔由群臣偏見激烈之過。然而傳播天下，書之史册，鞭朴行于殿陛，刑戮上于士夫，非所以昭聖德之美也。臣願陛下謹之於後而已。」又言：「新進英達，今雖議禮一言有合，而以後難保其事事之皆是；舊任老成，今雖執禮一事不合，而以前難謂其事事之皆非。聖明於是，唯以天地日月三無私心照臨於其上。其言是者從之，非者置之。其立心行事，公者用之，私者黜之。無分彼此新舊，而先有適莫於中，天下幸甚。」

管仲趙普

孔子稱管仲曰：「桓公九合諸侯，不以兵車，管仲之力也。如其仁，如其仁。」又曰：「管仲相桓公，霸諸侯，一匡天下，民到于今受其賜。微管仲，吾其被髮左衽矣。」夫仲既不能死子糾之難，及其事桓也，又奢而犯禮，夫子嘗以小器目之，而此則極口稱許之，何也？蓋仲雖未得爲仁人，而其澤及人，則有仁人之功矣。朱子曰：「趙韓王佐太祖區處天下，收許多藩鎮之權，立國家三百年之安，豈不是仁者之功？」夫普性深沉有岸谷，多忌刻，以吏道聞，寡學術，故渝金匱之盟，陷廷美于死，致多遜之貶，而朱子稱其有仁者之功，亦夫子許管之意也。蓋二人爲相，道雖未盡而功則有可取焉。

曾子老而學成

宋景文公曰："曾子年七十，文學始就，乃能著書。孔子曰：『參也魯。』蓋少時止以孝顯，未如晚節之該洽也。"余以爲曾子之學誠篤，故其功夫細密而卒能傳夫子之道，著書立言，與六經垂憲。今觀《大學》次第節目之詳，則知其學之有本有末，而得乎一貫之旨多矣。所謂該洽，乃其餘事也。

古文三等

陳後山曰："余以古文爲三等，周爲上，七國次之，漢爲下。周之文雅；七國之文壯偉，其失騁；漢之文華贍，其失緩。東漢而下無取焉。"蓋周之文，六經、孔、孟也；七國之文，諸子之文也；漢之文，文士之文也。道失而意，意失而辭，可以見諸子不如六經、孔、孟，文士不如諸子也。

不用宮嬪殉葬

憲宗皇帝受終日，英宗遺旨免用宮嬪殉葬，此最盛德事。故憲宗賓天，亦有命不用宮人殉葬，遵先訓也。自後孝宗、武宗升遐，皆不復用矣。蓋英宗以前，尚有殉葬宮人，此後始革也。

感事詩

張靖之先生《方洲集》中《感事》詩二首，蓋爲正統十四年胡虜犯塞，車駕親征，王師敗績於土木，英宗北狩而作也。憂時感慨，觸目激中，使當時將相觀此，亦有動於中否乎？其一云：「羽書昨夜報居庸，百萬雄師下九重。天子垂衣臨大漠，群臣端笏扈元戎。禁中已乏回天諫，閫外誰成闢地功。千古澶淵扶日轂，令人長憶寇萊公。」其二云：「寶馬朱輪接上游，時危誰解奉天憂〔一〕。鼎湖龍去英雄盡，劍閣雲深日月愁。玉輦已隨胡地草，青山依舊漢宮秋。元勳野死潼關破，誤國何人更首丘。」

燕臺懷古詩

蒙泉岳季方先生，名正，漷縣人。天順初，自翰林入閣，英廟深所眷注。後爲曹、石所嫉，謫黜補外，卒興化守。嘗有《燕臺懷古》一律云：「督亢陂荒蔓草生，廣陽宮廢故城平。秋風易水

〔一〕「天」，原本作「憂」，據張國鎮本改。

人何在，午夜盧溝月自明。召伯封疆經幾换，荆卿事業尚虚名。黄金不置高臺上，似怪年來士價輕。」結句深有慨於時也。

山莊四時樂

《山莊四時樂》四章，宋舒城李公麟之所作也。公麟字伯時，元祐間登第，爲泗州録事參軍。伯時好古博雅，長於詩，工草書圖畫，時以比顧、陸。多識奇字，自夏商以來鍾鼎尊彝，皆能考定世次，辨别款識，爲《考古圖》。黄山谷謂其風流不減古人。元符中歸老，肆志泉石，作龍眠山莊，自號「龍眠居士」。其《四時樂》一章云：「桃李花開春雨晴，聲聲布穀迎村鳴。家家場頭酹酒觥，爲告莊主東作興。黄犢先破東南村。」二章云：「火雲蔽日當空浮，田頭耨草汗欲流。緑竹人寂鳥聲休，暫來歇午乘清幽。山妻送餉扇遮頭。」三章云：「黄雲萬里秋有成，村村酒熟家家迎。封羊賽社人不醒，醉後鼓腹歌昇平。欣然同樂倉滿盈。」四章云：「寒風十月雪欲飛，居人木榻添紙幃。地爐活火酒頻煨，瓦杯不説羊羔肥。醉來曲肱歌聲微。」

詠遊絲

山陰朱克粹《詠遊絲》一律云：「紫陌遥看一縷微，籠烟曳日轉依依。不緣蛛網縈鈿合，肯逐鸞梭上錦機。香骨落花低趁蝶，暖隨柔絮欲沾衣。無由繫得東君駕，空向春風上下飛。」克粹名純，詠物之作，不減前人韻格也。

謝道韞詩

「峨峨東嶽高，秀極冲清天。巖中閒虛宇，寂寞幽以玄。非工復非匠，雲構發自然。器象爾何物，遂令我屢遷。逝將宅斯宇，可以盡天年。」此晉王凝之妻謝道韞之詩也。道韞，孌女，有才致，讀是詩者可見矣。

何恭敏不入鄉賢祠

餘杭何恭敏公鑄，宋紹興中拜御史中丞。先是，秦檜力主和議，大將岳飛有戰功，金人所深忌。檜惡其異己，欲除之，脅飛故將王貴上變，逮飛繫大理獄，先命公鞫之。公引飛至庭，詰其反狀。飛袒而示之背，背舊涅「盡忠報國」四大字，深入膚理。既而閱實，俱無驗。公察其冤，白之檜。檜不悦，曰：「此上意也。」公曰：「鑄豈區區爲一岳飛者？强敵未滅，無故戮一大將，失士卒心，非社稷之長計。」檜語塞，改命万俟卨。飛死獄中，子雲斬於市。檜銜公，時金遣蕭毅、邢具瞻來議事。檜言：「先帝梓宫未反，太后鑾輿尚遷朔方，非大臣不可祈請。」乃以公爲端明殿學士、簽書樞密院事，爲報謝使。公曰：「是行猶顔真卿使李希烈也。然君命不可辭。」既返命，檜諷万俟卨，使論公私岳飛爲不反，欲竄諸嶺表，高宗不從。公之行義如此，史謂其黨於秦檜而和議，誤之也。由此而不得從祀於郡之鄉賢祠，惜哉！

阿誰

《龐統傳》云：「向者之論，阿誰爲是？」又柳公權《小説》云：「李昭德爲内史，婁師德爲納言，相隨入朝。婁體肥行緩，李顧待不即至，乃發怒曰：『叵耐殺人田舍漢。』婁聞之，反徐笑曰：『師德不是田舍漢，更是阿誰？』」按「阿誰」二字，隋、唐間人多用之。

狀元

宋自太祖建隆元年至度宗咸淳十年，正科狀元共一百一十七人。其大拜者：吕文穆公蒙正、王文正公曾、李文定公迪、宋元憲公庠、何開府栗、梁文靖公克家、吴許公潛、留夢炎、文信公天祥九人。執政者：楊樞密礪、王嗣宗、蘇參政易簡、陳文惠公堯叟、張文學觀、蔡文忠公齊、王文忠公堯臣、馮文簡公京、許黄門將、陳樞密誠之、鄭樞密僑、衛文節公涇、曾參政從龍、鄭觀文自誠、陳參政文龍十五人。節度使二人：陳康肅公堯咨、王懿恪公拱辰。其有負大魁之名者，留夢炎也。

元蒙古、色目人、漢人、南人，兩榜十五科，共三十人。漢人、南人無任執政大臣者。其以德業顯者，張起巖、宋本、陳祖仁三人。其以忠節顯者，李黼、泰不花、李齊三人。

國朝自洪武四年至嘉靖十四年共五十二人。而入閣者胡文穆公廣、商文毅公輅、彭文憲公時、謝文正公遷、費鵝湖宏五人。而黄禮侍觀、曹文忠鼐二人皆死節。而爲尚書者，則禮書張文僖公昇、吴文定公寬、王吏書華〔二〕、禮書毛文簡公澄、南京吏書朱玉峰希周。

詩惜武侯

成都城南，舊有武侯祠。杜子美詩有云：「出師未捷身先死，長使英雄淚滿襟。」保寧廣元城北，有「籌筆驛」，昔武侯屯兵處。李商隱詩云：「他年錦（裹）〔里〕經祠廟，梁甫吟成恨有餘。」薛逢詩云：「出師表上留遺恨，猶自千年激壯夫。」羅隱詩云：「時來天地雖同力，運去英雄不自由。」吁！千載之下，能言之士皆痛惜漢運告終，武侯雖忠義照然，如青天白日，而天嗇其壽，使之不能盡用其才，以光復漢業。讀二三君子之詩，未嘗不流涕嘆息也。哀哉！

〔二〕「吏」，原本缺，據復旦本補。

嶺南詩

唐柳宗元貶柳州司馬，其《嶺南郊行》詩云：「瘴江南去入雲烟，望盡黄茅是海邊。山腹雨晴添象迹，潭心日暖長蛟涎。射工巧伺遊人影，颶母偏驚賈客船。從此憂來非一事，豈容華髮待流年。」李德裕貶崖州司户參軍，《嶺南道中》詩云：「嶺水争分路轉迷，桄榔椰葉暗蠻溪。愁衝毒霧逢蛇草，畏落沙蟲避燕泥。五月畬田收火米，三更津吏報朝雞。不堪腸斷思鄉處，紅槿花中越鳥啼。」宗元以誅宦官不克被罪，德裕以同列相擠致禍。觀其詩句，則一時風俗景象皆畏土也，而流離困苦何以堪之。二公之才之行，皆有可取，非純於小人者也，而卒貶死於炎荒之地，哀哉！若論德裕有功而無罪者也，而君相以私喜怒黜之，則唐之不競也，宜矣！

以貌取人

唐盧綸允言作樂府《天長地久詞》五首，其一云：「辭輦復當（態）[熊]，傾心奉上宫。君王若看貌，甘在衆妃中。」吁！此即士有所懷，而徒以文藝自衒于時而不見售者也，甘心流落，復何言哉！讀此辭，不覺扼腕而嘆息也。

杭蘇二州

杭州山川秀麗，風物繁華，自唐以來蓋已如此，不時南渡建都之後而始然也〔二〕。其次即蘇州，唐白樂天《憶江南》云：「江南憶，最憶是杭州。山寺月中尋桂子，郡亭枕上看潮頭。何日更重遊。」「江南憶，其次憶吴宫。吴酒一杯春竹葉，吴娃雙舞醉芙蓉。早晚復相逢。」吴宫即蘇州。蓋樂天自杭移刺蘇州，故有此二作也。

賈充庾純相譏

晉庾純以賈充奸佞，與任愷共舉充西鎮關中，充由是不平。充嘗宴朝士，而純後至。充謂曰：「君行，常居人前，今何以在後？」純曰：「且有小市井事不了，是以來後。」世言純之先嘗有五伯者，充之先有市魁者，充、純以此相譏焉。吁！並列王朝，親如伯仲，今乃忘同寅協恭和衷之義，懷互相譏議之心，長詆毁之風，成乖戾之俗。大臣不和如此，晉之亂也，有由然焉。

〔二〕「時」，疑爲「是」之誤。

壯士行

古樂府《壯士行》之作，出於燕荆軻所歌「風蕭蕭兮易水寒，壯士一去兮不復還」之辭〔一〕。古今詩人所作，多唐鮑溶一篇。其結句云：「山河不足重，重在遇知己。」吁！爲士者，苟遇知己之主，雖至殺身以報之，又何辭哉？

詠物

唐人詠禽鳥詩多矣，好者亦不多得。雍陶《雙鷺》一聯云：「立當青草人先見，行傍白蓮魚未知。」崔珏《鴛鴦》一聯云：「暫分烟島猶回首，只度寒塘亦共飛。」鄭谷《鷓鴣》一聯云：「雨昏青草湖邊過，花落黄陵廟裏啼。」三聯皆其得意句，若論其全篇，則陶不如珏，珏不如谷也。

漁父詩

張志和《漁父》詩云：「八月九月蘆花飛，南溪老人垂釣歸。秋山捲簾翠滴滴，野艇倚檻雲

〔一〕「還」，原本脱，據復旦本補。

依依。却把漁竿尋小洞，閒梳白髮對斜暉。翻嫌四皓曾多事，出爲儲皇定是非。」此真隱士口中語也，而爵禄榮利豈能干其中哉！李贊皇比之爲嚴子陵，誠可匹休而無愧者也。

文語相似

李太白《春日宴從弟於桃李園序》有「陽春詔我以烟景，大塊假我以文章」，出於晉葛稚川《自序》云「大塊禀我以尋常之短羽，造化假我以至駑之蹇足」，語句相似，同一機軸也。

的顱有二

漢昭烈之初奔劉表也，屯於樊城。左右欲因會取昭烈。昭烈覺，如厠，便出所乘馬走，墮襄陽城西檀溪水中，滿不得出。昭烈急謂「的顱」曰：「今日急，不可不努力。」的顱達昭烈意，一躍三丈得過。此載劉義慶《世説》。又晉庾亮所乘馬有「的顱」，殷浩以爲不利於主，勸亮賣之。亮曰：「曷有己之不安而移之於人？」浩慚而退，浩與亮之分量定於此矣。亮亦有仁人之度也，如浩者豈能經國也哉？其取敗於終身，廢棄有由然矣。當時使之敵桓温，豈不謬乎？是故史傳所載，有此兩「的顱」也。

李密竟進

晉李密有才能，常望内轉，而朝廷無後，乃遷漢中太守。自以失分懷怨，及賜餞東堂，詔賦詩，末章曰：「人亦有言，有因有緣。官無中人，不如歸田。明明在上，斯語豈然。」武帝忿之，免密官，卒於家。吁！使密始終不出，豈不爲忠孝之全人乎？因論亡國之臣，隱而不出，上也；既出矣，辭尊居卑，辭富居貧，次也；或圖功名，或貪富貴，自恃才能，求進不已，譖毁沓至，漸罹罪尤，身名俱廢，斯爲下矣。以李密之行，其始也不肯進，其終也不肯退而求進，卒之悻悻然，怒形於色，以言語觸帝，身名俱廢，不亦謬哉！

婦人不安貧賤

宋許梅屋先生棐《樵談》有云：「子厭父貧，兄攘弟富。妻妾以豐儉爲悲歡，奴僕視盛衰爲勤怠。吁！世道不在門外矣。」他未暇論，且以夫婦之倫言之。世之爲士者，多起於困窮拂鬱。方其未得志之時，居室不備風雨，衣食不充口體，而落魄無聊之甚。爲之妻者，如漢朱買臣之婦，則不能安其貧而求去；晉士歡之婦，不能安其貧而求改嫁。每讀史至此，未嘗不深嗟而嘆息也。夫世之爲女子者，賢明者十無一二。苟移，天矣。但欲其夫之富貴炫赫，而身得以豐其服飾、婢侍，以夸耀其妯娌親戚耳，豈能識其夫之才志之不凡，而安於貧賤以待其時哉！然世之書生，方其困窶之時，亦有其妻能爲之忍饑寒、安貧賤者，一旦得志富貴，則多置婢妾，縱欲自奉，略無顧惜其妻之意，甚者遂相棄背，不復采録其昔日安貧之善。此夫婦之道所以衰也。吁！宋弘之言，豈不可思也哉。

士之鳴躍

士之處世，非叩不可鳴，非激不可躍。如漢末諸葛孔明，人問其志，笑而不答。而其胸中所藴規模，乃王佐之器。彼非叩非激而輒自鳴躍者，求名者耳，其實不能有所爲也。故古之善取士者，求不鳴不躍者耳。晉既平吴，召錢塘褚陶補尚書郎。張華見之，謂陸機曰：「君兄弟龍躍雲津，顧彦先鳳鳴朝陽，謂東南之寶已盡，不意復見褚生。」機曰：「公但未睹不鳴不躍者耳。」華曰：「故知延門之德不孤，川嶽之寶不匱矣。」吁！天下之寶，當爲天下惜之，士不可以不自重也。

陸機

陸機、陸雲，皆文章之士也，而應變將略非其所長。時國中多難，顧榮等勸機還吴。機負其才望而志匡世難，不從，卒致兄弟誅戮，可謂志大而才不周者也，豈不謬哉！雖然，漢亡，諸葛瞻死節；及吴亡，而二陸甘心作降虜，其人品優劣見矣！

漢高用刑

項伯、丁公，皆脱高帝之急者也。若論亡楚之罪，以罰爲人臣者之不忠，則項伯當服上刑，而丁公次之。及天下既定，而帝乃封項伯，誅丁公，此用刑之失也。而胡致堂以其受封受誅有公私之異，此説吾無取焉。

漢門禁不嚴

高祖嘗病，惡見人，卧禁中，詔户者無入群臣。絳、灌等莫敢入。十餘日，樊噲乃排闥直入，大臣隨之。由是觀之，漢之門禁，不甚嚴也。設有意外之變，生於武夫悍將，亦可以排闥而入矣！若以《周禮》考之，内有宫正、閽人以掌其禁，制其出而入，有師氏以兵守王門，恐不如此之易入也。

雨詩

劉得仁《春暮對雨》詩有云：「氣蒙楊柳重，寒勒牡丹遲。」又梁文帝《對雨》詩有云：「漬花枝覺重，濕鳥羽飛遲。」得仁詩全出於文帝機軸也，然則律詩豈起於唐哉？

旅懷詩

「强插黄花三兩枝，還圖一醉浸愁眉。半床斜月醉醒後，惆悵多於未醉時。」此鄭都官谷《九日夜旅懷》之詩也。夫懷抱，恒也；醉醒，暫也。大丈夫懷抱耿耿，豈能終日成酣，以酒爲忘憂之資乎？當思古人憂勤惕厲之意，至老不怠。曹孟德之歌，亦戲耳！

唐詩有感

唐崔敏《重宴城東莊》絶句云：「一年又過一年春，百歲曾無百歲人。能向花中幾回醉，十千沽酒莫辭貧。」崔惠和云：「一月主人笑幾回，相逢相值且銜杯。眼前春色如流水，今日殘花昨日開。」又羅鄴《嘆流水》云：「人間虚謾惜花落，花落明年依舊開。却最堪悲是流水，便同人事更無迴。」數詩無論格調高卑，但道眼前情景，使人有不盡之感。

西湖

予杭西湖，山明水秀，霸王所都，琳宫梵宇，鍾磬相接，青松翠竹，樓臺晻映，輕舠(臣)[巨]舫，滿載笙歌，無寒暑晴雨風雪之間，誠天下靡麗之奇觀也。然近日以來，勝地漸入於勢家，叢林多毁於徭役。以元視宋，漸已荒凉；以今視元，又加傾頽，十不存三四矣。近見元末楊鐵崖先生廉夫《嬉春體》律詩五首，乃錢塘湖上作也。其繁華猶可想見，故録以見當時風景之麗也。其一云：「今朝立春好天氣，况是太平朝野時。走向南鄰覓酒伴，還從西墅買花枝。陶令久辭彭澤縣，山公只愛習家池。宜春帖子題贈爾，日日春遊日日宜。」其二云：「西子湖頭春色濃，望湖樓下水連空。柳條千樹僧眼碧，桃花一枝人面紅。天氣渾如曲江節，野客恰似杜陵翁。得錢沽酒勿復較，如此好懷誰與同。」其三云：「何處被春惱不徹，好春最好是湖邊。不須東家借騎馬，自可西津買蹋船。燕子繞林紅雨亂，鳧雛衝岸浪花圓。段家橋頭猩色酒，重典春衣沽十千。」其四云：「入山十里清凉國，三百樓臺迤邐開。岳王墳前吊東度，隱君寺裏話西來。接果黄猿呼一個，探花白鹿走千回。風流文采湖山主，髪白應須屬有才。」其五云：「長城小姬如可憐，紅絲新上琵琶絃。可人座上三珠樹，美酒沙頭雙玉船。小洞桃花落香雪，大堤楊柳埽晴烟。明朝紗帽青藜杖，更訪東林十八仙。」

人品有定分

申屠嘉以蹶張武夫爲相，能辱鄧通；張禹以經學儒者爲帝師，而諂奉董賢。留夢炎以狀元宰相降元；丁好禮以小吏致公卿死節。人品有定分，不繫於讀書也。小人冒儒者之名，患得患失，讀書適足以文其奸耳。

高帝封爵

盧綰以舊好封，酈疥以父食其死於齊封，而董公以首昌大義不封，紀信以死脱王於難不封，周苛、樅公城守死節不封，何也？由是觀之，漢之遺棄效忠宣力之臣，恐不止於三四也。

屈原之志

屈原與楚同姓，其愛君憂國之忠之死不變，千載之下，猶能使人讀其書、傷其志而敬其人也。而賈誼弔之則曰：「歷九州而相君，何必懷此故都？」而太史公因之以立論，此非原之志也。蘇穎濱之言，似得之矣。

更作可也。

孔子論

司馬遷《史記·孔子世家》，論高於蘇子由《古史》數等。子由作《古史》，於子長好處，不必更作可也。

栽松

「雖過老人宅，不解老人心。何事殘陽裏，栽松欲待陰。」此唐李端《觀鄰老栽松》之詩也。吁！漏盡鍾鳴，而貪慕營求，略不知止；殘燈曉月，衰柳斜陽，能幾何時？讀此詩者，其可感也夫！其可戒也夫！

薛奇童詩

唐薛奇童有《楚調》一首，云：「禁苑春風起，流鶯繞合歡。玉窗通日氣，珠箔卷春寒。楊葉垂陰砌，梨花入井闌。君王好長袖，新作舞衣寬。」此詩當在元、白之上，如此麗則，不謂之奇童而何？

贈天竺靈隱二寺主詩

權德輿有《贈天竺靈隱二寺主》絶句，云：「石路泉流兩寺分，尋常鍾磬隔山聞。山僧半在中峰住，共占清猿與白雲。」二寺在吾杭絶勝處。今山寺宛然，僧居如故，所欠者惟清猿耳。

人貴能忍

魏公子無忌能忍於執轡以事侯嬴，卒成破秦存趙之功；張子房能忍於取履以事圯上老人，卒申破秦滅項之志；張釋之能忍於結韈以事王生，卒能全身脱禍。是故士君子皆當有所容忍，以養其德器，不可輕試其情，使人覘知其淺深也。

枚皋司馬相如之文

漢枚皋爲文疾，受詔輒成，故所賦多；司馬相如善爲文而遲，故所作少，而善於皋。今二子之文俱存，概之以六經聖賢之旨，違戾特甚。史所謂「競爲侈麗閎衍之辭，没其風諭之義〔二〕。」

〔二〕　原本「之」下衍一「之」字，據復旦本删。

吁！此文士之靡者也，尚不能窺荀、董之門墻，豈能濫游、夏之科乎？君子無取焉。

表聯親切

李嶠《爲司禮武卿讓官表》一聯云：「西京置一十二列，首冠金吾；東漢有三十九人，多遷玉鉉。」韋元甫《謝加銀青光禄表》一聯云：「禽鳥飛動，不知天地之功；草木芬華，空滋雨露之澤。」又唐賦一聯云：「蓂出豈勞於問曆，山呼無待於卜年。」此等語真駢麗而且莊重賦語，惜忘其人。

韓文

韓文公之文，史稱其「表裏軻雄，佐佑六經」，而學者仰之如泰山北斗，而蘇東坡所謂「匹夫而爲百世師，一言而爲天下法」者也。而當時裴中立《寄李翺書》云：「昌黎韓愈，僕識之舊矣。中心愛之，不覺驚賞，然意之信美才也。近或諸儕類云恃其絶足，往往奔放，不以文立制，而以文爲戲。可矣！」夫文公之文，出入周、孔之道，而有功六經，而當時尚有此論，又何怪乎劉煦乎？故公論必得後世而始定也。

霍光金日磾

霍光，武夫也；金日磾，降虜也。而武帝擇於群臣之中，付以伊、周之托。二人者，皆非學問知道之士，未嘗博識二帝、三王輔佐大臣所行之事，徒以資質近厚，所行與古人或能相合，故不負所委，爲漢社稷之臣。然史之稱光者，不過曰：「小心謹慎，知時務之要。」其稱日磾者，則「篤敬寤主，忠信自著」。至於光之後竟以滅族，而日磾奕世載德者，何也？有由然焉。是故光之識見不逮日磾遠矣！何者？光妻欲貴其女，毒天下之母而弑之。光知之，不忍發其罪，是不知大義滅親也。而日磾愛子爲帝弄兒，見其與宫戲，則殺之以免後禍。光以女爲后，而日磾不肯奉帝命納女後宫。及武帝遺詔，封光爲「博陸侯」，日磾爲「秺侯」，光受之而日磾後，奸人得以飛語相責，此皆光之識見不及日磾處也。且日磾子賢而光子不肖，興廢之别，實分於此。讀史者不可不知。

泰謙

今人謂人謙抑者，曰「泰謙」。按《漢書·張安世傳》：「宣帝欲以張安世爲大將軍，安世聞指，懼不敢當。請間求見，免冠頓首曰：『老臣自量，不足以居大位，繼大將軍後。』上笑曰：『君言泰謙。君而不可，尚誰可者？』」「泰謙」二字見此。

題畫有感

元成廷珪《題宋徽宗畫梔子白頭翁》云：「梔子紅時人正愁，故宮衰草不勝秋。西風吹落青城月，啼得山禽也白頭。」又潘子素《題宋高宗劉妃圖》云：「秋風落盡故宮槐，江上芙蓉並蒂開。留得君王不歸去，鳳凰山下起樓臺。」此二詩深寓感慨悼恨之意，父之可哀，子之可罪也。

采薇圖

盧疏齋《題夷齊采薇圖》云：「服藥求長年，孰與孤竹子。一食西山薇，萬古猶不死。」此二字意新語健，得孔子之旨。疏齋名摯，字處道，涿郡人，元翰林學士承旨。

扣舷凭軾録　蓉塘詩話卷之十二

仁和姜南明叔著

勸學文

《勸學文》一篇，宋荆國王文公安石之作也。通篇皆以肥家潤身之利歆導學者，所謂「孝、弟、忠、信、禮、義、廉、恥」，養其良智良能者，略不相及也。善乎，李之彦之言曰：「自斯言一入于胸中，未得志之時，已萌貪饕。既得志之後，恣其掊克，惟以金多爲榮，不以行穢爲辱。屢玷白簡，恬然自如，雖有清議，寘之不恤。然司白簡、持清議者，又未必非若人也。毋怪乎玩視典憲爲具文，一切寘廉恥於掃地，氣習日勝，若根天真，惟知肥家庇族而已，亦不知其爲蠹國害民也，得非蔽錮於《勸學文》而然耶？是固不可不深責貪饕之徒，亦不可不歸咎於《勸學文》有以誤之也。」

論曹操

宋景文公曰：「曹操忌孔融、崔琰，殺之，操之宇爲弗裕矣。孫權引殺融爲比，而斥虞翻，誅張温，權之量又下矣。待賢少忌，唯劉備爲綽綽云。」又曰：「荀彧之於曹操，本許以天下。及議者欲加九錫，彧未之許。非不之許，欲出諸己耳。操不悟，遽殺之。然則天奪其爽以誅彧，寧不信乎？」此論深爲有見。然曹瞞尚不能容物，已見唐崔塗之詩。而荀彧之志，杜牧亦嘗道及之矣。

詩含怨刺

嘉興陳漢昭顥能詩，嘗題《枇杷山鳥圖》云：「盧橘垂黄雨滿枝，山禽飽啄已多時。那知歲晏空林裏，竹實蕭疏鳳亦飢。」此詩怨刺之意，見於不言之表。較之孟浩然「不才明主棄」及薛令之「苜蓿長闌干」之句，辭雖隱而意愈露矣。

題趙子昂畫馬

姑蘇沈石田啓南嘗有詩《題趙子昂畫馬》云：「隅目晶熒耳竹披，江南流落乘黄姿。千金千里無人識，笑看胡兒買去騎。」西涯李文正公亦有一絶云：「宋家龍種墮燕山，猶在秋風十二閑。千載畫圖非舊價，任他評品落人間。」二詩之意，皆惜子昂事元之非也。

宋仁宗明恕

宋仁宗時，程天球判大名府。有營兵背生肉，蜿蜒如龍。程囚其人于獄，具奏于朝。上覽奏，笑曰：「是人何罪哉！此聱耳。」即令釋之，而其兵輒已死。上頗疑之。一日對輔臣言：「大名府兵士，肉生于背，已是病也。又從而禁繫之，安得不死？」其後，天球在延州，累立功。上欲大用之，輒止。曰：「向來無故囚人，至今念之也。」夫以唐太宗之賢，猶殺李君羡，而周世宗見臣下有方面大耳者，皆去之，生於疑故也。仁宗於此，其過二君遠矣！謚之曰「仁」，宜哉！

按察司官不糾劾

永樂己丑，車駕將北征，遣都指揮吴玉徵兵湖廣。玉貪暴失期，上怒，謂湖廣按察司官不糾劾，皆謫楊青驛給役。

狄盗知正人

金人入洛，禁勿犯司馬光宅；張商英輩乃欲發其棺。虜盗謝達犯惠州，葺東坡白雪故居，致奠而去；而吕惠卿之徒乃欲置之鼎鑊。見聶吉甫《天恩集》〔二〕。吁！縉紳所存，不如夷狄盗賊，可嘆也夫。

慶樂園詞

張叔夏過錢塘西湖慶樂園，賦《高陽臺》詞，自序云：「慶樂園，韓平原之南園也。戊寅歲過之，有碑石在荆棘中，惟存古桂百餘，故末句亦有『猶今之視昔』之感。」「古木迷鴉，虚堂起燕。歡遊轉眼驚心。南圃東窗，酸風埽盡芳塵，鬢貂飛入平原草。最可憐，渾是秋陰。夜沉沉，不信歸魂，不到花深。　吹簫踏葉幽尋去，任船依斷石，袖裹寒雲。老桂懸香，珊瑚碎擊無聲，故園已是愁如許。撫殘碑，又却傷今，更關情。秋水人家，斜照西林。」余嘗讀此詞，不覺爲之增嘆再三。夫花石之盛，莫盛於唐之李贊皇，讀《平泉莊記》則見之矣。而宋之艮嶽，至南渡愈盛，而臨安園囿如此者，不可屈指數也，今誰在耶？余爲童子時，見所謂「慶樂園」者，其峰磴石洞，猶有存者，至正德間，盡爲有力者移去矣。杭城中假山〔三〕，稱江北陳家第一，許銀家第二。今陳

〔二〕「吉」，原本殘缺，據張國鎮本補。
〔三〕「杭」，原本作「杬」，據張國鎮本改。

家者，已鬻之而折去矣，止遺一坎。許氏者，自余結髮已來，不三十年，已七易主矣。吁！此奢僭之尤者也。君子貽厥孫謀，當訓之以勤儉，慎毋蹈此而取誚於後人焉。余因讀叔夏之詞，重有感也。於戲！

過宋陵詩

「陳橋驛畔勢倉皇，點檢歸來作帝王。玉斧不揮螳後雀，朱牌空寫火中羊。早知金狄無誠約，何必珠襦有謾藏。泥馬南來成底事，江邊白塔更淒凉。」此鄉先達存齋瞿先生宗吉《過宋陵》之作，無限傷悼不平之意，見乎其辭，斧鉞寓於吟詠之内也。

羅結

人以太公望年過八十始遇文王，佐成周業，而伐紂救民以安天下，爲古今太老，一人而已。嘗讀《北史》，魏以河内鎮將代人羅結爲侍中、外都大官，總三十六曹事。結時年一百七，精爽不衰。魏主以其忠慤，親任之，使兼長秋卿，監典後宫，出入卧内。年一百一十，乃聽歸老。朝廷每有大事，遣騎訪焉。又十年乃卒。結雖不敢比望，然其壽考，亦古今大臣之所罕有也。

僧可觀入院詩

宋乾道七年，丞相魏公杞出守姑蘇。請僧可觀主北禪院。入院之辰適值重九，指座云：「胸中一寸灰已冷，頭上千莖雪未消。老步只宜平地去，不知何事又登高。」魏公擊節不已。吁！使老而貪，得升高歷險而不知戒，其聞此詩也，亦有所悚動其中乎？

作粥救饑

元大德十一年，杭州大饑。官設粥仙林寺中，饑民殍死不爲衰止。何長者敬德以施民振乏爲事，乃請杭好善而有財智者五七人，即菩提寺作粥。夜鬻寘大甕中，明旦，饑民以至先後列堂廡下；或溢出門外道上，相向坐，虛其前以行。粥用兩人舁，一人執杓以注器中。食已，以次去。日鬻米七八石至十石，始六月，至八月，凡七十日，饑民無死者。石塘胡先生長孺云：「往歲湖州作糜食饑人，糜脱釜猶沸湧器中，人急得食，食已，輒仆死百步間。長者夜作粥，貯大甕中，蓋懲湖州事也，有意哉！」

東海翁自評

東海翁華亭張先生汝弼，禀識奇異，充之學問，老且不倦。爲文章典雅深厚，詩清健有風致，而草書之妙，論者至推爲一代冠冕。然世之所謂文人者，類近浮薄。先生惇尚行履，慨然以風節自將，雖論議間雜諧謔，而往往必以理勝。嘗自評其所能，曰：「人故以書名我，公論哉？吾自視，文爲最，詩次之，書又次之，其他則非予所敢知也。」然羅一峰先生倫以言事忤大臣去國，而先生慨慷作詩送之。及守南安，謝病歸，民相與立生祠嶺下，又數請縣移文候安否，則其爲政可知矣。

黄堂

黄堂即吴郡廳事，乃春申君子假君之殿也。後太守居之，以數失火，塗以雌黄，遂名「黄堂」。今天下郡治，皆名黄堂，昉此。或謂以黄歇之姓名堂，或謂二説皆非。古者太守所居黄堂，猶三公之黄閣也。《緗素雜記》：「天子曰黄闥，三公曰黄閤，給事舍人曰黄扉，太守曰黄堂。」見《姑蘇志》。

燕飲用女樂

唐宋文武官公私燕飲，皆用官妓奏樂侑酒。又歲時節序，皆許各擇勝地以相燕會，雖從官如魯宗道，亦飲於市肆。上知之，不責也。國朝洪武間，於南京建來賓、重譯、清江、石城、鶴鳴、醉仙、樂民、集賢、謳歌、鼓腹、輕烟、淡粉、梅妍、翠柳十四樓，以聚四方賓客，皆有官妓。嘗觀臨川揭孟同《宴南市樓》詩云：「帝城歌舞樂繁華，四海清平正一家。龍虎關河環錦繡，鳳凰樓閣麗烟花。金錢賜宴恩榮異，玉殿傳宣禮數加。冠蓋登臨皆善賦，歌詞只許仲宣誇。」「詔出金錢送酒壚，綺樓勝會集文儒。江頭魚藻新開宴，苑外鶯花又賜酺。趙女酒翻歌扇濕，燕姬香襲舞裙紆。繡筵莫道知音少，司馬能琴絶代無。」觀此，則知國初縉紳宴集與唐宋不異也，後始有禁耳。孟同名軏，洪武初以明經舉任清河知縣。

炎涼得失

東陽子俞子曰：「人之一身，已自有輕重。足履穢惡，則不甚介意；若手一沾污，浣濯無已。豈可怪世情之炎凉也哉？」舊有《題湯泉》者，最爲該理。如云：「比鄰三井在山岡，二井冰寒一井湯。造化無私猶冷暖，争教人世不炎凉。」又云：「人之得失，各自有時。初不知其所以然而然也。」有朋友於試罷之後聞望不著，遂欲舍書學劍，無所不至。龍舒王先生舉以一絶曰：「得則欣欣失則悲，桃紅李白各隨宜。雖然屬在東君手，問著東君也不知。」夫炎凉在人〔二〕，得失有命，君子修其在我者而已。炎凉得失，何預於心哉？二詩之意，蓋亦有激而然歟！

不用隸卒勾攝

宣德中，全椒章惠知温州之平陽縣，奉公愛民，理繁就簡，凡百公務，不差隸卒勾攝，止用粉版背繪刻隸卒甲乙爲次，傳遞勾攝〔三〕。題其版曰：「不貪不食，與民有益。人隨牌至，庶免譴責。」人咸信服，不敢稽違。由是案牘清簡，囹圄空虚。

題四皓奕棋圖

威寧伯王襄敏公越有《題四皓奕棋圖》一絶，云：「暴楚强秦一局收，不應末著又安劉。就中諸吕真勍敵，賴得旁觀有絳侯。」朱克粹一絶云：「一局殘棋尚未終，白頭何事到青宫。可應

〔二〕「夫」，原本作「失」，據張國鎮本改。
〔三〕「傳」，原本漫漶，據張國鎮刻本補。

千里冥飛翼，却墮劉侯智罔中。」二詩威寧之辭意俱勝也。

東軒鶴窗詞

臨川聶東軒先生大年作小詞二闋。其一云：「楊柳小蠻腰，慣逐東風舞。學得琵琶出教坊，不是商人婦。　忙整玉搔頭，春筍纖纖露。老却江南杜牧之，懶爲秋娘賦。」其二云：「粉淚濕鮫綃，只怨郎情薄。夢到巫山第幾峰，酒醒燈花落。　數日尚春寒，未把羅衣著。眉黛含顰爲阿誰，但悔從前錯。」予師鶴窗翁和之，《序》云：「臨川聶大年先生嘗作《卜算子》二闋，予自童子時誦之，至於今不忘。歲晏風雪，夜坐無憀，取而歌之，孤懷悄然，因和其韻云。」「歌得雪兒歌，舞得霓裳舞。料想前身跨鳳仙，合作蕭郎婦。　顏色雪中楳，淚點花梢露。雲雨巫山十二峰，未數高唐賦。」「花壓鬢雲低，風透衫羅薄。殘夢瞢騰下翠樓，不覺金釵落。　幾許別離愁，猶自思量著。欲寄蕭郎一紙書，又怕歸鴻錯。」二公之作，可謂鏗金戛玉矣。

中秋啓

宋趙祖穎奇、謝景思伋同在太學，值中秋，趣人作會啓云：「庾亮樓邊，漸睹掛檐之月；揚雄宅畔，蔑無載酒之人。方孤坐以無聊，欲就眠而未可。伏惟某人，輕財有朱家之度量，好客繼鄭莊之風流。酒滿尊中，屢極詼諧之飲；錢流地上，曾無鄙吝之心。東閤之宴欲開，南樓之興不淺。雖一石滅燭，在淳于髡豈敢望焉；而五斗解酲，如劉伯倫不無覬也。願戒青州之從事，亟濡東海之波臣。心若摇旌，側聽黄金之諾；言猶在耳，盍追長夜之歡。過此以還，未知所措。」祖穎之筆也。醞藉可愛，但恨太酸耳。

總兵官印文

國家以公、侯、伯、都督掛印充各處總兵官。印文，遼東曰「征虜前將軍」，宣府曰「鎮朔將軍」，大同曰「征西前將軍」，延綏曰「靖虜副將軍」，寧夏曰「征西將軍」，甘肅曰「平羌將軍」，雲南曰「征南將軍」，兩廣曰「征蠻將軍」，湖廣曰「平蠻將軍」，皆柳葉篆。漕運總兵無將軍名稱，其印曰「漕運之印」，疊篆文。若陝西止稱「鎮守官」，貴州、薊州等處，雖名「總兵」，俱無將軍印。

統幕

統幕之地，在北直隸隆慶州西南八十里。相傳遼主遊幸，嘗張大幕於此，因名「統幕」。俗訛爲「土幕」，又名「土墓」，又名「土木」，皆訛也。本朝正統十四年，王師敗績于土木，大駕北狩，即此地。元陳孚剛中詩：「千里茫茫草色青，亂塵飛逐馬(啼)[蹄]生。不知何代開軍府，猶有當年統幕名。」

朱静庵

海昌朱静庵，光澤教諭周濟之妻也。能詩，其《詠梅花燈籠》一絶，甚膾炙人口。其《詠虞姬》云：「力盡重瞳霸氣消，楚歌聲裏恨迢迢。真魂化作原頭草，不逐東風入漢郊。」才思不減李易安也。予年十五六時識之，今有集行于世。

學詩之法

學詩之法，先師孔子道之盡矣。後之學詩者，不過曰「取材漢魏，效法於唐」而已，所謂「性情」者，未之講也。嘗愛元伯長宣《答徐生問詩》一律，云：「少日題詩愧老成，中年漂泊讓才名。師襄去亂亡周雅，宋玉悲秋學楚聲。月樹謾同烏鵲怨，陽岡何得鳳凰鳴。歸求信有餘師在，千古歌聲繫性情。」「性情」二字拈出，於學詩者甚有益。

抱璞簡記　蓉塘詩話卷之十三

仁和姜南明叔著

容直

宋魯宗道爲正言，言事違忤。真宗稍忌之。宗道一日自訟於上，前曰：「臣在諫列，言事乃臣之職。陛下以數而忌之，豈非有納諫之虚名，俾臣負素餐之辱矣。臣切愧之，謹愿罷去。」上喜其忠慤，勉而遣之。他日，追念其言，御筆題殿壁，曰「魯直」。吁，真宗可謂盛德之主矣！直而容之，久而思之，非盛德而能若是乎？求之前代之君，其漢文帝之亞乎？

韓通瘞骨

五代韓通少應募，以勇力聞，累官侍衛親軍副都指揮使。周顯德二年，河北大兵之後，遺骸滿野。通悉令收瘞，爲萬人冢，命記室賈湘刻石紀其事，立於無極縣。觀此，則通之大節顯著者，固然也。彼王全斌、曹翰者，果能辦此乎？

仰字

今官府文移，以上臨下皆用「仰」字。按《北齊書·孝昭紀》：「詔定三恪禮儀體式，亦仰議之用。」「仰」字始此，增韻資也。

龍溪四六

宋諸公四六，以汪龍溪彦章爲出類者，《建炎即位詔》是其筆也。又見其《賀吕成公頤浩初大拜啓》有云：「方群臣憂杞國之天，靡遑朝夕；乃兩手取虞淵之日，重整乾坤。」語亦莊麗。

道兄官弟

予同年劉世光作教泰州，士子有從王陽明之學者，彼此以「道兄」相呼。而州人王貢分教嵊縣，其兄嘗名呼貢。貢謂其兄曰：「吾已有官，不可呼名，當以『官弟』稱之。」世光謂予「道兄」、「官弟」，豈非一切對。時有廣西上涷州同知濟南劉君紀在坐，亦言：「涷州土官知州趙元恩年幼，其母與太平陸監生相通。元恩常以『契父』稱之。而土人稱土官之妻爲『官娘』〔二〕。『契父』、『官娘』亦可作對。」皆新聞也，可哂可哂。

榴花詩

白樂天《榴花》詩有云：「山榴花似結紅巾，容艷新妍不占春。」其語蓋出於隋孔紹安《榴花》詩。紹安詩云：「只爲來時晚，開花不及春。」按：紹安大業末爲監察御史，時唐高祖爲隋討賊於河東，詔紹安監高祖之軍，深見接遇。及高祖受禪，紹安自洛陽間行來奔。高祖見之，甚悦，拜内史舍人。時夏侯端亦嘗爲御史，監高祖軍。先歸朝，官祕書監。紹安因侍宴，應詔詠石榴曰：「祇爲來時晚，開花不及春。」時人稱之。吁！工則工矣，其如立身之大節何？

花信風

「二十四番花信風」者，蓋自冬至後，三候爲小寒。十二月節氣，月建在丑，地之氣闢於丑，天之氣會於子，日月之運同在玄枵，而臨黄鍾之位，黄鍾爲萬物之祖。是故十一月天氣運於丑，

〔二〕「官」，原本作「宫」，據張國鎮本改。

地氣臨於子，陽律而施於上，古之人所以爲造曆之端。十二月天氣運於子，地氣臨於丑，陰吕而應於下，古之人所以爲候氣之端。是以有「二十四番花信風」之語也。五行始於木，四時始於春。木之發榮於春，必於水土。水土之交在於丑，隨地闢而肇見焉。昭矣，析而言之，一月二氣六候，自小寒至穀雨，凡四月八氣二十四候。每候五日，以一花之風信應之，世所略言曰：「始于梅花，終於楝花也。」詳而言之，小寒之一候梅花，二候山茶，三候水仙；大寒之一候瑞香，二候蘭花，三候山礬；立春一候迎春，二候櫻桃，三候望春；雨水一候菜花，二候杏花，三候李花；驚蟄一候桃花，二候棣棠，三候薔薇；春風一候海棠，二候梨花，三候木蘭；清明一候桐花，二候麥花，三候柳花；穀雨一候牡丹，二候荼蘼，三候楝花。楝花竟，則立夏矣。

耳邊風

諺云「耳邊風」。按：杜荀鶴《題兜率寺閑上人院》詩云：「百歲有涯頭上雪，萬般無染耳邊風。」用之亦不覺爲俗耳。

羽林行

唐王建作《羽林行》云：「長安惡少出名字，樓下劫商樓上醉。天明下直明光宫，散入五陵松柏中。百回殺人身合死，赦書尚有收城功。九衢一日消息定，鄉吏籍中重改姓。出來依舊屬羽林，立在殿前射飛禽。」觀此詩則李唐中葉，無復有法守矣。天子輦轂之下[一]，軍之驕、有司之慢如此，則藩鎮之不用命，宜哉！其不可國也，明矣！

詩能言旅(貺)[况]

崔塗《除夜月感》云：「迢遞三巴路，羈危萬里身。亂山殘雪夜，孤燭異鄉人。漸與骨肉遠，轉於奴僕親。那堪正飄泊，明日歲華新。」鄭谷《蜀城春望》云：「天涯憔悴身，一望一沾巾。在處有芳草，滿城無故人。懷才皆得路，失計獨傷春。青鏡不忍照，鬢毛應更新。」崔之後聯，鄭之前聯，二詩可謂委曲形容旅(貺)[况]中之滋味者，非富貴安逸不出户庭者口中所能道。

詩有規戒

唐劉德仁有《送友人下第歸覲》詩，云：「君此卜行日，高堂應夢歸。莫將和氏淚，滴著老萊衣。嶽雨連河細，田禽出麥飛。到家調膳後，吟好送斜暉。」此詩深有規戒之意，與泛然送行專

[一]「轂」，原本作「穀」，據張國鎮本改。

詠情景者遠矣。

寫詞述懷

扶風馬大夫作詞述懷，聲寄《滿庭芳》云：「雪點疏髯，霜侵衰鬢，去年猶勝今年。一迴老矣，堪嘆又堪憐。思昔青春美景，無非是，月下花前。誰知道，金章紫綬，多少事憂煎。侵晨騎馬出，風初暴横，雨又凄然。想山翁野叟，正爾高眠。更有紅塵赤日，也不到，松下林邊。如何好，吴淞江上，閒了釣漁船。」大夫名晉，字孟昭，嘗爲官，仕國初，東吴人也。

始終不異

成化七年九月二十日，南京吏部尚書致仕蕭山魏公驥卒，年九十有八。是歲八月二十八日，憲宗皇帝以公齒德俱卲，遣行人張和賫敕存問曰：「卿以醇篤之資，正大之學，歷事累朝，官登八座，歸安田里，壽届百齡，進退從容，體履康裕，緬惟風采，嘉嘆不忘。兹特遣行人賫敕存問，并賜羊酒，仍令所司月給食米三石，優贍終身。卿宜倍加調攝，益隆壽祉。佇聞讜論，用慰渴思，卿其體朕至懷。」及九月甲申，公覺神思少怠，不肯治藥物，但曰：「一息尚存，此志不容少懈。」即檢平日四方士大夫卷册索題識者，次第書之，俾還其人。復書遺命，屬其子完曰：「倘至瞑目，朝廷或有恩恤之典，宜辭之。」越四日戊子，賦詩寫字如常。己丑晨起，盥漱就枕，曰：「吾平生不作欺心事，一點靈光直上行。」及目將瞑，男女哭踊，復起坐，舉手加額曰：「無以報朝廷，無以報朝廷。」遂卒。卒之前一夕，有大星殞于里人王文政庭中，光燭閭巷。明年正月訃聞。上悼惜，遣官諭祭，爲營葬事。壬辰夏，完赴闕〔二〕，以公遺言懇辭營葬。上從之，復以蕭山知縣李鞏言，賜謚「文靖」。

鐵胎銀

今世之造假銀者，或以鐵，或以銅，或以鉛錫爲質，外裹以銀皮，不復辨其僞也。按《五代史》，慕容彦超爲泰寧節度使，好聚歛，在鎮嘗置庫質錢。有奸民爲僞銀以質者，主吏久之乃覺。彦超陰教主吏夜穴庫垣，盡徙其金帛於佗所，而以盜告。彦超即牓於市，使民自占所質以償之，民皆爭以所質物自言。已而，得質僞銀者，寘之深室，使教十餘人日夜爲之，皆鐵爲質而包以銀，號「鐵胎銀」。其被圍也，勉其城守者曰：「吾有銀數千鋌，悉當以賜汝。」軍士私相謂曰：「此鐵胎爾，復何用哉？」皆不爲之用。城破，夫妻投井死，周太祖滅其族。

〔二〕「闕」，原本作「闞」，據復旦本、張國鎮本改。

騎戰之始

孔穎達曰：「古人不騎馬，故但經記正典，無言騎者。當是周末時禮〔二〕。」《史記》趙武靈王謀胡服騎射以教百姓，又李牧日擊數牛饗士習騎射，始見於此。

唐鑑銘

籜冠徐延之云：「古鍾鼎彝敦、盤盂巵鬲，其款識文多古鳥迹、蝌蚪，書法簡古，人多不能識。獨唐瑩質鑑背銘篆文明易，蓋唐故物也。其詞亦平易，銘云：『鍊形神冶，瑩質良工。如珠出匣，似月停空。當眉寫翠，對臉傅紅。光含晉殿，影照秦宫。鐫書玉篆，永鏤青銅。』凡四十字。」《學齊佔畢》亦載此鑑銘，纔八句，予已録之。此銘校之《佔畢》所載不但多二句，其詞義尤勝云。

〔二〕「禮」，原本無，據嘉慶二十年刻本《禮記正義》卷三補。

守令以愛民爲心

邑令乃字民之官，關係攸重。《魯論》一書，吾夫子獨丁寧於爲宰爲令之戒，而他職不與焉。寔以得百里之地而君之，乃斯民休戚之寄，故曰：「可以寄百里之命。」然必在乎爲之牧守者，充聖門之意及聖人之心，申飭而勞勉之，且寬恤通情以待之，其不我從而厲民者，必汰斥之，則民勞可小康矣。余嘗觀《朱文公語録》所載一事，云楊至説王十朋詹事守泉州，初到任，會七邑宰，勸酒，歷告以愛民之意。出一絶以示之，曰：「九重天子愛民深，令尹宜懷惻隱心。今日黄堂一杯酒，使君端爲庶民斟。」邑宰皆爲感動。余因嘆王梅溪固自得聖門勉邑宰之遺意，而朱徽國文公表而出之，以爲儒生作牧之式，民之幸也。其後真西山先生希元帥牧潭州，會長沙十二縣宰，有詩云：「從來守令與斯民，都是同胞一體親。豈有脂膏供爾禄，不思痛癢切吾身。此邦祇似唐時古，我輩當如漢吏循。今日湘潭一卮酒，直須散作十分春。」及帥福唐，又有《會三山十二宰》古風一長篇，甚惻怛。近年王實齋去非守平江，《會兩倅六邑宰》詩曰：「守令張官本爲民，恫瘝無異切吾身。但令六縣皆朱邑，何必黄堂有信臣。田里要須興孝弟，閭閻謹勿致嚬呻。與君共舉一杯酒，化作人家點點春。」及移鎮宣城，又有《飲諸縣宰》詩。二賢同本與梅溪微意，固一世名德，足以聳動貪酷之吏而褫其魄。然予嘗觀唐吕温《知衡州送毛令》絶句曰：「布帛精粗任土宜，疲人織紝每先期。今朝臨别無他祝，雖是蒲鞭也莫施。」則知王梅溪又體此意而推廣之也。吕温在八司馬之流，何足道哉！而愛民之心乃能如此，則今之爲太守者，不恤縣令虐取厲民於諸邑，惟視其督課之多寡以爲殿最。烏乎！之人也，不寧爲孔聖及朱子之罪人也，而實梅溪、西山、實齋之罪人也，抑又可惜而爲三君子之罪人，乃吕司馬之罪人也，可不深嗟而甚疾之耶！余將指梓部六年〔二〕，常跋「視民如傷」四字，每銓量本部知縣，即與一本。蓋推廣明道先生之語也。無問其知行之篤，然刊諸石以上者，獨江安馮宰、大足先宰〔三〕、蓬溪吴宰三人而已。吴宰又爲一跋於其下，詞旨甚佳。予怪其右列，細訪之，乃其館客令狐叔子之作也。然吴宰之政，民甚安之，至有頌其德政，而相率詣本臺借留者，又嘆儒冠之反不如鶡冠若也。此眉山史繩祖之録也。夫守令，親民官也。國家之制，察之以六條，儆之以戒石，豐之以俸禄之養，待之以不次之擢，欲其惠養元元也。使其君子耶，則念聖賢之訓，守朝廷之制，而留心撫字；使其小人耶，則縱恣貪酷，惟欲之營，刑憲且不顧，而何能守聖賢之訓哉？讀此，未嘗不三嘆也。

〔二〕 按，此句復旦本眉批：「『將指』疑是『將詣』。」

〔三〕 按，此句復旦本眉批：「『大足先宰』四字有誤。」

神宗論羌虜

宋神宗嘗因便殿與二三大臣論事。已而，言曰：「嘗思唐明皇晚年，侈心一摇，其爲禍有不勝言者。本朝無前代離宫别館，游豫奢侈非特不爲，亦不暇爲也。蓋北有狂虜，西有黠羌，朝廷汲汲，左枝右梧，未嘗一日不念之。二虜之勢所以難制者，有城國，有行國。古之夷狄能行而已，今兼中國之所有矣。比之漢唐，最爲强盛。」大臣皆言：「陛下聖慮及此，二虜不足撲滅矣。」上曰：「安有撲滅之理？但用此以爲外懼則可。」觀此言，則勤兵遠略，非帝之本心也。而開邊生事，黷武虐民，皆邀功之臣啓之也。其罪可勝言哉！

試畫工形容詩題

《螢雪叢説》云：徽宗政和中建設畫學，用太學法補試四方畫工，以古人詩句命題，不知掄選幾許人也。嘗試「竹鎖橋邊賣酒人家」，皆可以形容，無不向酒家上著工夫。惟一善畫者，但於橋頭竹外掛一酒簾，書「酒」字而已，便見得酒家在竹内也。又試「踏花歸去馬蹄香」，不可得而形容，何以見得親切。有一名畫，克盡其妙。但掃數蝴蝶飛逐馬後而已，便表得馬蹄香出也。果皆中魁選。夫以畫學之取人，取其意思超拔者爲上，亦猶科舉之取士，取其文才角出者爲優。

二者之試，雖下筆有所不同，而於得失之際，只較智與不智而已。

點絳唇

瞿存齋宗吉題菊，作《點絳唇》，極韞藉，令人悦妙。其詞云：「花稟中黄，挺然獨立風霜表。冒寒開了，占得秋多少。　正是重陽，蝶亂蜂兒繞。歸田早，爲誰傾倒，有個柴桑老。」菊莊劉隱君士亨於南屏葉文甫家，九月見梅，賦小詞，亦《點絳唇》云：「菊老蓉殘，小園驀地聞清馥。陰消陽復，的皪花如玉。　結實調羹，早獻黄金屋。甘幽獨，要知心腹，除是松和竹。」是可與聯鑣者矣。又見眉庵楊孟載基詠鶯亦有《點絳唇》，云：「何處飛來，柳(稍)［梢］一點黄金小。弄晴催曉，喉舌如簧巧。　春夢須臾，正繞江南道。空相惱，被他驚覺，緑遍池塘草。」尤纖麗圓融可愛。元滕翰林玉霄詠墨本水仙花《點絳唇》更一氣流出，詞云：「縞袂啼香，爲誰一滴春心碎。淡黄深翠，不似當時態。　東洛經塵，依舊交情耐。空憔悴，玉人何在，細雨疏烟外。」然皆本宋和靖林處士逋春草詞意來。林詞亦《點絳唇》也：「金谷年年，亂生春樹誰爲主。餘花落處，滿地和烟雨。　又是離歌，一闋長亭暮。王孫去，萋萋無數，南北東西路。」

王端毅公奏疏

成化二十一年，刑部主事林公俊、後府經歷張公黻皆以言事切直得罪。三原王端毅公恕時爲南京兵部尚書，復上疏云：「臣荷國厚恩，庸劣無補，惟願聖德尊顯，天下乂安，俾臣等俯仰於無事之天，没齒於太平之日，爲幸大矣。邇聞刑部主事林俊上章陳言，忠誠激烈，詞氣過直，干冒天威，謫官遠方。後府經歷張黻爲林俊陳情，亦蒙拿問。臣當以林俊等爲戒，括囊全身。今復昧死而言者，非納交於林俊等，爲其游説也，實爲國家慮耳。方今之時，外而邊陲黠虜跳梁，軍士暴露；内而郡縣旱荒太甚，民飢而死。此誠陛下憂勤惕厲，詢謀群策，極力救濟，以收人心之時，奈何興土木之役，爲佛氏之居？蓋聞僧伽之言，張大佛法之功，于以尊之崇之，資其利益以福斯民而延國祚也。殊不知三代以前，無有佛法，而帝王歷數，率皆綿遠；三代以後，崇信佛法，而帝王運祚，未聞過之。以此觀之〔二〕，佛法之無益於世也，明矣！其爲不足信也，審矣！且天地生成萬物，祖宗創業垂統，孔子明道立教，其功其德，豈佛氏所能彷佛其萬一？然而京城止設一壇祀天地，内府止設一太廟祀祖宗，京師以及天下郡邑亦各止設一文廟祀孔子。就使佛法

〔二〕「之」，原本作「法」，復旦本「法」字點去，旁改爲「之」，是，據改。

有靈，其功德可比隆于天地、祖宗、孔子，其佛寺亦不宜多於天地、祖宗、孔子之壇廟也。今都城內外，佛寺不知幾千百處，兹又欲建營佛寺於皇城之側，遷徙軍民多百餘家，計費帑藏銀數十萬兩，似爲過之。然安土重遷，人之情也。今一旦（折）〔拆〕人房屋，徙之於他處，欲人心安，得乎？帑藏銀兩，所以備兵荒也，今乃以爲建寺之資，使民飛輓於道路，轉死於溝壑，欲人心悦，得乎？人皆知此事之非宜而不言，獨林俊言之者，是林俊能盡忠於陛下而不顧身家也。人皆私議以爲林俊之言是，亦無一人公言於朝，獨張黻言之者，是張黻亦能盡忠，欲陛下納諫旌直以隆治道，亦可嘉也。今皆不知省而悉置之，此臣之所未喻也，臣恐由是人皆以言爲諱。設有讒佞之害政，奸邪之誤國，誰復言之？陛下何由知之？又，造宫殿爲梁爲棟，大楠木南京各廠已無一根。近來修孝陵明樓，差官前去四川，遍歷山谷，尋採五年，僅得五根。數内堪中者少，不堪者多。起動數千人夫，止拽一根到於水次，餘者尚未出山。此等大木，誠爲難得，不知在京各廠，堪作大梁大柱楠木幾多，可勾幾座宫殿之用？誠不可不愛惜以備用也。陛下仁如帝堯，孝如大舜。自踐祚以來，不畋獵，不游幸，未嘗安興一旅之師，亦未嘗妄戮一無辜之人，誠不世出之明主，大有爲之聖君也。不意偶然有此，蓋未之思耳，此臣所以日夜懷慮而不能已於言也。伏乞聖慈，收雷霆之怒，解恢恢之網，復林俊等之職，慰天下之望，暫停建寺之役，專理兵刑之政。如此，庶幾四夷向化，九有歸心，宗社可以鞏固，天命可以永保矣。」疏奏，上納其言，斥繼曉，停建寺，復林俊等官。蓋十一月十九日也，是歲正月元旦，有星變。越三日，上以星變求言，敕諭云：「皇帝敕諭文武百官，兹者上天垂戒，災異迭見。去歲暮并今正旦，星變，有聲如雷。朕甚警懼，惟天道與人事相爲流通，必人事乖違，斯天道不順。文武百官皆與朕共天職者爾，而五府、六部、都察院、大理寺、通政司堂上官，六科十三道官，付托尤重。凡一應弊政及有利於國家生民之事，其各指實陳奏，無或顧忌。朕當采而行之，用回天意。故諭。」時有禮部進士敖毓元上疏，以爲：「臣聞君天下者，不患上天之有變，惟患於有變之不警；不患於有變之不警，惟患於警變之不誠。臣請借前籌以明之。飛雉雊鼎，昔在中宗，非無變也，然遂以之而中興；旱魃爲虐，昔在周宣，非無變也，然亦以之而中興。此無他，蓋由二君恐懼修省，出於至誠，故卒能回變而爲祥，易災而爲福。《易》曰：『亡者保其存者也，亂者有其治者也。』斯言益可驗矣。但後世之君，或有變而不能警，或警變而不誠，及至潰裂四出，災害並至，不可救藥，則又諉之於天數，其自誣益甚矣。恭惟陛下於今月初三日，以元旦日西星隕如雷，敕文武百官各舉弊政，無或顧忌，且曰『必人事乖違，斯天道不順』，大哉，皇言乎！至哉，皇心乎！誠可謂達天人之理而知所以恐懼修省之要矣。誠行之以誠，尚何不能回天變以爲天休，而與商宗、周宣侔德媲功哉！夫唯至誠，可以動天。臣恐陛下所咎自新之言，未必盡出於至誠也。臣昧死先言陛下所以修省之未誠，而後及所以致變之由與夫所以弭變之道。臣伏觀前史所載，星之爲變不一，然未有有聲而在日，在春王之正月，在正月之元旦者。蓋正月爲一歲之始，元旦尤正月之始。斯時斯際，正王者之政令，除舊更新之時也。然去歲地震，既以正月之二日；今歲星隕，又以正月之元日。誠前史之所未載，前古之所未有，而爲莫大之至變矣。夫有莫大之至變，宜加莫大之警省，不爲文飭，一以至誠，斯庶可矣。陛下今日之修省，誠果至盡乎？群臣罷宴，似矣；何於大臣旋有綵段之賜？不知陛下爲此，是果賞之乎？則臣未聞職居大臣與天子共理天下，翻以天變而見賞者。抑果愧之乎？則今日天變，正君臣上下交相警懼之秋，陛下諒知，引咎自歸，必不專以此爲臣下愧矣。無乃陛下之私人，間有恐其發己之奸惡，暴己之罪名，故假托他詞，蠱惑聖心，以此箝大臣之口，如王旦美珠之賜者耳。雖然，大臣恬然受之，不以爲意，亦可嘆矣！以此修省，似非至誠之道也。佛寺罷建，似矣；何乃僧道神佛繪像之賜？聖意豈謂崇奉二教，足以冀其神靈，以弭天變乎？殊不知繪像之與寺宇，功程孰大？費用孰多？崇奉孰至？前日寺宇之建，尚不足以保天之不變，曾謂今日繪像之賜，又足以格天於既變哉？矧彼二教，游手游食，無父無君，悖理滅天。使天而有口，則必詈之矣；使天而有手，則必擊之矣。豈可崇奉以重天之怒哉！甚至御寶者，天寶也；御贊者，天語也。陛下又且加之於觀音繪像之上，彼之承賜者，又且炫燿於通街大衢，以爲布施之資，使市井小兒皆得手指天寶，口戲天語，甚爲瀆天，以此修省，似昧鑒誠之道矣。去歲，林俊、張黻以直言去國，陛下悟其直而復其爵，於理誠當而公矣。然而所言之人，猶偃然居位如故；而彼二人者，顧乃遠遷置南京，是亦疑有追仇盡言之恨、保暱奸回之意於私哉？難免矣。一念之間，公私交戰，至誠之道，似不如此矣。夫陛下當天變之時，警省之初，意猶未能盡出於誠，則天下之人寧不疑今日之敕論，徒爲虚飭哉？若夫致變之由，雖因人事之失，然今天下大勢，如人重病，内自五臟，外達四肢，無不受病，其失未可枚舉。抑亦以陛下之求言如是，廟堂、科道必有能言之者。臣惟四事所急於治亂安危之幾，所大當警懼而修省者，爲陛下詳陳之。大臣者，朝廷之股肱，陛下所宜考慎其人，朝夕親近，以商確治體者也。邇年以來，選擇之際，多出於左右之私，而不本於輿論之公。剛大正直者，或遺棄於外；疲懦軟熟者，或置之於位。名雖厠於具瞻，實則漫無可否。甚至以阿諛取容爲巧術，以摸稜依違爲奇計。以故天下大柄，歸於内臣之掌握，致使其勢熖薰灼，傾動一時。在内則招立拳勢〔一〕，以累聖政；在外則獵求州縣，以困民生。陛下方且庇之，以爲我之私人，此内臣之拳所以日重，大臣之拳所以日輕。然重者既挾其所重，以恣其城狐社鼠之威；輕者又借力於所重，以爲蠅營狗苟之謀。則夫今日政事之隳，紀綱之紊，是皆大臣失職之所致也。臺諫者，朝廷之耳目，陛下所當遴選其人，以補拾過遺，糾劾奸邪者也。邇年以來，選擇之際，皆取其軀體之魁梧、丰姿之俊偉，略不問

〔一〕按，此句復旦本眉批：「『拳』當作『權』」。

其才識之如何。夫帷選卒伍者，以强壯爲尚，然則臺諫豈卒伍之地，言職豈執殳之役哉？古云：『千里一賢，猶並肩而立；百里一聖，猶旋踵而至。』是蓋謂人才之難得也。今陛下始而選之既不精，及其去之又太甚，是以有限之才應無窮之去，尚何望得實才之用哉？既而去之又不見補，致使臺諫之位，十有五虚，是豈盛世之美事耶？此蓋由前者陛下所行所處，不能盡合於規矩，惟恐諫員充實，則有暇以議吾之非；正直見用，則敢言以妨吾之便耳。老、佛者，所以惑世誣民，害吾正道，所當去者也，何陛下邇年以來，敬之如天地，信之如筮龜？陛下所以敬信之者，將欲賴之以垂佑生靈歟？然而驗之於今，則黄冠緇流，終年祈雨，翻以致旱。將欲賴之以延壽聖躬歟？然而稽之於古，則梁武、宋徽傾心崇奉，卒以賈禍，此其不足信之明驗也。况今之所謂道家者，實本張天師之誣教，而採摭老氏虚言之説，以文其深；摘取方士延年之術，以神其利，是皆僞妄欺誑者耳。若彼佛氏，輪迴果報之説，恒河劫界之事，又爲誣天地之道，攘造化之功，其欺誑之罪，又有甚於道教者矣。《書》曰：『作善，降之(不)[百]祥。』《語》曰：『仁者壽。』吾聖道之中，自有福壽之地，陛下何爲取彼，以爲聖明累哉？名器者，所以辨别貴賤，以嚴上下，所當措者也。何陛下邇年以來，傳奉之詔，大起於内廷；銓擢之拳，不專於吏部。奇邪左道，彼何人斯？亦得坐膺金紫之榮；工匠藝術，彼胡爲者？亦得與吾縉紳之列。后家有何經國之大猷，得以世襲伯爵？妃家有何克敵之殊勳，得以世爲都督？太保，所以保王躬者也。惟周、召克當，何滿朝之皆然？蔭子，所以厚功臣者也。惟大臣有之，何内宦之亦然？甚至寫道經、獻異書，冠帶滿朝，無慮三千，致使飛金布羽，捷進旁蹊，匱寶囊珍，巧趨曲徑，上下成風，恬不爲怪。臣不圖聖朝之明明如此，而顧有頽風之靡靡如彼也，且以理而論之。位曰天位，爵曰天爵，禄曰天禄，蓋以明其出於天，非人君之所得私者。今乃如是，不幾於逆天乎？不幾於拂天乎？就以利而言之，歲縻廪禄，不下萬萬石數，且此又有皂隸之錢，陛下若推此以爲民饑之賑，以爲軍儲之備，夫豈不實爲上策，何爲徒浚民膏血以養此銅臭無用之物哉？凡此四事，是皆人事之乖違，以致今日之天變者也。然致變之由，既以四者之人事有乖違，則弭變之道，當於四者之人事而警修。警修以言而不以行，變不可弭也。警修以行而不以誠，變不可弭也。何也？人可欺也，天不可欺也。天，唯至誠可以動之也。何以知之？《詩》曰：『昊天曰明，及爾出王。昊天曰旦，及爾游衍。』蓋以天體事而不遺，不可欺也。於上文則曰『敬天之怒，無敢戲豫。敬天之渝，無敢馳驅。』蓋以天不可欺，所以一有變渝，不可不敬而又敬也。敬而又敬，至誠之道也。至誠者，吾心之天也，天人之理，相爲流通。吾心之天一誠，則在天之天必格矣。伏願陛下思祖宗付托之重，體天心警愛之至，奮發英斷，大加警修，於臣所陳之四事，鑒前日何爲而有失，思今日何爲而方是，改絃易轍，除舊圖新，勿二以二，勿參以三，一本於至誠，則天變可回，天休可迓。今日明諭，不爲虚文而有實休矣。臣所陳者，實有關於天下安危治亂之幾，有非毛舉細事之鎖鎖者，願陛下不以臣之卑賤而易其言。萬一涓埃有補於海嶽，則雖被妄言之誅，實所甘矣。」

大臣不協

正統戊午，都御史陳智、侍郎李庸不協，各發其私，爲言官所劾。上以大臣多在劾中，惟吏部侍郎魏公驥、刑部侍郎何公文淵無所涉，故特命二公鞠之。智、庸詭辨不伏。二公曰：「爲大臣者，何乃若此耶？」智、庸慚伏。遂議免二人官，奏入，上是之。

積薪

文子曰：「虛無因循，常後而不先。譬若積薪，後來者居上。」《西漢書》汲黯之言，蓋引此爲用也。

五莊日記　蓉塘詩話卷之十四

仁和姜南明叔著

新安謡

廬陵李公昌期，永樂甲申進士也，選庶吉士，累官河南左布政使。工詩文，嘗賦《新安謡》云：「新安野老髮垂肩，説著先朝淚泫然。洪武初年真事少，幾曾輕到縣衙前。垂老頻逢歲薄收，秋租多欠賣耕牛。縣官不暇憐飢餒，唤拽官車上陝州。當夫當匠子孫忙，田地荒蕪户有糧。昨日迤西番使過，盡驅婦女趕牛羊。」吁！以今觀之，則民之困苦，又甚於彼時也。

重師道

元丞相賀公惟一，嘗延慶元余紹芳訓其子。子不受教，紹芳撻之，朴誤傷其面，微血。子奔愬太夫人，太夫人怒甚。適賀公退食來省，太夫人謂公曰：「而祖留守建馬上功，無髮膚挫撓。今吾孫奚過，師撻之甚耶？」賀公侍久出，命蒸羔具醴宴紹芳，至執醆，再備金繡雙段。徐謂曰：「豚犬愚下，姑答鞭策勞耳。」遂薦紹芳於朝。吁！賀公賢於人遠矣。

沈兩山詠蟹

沈明德先生名宣，號兩山，吾杭仁和人。天資穎敏，文辭贍富。早遊庠序，與張海觀天錫齊名。張鄉舉終教諭，沈卒不偶。嘗有詩《詠蟹》云：「郭索横行逸氣豪，秋來興味滿江皋。玉缸十斛酴醾酒，不待先生賦老饕。」豪俊可愛。

青冢氣

漢以王昭君嫁匈奴單于，死葬黑河之陽。胡地草多白，惟昭君冢上草青，故謂之「青冢」。又相傳每夜至四鼓時，冢上有氣，直上衝天。元萬户完仁山云如此。古今歌詠其事者甚衆，近見元姑蘇陸子方五絶句，意新而不俗，詞怨而不怒，亦近代之佳作也。其一云：「當時隨例與黄金，不遣君王有悔心。近使來傳延壽死，回思終是漢恩深。」其二云：「妍醜何須問畫工，美人終日侍宫中。奉春初計真堪恨，欲望單于敬外翁。」其三云：「青冢千年恨不埋，琵琶馬上幾時回。宇文高氏争雄日，突厥柔然獻女來。」其四云：「已恨丹青誤妾身，何須更與妾傳神。那知塞外風塵貌，不似昭陽殿裏人。」其五云：「齧雪中郎妾不如，脱身無計漫相於。勸君莫射南飛雁，欲寄思鄉萬里書。」

陸昶

成化間，刑部郎中歷任年深者，有常熟陸昶、麗水金文二人，皆景泰二年進士，善戲謔。昶面黑而齒白。文嘗嘲之曰：「黑象口中含玉齒。」昶應聲曰：「烏龜背上嵌金文。」昶自以年深當有不次之擢，道逢刑部尚書陸公瑜、大理卿王公概乘肩輿，因避焉，即爲口號云：「陸老前頭去，王公逐後來。明年二三月，也有轎兒抬。」諸公聞而惡之，遂有福建參政之擬。昶行，寮寀餞之，復對衆朗吟云：「非是區區欲大參，奈因兩鬢雪毿毿。諸公側耳朝端聽，一道清風振斗南。」後又寄詩京師諸公舊云：「再三上覆衆哥哥，人事無多没柰何。只有新書并手帕，並無段疋與紗羅。」聞者益怒，遂不復進云。

翰林七學士

國朝翰林學士不限員數。天順初，翰林缺學士正員，時林文等七人應轉學士。上疑其多，兵部尚書陳汝言進曰：「唐有十八學士，是不爲多。」遂俱拜焉。然汝言之對，亦率爾。唐太宗天策府十八學士，乃世俗之稱，此時未有翰林院，亦未嘗設學士官，豈可對君父前如此妄言？無乃不讀《霍光傳》之過乎！

鶴洲擬放歸詩

「二十居官四十歸，急流勇退世應稀。投閑故里蘭紉佩，戲彩高堂錦製衣。林下新開延客館，冰邊豫拂釣魚磯。是非不管人間事，長弄扁舟看鶴飛。」此鶴洲周次玉《擬放歸》詩也。次玉名瑩，莆田人，正統十年進士，拜南京工部都水司主事，擢撫州府知府。不數載，解官歸，時年四十，閑居幾三十年，卒，所著有《郡齋新稿》。

唐昭宗知人

唐昭宗乾寧二年五月，李茂貞、王行瑜、韓建舉兵犯闕。上出幸南山，遣使召李克用入援。克用遂奉詔舉兵討賊，遣其子存勗詣行在，時年十一。上奇其狀貌，撫之曰：「兒方爲國之棟梁，他日宜盡忠於吾家。」後朱温纂唐稱梁，存勗果能伐梁滅之，爲唐復讎，可謂不負帝之所望，而帝亦有知人之鑒也。存勗，即後唐莊宗也。

王瘸子

成化間，妖人王臣者，跛一足，人稱王瘸子，遊食京師。以左道事中貴〔一〕，得授錦衣千户。請爲上合大丹，以採藥爲名，與中貴偕出川、廣、直隷、兩浙等處買辨，搜索寶玩，需求珍異，騷擾郡縣，川陸山澤皆有所取，而民不堪命，巡鎮大臣莫敢誰何，有司官吏頤指氣使，奔命不暇。及回京，爲各處撫巡守令交章飛劾，而科道併彈。於是上大怒，斬臣首，傳詣所歷地方梟令，民心大快。初，臣至廣東，南安守華亭張東海先生汝弼目睹其驕横，嘗作詩嘆曰：「過嶺囊箱下瀨船，丁夫晝夜少安眠。薄田蕩盡猶輸税，惡客時來横索錢。窮髮東南皆赤子，舉頭西北是青天。不才無計甦民困，食禄乘軒自赧然。」

劉後溪夫婦俱賢

《瑞桂堂暇録》云：簡池劉先生，號後溪，朱文公高弟也。平生好施，不顧家有無，來謁者皆周之。一日晨，坐煖閣，夫人方梳洗。有舊友來訪，公令夫人出閣延士人者進。夫人遂挈妝具，

〔一〕「事」，原本作「士」，據張國鎮本改。

偶遺金釵一。公適入内，夫人從窗隙中見士人拾所遺金釵入懷未穩。公將出，夫人掣公衣袖，止之。少頃，公乃出，客退。問其故，夫人曰：「偶遺小釵，彼方收拾未穩。士以貧，故得之可少濟，不欲遽恐之。」公與夫人俱賢如此。

秦檜妻陰險

秦檜妻王氏，素陰險，智出其夫上。方岳飛獄具，一日，檜獨居書室，食柑玩皮，以爪劃之，若有思者。王氏窺見，笑曰：「老漢何一無決耶？捉虎易，放虎難也。」檜掣然當其心，即片紙付入。是日，岳王薨于棘寺。《詩》云：「婦有長舌，維厲之階。」王氏之謂乎？宋之不競，其肇於此矣！予見此於《朝野遺記》云。

侍婢標致

《啓罪録》：「漢鄭玄，字康成，其家奴婢皆能讀書。嘗一婢不稱旨，康成將撻之。婢方自陳説，康成大怒，使人曳其婢著泥中。須臾，有一婢來問，曰：『胡爲乎泥中？』婢答之曰：『薄言往愬，逢彼之怒。』」又《懶真子録》云：「唐世士大夫崇尚家法，柳氏爲冠。公綽唱之，仲郢和之，其餘名士亦各修整。舊傳柳氏以失意出一婢，婢至宿衛韓金吾家。未成券間，主翁於廳事上買絹，自以手取視之，且與駔儈議價。婢於窗隙偶見，因作中風狀，仆地。其家怪問之。婢云：『我正以此疾故出柳宅也。』因出外舍，問曰：『汝有此疾幾何時也？』婢曰：『不然，我曾伏事柳家郎君，豈忍伏事賣絹牙郎也？』其標韻如此。」

以法律治妖神

漳州龍溪縣赤嶺寺旁有祠，每有毒氣中人。鄉人以爲瘴厲，往往搬戲賽神，男女喧鬨。時永豐徐恭知府事，諗知其事，乃令人赴府言狀。恭率吏振金鼓集祠下，絷塑像詣前，令踣于地，責以殃民狀，問杖一百，流三千里罪。令奉香火者代承款，舉像擲之江。翼日，雷震祠所，有巨蟒死焉，其害遂絶。恭字克敬，時洪武十三年也。

客土

浮屠泓師與張説市宅，戒無穿東北隅。他日，怪宅氣索然，視東北隅，已穿二坎，丈餘。驚曰：「公富貴一世而已，諸子將不終。」説將平之，泓師曰：「客土無氣，與地脉不連。譬身瘡痏，補他肉無益也。」今之俗師，妄言風水者，一遇方隅坎陷，則令補築增幔，便會藏風聚氣，豈不謬哉！君子無惑焉，可也。

鄰居占地

楊玢仕蜀至顯官，隨王衍歸後唐，以老致仕歸。長安舊居多爲鄰里侵占，子弟欲詣府訴之。玢批狀尾云：「四鄰侵我我從伊，畢竟須思未有時。試上含元殿基望，秋風吹草正離離。」吁！玢可謂達士也。士大夫務廣田宅而不思訓子孫以學者，未必不爲後來之勢家所奄有也。讀玢詩，寧不有感於中乎？

獻楊梅仁

王蘧字豐父，守會稽，童貫時方用事。貫苦脚氣，或云楊梅仁可療是疾，豐父裒五十石以獻之。後擢待制，再任，不歷貼職，徑登次對，惟豐父一人。此《揮麈録》所載也。吁！孟佗獻涼州之酒，程松市北珠之冠，小人之恒態也，不知五十石楊梅仁，何以能裒乎？

不立田園

唐張嘉貞雖貴，不立田園。常曰：「吾相國矣，未死，豈有飢寒憂？若以譴去，雖富田産，猶不能保也。」近世士大夫務廣田宅，爲不肖子酒食費，我無是也。張公之言，乃理到之言也。士大夫當書此以爲座右銘。

田園雜興

予家多種竹，春時，筍初萌，兒童不知，則踐踏殞折，必先編籬以護之。又櫻桃至暮春熟，苦有鳥雀之損，於是張魚網以驅之。因讀范石湖《田園雜興》，知古人已如此矣。詩云：「種園得果僅償勞，不奈兒童爲雀騷。已插棘針樊筍徑，更鋪魚網蓋櫻桃。」其「償勞」一語，又曲盡田家之情也。

康節四事

「會有四不赴，謂公會、生會、葬會、醵會。時有四不出。謂大寒、大暑、大風、大雨也。無貴亦無賤，無固亦無必。里閈閑過從，身安心自逸。如此三十年，幸逢太平日。」此康節之詩也。高不絶俗，卑不同流，真隱士口中語耳。

班馬優劣

張輔《名士優劣論》云：「世人論司馬遷、班固才之優劣，多以固爲勝。余以爲史遷叙三千年事，五十萬言；固叙二百年事，八十萬言。煩省不敵，固之不如，一也。良史述事，善足以獎勸，惡足以鑒戒，人道之常；中流小事無取。又因循難易，益不同矣。又遷爲蘇秦、張儀、范睢、蔡澤作傳，逞辭流離，亦足明其大才也。」予以爲子長之才，雖非孟堅所及，然《史記》亦不能無脱略之病。如《詩》、《書》所載唐、虞、夏、商、周及春秋諸聖賢之臣，皆不爲立傳，雖漢之董公、紀信，亦遺之，此未見其省之當也。

黨邪

弘治初，浙江巡按御史暢亨劾鎮守内臣張慶不法事，慶亦誣亨以他事，而其奏草則出於致仕御史蕭山何舜賓之手也。後舜賓卒爲本縣知縣鄒魯殛死，人皆冤之，而不知何之得罪名教，則死不足惜矣。

不營産業

唐岑文本，或勸其營産業者。文本嘆曰：「吾漢南一布衣，徒步入關，所望不過祕書郎、縣令耳。今無汗馬勞，以文墨位宰相，奉稍已重，尚何殖産業耶？」故口不言家事。今考文本，事業雖不及房、杜，然史亦稱其忠孝。其視汲汲於求田問舍、爲子孫計而無所建白者，遠矣！

趙信庵詩

「古木森森映緑苔，嵯峨樓閣倚天開。山僧不問朝天客，自注冰泉浸野梅。」北宋趙信庵葵《題慧山寺》詩也。信庵可謂才兼文武者也。

乞文求益

今世俗之人，不知義理，每有求索詩文，必欲豐贍，而以連篇累牘爲勝，祈懇再三，必須如意。按《後漢書・嚴光傳》注：（候）〔侯〕霸使西曹侯子道奉報書求報。光曰：「我手不能書，乃口授之。」使者嫌少：「可更足之。」光曰：「買菜乎？求益乎？」然則乞文求富而不顧義理者，真買菜子耳。

志在天下

士大夫窮達，不可一日有忘天下之心，要當以爲己任。孔子雖有「思不出位」之言，孟子雖有「鄉鄰同室」之喻，然其論爲治，則如指諸掌也，是豈忘天下者乎？范文正公少有大節，其於富貴貧賤、毀譽歡戚，不一動其心，而慨然有志於天下，嘗自誦曰：「士當先天下之憂而憂，後天下之樂而樂。」又見《言行録》云：杜正獻公衍，一日，憂見于色，門生曰：「公今日何以不悦？」公曰：「適見朝報，行某事某事不便，所以憂爾。」又一日，喜見于色，曰：「今日見朝報，某人某人進用，社稷之福也。」公又曰：「孔子稱『不在其位，不謀其政』，某荷國厚德，退居以來，家事百不關心，獨未能忘國爾。」吁！士之窮達進退，要當以二公爲法。其志於富貴者，不足與言此也。

時來爲相

宋劉文安公沆，擢右正言知制誥。陝西用兵，沆見執政白事，翌日請對，極言得失。仁宗送其議於中書，執政不悦，曰：「須舍人作相自行之。」沆曰：「宰相豈有常哉？時來則爲之。」公至至和元年拜相。

欲保富侈

劉真長爲丹陽尹，許元度詢出都就宿，床帷新麗，飲食豐甘。許曰：「若保全此處，殊勝東山。」真長曰：「卿知吉凶由人，吾安得不保此？」王逸少在坐，曰：「令巢、許、稷、契，當無此言。」二人並有愧色。士夫君子之持身，惟出與處而已。窮則獨善其身，達則兼善天下，而奉身華侈，乃鄙夫志於富貴者之所爲也，而謂賢者爲之乎？羲之巢、許、稷、契之論，其有道之言也歟。

按察司官糾劾

國初，改前元肅政廉訪司爲提刑按察司，設使、副、僉事官，使糾察在外大小貪酷、不職官吏，兼理刑名，其任最重，與在内都察院行事相同。今則專理刑名，不復聞有糾劾之舉，如國初故事。嘗讀《密庵集》，謹記一事於此。云：洪武十七年六月二十五日，福建按察使陶垕仲、僉事謝元功劾左布政使薛大昉貪淫事，既奏，准令按察司就行取問。大昉亦造謗還詞，有旨都提取赴京，於都察院聽對。垕仲糾劾事得實，大昉伏誅，垕仲等還憲職。垕仲等初被召時，閩中百姓爲之謡曰：「陶使再來天有眼，薛公不去地無皮。」後陶果復任，百姓皆踴躍相慶。垕仲名鑄，寧波之鄞縣人，洪武十五年聘授監察御史，剛直敢言。劾奏刑部尚書開濟得君欺君，太師韓國公李善長肆奸擅權，遂擢福建按察使。元功名肅，紹興上虞人，洪武中以明經舉授福建按察僉事，能詩文，有《密庵集》。大昉，保定府蠡州人，洪武四年進士。

蓉塘詩話卷之十五

仁和姜南明叔著

鹽車道聽

去婦詞

《去婦詞》者，鄱陽童先生士昂之所作也。先生名軒，爲給事中，川夷叛，奉使軍前。使回，罹謗得謫，後累官至禮部尚書。此詞蓋被譴時所作，云：「刺促復刺促，出門不敢分明哭。憶初痴小嫁君時，自謂生死長相隨。誰知中道生乖阻，棄妾紅顏不如土。弓鞋窄小荆棘多，掩淚行尋舊時路。浮雲天上歸有時，君心一失那能回。糟糠不忘如再好，重磨荆釵與偕老。」詞有所指也，「浮雲」之語見之矣。

書板訛字

朱彧《可談》：「姚祐元符初爲杭州教授，堂試諸生，出《易》題『乾爲金坤亦爲金也』。蓋福建本書籍刊板舛錯，『坤爲釜』脱二點，故姚誤讀作『金』。諸生疑之，因上請，姚復爲臆説。諸生或以誠告。姚取官本視之，果『釜』也，大慚，曰：『祐買著福建本。』升堂自罰一直，其不護短如此。」今福建書坊所刻經書，舛錯特甚，而後生往往不能求善本校正，承舛襲訛，或騰諸談論，或書之簡編，大爲識者所誚，可不慎哉？因讀此而有感焉，書之以爲學者之戒。

積財遺不肖子

《唐書·列傳》：「盧坦爲河南尉時，杜黄裳爲尹。召坦曰：『某家子與惡人游，破産。盍察之？』坦曰：『凡居官廉，雖大臣無厚蓄，能積財者必剥下以致之。如子孫善守，是天富不道之家，不若恣其不道，以歸於人。』黄裳驚其言。」李東谷之彦云：「知子莫若父。當年少時觀其讀書之利鈍，行事之醇疵，即可覘其終身之賢不肖也。使其賢耶，他日自能成立，何必勞心勞力積財以遺之，而損賢者之志也；使其不肖耶，他日必致敗壞，又何必勞心勞力積財以遺之，而益不肖之過也。縱不免儲蓄，以爲憑藉之計，亦豈可妄求而自取損德之殃？世乃有明見其子之不肖，猶挾兔狡而規利，逞鼠技以貽謀。殊不知一傳而傾覆，有不待其父之瞑目，而家貲已散而之他矣。」吁！有此豚犬，枉作馬牛，二公皆名言也，達者識之。

古詩不忘規戒

古人作詩酬答，不忘規戒之意。如李陵詩云：「努力崇明德，皓首以爲期。」蘇武詩云：「願君崇令德，隨時愛景光。」猶有《三百篇》之遺響，後之作者，多不然矣。

約觀狀元

宋盧柳南先生有《答人約觀狀元》小簡云：「聖天子策天下英豪而賜之官。爲首選者，既拜命，擁出麗正門，黄旗塞道，青衫被體，馬蹄蹀躞，望霸頭而去，觀者雲合。吁，亦榮矣！然子欲爲觀人者乎？欲爲人所觀乎？若欲爲人所觀，則移其所以觀人者觀書。」觀此簡，則知古人之交友也，德業相勸，過失相規，其益如此。

擬晏元獻詩

宋葛常之以其曾伯祖侍郎宫之「翩翻燕子朱門静，狼籍梨花小院閑」之句，對晏元獻「梨花院落溶溶月，柳絮池塘淡淡風」之句，似不侔矣。又以其「西樓月上簾簾静，後苑花開院院香」之句擬之，不惟不倫，而不及遠矣。

以醫寓諫

仁宗皇帝嘗問太醫院判蔣用文「保和之要」，對曰：「在養正氣。正氣完，邪氣無自而入。」又問：「卿醫效率緩，何也？」對曰：「善治疾者，必固本。急之恐傷其本，聖人所以戒欲速也。」仁宗稱善。識者以爲用文以醫諫。

爲僧還俗

唐賈島，字浪仙，初爲浮屠，居法乾寺，號「無本」；後反初服，舉進士，除遂州長江縣主簿。苦吟，人號賈長江。元陳孚，字剛中，初祝髮爲僧，後還俗。至元中，以布衣獻《大一統賦》，累官禮部郎中、台州路治中。國初，縉雲伯胡深，字仲淵，少負大節。當元季自晦，落髮爲僧，棲於松源山中。時天下大亂，深反初服，聚兵結寨，以保衛鄉里。歸附後爲吴王府參軍，以死節追贈伯爵。又姚少師廣孝，初從釋氏，稱道演，居北平慶壽寺。佐文皇靖内難，反初服，官太子太師，封榮國公，加贈少師，謚「恭靖」。

先見

元至正十一年春，南陽迺易之、四明兒子静俱客京師。子静館于主參政儼家。一日，亟告歸，參政强留不可，復托易之留之。子静曰：「今發四十萬人開黄河，亂將興矣。不歸何俟？」後果掘河無功，征役難作，中原道梗，四方繹騷。時子静已旋得保父母妻子，守其先人丘隴，衛及鄉社，不罹于咎，豈非識見之預定哉？

兩字尚書

國家之制，常朝百司，奏事御前。其准行者，上皆以「是」字允之。成化十六七年間，上忽苦舌澀，每云「是」字甚艱。鴻臚卿施純揣知之，陰言於近侍云：「『是』字既不便，請上以『照例』字易之。」上得此甚喜，問誰爲畫此，近侍以純對。遂陞禮部侍郎，掌鴻臚事。未幾，陞尚書。純字彦厚，順天府東安縣人，成化丙戌進士。儀觀偉然，音吐洪亮。初任户科給事中〔一〕，以選遷鴻臚少卿。不二十年驟擢至此，可謂際遇之隆。後加太子少保。侍人爲之語曰：「兩字得尚書，

〔一〕「事」，原本作「士」，據張國鎮本改。

何用萬言書。」

臧否人物

浙臺憲副維揚高宗選銓，論今人於人物是非不公、臧否失當者〔二〕，譬之觀戲。有觀至關目處，或點頭，或按節，或感泣，此皆知音者。彼庸夫孺子，環列左右，不解也。一遇優之插科打諢，作無恥狀，君子方爲之羞，而彼則莫不歡笑自得，蓋此態固易動人，而彼之所好者正在此耳。今之是非不公、臧否失當者，何以異此？以予論之，大抵論人不可於其小廉曲謹、微過細失而求之，當觀其素行大節耳。其人苟君子歟，不可以其一眚而遂毁之；其人苟小人歟，不可以其一節之善而遂譽之。憲副可謂善於譬喻者矣。弘治初，在浙，後官至都御史。

庶吉士

國初，庶吉士或在中書省，或在文華堂，後改置翰林。偶讀梁用之《徐孟昭傳》云：「孟昭登洪武乙丑進士第，行浙江道監察御史，入爲禮科庶吉士，日記事侍上左右。上方屬意天下進士，

〔二〕「當」，原本作「富」，據張國鎮本改。

每朝，群臣退，獨進士留，被顧問，上未退，不得退也。」由此觀之，則洪武中，六科亦有庶吉士，不特翰林也。

槖泉墓銘

《槖泉夢記》大略謂沈亞之出長安城，過槖泉，宿舍邸。夢秦穆公召見，以女妻之，即弄玉也，人猶謂之蕭家公主。不久，公主卒。亞之作墓銘曰：「白楊風悲兮，石甃髯莎。雜英滿地兮，春色烟和。朱愁粉瘦兮，不生綺羅。深深埋玉兮，其恨如何。」此即唐沈亞之所撰也。銘亦清麗可愛。

盧相心計

丁晉公謂曰：「盧相多遜在朝行時，將歷代帝王年曆、功臣事迹、天下州郡圖誌、理體、事務、沿革、典故括成一百二十絶詩，以備應對。由是太祖、太宗每所顧問，無不知者，以至踐清途、登鈞席，皆此力耳。」王文正公曾曰：「太祖皇帝以神武定天下，儒學之士，初未甚進用。及卜郊肆類，備法駕、乘大輅，翰林學士盧多遜攝太僕卿，升輅執綏，且備顧問。上因嘆儀物之盛，詢政理之要，多遜占對詳敏，動皆稱旨。他日，上謂左右曰：「作宰相須用儒者。」盧後果大用，蓋兆於此〔二〕。然盧有才如是，而卒以躁進，爲趙普所陷以死。孟子曰：「其爲人也，小有才，未聞君子之大道也，則足以殺其軀而已。」多遜之謂乎？

張許文章

唐張巡之守睢陽，胡羯方熾，城孤勢蹙，人困食竭，以紙布煮而食之，而意自如。其《謝金吾將軍表》曰：「想峨眉之碧峰，預遊西蜀；追騄駬於玄圃，保壽南山。逆賊禄山殺戮黎獻，腥膻闕廷。臣被圍四十七日，凡一千八百餘戰。主辱臣死，當臣致命之時；惡稔罪盈，是賊滅亡之日。」其忠勇如此。許遠亦有文，其《祭纛文》爲時所稱，謂：「太乙先鋒，蚩尤後殿。蒼龍持弓，白虎捧箭。」又《祭城隍文》云：「智井鳩翔，老堞龍攖。」皆文武雄健，志氣不衰，真忠烈之士也。

武穆名言

宋岳武穆王飛，紹興十一年爲樞密副使、參知政事。少豪飲，帝戒之曰：「卿異時到河朔乃可飲。」遂絶不飲。帝初爲飛營第，飛辭曰：「敵未滅，何以家爲？」或問天下何時太平，飛曰：「文臣

〔二〕「蓋」，原本漫漶，據復旦本補。

不愛錢，武臣不惜死，天下太平矣！」吁，此古今之名言也！惜死、愛錢者，何啻十倍？

琵琶

樂器琵琶，皆作「琵琶」字，《唐書》以爲近代樂家所作。又漢劉熙《釋名》：「『枇杷』本出於胡中，馬上所鼓也。推手前曰『枇』，引手却曰『杷』，象其鼓時，因以爲名也。」觀此則舊作「枇杷」字，後始爲「(枇杷)[琵琶]」字，不特果名也。

錢塘懷古

「中原無地避腥膻，誰向天津問杜鵑。司馬不回元祐政，困龍何待靖康年。多方誤國終浮海，萬死孤臣忍戴天。應是厓山九泉下，共將清淚泣澶淵。」此天台謝方石先生鐸《錢塘懷古》之詩也。又古田張翠屏先生以寧亦有一詩云：「荷花桂子不勝悲，江介繁華異昔時。天目山來孤鳳歇，海門潮去六龍移。賈充誤世終無策，庾信哀時尚有詞。莫向中原誇絶景，西湖遺恨似西施。」以寧字志道，洪武間爲翰林侍講學士，有《翠屏集》。鐸字鳴治，弘治間爲禮部侍郎，有《桃溪集》。

洪武乙丑庶吉士

湯陰伯郭忠襄公資，洪武乙丑進士，轉翰林庶吉士。由是觀之，則國初庶吉士在中書省，高皇帝既革中書省，乃改在於翰林耳，非文皇始賜名也。

塑像非禮

嘉靖庚寅冬，大學士張公璁上疏，請改正孔子封謚，去塑像，人皆不以爲然。予嘗讀《菽園雜記》云：「禹廟在會稽山下，規模弘敞，塑像工整。所謂窆石者，相傳爲禹葬衣冠處，其石形稍類鐘，刻篆已剥落，不可辨矣。南鎮之廟亦塑神像，則甚無謂。嘗語府官，當去像留主，爲合禮意。彼以爲自國初以來有之，似不可毁。嘗思之，孔子與諸賢皆人鬼，高皇初建國學時，皆革塑像用木主。嶽鎮海瀆不可以形像求者，豈合用塑像耶？此必前代舊物。洪武初正祀典詔下，有司無識，失於改正耳，決非朝制也。」菽園姓陸，諱容，崑山人，弘治初爲浙藩參政。由此觀之，則先輩以塑像爲非禮，蓋有之矣。高皇之詔，誠洗千載之陋云。

文臣封伯

《菽園雜記》云：「本朝文臣封伯爵者，洪武中，中書左丞相汪廣洋封忠勤伯，弘文館學士劉基封誠意伯；正統中，兵部尚書王驥封靖遠伯；天順中，都察院左僉都御史徐有貞封武功伯，鴻臚寺卿楊善封興濟伯；成化間，兵部尚書兼都察院右都御史王越封威寧伯。廣洋後坐累，有貞、越不久革爵謫遠地，基、善革於身後。子孫世禄，驥一人而已。」愚按：永樂初，兵部尚書茹常封忠誠伯；正德末，都察院右都御史王守仁封新建伯。常終其身，守仁封而旋革之。其追封者不止於此。如永樂中，太子少師姚廣孝追封榮國公；宣德末，户部尚書郭資追封湯陰伯；正統中，工部尚書吴中追封茌平伯；景泰中，户部尚書金濂追封沭陽伯。然皆非生前所授者，國初亦有之。

封王策命

漢武帝元狩六年，立子閎爲齊王，旦爲燕王，胥爲廣陵王，皆賜策，各以國土風俗申戒焉。其策文《史記》、《漢書》皆載之。宋真文忠公選入《文章正宗》，本朝吴文恪公取入《文章辨體》，以其文章典雅，有三代訓誥之遺意，故録之以示學者。愚常讀《三國·蜀志》，昭烈章武元年六月，使司徒許靖立子永爲魯王，理爲梁王。賜永《策》曰：「小子永，受兹青土。朕承天序，繼統大業，遵修稽古，建爾國家。封于東土，奄有龜蒙，世爲藩輔。嗚呼！恭朕之詔，惟彼魯邦，一變適道，風化存焉。人之好德，世兹懿美。王其秉心率禮，綏爾士民，是饗是宜，其戒之哉！」賜理《策》曰：「小子理，朕統漢序，祗順天命，遵修典秩，建爾于東，爲漢藩輔。惟彼梁土，畿甸之邦，民狎教化，易遵以禮。往悉乃心，懷保黎庶，以永爾國，王其敬之哉！」此二篇，不減三王之策，而二公不取，故録之。

梅詞

應次蘧，字正予，嗜酒，疏曠。嘗自賞其梅，詞云：「雪意嬌春，臘前妝點春風面。粉痕冰片，一笑重相見。倚竹（猥）〔偎〕松，誰道羅浮遠。寒更轉，楚騷爲伴。韻繞香篝煖。」語意細潤，不類其爲人。詞載宋天台方元善《深雪偶談》，以樂府按之，即《點絳唇》也。

陸菽園云

本朝政體度越前代者甚多，其大者數事。如前代公主寡〔二〕，再爲擇壻；今無之。前代中官

〔二〕「主」，原本作「王」，據復旦本改。

被寵，與朝臣並任，有以功封公侯；今中官有寵者，賜袍帶，有軍功者，增其禄食而已。前代京尹、刺史，皆有生殺之權；今雖王公不敢擅殺人。前代重臣得自辟任下寮，今大臣有專權選官之律。前代文廟聖賢皆有塑像；本朝初建國學，革去塑像，皆用木主。前代嶽鎮海瀆，皆有崇名美號；今止以山水本名稱其神，郡縣城隍及歷代忠臣烈士，後世溢美之稱，俱令革去。前代文武官皆得用官妓；今挾妓宿娼有禁，甚至罷職不叙。

辯水仙

宋楊廷秀萬里《題千葉水仙花》，自序云：「世以水仙爲金盞銀臺，蓋單葉者，其中真有一酒盞，深黄而金色。至千葉水仙，其中花片捲皺密蹙，一片之中，下輕黄而上淡白，如染一截者，與酒杯之狀殊不相似。而千葉者乃真水仙云。」詩云：「薤葉葱根兩不差，金蕤風味獨清嘉。薄揉肪玉圍金鈿，淺染鵝黄剩素紗。臺盞元非千葉種，平容要是小蓮花。向來山谷相看日，知是他家是當家。」辛稼軒亦有《賀新郎》一詞詠水仙花：「雲卧衣裳冷。看蕭然，風前月下，水邊幽影。羅襪塵生凌波步，湯沐烟波萬頃。愛一點，嬌黄成暈。不記相逢（胄）［曾］解佩，但甚多情，爲我香成陣。待和淚，揾殘粉。靈均千古懷沙恨。恨當時，匆匆忘把，此花題品。烟雨凄迷僝僽損，翠袂輕輕誰整？謾寫入，瑶琴幽憤。絃斷招魂無人賦，但金杯，的皪銀臺潤。愁殢酒，又獨醒。」近直隸寶應貢士陶成，字懋學，善詩畫，以不輕晝忤當道，不得叙用。後竟以落魄，不拘細行，爲所連坐，罷退。嘗自畫水墨水仙花，題絶句於上云：「此心不愛牡丹紅，托迹梅花樹瀼東。大神即當霜雪冷，也應回首藉天風。」有黄太史山谷遺音。

太白詩

「仙女侍，董雙成，漢殿夜凉吹玉笙。曲終却從仙官去，萬户千門惟月明。河漢女，玉練顔，雲軿往往在人間。九霄有路去無迹，裊裊香風生佩環。」李太白辭也。有得於石刻而無其腔，劉無言自倚其聲歌之，音極清雅。《東皋雜録》又以爲范德孺謫均州〔二〕，偶游武當石室極深處，有題此曲崖上〔三〕，未知孰是。

〔二〕「范」，原本作「危」，據武英殿聚珍版叢書本《能改齋漫録》卷十六改。
〔三〕「此」，原本作「比」，據復旦本改。

逍遥録　蓉塘詩話卷之十六

仁和姜南明叔著

夏忠靖公大體

永樂二十年，雷震奉天殿，下詔求言。言者多云建都北京非便，而主事蕭儀言之尤峻。上怒，寘之極刑。時六科十三道上言者，亦以朝廷不當輕去金陵，建都於燕，故有此變。上曰：「方遷都時，朕與大臣密議數月而後行，非輕舉也。」科道因劾大臣。上御午門樓，命言官與大臣對辯於午門前。時都御史陳英等抗言御史、給事中，白面書生，不知大計，宜加重罪。日將午，上命中使問大臣與言官對辯是非，諸大臣皆囂然啐詈言官妄言。夏忠靖公元吉獨從容奏曰：「御史，職當言路；給事中，朝廷耳目之官。況應詔求言，所言皆當。臣等備員大臣，不能協贊大議，臣等合當有罪。」中使以公言入奏，上仍命復出問之。公對如初。上悦，兩宥之，而言官無一人得罪者。或尤公背初議，公曰：「不然，天威嚴重，吾輩歷事久，言雖失，幸上憐之。若言官得罪，所損不小。」衆始嘆服。

白翎雀

朔漠之地無他禽鳥，惟鴻雁與白翎雀。鴻雁畏寒，秋南春北；白翎雀雖窮冬沍寒，亦不易處。故元世祖作樂，名曰「白翎雀」。

嶺南八州

南方瘴癘，嶺南特甚。諺云：「春、循、梅、新，與死爲鄰。高、竇、雷、化，説著也怕。」宋章惇惡元城劉先生，必欲置之死地，而八州惡地，貶歷其七。而先生於建中靖國間，與蘇東坡自嶺外同歸，固無恙也〔二〕。吁！死生有命〔三〕，信哉！

本朝不立宰相

高皇帝罷宰相官，設五府、六部、都察院、通政司、大理寺等衙門，分理天下庶務，朝廷總之。

〔二〕「恙」，原本作「羔」，據張國鎮本改。
〔三〕「生」，原本作「者」，據張國鎮本改。

祖訓有之，以後子孫做皇帝時，並不許立丞相，臣下敢有奏請設立者，文武群臣即時劾奏，將犯人凌遲，全家處死。今《大明律》「文官不許封公侯」條内有云「其生前出將入相」，不知何以用「入相」字。

天才人才神才

《南部新書》謂：「李白爲天才絶，白居易爲人才絶，李賀爲神才絶。」予以爲居易樂府諸詩，有愛君憂國之意，雖其造語不及白、賀，而或者目爲近淺，然猶有得於《風》《騷》之旨。白、賀詩格調雖高古，使於成周之世，太師不録也。

六籍奴隸

唐劉蕡精於儒術，嘗讀《文中子》，忿然而言曰：「才非殆庶，擬上聖述作，不亦過乎？」客曰：「《文中子》於六籍如何？」蕡曰：「若以人望人，《文中子》於六籍，猶奴隸之於良主人也。」吁！蕡可謂豪傑之士，有見之言哉！

陳通判

陳信，字履信，杭州人。先任大理寺評事，轉兵馬指揮，陞蘇州府通判。在任二年，有惠政，廉而公直。正統十一年，年六十又六，乞致仕。蘇之富人以重贐追送，一毫無所取，而其實家貧。郡人杜璠有詩送之，云：「人辭榮禄賦歸田，又却蘇民餽贐錢。一任此生貧到骨，只留清節與人傳。」

推命

術者以干支、五行推人命運休咎，往往有奇中者。自昔至今，如漢之司馬季主、魏之管輅、唐之李虚中者幾人哉！不可信者，千百皆然也。《就日録》云：「昔有軍校，與趙韓王同年、月、日、時生。若韓王有一大遷除，而軍校則有一大責罰；其小小陞轉，則軍校微有譴呵。此又不知命以如何取焉。」又《鐵圍山藂談》云：「大觀改元，歲復丁亥。東都順天門内，有貨粉鄭氏者，家頗贍給。以正月十五日亥時生一子，歲、月、日、時適與魯公蔡京合。其家大喜，謂其必貴，時人亦爲之傾聳。始年十八，春末出遊，馬忽躍入波中，溺死。」二事相類如此，雖使虚中復生，執此以詢之，亦不能判其吉凶。二書酷排推命之謬，最爲有理。讀者當自見之。

萊公泉

武陵縣北六十里，有萊公泉，在甘泉寺，舊名「甘泉」。宋寇萊公準南遷日，過此，題於東楹曰：「平仲酌泉經此，回望北闕黯然。」而去未幾，丁謂得罪南謫，亦道經於此，題於西楹曰：「謂之酌泉，禮佛而去。」後淳熙中，南軒張先生榜曰「萊公泉」。觀萊公之去國，猶有忠不忘君之心，謂之雖若不以遷謫爲意，其實勉强也。范諷詩云：「平仲酌泉回北望，謂之禮佛向南行。烟嵐翠鎖門前路，轉使高僧厭寵榮。」崔嶧詩云：「二相南行至道初，記名留詠在精廬。甘泉不洗天涯恨，留與行人鑒覆車。」

史記吕覽文相似

《史記·魏世家》：「文侯卜相，李克曰：『居，視其所親；富，視其所與；達，視其所舉；窮，視其所不爲；貧，視其所不取。』」《吕氏春秋》云：「賢主所以論人[一]，通，觀其所禮；貴，觀其所進；富，觀其所養；聽，觀其所行；止，觀其所好；習，觀其所言；窮，觀其所不受；賤，觀

[一] 「以論」，原本缺壞，據張國鎮本補。

其所不爲。」二書所載，亦略相似。

唐御容

蜀明皇御容院有唐十八帝真像。院僧見神堯爲高祖，即題其次云：「曾祖太宗，祖高宗。」後宋趙清獻公至院，命小吏刮去「曾祖」、「祖」三字。僧之愚鄙有如此，可資一捧腹耳。

詩可爲訓

曾公《類苑》載唐人一詩云：「學織錦綾功未多，亂投機杼誤拋梭。莫教織錦行家見，把此文章笑殺他。」《容齋三筆》載衢州白沙渡酒店壁間一詩云：「一點清油污白衣，斑斑駁駁使人疑。縱饒洗遍千江水，争似當初不污時。」二詩可以爲初學自修者之訓。

楊凝式

《五代史·唐六臣傳》：「楊涉子凝式謂其父曰：『大人爲唐宰相，而國家至此，不可謂之無過。況手持天子璽綬與人，雖保富貴，奈千載何？盍辭之？』涉大駭，曰：『汝滅吾族。』神色爲之不寧者數日。」凝式有文辭，善筆札，歷仕梁、唐、晉、漢、周，以心疾致仕，居于洛，官太子太保。

洪容齋謂凝式病其父失節，托于心疾，歷五代十二君，佯狂不仕，亦賢乎哉！容齋無乃失於詳考乎？

鄙夫惜死

吕布爲曹操所擒，劉守光爲晉王所擒，皆乞哀求活而卒不免。正德末，從寧庶人亂者，如潘鵬、王綸，兵敗被擒。時武宗親征，駐蹕南京，行獻俘之禮。而提督御營平虜伯江彬在行宫前，鵬、綸過之，高聲呼冤祈命。夫身爲何等事，而向人乞生耶？真鄙夫也！

嘲沙門

《文士傳》曰：「粟據嘲沙門于法龍曰：『今大晉弘廣，天下爲家。何不全髮膚，去袈裟，舍故服，被綺羅，入滄浪，濯清波，隨太陽耀春華。而獨上違父母之恩，下失夫婦之疋，雖受布施之名，而有乞丐之實乎？』」此言雖戲，誠有理也。

婦人有見

朱文公稱易安居士李氏詩，如：「兩漢本繼紹，三國如綴旒。所以嵇中散，至死薄殷周。」爲人不可及。予讀晉徐藻妻陳氏《與妹劉氏書》，有云：「《老》、《莊》者，絶聖棄智，渾齊萬物，等貴賤，忘哀樂，非經典所貴，非名教所取，何必輒引以爲喻耶？」亦可謂有見之言也。

贈石季倫詩

嵇延祖紹有《贈石季倫崇》詩云：「人生禀五常，中和爲至德。嗜欲雖不同，(成)〔伐〕生所不識。仁者安其身，不爲外物惑。事故誠多端，未若酒之賊。内以損性命，煩辭傷軌則。屢飲致疲怠，清和自否塞。陽(堅)〔竪〕敗楚軍，長夜傾宗國。詩書著明戒，量體節飲食。遠希彭聃壽，虚心處冲默。茹芝味醴泉，何爲昏酒色。」其後崇以妾緑珠致禍，卒殺其身，豈非「昏酒色」哉？

宋人絶句

「白髮傷春又一年，閒將心事卜金錢。梨花瘦盡東風懶，商略平生到杜鵑。」此吴仲孚《傷春》絶句也〔一〕。「青裙白面閒挑菜，茅舍竹籬初見梅。春色隔年無信息，一聲啼鳥唤將來。」此李

〔一〕「句」，原本作「去」，據張國鎮本改。

邦美《題村肆粉壁》絶句也。二詩皆醞藉可愛。

嘲僧歇後語

海鹽天寧寺僧秀雪江，頗警慧，自負能詩，而輕儒紳，善趨附權貴。一日，户部李主事以徵糧至海鹽。暇日，因遊寺見之，訊其能詩，稍以禮待。去至别縣，秀往謁之，兼投以詩。李方以嚴厲自持，見其至，甚怒，痛加箠楚，委頓而歸。有好事者爲歇後語榜其寺壁云：「户部水府三官，天寧不毒不禿。去上七步成詩，打出周而復始。」聞者捧腹。

八字題碑

漢孝女曹娥碑，其陰題云：「黄絹幼婦，外孫齏臼。」楊修讀之，以爲「絶妙好辭」。又漢太尉許馘碑，其陰題云：「談馬礪畢，王田數七。」徐鉉讀之，以爲「許碑重立」。曹碑在上虞，許碑在宜興。

薛能

世之小人，往往高自稱許，施張矜伐，以夸示庸人孺子，言議迂誕，前無古人，而下視一世之士。及就而叩之，空空鄙夫也。如唐之薛能，其始也，則議詆孔明，而不爲之然，卒至于辱身喪家而僨國事，孔明果如是乎？後村劉氏曰：「能自稱舉大過，五言云：『空餘氣長在，天子用平人。』不但自譽其詩，又自譽其才。然位歷節鎮，不爲不用矣。卒以驕恣陵忽，僨軍殺身，其才安在？庸妄如此，乃敢輕議諸葛，可謂小人之無忌憚者。」吁！世之矜伐者，可不鑒此而自抑乎〔二〕？

古人服善

晦庵云：「南豐過荆襄，後山携所作以謁之。南豐一見愛之，因留款語。適欲作一文字，事多，因托後山爲之，且授以意。後山文思亦澀，窮日之力方成，僅數百言。明日，以呈南豐。南豐云：『大略也好，只是冗字多，不知可許略删動否〔三〕？』後山因請改竄。南豐就坐，取筆抹數處。每抹處，連一兩行，便以授後山。凡削去一二百字，後山讀之，則其意尤完。因嘆服，遂以爲法。所以後山文字，簡潔如此。」又《元史》，元文敏公明善、虞邵庵伯生，二人初相得甚驩，至

〔二〕「自」，原本作「此」，據張國鎮本改。

〔三〕「許」，原本作「謂」，據張國鎮本改。

京師，乃復不能相下。董士選之自中臺行省江浙也，二人俱送出都門外。士選曰：「伯生以教導爲職，當早還。復初更送我。」集還，明善送至二十里外。士選下馬，入邸舍中，爲席，出槖中肴，酌酒同飲。乃舉酒屬明善曰：「士選以功臣子，出入臺省，無以補國家，惟求得佳士數人，爲朝廷用之。如復初與伯生，他日必皆光顯，然恐不免爲人構間。復初，中原人也，仕必當道；伯生南人，將爲復初摧折。今爲我飲此酒，慎勿如是。」明善受卮酒，跪而釂之，起立言曰：「誠如公言，無論他日，今隙已開矣。請公再賜二卮，明善終身不敢忘公言。」乃再飲而別。真人吴全節，與明善交尤密，嘗求明善作文。既成，明善謂全節曰：「伯生見吾文〔一〕，必有譏彈，吾所欲知。成季爲我治具，招伯生來觀之。若已入石，則無及矣。」明日，集至，明善出其文，問何如，集曰：「公能從集言，去百有餘字，則可傳矣！」明善泚筆屬集，凡删百二十字，而文益精當。明善大喜，乃驩好如初。集每見明經之士，亦以明善之言告之。蓋二人皆士選所薦士也。若數君子者，或善與人同，或服善不吝，真可爲學者之法。

〔一〕「文」，原本作「生」，據張國鎮本改。

代有聞人

歐陽氏、司馬氏二氏，代有聞人。漢歐陽伯和八世爲《尚書》博士，唐有歐陽詢、歐陽詹，宋有歐陽脩，元有歐陽玄，皆以文學顯。司馬氏在漢則太史遷父子、園令相如，唐則弘文館學士貞，宋則太師温國公光，亦皆以文學顯。二氏至今，科第前後相望，未嘗乏人。

飛卿詩句

唐温飛卿有《金筌集》七卷、《别集》一卷。説者病其風花綺麗，或有累其正氣。予觀其集中如《裴晉公挽歌詞》云：「銘勒燕山暮，碑沉漢水春。」又云：「玉璽終無慮，金縢竟不開。」如此等語，於正氣何損？

學者當有守

趙忠定公汝愚初登第，謁趙彦端德莊。德莊故餘干令，因家焉，故與忠定父兄游。語之曰：「謹毋以一魁寘胸中。」又曰：「士大夫多爲富貴誘壞。」又曰：「今日於上前得一二語獎諭，明日於宰相處得一二語褒拂，往往喪其所守者，多矣！」忠定拱手曰：「謹受教。」前輩於後進如此。予見今之士，有以一第自驕而取終身之僇者，多矣！不但君相奬諭褒拂，雖説相談命之徒，有一言而面譽之，則張大自衒，以夸於人。有學有守者，固不如此，學者當戒之。

歐陽韶

歐陽韶，字子韶，永新人，性剛介。洪武初，以賢良方正舉授監察御史。時高皇帝威斷莫測。一日，韶侍班，上乘怒欲戮一人，同列御史皆莫敢諫。韶趨進，跪，舉手加額，連呼曰：「陛下不可，陛下不可。」天顔爲霽，其人得從輕典。韶後引年懇乞致仕歸，卒于家。

彭文思公讀卷

彭文思公華爲詹事時，成化壬辰殿試與讀卷官，其鄉人劉震當爲第一。文思從兄文憲公時在内閣，避嫌，欲寘震二甲。文思曰：「不可。舉不避親，何嫌之有？」乃以震居第二。識者於此謂文思有宰相器，後果入閣云。

自警銘

張懿簡公鵬，爲理漕都御史時，作《自警銘》，書于淮陰行臺。其銘云：「嗚呼小子，淑慎爾止。爾公爾廉，天必福爾。爾貪爾暴，天必禍爾。爾肯畏天，天肯培爾。爾忍欺天，天忍覆爾。福善禍淫，天實由爾。栽培傾覆，天不爽爾。天維顯思，敢不敬爾。庶幾夙夜，于時保爾。書揭座右，朝夕警爾。嗚呼小子，淑慎爾止。」

詩諫

孟蜀後主於羅城上多種芙蓉，每至秋時，四十里皆鋪錦繡，高下相照。張立作詩曰：「四十里城花發時，錦囊高下照坤維。雖妝蜀國三秋色，難入豳風七月詩。」及廣政末，朝政亂，立又爲詩曰：「去年今日到成都，城上芙蓉錦繡舒。今日重來舊游處，此花憔悴不如初。」若立者，可謂能以詩諫者也。

風月堂雜識　蓉塘詩話卷之十七

仁和姜南明叔著

秦襄毅公存大體

秦襄毅公紘，總督兩廣軍務時，因發總兵官安遠侯柳景贓私，反爲所誣。朝廷命錦衣衛官校逮公至京訊之。官校至，公治事自若，凡兵食軍務，檢處既畢，然後就道。軍容騶從，略不少損。官校以其大臣重望，不敢肆言，然憂誣之者以此脅之。及度嶺，公乃謂官校曰：「吾今可以就逮矣。」遂白衣囚首，堅請自縶。官校雅敬公，不肯縶公。公曰：「頃者，吾非故違朝廷旨，不就囚服。顧兩廣總制，其責任甚重。軍民之所承奉，蠻夷之所具瞻，一旦至此，吾一身焉足惜？苟囚首就縶，正自恐損朝廷威，故優游至此者，存大體耳。」乃就縶而去。

鸜鵒詩相似

宋開禧三年十二月，史彌遠殺韓侂冑於玉津園，有旨録其家貲。高九萬詩云：「清曉官來録簿時，未曾吹徹玉參差。傍人不忍聽鸚鵡，猶向金籠喚太師。」然此詩與郭浩《題隴州鸚鵡》詩相似。《建炎筆録》云：「浩以秦鳳提點刑獄，按邊至隴口，見一紅一白鸚鵡，鳴於樹間，問『上皇安否』。浩詰其因，蓋隴州歲貢鸚鵡，徽宗置在安妃閤，教以詩文。及宣和末，使人發還本土。二鳥猶感恩不忘。浩因賦詩云：『隴口山深草木荒，行人到此斷肝腸。耳中不忍聽鸚鵡，猶在枝頭説上皇。』」九萬詩全出於此。吁！高爵厚禄如張邦昌、劉豫者，不如此禽多矣！

穢冢

秦檜墓在建康，墓上豐碑矻立，不鐫一字，蓋當時士大夫鄙其爲人，兼畏物議，故不敢作神道碑。及孟珙滅金回，屯軍於檜墓所，令軍士糞溺墓上，人謂之「穢冢」。

赤城新志不載方正學死節

天台方正學先生希直，以文學高一世，而以經濟自任。其盡忠所事，可謂烈丈夫。自古忠臣受禍之慘，無與相埒，則夫赤城後來之士，豈有出其右者哉！今《赤城新志》不載公死節，但云

「歲壬午，以翰林侍講卒于官」。雖尊鄉録，亦不明言其故，遂使先生精忠大節[二]，人不得其詳。意者爲其得罪于長陵，而不敢明言其所以得罪之由也。然江西有練安子寧者，亦死於建文之難，後長陵對輔臣曰：「立賢無方，使練子寧今日在此，朕固當用之。」觀此，則長陵亦未嘗追念舊惡也。蓋顯忠遂良，自是帝王盛德，此唐太宗所以用王、魏也。長陵聖德，不減文皇。今泰和尹閣老《名臣録》，莆田林少參《拾遺録》，雖叙及建文死難諸臣，而所遺尚多，如正學亦不在録。《拾遺録》雖有之，亦略其事。方石謝公爲國史官，而修《赤城新志》乃獨略其鄉邦先哲之行，而後生小子讀其書，思其人，無從考其行事之詳，豈不惜哉！第恨不獲見方石而質之，必有説焉。

崔浩評諸葛武侯

《北史》，崔浩評諸葛孔明云：「亮之相備，英雄奮發之時，君臣相得而不能與曹氏争天下，委棄荆州，退入巴蜀，此策之下者也。可與趙佗爲偶，而以管、蕭爲匹亞，不亦過乎？」夫孔明，伊、吕之儔，管、蕭不足道也。浩特以成敗之迹論人，謬矣！

〔二〕「使」，原本作「死」，據張國鎮本改。

聶大年

景泰間，臨川聶大年用薦起爲仁和訓導，通《詩》、《書》二經，博涉群書，篤意古文及唐人詩，書法李北海。藩憲諸公與一時達官顯人過杭者，皆禮重之，其名傳於遐邇。癸酉，歲值大比，兩廣、湖湘、山西、雲南皆以校文來聘。大年以老而廢學，就辭以疾，兼以詩謝之云：「名藩較藝遣徵書，使者頻煩走傳車。老大難遵太行路，平生厭食武昌魚。五羊城古仙游遠，八桂霜寒木落疏。寄與青雲舊知己，莫因辭賦薦相如。」卒就雲南之聘。景泰六年，徵詣翰林修史，竟以疾卒于京師旅邸。初，大年嘗言：「王抑庵冢宰求錢塘戴文進畫，十年不得。何如移十年求畫之心，以求天下之才，則野無遺賢矣！」此言頗聞於抑庵。大年病不起，以詩投抑庵，曰：「鏡中白髮難饒我，湖上青山欲待誰？」抑庵見詩，曰：「彼欲吾志其墓耳。」及大年卒，抑庵遂爲志其墓，人以是益知抑庵之德不可及。

七夕歌

杜少陵《哀江頭》、元微之《連昌宫辭》、白樂天《長恨歌》，得風人之遺意。如張文潛《七夕歌》，辭淺意褻，不作可也。

范增冢

范增墓，一名「亞父冢」，在徐州城南一里許。增，項羽謀臣。羽以陳平反間疑增，增怒，願請骸骨歸，未至彭城，疽發背死，葬此。元季，有賈胡盜發其冢，深四十尺許，得寶劍。虞邵庵諸公皆有詩悼之。朱本初一首云：「戲馬臺前范增冢，英雄千載行人竦。冢中寶氣騰光芒，識寶賈胡心爲動。築室潛謀二十年，一朝鑿井穿其壟。畚鍤絶深四十尺，乃有石盤青龍蓯。四旁牂柢大十圍，各施九十森環拱。石穿棺槥甚分明，漆光可鑒剛而鞏。冢之不用揮金椎，白骨儼然金頂踵。匣開寶劍露盤龍，金玉煇煌氣交擁。賈胡致富須臾間，棄骨溝中寧愧恐。平原無色鼓角悲，山鬼夜號川澤涌。太守陳公英俊才，慨嘆奸偷吾所統。亟呼五百取群盜，械致狴犴見仁勇。傷哉亞父天下奇，鴻門高會真危機。大旗飛起實天意，拔劍起舞空爾爲。風雲變化失隆準，玉斗一碎山河非。如公明義古亦少，發憤乃作彭城歸。六合茫茫漢疆土，厚葬何人誠可嗤。君不見，驪山牧豎遺燼酷，不如王孫裸死良亦足。」

莊騷左氏司馬遷

文章自六經、《語》、《孟》之外，惟莊周、屈原、左氏、司馬遷最著。後之學者，言理者宗周，言性情者宗原，言事者宗左氏、司馬遷。周之言出於《易》，原出於《詩》，左氏、司馬遷出於《尚書》、《春秋》，皆不能無弊，不如六經、《語》、《孟》之純粹也，學者擇焉。

六憶詩

東坡《六憶》詩，鄉先輩徐延之謂其風流醖藉，曲盡人之情態。其《憶行》云：「屏障腰肢出洞房，宫花窣地領巾長。羅裙遮定雙鴛小，只有金蓮步步香。」《憶書》云：「纖玉參差象管輕，蜀箋小研碧窗明。袖紗密映嗔郎看，學寫鴛鴦字未成。」《憶飲》云：「緑蟻頻斟不厭多，帕羅輕襯金荷。從教弄酒春衫涴，别有風流上眼波。」《憶歌》云：「一串紅牙碎玉敲，碧雲無力駐春宵。也知唱到關情處，緩按餘聲眼色招。」《憶眠》云：「泥嬌成困日初長，暫卸紗裙小簟凉。漠漠帳烟籠午枕，粉肌生汗白蓮香。」《憶妝》云：「宫樣梳兒翠縷犀，釵梁冰玉刻蛟螭。妝成要點雙心字，不管蕭郎只畫眉。」予師馬鶴窗先生云：「《六憶》詩本韓致光『三憶』詩來。致光云：『憶眠時，春夢困騰騰，展轉不能起，玉釵垂枕稜。憶行時，背手移金雀，斂笑謾回頭，步轉闌干角。憶去時，向月遲遲行，强語戲同伴，圖郎聞笑聲。』然致光作香奩是其本色。《六憶》不載蘇詩《全集》，恐是唐人效韓所爲，傳者之誤也。」先生之言如此，以今考之，《六憶》乃王建仲初之作也，信爲唐詩，而非東坡之作焉。

銀瓶烈女

銀瓶烈女者，宋岳鄂武穆王飛女也。古今歌詠其事者甚衆。惟王梧溪原吉古樂府《銀瓶娘子辭》、五清劉先生《孝娥井銘》二篇可誦。梧溪《辭》有引云：「娘子，宋岳鄂王女，聞王被收，負銀瓶投井死。祠今在浙西憲司之左，逢感其節孝，敬爲之辭。」「碧梧月落烏號霜，寒泉幽凝金井床。綺疏光流大星白，夢驚萬里長城亡。女郎報父收囹圄，匍匐將身贖無所。官家聖明如漢主，妾心愧死緹縈女。井臨交衢下通海，海枯衢遷井不改。銀瓶同沉意有在，萬歲千春露神采。魂今歸來風冷然，思陵無樹容啼鵑，先王墓木西湖邊。」五清先生《銘》有序云：「浙江按察司址，宋武穆岳王之故宅也。東南有井，王之女痛父冤，抱銀瓶而死焉者。按察使梁公大用亭覆之，榜曰『孝娥井』。于時，西蜀劉瑞作之銘曰：『天柱虧，日爲月。禍忠烈，奸檜孽。娥叫父冤冤莫雪，赴井抱瓶泉化血。血如霓叶涅，憤如鐵。曹江之娥符爾節。噫嘻！井可竭，名不可滅。』」

戒燒丹詩

林屋山人俞琰玉吾《席上腐談》云：「破布衣裳破布裙，逢人更説會燒銀。若還果有燒銀術，何不燒銀養自身？」自徐卿《涉世録》載此語，戒其季子云：「世之痴者爲爇客所誤，汝等切宜戒之。」予讀此，未嘗不撫卷而嘆其爲名言也。滁州魯訓導縉亦有詩云：「肯將身後無窮術，賣得人間有限錢。」亦可謂老於世故而不惑者也。

箕仙詩

弘治初，大京兆于公景瞻自南都謝事歸杭，自號「南湖歸叟」，雅好吟詠。一日，展先太傅肅愍公之墓，邀予師馬鶴窗先生偕往。自湧金門登丹，留泊第三橋下。公曰：「予不到西湖幾二十年，山川如故，風景不殊。子當賦詩，吾爲和之。」時九月中旬也。鶴窗遂賦唐律云：「畫舫秋風湖上來，水涵天碧浄無埃。一雙鸂鶒忽飛下，千朵芙蓉相映開。鳥似彩鸞窺寶鏡，花如仙子步瑶臺。風光堪賞還堪賦，其奈江南庾信哀。」公和云：「二十年無此客來，水仙當爲洗征埃。蘇公殘柳千行在，王母蟠桃幾度開。華表又添新冢墓，粉墻猶繞舊樓臺。相逢不飲花應笑，子建何須賦七哀。」吟畢，澆松而還。翌日，鶴窗復與詩友王雪村天碧泛湖。雪村善召箕仙術，每吟詠，有窘阻則叩仙續之，仙箕常携以隨。鶴窗因請召之，云：「有所叩。」箕既動，鶴窗問仙何名，即書云：「有事但問，問畢告名。」鶴窗曰：「有句云『捧瑶觴，南國佳人，一雙玉手』，久未有對，願仙成之。」即書云：「趺寶座，西方大佛，丈六金身。」鶴窗與雪村方驚愕，箕運如飛，復成一律。云：「此地曾經歌舞來，風流回首即塵埃。王孫芳草爲誰緑，寒食梨花無主開。郎去排雲叫閶闔，妾今行雨在陽臺。衷情訴與遼東鶴，松柏西陵正可哀。」後書云：「錢塘蘇小小，敬和鶴窗先生疇昔湖橋首唱。」已而，箕寂然不動。二先生相顧若失，稱嘆久之。曰：「小小真才鬼耶！昨賦詩頃，冥冥之中，已窺而記之矣！小小真才鬼耶！」予杭士大夫多有能道其事者。

留夢炎

宋留夢炎，理宗淳祐四年狀元；文天祥，寶祐四年狀元；陳文龍，度宗咸淳四年狀元。及宋亡，文、陳二公皆死節顯著，不負大魁之名。夢炎則自咸淳三年爲樞密使，四年罷。德祐元年六月拜相，至十一月棄位而遁，二年正月召之，不肯至，以爲江東西湖南北宣撫大使。及元將唆都陷衢州，夢炎遂降以苟活，圖富貴，有玷名科。其視文、陳二公，不啻麒麟之於犬羊，鳳凰之於燕爵，豈可同日語哉！又自號曰「忠齋」，夫士君子，立身一敗，萬事瓦裂，其不忠甚矣！尚誰欺乎？元世祖嘗問葉李、留夢炎優劣於趙孟頫。孟頫對曰：「夢炎，臣之父執，其人重厚，篤於自信，好謀而能斷，有大臣器。葉李所讀之書，臣皆讀之，其所知所能，臣皆知之能之。」帝曰：「汝以夢炎賢於李耶？夢炎在宋爲狀元，位至丞相，當賈似道誤國罔上，夢炎依阿取容。李布衣，乃伏闕上書，是賢於夢炎也。汝以夢炎父友，不敢斥言其非，可賦詩譏之。」孟頫賦詩曰：「狀元曾受宋家恩，國破臣强不敢言。往事已非那可説，且將忠直報皇元。」帝嘆賞焉。吁！帝雖異裔，亦知厭薄夢炎之爲人。然孟頫之詩，實所以自嘲耳。

膽大如斗

《三國志·姜維傳》，魏將士殺鍾會及維，維死時見剖，膽如斗大。又《山房隨筆》載，宋崖山破，張世傑舟覆而薨。翌早獲屍，棺歛焚化。其膽如斗大，而焚不化，諸軍感動。

有文無行

古今文人，往往無行。如漢之揚雄、劉歆，唐之柳宗元、吕温輩，皆急於榮利，苟圖富貴而不惜名檢。如宋張説之爲承旨也，士之頑鈍無恥者多趨之。而富川王質景文、吴興沈瀛子壽二人者，始在學校，俱有聲，及同官樞屬，時譽籍甚，每自相謂，以詣説爲戒。衆皆聞而壯之。已而，質潛往詣説，甫將升堂，而瀛已先在焉，相視愕然。明日，縉紳喧傳，清議鄙之，久皆不安而去。瀛有《沈子壽文集》，質有《雪山集》，雖辭藻可觀，所謂士君子立身一敗，萬事瓦裂，文不足重矣！傳之豈能久耶？

杜審言洪景盧自矜

史言，杜審言恃才傲世，嘗語人曰：「吾文章當得屈、宋作衙官，吾筆當得王羲之北面。」濱死，謂武平一、宋之問曰：「吾在，久壓公等。」其自矜大率類此。又洪景盧居翰苑日，嘗入直，值制詔(沓)[沓]至，自早至晡，凡視二十餘草。事竟，小步庭間。見老叟負暄花陰，誰何之，云：「京師人也，累世爲院吏。今八十餘，幼時及識元祐間諸學士。今子孫復爲吏，故養老於此。」因言：「聞今日文書甚多，學士必大勞神也。」洪喜其言，曰：「今日草二十餘制，皆已畢事矣。」老叟復頌云：「學士才思敏捷，真不多見。」洪矜之，云：「蘇學士想亦不過如此速耳。」老叟復首肯咨嗟曰：「蘇學士敏捷亦不過如此，但不曾檢閲書册耳。」洪爲赧然，自恨失言。嘗對客自言如此，且云：「人不可自矜，是時，使有地縫，亦當入矣。」夫文人誇誕，高自稱許，以驚世駭俗，自古通病。然審言之詩多佳句，景盧之學極該博，先儒固且非之。近日學者，於遷、固之史，二王之書，李、杜之詩，平生未嘗經目，每作一文，賦一詩，或對人朗誦，或書之以懸屋壁，輒曰：「吾文自遷、固史中來，吾筆札法二王，吾詩某句如李翰林，某句如杜少陵。」吁！使審言、景盧聞此，必爲之捧腹絶倒矣。

九字梅花歌

「昨夜西風吹折千林梢，渡口小艇滚入沙灘泑。野橋古梅獨卧寒屋角，疏影横斜暗上書窗敲。半枯半活幾個欐菩蘽，欲開未開數點含香苞。縱使畫工奇妙也縮手，我愛清香故把新詩嘲。」此天目山釋明本中峰《九字梅花詩》也。松雪趙文敏公子昂與之爲方外交，同院學士馮海粟子振甚輕之。一日，松雪强抵中峰同訪海粟。海粟出暇日所爲《梅花百韻》詩者示之，中峰一覽，走筆亦成一百首。海粟猶未爲然，復書此詩求和。海粟竦然，久之，致禮而定交焉。

四皓子陵

樂庵先生曰：「西都無三傑，則四皓不得高卧；東都無寇、鄧，則子陵不得終隱。」予以爲四皓人品不能逾子房，子陵意見不肯爲寇、鄧。

釋氏言心

「兩儀之内，覆載之間，中有一寶，祕在形山。」釋氏指言人心也，此語亦好。但又云：「即心見性，見性成佛。」則差矣。

張兼素寫懷詩

「石州未許許師宗，先後君恩感激同。身外功名無遠略，古來明哲有高風。關山敢厭區馳苦，天地從知覆載公。此日扁舟向西去，心隨江漢却朝東。」又云：「眼見朝廷政令新，小臣何事浪憂民。一言雖忤九重聽，萬死猶存七尺身。沙上白鷗閑笑我，鏡中華髮苦催人。十年揚子江三渡，今日何須更問津。」此張兼素《儀真寫懷》詩也。兼素名黻，吉水人，登成化壬辰進士，任涪州知州，清介公明，愛民如子，不畏權貴，擢後軍都督府經歷。時見素林公俊爲主事，以忠諫下錦衣衛獄。黻上章救之，亦逮下獄。三原王端毅公時爲都御史，上疏言二人皆忠亮，勸上納諫旌直，以隆治道，宜復俊、黻之職，以慰天下之望。疏入，上怒解。二人皆謫外補，黻始得石州，尋改師宗州。行至儀真，故有是作。一時皆傳誦之，謂其忠純之意，溢于言表，而無怨對缺望之私。尋卒于家。

瓠里子筆談　蓉塘詩話卷之十八

仁和姜南明叔著

陳丞相詩

「斗壘孤危弱不支，書生守志誓難移。自經溝瀆非吾事，臣死封疆是此時。須信纍臣堪釁鼓，未聞烈士樹降旗。一門百指淪胥北，惟有丹衷天地知。」此宋季興化守陳丞相文龍被執至合沙寄仲子訣別之詩也。觀此，可謂不負大魁之名者矣！

楊公遺愛録

《皇明名臣楊公遺愛録》一秩，嘉興湯霽之所集也。楊公名繼宗，字承芳，澤州陽城人。備載月湖楊先生方正。《名臣言行録》：「公曾守嘉興，故霽備録其立身行己、奉公愛民之事以傳，誠後來者勸懲之明鑒也。」霽之《序》有云：「嘉禾郡守之賢者，不暇遠舉。近如先生之前黄公懋，先生之後張公岫、柳公琰、梁公材、陳公琳，皆可述。民何拳拳於先生之若是也？第黄公、張公剛毅如先生，而或少牧民之風；柳公清白如先生，而尚多拂民之行；梁公清約儉素儼乎先生，而鎮之以静，又爲當道者薦守杭；陳公寬裕温柔，是爲長者，未幾亦陞任。夫以先生之才、之德、之行，而復遲之以九載之任，深仁厚澤，浹洽民心，豈天之私于先生以專美吾郡耶？不然，何民之獨無忘於先生也？」霽字汝光，中正德丙子浙江鄉試，會試不偶，授教諭而卒。霽之意，自楊公之後，惟推梁公云。

長相思詞

林和靖有《惜别・長相思》詞，云：「吴山青，越山青。兩岸青山相送迎，誰知離别情？君淚盈，妾淚盈。羅帶同心結未成，江頭潮已平。」後康伯可亦有此詞云：「南高峰，北高峰。一片湖光烟靄中，春秋愁殺儂。郎意濃，妾意濃。油壁車輕郎馬驄，相逢九里松。」二詞皆艷麗，伯可固詞客耳，和靖亦作此語耶？

嘲兄弟析居詞

錢塘凌彦翀雲翰見人家昆季析居者，作《沁園春》詞以嘲之。予每讀之，不覺三復嗟嘆，宜梓行其詞以爲世訓。詞云：「樹上凌霄，堂前紫荆，秋來尚芳。奈牝雞晨語，鶺鴒憔悴，妖狐晝嘯，鴻雁分行。仁智非周，喜憂非舜，一旦天倫忍遂忘。如何好，望松楸感泣，桑梓悲傷。古今禍起專房，總一國猶然況一鄉。家有婦人，豈無長舌？世無男子，誰有剛腸？樹大分枝，瓜熟蔕落，此語應非是義方。聊書此，要懲鑑戒，不在文章。」

寄子詩

餘杭進士洪浩，熙寧中游太學，十年不歸。其父作詩寄浩曰：「太學何蕃且一歸，十年甘旨誤庭闈。休辭客路三千遠，須念人生七十稀。腰下雖無蘇子印，篋中幸有老萊衣。歸時定約春前後，免使高堂賦式微。」浩得詩即歸養。錢塘吴慥，洪武間官四川。其父敬夫思之，作詩云：「劍閣淩雲鳥道邊，路難聞説上青天。山川萬里身如寄，鴻雁三秋信不傳。落葉打窗風似雨，孤燈背壁夜如年。老懷一掬鍾情淚，幾度沾衣獨泫然。」敬夫卒而慥始以丁憂還家，且作詩矜其妻之賢，而未嘗念及其父，至爲瞿存齋先生面誚之，其劣於浩遠矣！予見庚午貢士嚴州余初以母老不肯會試，心甚嘉之，愧不如也。因憶二詩，録之，捻筆不覺淚墮。

德祐主詩

「寄語林和靖，梅花幾度開。黄金臺下客，應是不歸來。」此詩宋德祐主在燕京時作也。又有《送汪雲水還杭》詩云：「黄金臺上客，底事又思家。歸問林和靖，寒梅幾度花。」二詩不甚相異，恐只一詩，而記者不同耳。

送春詞

元大德初，燕人梁曾貢父爲杭州路總管，政事、文學皆有可觀。嘗有《西湖送春》詞一闋，調《木蘭花慢》，云：「問花花不語，爲誰落？爲誰開？算春色三分，半隨流水，半入塵埃。人生能幾歡笑，但相逢、樽酒莫相推。千古幕天席地，一春翠繞珠圍。彩雲回首暗高臺，烟樹渺吟懷。拚一醉留春，留春不住，醉裏春歸。西樓半簾斜日，怪銜春、燕子却飛來。一枕青樓好夢，又教風雨驚回。」觀此詞，孰云元人詩餘不如宋哉？

王虎谷先生書

舊篋中檢得王虎谷先生《答楊邃庵閣老書》一幅，讀之再三，不覺扼腕，嘆息虎谷之不凡也。所謂大臣以道事君，不可則止者，於先生見之。其書云：「進本家人回，蒙賜手札，教以吾儒出處之義，所以開悟不肖者至矣。但賤疾委不堪任事，且此身一出之後，必至更陞他官，若欲行其正君救民之志，而盡其讜正之言，施其澄清之政，則立異好名之論、過當太嚴之謗必至，交口騰沸，撩蛇虺之頭，蹈虎狼之尾，亡身喪家而無益人國。智不足以保身，死不足以善道，非孔門之訓也。若遜言恭色，取悦於人，塗罅塞漏，小補於事，倘不幸而洊至崇顯之位，滔滔皆是，謇謇難容，毁方爲圓，枉尋直尺，危而不持，顛而不扶，既不可去，又不得死，何以免貪冒苟容之笑於天下後世邪？以數年之寵榮而喪一生之節，以一家之温飽而喪一身之節，孔光、張禹之徒可以鑒矣！蓋明哲保身之説，可言於卑微疏遠之時，而不可言於樞要華近之後。雲鳳今日出與不出，乃一生一死路頭，不可不慎。伏望台慈令雲鳳爲未老致仕之錢若水、文天祥，不使雲鳳犯魏桓生行死歸之戒也。雲鳳今年已五十二歲，假有七十之壽，不過十八九年耳。欲於此十八九年之間，汲汲力學，冀有寸進。入山惟恐不深，閉門惟恐不堅，豈暇更問天下事哉？手札又有來年索我金焦之論，斯言也，有麟鳳不可羈縶之氣象，但執事官居極品，汲黯所謂『已在其位者』，與雲鳳輩不同，袛當『先正其心，先治其身』，使在我者，無纖毫罅隙之可議，然後直言正論，上説下教，犯顔極諫，直前不回。凡事以身當之，至大利害，以死决之。求死不得，乃以罪謫罷免，斯合於能致其身、見危授命之意。平日讀書，不爲空言。杜子美贈一裴道州而曰『早居要路思捐軀』，古人忠於國者，其相勉如此，所以相敬相愛，非所以相病也。雲鳳雖不才，豈肯出杜子美之下哉？故爲諛言諂辭，勸執事保富貴身家者，兒童婦女之見，晌晌姁姁之情，失可爲之時，喪蚤有之譽，非真愛執事者也。雲鳳欲執事盛德偉業，與古大臣等，敬之至也；不欲執事虚居此位，以貽萬世之誚，愛之至也。每見今之君子，高爵厚禄，罔念國事所急者，修怨報恩，昵邪害正，自以爲善處世，而不知陷於胡廣之中庸，自以爲善處人，而不知陷於王導之周旋，天下蒼生無可頌之功，賢士大夫無可述之善，卒之身死而名不稱焉，無足效也。然雲鳳此言，惟執事處可以言之，亦未審尊意何如。若以爲然，非雲鳳之幸，乃國家之幸，天也。倘以爲狂妄詆訕，非雲鳳之不幸，乃國家之不幸，亦天也。天於國家，必有意矣。」

論對偶難施於史

《宋景文公筆記》云：「文有屬對平側用事者，供公家一時宣讀、施行似快便，然不可施於史傳。余修《唐書》，未能得唐人一詔一令可載於傳者，惟(拾)[捨]對偶之文近高古者乃可著於篇。大抵史近古，對偶非宜。今以對偶之文入史策，如黛粉飭壯士，笙匏佐鼓聲，非所宜云。」景文此説非也。夫紀傳之體，非特載君臣行事之迹，而一代之風俗制作寓焉。如景文之説，則詩必如《三百篇》、《離騷》，詔令必如《尚書》、兩《漢》而後載，然自東漢以來，代言者類以四六爲體，此又文章與時高下，而一代之制作所在，隨事而書，使後世可以觀時變。苟或擬以書之則非實録，景文之言，未必爲當焉。

羊頭車

自鎮江以北有獨輪小車，凡百乘載皆用之。一人挽之於前，一人推之於後，雖千里亦可至矣，謂之「羊頭車」。書籍未見載此名者，獨宋張文潛樂府《輸麥行》云：「羊頭車子毛布囊，淺泥易涉登前岡。」始見詩人用之。

萊公詩

寇萊公在宋，當時號爲賢者，然亦喜功名好進之士，又性不能容人，而蔑視同列。及南遷，道過襄州，留一絶句於驛亭，曰：「沙隄築處迎丞相，驛吏催時送逐臣。到了輸他林下客，無榮無辱自由身。」吁！公既知此，何必獻天書，食蘆菔而變鬚髮，以希宰輔也？

韓僉事詩

正德末，浙江按察僉事朝邑韓公汝節，以抑鎮守内臣王堂被誣。有旨命官校逮公至京。百姓觀公感泣，哀動城市。公自爲詩曰：「非才尸位聖恩深，士庶何勞淚滿襟。明主昌言神禹度，斯民直道葛天心。還看匣有平津劍，更喜囊無暮夜金。惆悵此時不忍去，且維輕舸越江潯。」又與同官云：「五品監司貴，朝廷法不私。二年虛竊禄，十口累相知。黄卷圜扉静，青燈夜色遲。舊聞胡憲使，此去慰相思。」時吾鄉胡端敏公爲江西按察副使，以發寧庶人奸亦被誣，逮下錦衣衛獄，故公詩及之。

海紅花

吾杭人市俗之談，謂紛紜不靖爲「海紅花」，莫知其取意也。嘗見菊莊劉士亨《詠山茶》詩云：「小院猶寒未煖時，海紅花發晝遲遲。半深半淺東風裏，好似徐熙帶雪枝。」蓋「海紅」即山茶也，而古詩亦有「淺爲玉茗深都勝，大曰山茶小海紅」。菊莊語出於此，但俗談則不知其所自焉。

唐文宗詩

唐文宗太和九年，國家有甘露之變，王涯、鄭注等不得其死，而宦官仇士良專權。上每登臨遊幸，有時獨語，莫敢進問者。嘗賦詩云：「輦路生秋草，上林花滿枝。憑高何限意，無復侍臣知。」觀此詩，則涯等真冤死哉。

入耳臟

麗水孫薪字至豐，元祐中以明經擢第，授荆門軍教授，不赴。質性清介，絶意仕進，與黄葆光爲太學舊遊。宣和六年，黄以侍御史出守處州，薪不屑詣郡謁見。黄約以勸農日會於洞溪僧舍。至期，薪以扁舟來會黄，贈以詩云：「勸農因到好溪頭，把酒相看憶舊遊。三十年來如一夢，可憐空負釣魚舟。」時有里胥欲賂黄而無由，將因薪納之，俾薪家僮導意於薪。薪叱曰：「謹無語，使吾聞，此是入耳臟。」其介如此。年八十卒。先是，有李若朴者，夢薪赴赤松觀管轄，召里人亦云「夢幡幟來迎孫教授」。翌日，具衣冠端坐而逝。

姊妹異操

宣和辛丑，方臘作亂，官軍討之。所過俘掠縉雲富民，陳氏二女並爲所執。植刃於旁，曰：「從我則歸，否則死。」長女不爲動，延頸請受刃，官軍斫之死。次女竟受污。後有責之者，曰：「若獨不爲姊所爲乎？」次女慘然，連言之曰：「難！難！難！」永康陳龍川亮曰：「世之喜斥人者曰『兒女態』，陳氏長女之態，亦兒女乎？」

四賢一不肖詩

宋仁宗明道三年，以范文正公仲淹越職言事，貶知饒州，余襄公靖論救，尹舍人洙請與同貶，歐陽文忠公脩移書責司諫高若訥，皆坐貶。蔡忠惠公襄作《四賢一不肖詩》以紀其事。四賢謂范、余、尹、歐陽，不肖斥若訥也。其詩播於都下，士人争寫之，鬻書者市之，頗獲厚利。《四賢詩·范仲淹》云：「中朝鸞鵠何儀儀，慷慨大體能者誰。之人起家用儒業，馳騁古今無所遺。當年得從諫官列，天庭一露胸中奇。失身受責甘如薺，沃然華實相葳蕤。漢文不見賈生久，詔書曉落東南涯。歸來俯首文石陛，尹以京兆天了眦。名都翼翼郡國首，里區百萬多占辭。豪宗貴幸矜意氣，半言主上承其頤。昂昂孤立中不倚，傳經決訟無牽羈。老奸黠吏束其手，衆口和附歌且怡。日朝黃幄邇天問，帝前大畫當今宜。文陳疏舉時密啓，此語多祕世莫知。傳者藉藉十得一，一者已足爲良醫。一麾出(首)[守]蕃君國，惜此智慮無所施。吾君睿明廣視聽，四招邦俊隆邦基。廷臣諫列復箝口，安得長喙號丹墀。晝歌夕寢心如疢，咄哉汝憂非汝爲。」《余靖》云：「南方之强君子居，卓然安道襟韻孤。詞科判等屢得雋，呀然鼓熖天地鑪。三年待詔處京邑，斗粟不足榮妻孥[一]。耳聞心

[一]「足」，原本作「定」，復旦本眉批：「『不定』疑是『不足』。」據宋刻本《莆陽居士蔡公文集》卷一改。

慮朝家事，螭頭北奏帝曰都。校書計課當序進，麗賦集仙來顯塗。誥墨未乾尋已奪，不奪不爲君子儒。前日希文坐言事，手提敕教東南趨。希文鯁亮素少與，失勢誰復能相扶。嶄然安道生頭角，氣虹萬丈横天衢。臣靖胸中有屈語，舉嗌不避蕭斧誅。使臣仲淹在廷列，日獻陛下之嘉謨。刺史榮官雖重寄〔一〕，奈何一郡卷不舒。言非由位固當罪，隨漕扁舟盡室俱。炎陬北去數千里，橐中狼藉惟蠹書。高冠長佩叢闕下，千百其群訶爾愚。吾知萬世更萬世，凛凛英風激懦夫。」《尹洙》云：「君子道合久以成，小人利合久以傾。世道下衰交以利，遂使周雅稱嚶鳴。煌煌大都足軒冕，綽有風采爲名卿。高名重位蓋當世，退朝歸舍賓已盈。脅肩諂笑不知病，指天報遇如要盟。一朝勢奪德未改，萬鈞已與毫釐輕。畏威訣上亦隨毁，矧復鼓舌加其評。逶迤陰拱質器厚，兩豆塞耳心無縈。嗚呼古人不可見，今人可見誰與明。章章節義尹師魯，飭躬佩道爲華榮。希文被罪激人怒，君獨欣慕如平生。抗書轂下自論劾，惟善與惡宜彙征。削官竄逐雖適楚，一語不掛離騷經。當年亦有大臣逐，朋邪隱縮無主名。希文若果事奸險，何此吉士同其聲。高談本欲悟人主，豈獨區區交友情。」《歐陽脩》云：「先民至論推天常，補衮扶世爲儒方。圜冠博帶不知本，樗櫟安可施青黄。帝圖日盛人世出，今吾永叔誠有望。處心學古貴適用，異

〔一〕「寄」，原本脱，據《莆陽居士蔡公文集》卷一補。

端莫得窺其墻。子年五月范京兆，服天子命臨鄱陽。二賢拜疏贖其罪，勢若止沸反揚湯。敕令百執無越位，諫垣何以敢封囊。哀求激憤亦復奮，强食不得下喉吭。位卑無路自聞道，目視雲闕高蒼茫。裁書數幅責司諫，落筆騄驥騰康莊。物迎縷析解統要，其間大意可得詳。書曰希文有本末，學古通今氣果剛。始自理官來祕閣，不五六歲爲天章。上心倚若左右手，日備顧問鄰清光。苟爾希文實邪佞，曷不開口論否臧？陰覘被譴始醜詆，摧枯拉腐奚爲强。倘曰希文實賢士，因言被責庸何傷？漢殺王章與（張）［長］倩，當時豈曰誅賢良。惟時諫官亦結舌，不曰可諫曰罪當。遂令百世覽前史，往往心憤涕泗滂。斯言感切固已至，讀者得不令激昂。肯圖反我爲怨府，袖書乞憐天子旁。謫官一邑固分耳，恨不剖腹呈琳琅。我嗟時輩識君淺，但推藻翰高文場。斯人滿腹有儒術，使之得地能弛張。皇家太平幾百歲，正當鑑古修紀綱。賢才進用忠言録，祖述聖德垂無疆。」《高若訥》云：「人稟天地中和生，氣之正者爲誠明。誠明所鍾皆賢傑，從容中道無欹傾。嘉言讜論范京兆，激奸糾謬揚王庭。積羽沉舟毁銷骨，正人無徒奸者朋。主知膠固未遐棄，兩播五馬猶專城。歐陽祕閣官職卑，欲雪忠良無路岐。累幅長書快幽憤，一責司諫心無疑。人謂高君如撻市，出見縉紳無面皮。高君構書奏天子，遊言容色仍怡怡。反謂希文謀疏闊，投彼南方誠爲宜。永叔忤意竄西蜀，不免一中讒巧辭。汲黯嘗糾公孫詐，弘於上前多謝之。上待公孫禮益厚，當時史官猶刺譏。司諫不能自引咎，復將己過揚當時。四公稱賢爾不肖，讒言易入天難欺。朝家若有觀風使，此語請與封人詩。」

四時行樂詞

近時人歌唱，或被之管絃，皆淫詞艷曲，所謂使人聞之喪其所守者。嘗觀元人樂府有《四時行樂·小梁州》詞四闋，不過模寫予杭西湖四時景象，比之一時其他詞曲，猶爲彼善於此，乃酸齋貫雲石之作也。其一云：「春風花草滿園香，馬繫在垂楊。桃紅柳緑映池塘，堪遊賞。沙暖睡鴛鴦。宜晴宜雨宜陰凉，比西施淡抹濃妝。玉女彈，佳人唱。湖山堂上，直喫得醉何妨。」其二云：「畫船撑入柳陰凉，聽一派笙簧。採蓮人和採蓮腔，聲嘹亮。驚起宿鴛鴦。佳人才子遊船上，笑吟吟滿飲瓊漿。歸棹晚，湖光漾。一鈎新月，十里芰荷香。」其三云：「芙蓉映水菊花黄，滿目秋光，枯荷葉底鷺鷥藏。金風蕩，飄動桂枝香。雷峰塔上登高望，見錢塘一派長江。湖水清，江潮漲。天邊斜月，新雁兩三行。」其四云：「彤雲密布鎖高峰，凜冽寒風，瓊花片片灑長空，梅梢凍，雪壓路難通。六橋頃刻如銀洞，粉妝成九里寒松。酒滿斟，笙歌送。玉船銀棹，人在水晶宫。」

金元不同

金、元雖皆夷狄，然亦不同。阿骨打既竊據中原，而名稱、位號、禮儀、文物，率變其國俗而從華夏，有元魏之風。元則率中國而從其俗，氏族、衣冠、字書、禮樂，非其國制不貴也。且如宋高宗建炎二年，阿骨打遣粘罕入寇，兵犯孔子闕里。卒有請發孔子墓者，粘罕問通事高慶裔曰：「孔子何人？」對曰：「古大聖人。」粘罕曰：「大聖墓，焉可發？」於是斬其卒。後金太宗吴乞買天會七年駐兖州，登杏壇奠拜，復詣聖林。適軍士有伐二代泗水侯并四十六代刑部侍郎宗翰墓者，命執之。謁陵周示畢，至廟南十里外，悉殺之，共一十二人。至貞祐二年正月二十四日，元太祖鐵木真率其子拖雷侵金，犯山東州郡，孔廟殿堂、廊廡并手植檜三株皆毀于兵燹。其不及金祖遠矣！及觀金世宗葬宋欽宗於鞏洛之原，而元世祖命西僧楊璉真珈發宋朝會稽諸陵，則其貪殘不仁，何以異於秦、項之取天下哉！周公膺之，孔子外之，宜也！而巍然衮冕，與歷代聖帝明王同祀，傷哉！

蓉塘詩話卷之十九

仁和姜南明叔著

櫻窗隨筆

鄒康靖公憂國愛民

弘治四年，浙西民饑。蓋四五月間，則淋潦妨種，而六七月間，又亢旱殺苗，田禾無成，故民皆艱食，而有司莫肯以聞。太子太保、禮部尚書、餘杭鄒康靖公幹，時年八十四歲，致仕家居一十三年矣，上言於朝，以爲地方災傷，乞差官體勘，將有災傷之處，該追税糧量爲寬免，敬皇重其請而允之。户部尚書葉公等以爲幹致仕已久，乃能重憂時歉，思濟民艱，忠愛之心，老而彌篤，宜加優待。庶幾下足以彰老臣忠愛之篤，上足以見朝廷優老之心。上然之，命浙江布政司官備綵帛、羊酒以慰勞之。

英宗復辟賞罰

英宗以景泰八年正月十七日復辟，大赦，改元天順。乃叙奉迎功，敕有司曰：「朕居南宮，今既七年，心已忘於天下。不意奸臣謀逆，武清侯石亨等能先機謀變，今當忠義，奉迎朕正大位，功在宗社。今特進封石亨爲忠國公，食禄一千五百石；都督張軏爲太平侯，食禄一千三百石；張輗爲文安侯，都御史楊善爲興濟伯，食禄一千二百石，俱與子孫世襲。」又曰：「于謙、王文、舒良、王誠、張永、王欽論該本當凌遲處死，從輕決了，去其手足，罷；家下人口充軍，妻小亦免爲奴隨住，家財入官。陳循、江源、俞士悦、項文耀免死，發口外，永遠充軍；家小隨住。蕭鎡、商輅、王偉、左鏞、丁澄俱發原籍爲民。」朝旨如此。然于公等之死，竟不聞去其手足，想復奏時又從輕減，不可知也。

揚雄稱王莽爲聖人

唐自玄宗末年，禄山肇亂于河北，而思明繼之滔天，僭帝唐之號，令由此不行于河北，以至于亡。然河北之人，習於叛逆，往往稱安、史爲聖人，此衆人之庸暗陋劣，不足訝也。揚雄爲漢名儒，而嘗謂王莽爲聖人，故作《太玄》、作《劇秦美新》，皆盛稱莽功德。至于作《元后誄》，有曰：「勉進大聖，上下兼該。」又曰：「歷世運移，屬在聖新。」是以莽爲聖人，與河北之庸人何異？子雲之罪，可勝誅哉！荷亭盧正夫尚爲之辯事莽之是非，誠可哂也！

詩相似

嚴惲字子重，與杜牧之相友善。有詩云：「春光冉冉歸何處，更向花前把一杯。盡日問花花不語，爲誰零落爲誰開。」東坡賞花詩云：「仙葩不用剪刀裁，國色朝酣卯酒來。太守問花花不語，爲誰零落爲誰開。」元陳剛中使安南憶家云：「老母越南垂白髮，瘦妻燕北寄黄昏。蠻烟瘴雨交州客，三處相思一夢魂。」宋子虚《客夜思親》云：「老妻病女去淮西，慈母居吴鶴髮衰。我獨天涯聽夜雨，寒燈三處照相思。」東坡、子虚固非蹈襲人者，然題既相同，意到處不覺其意之同也。雖古人之句，自不能不用之耳。

白燕詩

松江袁景文、琴川時大本皆有《詠白燕》詩，二詩同一題也，才既相敵，而造語之精，用事之切，無一字同，真作家也。大本詩云：「春社年年帶雪歸，海棠庭院月争輝。珠簾十二中間捲，玉剪一雙高下飛。天下公侯誇紫頷，國中儔侣尚烏衣。江湖多少閒鷗鷺，宜與同盟伴釣磯。」景文詩云：「老去悲來不自知，舊時王謝見應稀。月明漢水初無影，雪滿梁園尚未歸。柳絮池塘香入夢，梨花庭院冷侵衣。趙家姊妹多相忌，莫向昭陽殿裏飛。」

徽宗詩讖

宋葉坦齋寘《筆衡》載：宣和元年，道德院奏金芝之生。駕幸觀，因幸蔡京家。鳴鑾堂置酒，時蔡京有詩，徽宗即席賜和，曰：「道德方今喜迭興，萬邦從化本天成。定知金帝來爲主，不待春風便發生。」其後，女真陷中原，以宣和七年冬犯京師，十一月二十五日城陷。時太史預借立春出土牛以迎新歲，竟無助於事。又瞿存齋《詩話》載：徽宗於禁苑植荔枝，結實，以賜燕帥王安中，御製詩云：「葆和殿下荔枝丹，文武衣冠被百蠻。思與近臣同此味，紅塵飛鞚過燕山。」蓋用杜樊川「一騎紅塵妃子笑，無人知是荔枝來」之句意，然二詩竟成語讖。

譏泉州教授

弘治末，泉州府學一教授，南海人，頗立崖岸，怠忽縉紳，泉士夫多不滿之。一日，設宴搬《西廂》雜劇。翌日，有無名子書一對聯于學門，云：「斯文不幸，明倫堂上除來南海先生；學校無光，教授衙中搬出西厢雜劇。」教授者偶出，見之，赧然自愧，故態頓去矣。留朋山先生，泉人也，嘗與予談及之，相對一捧腹。

上王冢宰詩

「八十耆年一品官，歸來清節雪霜寒。雖然海内歸心在，可奈君前下拜難。鷗鷺恐疑威鳳起，風雲長護老龍蟠。三公事業三槐傳，留取完名久遠看。」此秦左史汝南强景明晟《上三原王端毅公》之詩也。正德初，關中盛傳朝議欲起端毅，故景明以此規之。端毅得詩大悦，後朝議雖不行，若景明，可謂益友也。

父忌辭燕

鄭克敬，字克敬，延平之將樂人。洪武中由薦舉任延平府儒學訓導，賜名公正，擢監察御史。正色立朝，以廉介受知高廟。嘗奉使復命，賜燕，不食飲。光禄卿以聞，上詰其故。對曰：「臣今日臣父没忌，不忍食酒肉。」上曰：「尊者賜少者，賤者不敢辭，况君命乎？」公正對曰：「臣聞有父子而後有君臣。」上悦其言，賜鈔五錠。

除官給符

太祖時，凡除授大小官員，皆給符爲信。其文曰：「奉天承運，皇帝制曰：『朕聞昔君天下者，設官分職以成治功。雖秩有大小，自下而上，自上而下，無乃賞罰焉。專符爲信，情意交孚，所以誠之至也。朕倣古制，授爾以官，給爾以符，往盡爾心，恪勤乃事。給由來覲，朕將合焉，以考爾績，其敬之哉。洪武十九年正月二十三日。』」此給教諭鍾彦良者。又有給周府長史張景翔一道，與此相同。今除授官員，惟用吏部劄付，不見有所謂符者，不知在何年革去也。

虎跑泉詩

元末，酸齋貫雲石隱居錢塘。一日，郡中數衣冠士人遊虎跑泉，飲間賦詩，以「泉」字爲韻。中一人但哦「泉，泉，泉」，久不能就。或一叟曳杖而至，問其故，應聲曰：「泉，泉，泉，亂迸珍珠個個圓。玉斧斫開頑石髓，金鈎搭出老龍涎。」衆驚問曰：「公非貫酸齋乎？」曰：「然，然，然。」遂邀同飲，盡醉而去。

王莽武后

金華王文忠公子充云：「張衡條上班固所叙與典籍不合者，以爲王莽本傳但應載篡事而已，至於編年月、紀災祥，宜爲《元后本紀》。厥後沈既濟以《武后紀》併之中宗，蓋本於此。」按王莽之篡，成於元后，以元后爲紀而繼漢，何異於莽哉？張衡末爲允當。而十八年之事，必有所歸著，此際晦庵《通鑑綱目》書法得之矣。與武后事不同。蓋武后篡唐，中宗猶在位，雖幽微而大統不絶，況夫死從子，禮之大經，而既濟併紀於中宗，寔當。故《唐鑑》之書法，既濟之餘論也。又按，唐史臣沈既濟之言曰：「中宗以始年登大位，季年復大業，雖尊名中奪，而天命未改，足以首事表年。昔魯昭公之出，《春秋》書其居曰『公在乾侯』，君雖失位，不敢廢也。今請併《太后紀》合《中宗紀》，每於歲首必書中宗所居曰『某年春正月，皇帝在某，太后某事，改某制』，則紀稱中宗而事述太后，名不失正，禮不違常矣。」而《綱目》取《唐鑑》，以其合於義也。《感興》以爲出於伊川，以伊川亦有此説也。

練子寧詩

「將軍忠節冠荆揚，千載精神日月光。血戰孤城身已殞，名垂青史汗猶香。殘碑墮淚空秋草，折戟沉沙自夕陽。我亦有懷追國士，爲君感慨奠椒漿。」此練子寧《謁安慶余忠宣公祠》之詩也。子寧名安，新淦人，洪武中張顯宗榜進士第二人〔一〕，建文時，官至御史府左副都御史。靖難

〔一〕按，此句復旦本眉批：「按，練公實登丁顯榜進士，非張顯宗也。且通考洪武中亦無張顯宗爲狀頭者。」檢（弘治）《八閩通志》卷十五「選舉」：「洪武二十一年戊辰，任亨泰榜，張顯宗，寧化人，第二人，見《人物志》。」

兵起，子寧死之，可謂不負其言者矣。御史府即都察院，建文時所更名也。

西湖散人稿

西湖散人徐聯璧者，宣德丁未狀元馬愉榜進士也。與弟璟同科，時號聯璧，故遂以爲字。聯璧名珙，錢塘人，籜冠隱君百齡之父也。歷官太僕丞，晚守湖南之寶慶，值部使者與公有私隙，誣以非罪，除名，安置塞外。天順改元，與例陳訴得白，有復起之命，以疾卒于京師。散人素有文名，所著詩文甚夥，有《西湖散人稿》。已刻板，嘗挾之自隨，及喪還，舟抵臨清，爲牐水衝激，舟覆，僅得獲柩，行李悉没於洪流，而書板亦蕩焉。籜冠嘗誦公《題壁》二詩云：「存誠固是人無間，克己能令衆所歸。半點浮雲須浄埽，一規完月更光輝。紛譁勢利從他擾，專静工夫不我違。如此路頭方入道，顔何人也亦堪希。」「力學必須令志篤，爲人端在立心高。韓歐文譽海天闊，李杜詩名今古豪。青史千年須尚友，螢窗十載莫辭勞。果能進步希前哲，未必終教困草茅。」《論交》詩云：「交游誰似古人情，春夢秋雲未可憑。溝壑不援徒泛愛，寒暄有問但虚名。陳雷義重逾膠漆，管鮑貧交托死生。此道今人棄如土，歲寒惟有竹松盟。」《題畫眉鳥》云：「野性從來不受覊，隨聲百囀任高低。也曾鎖向雕籠聽，不及林間恣意啼。」《枯荷鶺鴒圖》云：「秋色荒凉景物殘，池荷半老水生寒。鶺鴒好似人兄弟，不暫分飛赴急難。」惜不得見其全集也。

詠梅三絶

予師馬鶴窗先生云："林和靖君復『疏影橫斜水清淺，暗香浮動月黄昏』之句，寫梅之風韻；高侍郎季迪『雪滿山中高士卧，月明林下美人來』之句，狀梅之精神；楊鐵崖廉夫『萬花敢向雪中出，一樹獨先天下春』之句，道梅之氣節。"餘子瑣瑣，不足録矣。

史記稱高祖

《史記·張耳陳餘列傳》："貫高、趙午説王張敖曰：『夫天下豪傑並起，能者先立。今王事高祖甚恭，而高祖無禮。請爲王殺之。』張敖齧其指出血，曰：『君何言之誤！且先人亡國，賴高祖得復國，德流子孫，秋毫皆高祖力也。願君無復出口。』"按"高祖"二字，乃崩後謚號，作史者追稱之耳。當張敖時，高祖固無恙，豈得預以謚號稱之？所當稱者，"上"與"帝"字耳，此亦太史公臨文之錯也。

西湖十景詞

予杭西湖，山水之麗，甲於天下。古今題詠者甚衆，俱載府志，獨於詩餘尚未盡録。如西湖十景，梅深張矩成子有《應天長》詞十闋，見《曲海驪珠》。草窗周密公謹有《木蘭花慢》詞十闋，見《蘋洲漁笛譜》。存齋瞿佑宗吉有《買陂塘》詞十闋，又名《摸魚兒》。櫟壽老人莫璠仲璵有《蝶戀花》詞十闋，皆一時之傑作也。存齋詞有《序》云：「戊申之歲洪武元年，予春秋二十有二。同門友顧君漢文、鮑君彥瑛俱賦西湖十景詩。率予同作，勉成唐律十篇。迫於酬唱，甚不滿意也。近蒙彥翀凌雲翰先生借示樂章一帙，開視，則十景題詠也。梅深張成子賦《應天長》十曲於前，草窗周公謹撰《木蘭花慢》十曲於後，二公皆晚宋文士，以詞名家。其於此作，極其鋪敘，然皆嘲風詠月、論柳評花之句爾。惜其工夫有餘，而氣韻不足，語雖過之，意則未盡也。丁巳歲夏，寄居外家富氏餘清樓。俯瞰西子湖，如開一鏡。凡陰晴風雨，晨昏晝夜，未嘗不與水光山色相接，浥於目而飫於心者，所得多矣。技癢不能自忍，遂取舊詩，稍加隱括，被之聲律，製《望西湖》十闋。其調即晁無咎《買陂塘》舊譜也。每篇之末，復效辛稼軒『君莫舞，君不見玉環飛燕皆塵土』之句，推而廣之，以寓傷感之意焉。嗚呼！自戊申距今，僅及十載。湖山蒼然如故，漢文、彥瑛死已久矣。而予亦漂泊無成，非復曩時，懷抱人間，歲月奚足把玩？用是益放曠詩酒間，每花朝月夕，意有所感，即解弊裘，换醇釀，引滿獨酌，頹然就醉，醉而歌，歌而舞，舞極而倦則卧，樂極悲生，至於詞淚俱發者，亦往往有之矣。悲哀感慨，固文章之一忌。然三百十一篇，太半皆孤臣孽子、放妻棄婦不得其平而作，夫子悉取不棄，蓋以其哀而不傷，怨而不怒也。然則予之所製，抑豈過乎？雖然，『嘻笑之怒，甚於裂眥；長歌之哀，過於慟哭』，若唐柳子厚所謂者，則非予之所知也。覽者詳焉。」櫟壽《序》云：「西湖佳山水，爲東南美觀。景物之勝，天下莫與之匹。昔人以十景命題，其來尚矣。騷人墨客，古今賦詠何限？至於協之音律，被之絃管，吾於晚宋得二人焉：曰梅深張矩成子、草窗周密公謹。梅深則有《應天長》十曲，草窗則有《木蘭花慢》十闋。二公以詞名家，其於此作極其鋪叙，醖藉花月，情景俱到，逮今膾炙人口。而近代存齋瞿宗吉氏猶以爲『工夫有餘，氣概不足，語雖過之，意則未盡』，别爲《摸魚兒》調以繼其後。今讀其詞，誠爲作手。但存齋遭勝國之餘，陵遷谷變，觸景動中，故感慨多而愉悦少，雖寓意有在，然於尊俎間歌之，未免使人損其歡樂之趣，似與前人命題之意不相侔矣。寥寥數十載間，絶無遺響。嗟夫！湖山之勝，遐方僻壤之士，欲一覽而不可得，至於按圖慕想，聞詠興嘆者，亦夥矣。我輩生於斯，長於斯，不斯之樂，可乎？况值國家承平日久，川山人物之盛，尤非昔比。四美、二難屢嘗兼得，故於登臨之暇，花月之間，每欲形於言而未能也。今年秋，雨窗枯坐，杜門謝賓客，飯餘酒後，操觚弄筆，因取『妾本錢塘江上住』舊譜，爲《蝶戀花》調十首，類皆一時乘興而作，不復煅鍊，非敢方駕昔人，聊以自適云耳。尋復自念詞曲之作，不過填腔寫意而已，故不能不有涉於蹈襲，非若他體製，務欲刊去陳言，别出機杼，而自成一家也。脱遇一二知己，花前月下，擊節而歌之，未必不如聽漁歌而聆牧唱也。」

《蘇堤春曉》 張詞云：「曙林帶暝，晴靄弄霏，鶯花未認遊客。草色舊迎雕輦，蒙茸暗香陌。秋千架，閒曉索。正露洗，綉鴛痕窄。費人省，隔夜濃歡，醒處先覺。 重過湧金樓，(晝)[畫]舫紅旌，催向斷橋泊。又怕晚天無準，東風妒芳約。垂楊岸，今勝昨。水院近，占春光酌。恁時候，不道歸來，香斷燈落。」周詞云：「恰芳菲夢醒，漾殘月，轉湘簾。正翠崦收鍾，彤墀放仗，臺榭輕烟。東園。夜游乍散，聽金壺，逗曉歇花籤。宮柳微開露眼，小鶯最泥春眠。冰奩。黛淺紅鮮。臨曉鏡，競晨妍。怕誤却佳期，宿妝旋整，忙上雕軿。都緣探芳起早，看堤邊，早有已開船。薇帳殘香淚蠟，有人病酒懨懨。」瞿詞云：「望西湖，柳烟花霧，樓臺非遠非近。蘇堤十里籠春曉，山色空濛難認。風漸順，忽聽得，鳴榔驚起沙鷗陣。瑶階露潤。把綉幕微搴，紗窗半啓，未審甚時分。 憑闌處，水影初浮日暈。遊船未許開盡。賣花聲裏香塵起，羅帳玉人猶困。君莫問，君不見，繁華易覺光陰迅。先尋芳信。怕緑葉成陰，紅英結子，留作異時恨。」莫詞云：「十里樓臺花霧繞，宜雨宜晴，山色籠春曉。楊柳梢頭殘月小，海棠枝上猶眠鳥。 蘭帳玉人初睡覺，試問樓前，畫舫開多少？報道尋芳人起早，紫騮嘶過香塵道。」

《平湖秋月》 張詞云：「候蛩探暝，晝雁寄寒，西風暗翦綃織。報道鳳城催鑰，笙歌散無迹。冰輪駕，天緯逼。漸款引，素娥遊歷。夜妝靚，獨展菱花，淡絢秋色。 人在湧金樓，漏迴繩低，光重袖香滴。笑語又驚栖鵲，南飛傍林闃。孤山影，波共碧。向此際，隱逋如識。夢仙遊，倚遍霓裳，何處聞笛？」周詞云：「碧霄澄暮靄，引瓊駕，碾秋光。看翠闕風高，珠樓夜午，誰擣玄霜。滄茫。玉田萬頃，趁仙槎，咫尺接天潢。彷彿凌波步影，露濃環珮衣凉。　鳴璫。凈洗新妝。隨皓影，過西厢。正霧衣香潤，雲鬟紺濕，私語相將。鴛鴦。誤驚曉夢，掠芙蓉，度影入銀塘。十二闌干佇立，鳳簫怨徹清商。」瞿詞云：「望西湖，斷虹收雨，長天秋水一色。姮娥捧出黄金鏡，照我清樽瑶席。風浪息，想此際，驪龍熟睡鮫人泣。吹殘短笛，對香霧雲鬟，清輝玉臂，今夕是何夕。　凭闌處，聽盡更籌漏刻，人間此景難得。滿身風露颼颼冷，何用水晶屏隔。君莫惜，君不見，坡仙樂事俱塵迹。扁舟二客，向赤壁重遊，山高水落，孤鶴夢中試。」莫詞云：「璧月沉輝湖渌靚，一色琉璃，倒湛山河影。具闕鱗宫明愈瑩，人間無此清凉鏡。笑擷芙蓉乘舴艋，醉掬文漪，摇動金千頃。欲唤坡仙同賦詠，桂花露濕衣襟冷。」

《斷橋殘雪》　張詞云：「甃澌沍曉，篙水漲漪，孤山漸捲雲簇。又見岸容舒臘，菱花照新沐。横斜樹，香未北。倩點綴，數梢疏玉。斷腸處，日影輕消，休怨霜竹。　簾上湧金樓，酒艷酥融，金縷試春曲。最好半殘鳷鵲，登臨快心目。瑶臺夢，春未足。更看取，灑窗填屋。灞橋外，柳下吟鞭，歸趁游燭。」周詞云：「覓梅花信息，擁吟袖，暮鞭寒。自放鶴人歸，月香水影，詩冷孤山。等閒。泮寒晛煖，看融成，御水到人間。瓦隴竹根更好，柳邊小駐游鞍。　琅玕。半倚雲灣。孤棹晚，載詩還。是醉魂醒處，畫橋第二，奩月初三。東闌。有人步玉，怪冰泥，沁濕錦鸞班。還見晴波漲緑，謝池夢草相關。」瞿詞云：「望西湖，王花飄後，嫩寒猶自凝沍。瑤臺夢破飛瓊老，惆悵今吾非故。斜日暮，試指點，橋南橋北經行路。佳期又誤。正環玦隨波，淚鉛成水，流入裏湖去。　凭闌處，十里銀沙分布。水泥深阻行步。孤山欲訪梅花信，除是扁舟飛渡。君莫訴，君莫見，酒樽誰酹逋仙墓。詩魂未遇。但寂寞黄昏，月香水影，吟盡斷腸句。」莫詞云：「快雪時晴寒尚沍，玉屑銀沙，紛滿湖南路。一道垂虹如約素，裙腰草色非前度。　斷玦遺環愁日暮，想像凌波，羅襪應難步。欲探梅花無處所，山童指點逋仙墓。」

《雷峰落照》張詞云：「磬圓樹杪，舟亂柳津，斜陽又滿東角。可是暮情堪翦，平分付烟郭。西風影，吹易落。認滿眼，脆紅先爍。算惟有，塔起半輪，千載如昨。　誰信湧金樓，此際憑闌，人共楚天約。準擬換樽陪月，繒空捲塵幕。飛鴻倦，低未泊。斗倒指，數來還錯。笑聲裏，立盡黄昏，剛道愁惡。」周詞云：「塔輪分斷雨，倒霞影，漾新晴。看滿鑑春紅，輕橈占岸，叠鼓收聲。簾旌。半鈎待燕，料香濃，徑遠趲蜂程。芳陌人扶醉玉，路傍懶拾遺簪。郊坰。未厭遊情。雲暮合，謾銷凝。想罷歌停舞，烟花露柳，都付棲鶯。重闉。已催鳳鑰，正鈿車，綉勒入争門。銀燭擎花夜煖，禁街淡月黄昏。」瞿詞云：「望西湖，雷峰夕照，霞光雲彩紅粲。相輪高聳猶難礙，何況鈴音低喚。堪愛玩，最好是，前山紫翠蜂腰斷。平銜一半，似金鏡初分，火珠將墜，萬丈瑞光散。　憑闌處，催罷舞郡歌伴。游船競泊芳岸。雕軿綉勒争門入，贏得六街塵亂。君莫嘆，君不見，疏星淡月横微漢。敲棋待旦。聽鯨吼華鐘，鼉鳴急鼓，光景暗中换。」莫詞云：「古塔斜陽紅欲暝，西崦人家，半在桑榆影。水印殘霞如濯錦，烟花佛國非凡境。十里畫船歸欲盡，漁唱菱歌，别是湖中景。待月有人樓上等，珠簾半捲闌重憑。」

《麯院風荷》張詞云：「换橋渡舫，添柳護堤，坡仙舊欠今續。四面水窗如染，香波釀春麯。田田處，成暗緑。正萬羽，背風斜矗。亂鷗去，不信雙鴛，午睡猶熟。　還記湧金樓，共撫雕闌，低度浣沙曲。自與故人輕别，榮枯换凉燠。亭亭影，驚艷目。忍到手，又成輕觸。悄無語，獨撚花鬚，心事曾卜。」周詞云：「軟塵飛不到，過微雨，錦機張。正緑蔭池幽，交枝徑窄，臨水追凉。宫妝。蓋羅障暑，泛青蘋，亂舞五雲裳。迷眼紅綃絳綵，翠深偷見鴛鴦。　湖光。兩岸瀟湘。風薦爽，扇摇香。算惱人偏是，縈絲露藕，連理秋房。涉江。采芳舊恨，怕紅衣，夜吟落横塘。折得荷花忘却，棹歌唱入斜陽。」瞿詞云：「望西湖，藕花風起，紗窗午夢初覺。吴娃小艇貪遊戲，衝破浮萍一道。閒自料，多應是，凌波競赴仙娥召。輕摇桂棹。愛香袖翻空，明妝映水，齊唱採蓮調。　憑闌處，兩岸波光相照。樓臺簾影顛倒。蜻蜓飛去鴛鴦散，應有玉顔歡笑。君莫誚，君不見，流光過眼催年少。新凉又到。漸苦入芳心，絲纏香竅，高背雨聲鬧。」莫詞云：「五月凉風來麯院，緑水芙渠，紅白都開遍。風遞花香清不斷，採蓮舟過歌聲緩。　醉折碧筒供笑歠，翠蓋紅綃，高下翻零亂。向晚新凉醒酒面，六銖衣薄停紈扇。」

《花港觀魚》　張詞云：「岸容浣錦，波影墮紅，纖鱗巧避鳧唼。禹浪未成頭角，吞舟膽猶怯。湖山水，江海匝。怕自有，暗泉流接。楚天遠，尺素無期，枉語停揖。　回望湧金樓，帶草蠻烟，縹緲際城堞。漸見暮榔敲月，輕舫亂如葉。濠梁興，歸未愜。記舊伴，袖携留（搯）［掐］。指魚水，總是心期，休怨三疊。」周詞云：「六橋春浪煖，漲桃雨，鱖初肥。正短棹輕蓑，牽篙荇帶，縈網蓴絲。依稀。岸紅迴遠，泛仙舟，誤入武陵溪。何處金刀膾玉，畫船傍柳頻催。　芳隄。漸滿斜暉。舟葉亂，浪花飛。聽暮榔聲合，鷗沉暗渚，鷺起烟磯。忘機。夜深浪静，任烟寒自載月明歸。三十六鱗過却，素箋不寄相思。」瞿詞云：「望西湖，兩隄新漲，粼粼緑痕微起。水香波煖魚初上，來往岸脣沙嘴。遊棹艤，又驚散，茫然一去可曾止。春融十里。愛桃浪翻紅，萍星散紫，此樂可知矣。　憑闌處，閒把金鈎垂水。波心頻掣雙鯉。纖絲暗逐長竿裊，牽動一奩紋綺。君莫喜，君不見，區區名利皆香餌。朝恩暮死。便紫綬金章，不如簑笠，長卧釣船裏。」莫詞云：「杜若浮香春霽雨，浪煖桃花，錦漲鴛鴦渚。碧藻叢深菱葉底，纖鱗吹沫摇頳尾。　戲把金鈎垂緑冰，却憶雕闌，翠袖人同倚。腸斷蕭娘書一紙，相思欲報憑雙鯉。」

《南屏晚鍾》　張詞云：「翠屏對晚，烏榜占隄，鐘聲又歛春色。幾度半空敲月，山南應山北。歡娱地，空浪迹。謾記省，五更聞得。洞天曉，夾柳橋疏，穩縱香勒。　前度湧金樓，嘯傲東風，鷗鷺半相識。暗數院僧歸盡，長虹卧深碧。花間恨，猶記憶。正素手，暗裁輕折。夜深後，不道人來，燈細窗隙。」周詞云：「疏鐘敲暝色，正遠樹，緑愔愔。看渡水僧歸，投林鳥聚，烟冷秋屏。孤雲。漸沉雁影，尚(淺)[殘]簫，倦鼓別遊人。宮柳棲鴉未穩，露稍已掛疏星。重城。禁鼓催更。羅袖怯，暮寒輕。想綺疏空掩，鸞綃翳錦，魚鑰收銀。蘭燈。伴人夜語，怕香銷，漏永著温存。猶憶迴廊待月，畫闌倚遍桐陰。」瞿詞云：「望西湖，暮天雲歛，夕陽冉冉西墜。落霞孤鶩齊飛處，認得南屏古寺。行樂地，便一霎，柳昏花暝松烟翠。鐘聲三四。見竹院僧歸，蘭舟人散，寂寞鳳城閉。　憑闌處，望斷朱樓十二。有人獨自憔悴。青禽不到紅娘去，誰把錦書重寄。君莫睡，君不見，月華星彩尤增媚。張燈就醉。怎料得明朝，憂風愁雨，日出更多事。」莫詞云：「翠巘深深深幾許，佛閣華鐘，鯨吼西風裏。回首南莊行樂地，暝烟隔斷青蓮宇。　宴飲芳園人散去，金鑰嚴城，次第催將閉。一望長橋燈火起，絳紗影裏聯歸騎。」

《柳浪聞鶯》張詞云：「翠迷倦舞，紅駐老妝，流鶯怕與春別。過了禁烟寒食，東風顫環鐵。遊人恨，柔帶結。更喚醒，羽喉宮舌。畫船遠，不認綿蠻，晚棹空歇。　爭似湧金樓，燕燕歸來，鈎轉暮簾揭。對語畫梁消息，香泥砌花屑。昆明事，休更說。費夢繞，建章宮闕。曉啼處，穩繫金狨，雙鐙籠月。」周詞云：「晴空搖翠浪，畫禽静，霽烟收。聽暗柳啼鶯，新簧弄巧，如度秦謳。誰抽。翠絲萬縷，颺金梭，宛轉織芳愁。風裊餘音甚處，絮花三月宮溝。　扁舟。纜繫輕柔。沙路遠，倦追遊。望斷橋殘日，蠻腰競舞，蘇小墻頭。偏憂。杜鵑喚去，愛綿蠻，竟日挽春留。啼覺瓊疏午夢，翠丸驚度西樓。」瞿詞云：「望西湖，六橋新柳，曉烟籠絡不定。迎風翠浪高低起，天賦水情雲性。宜掩映，都漲滿，杏花深巷桃花徑。青濃緑净。看鷗鷺驚飛，魚龍起舞，（晝）〔畫〕檝去相並。　憑闌處，兩兩金梭（拋）〔抛〕競。綿蠻巧語如詠。銀屏記豆紅牙按，啼起去年遊興。君莫聽，君不見，歌樓多少新翻令。鳳笙同韻。好留取長條，渭城朝雨，重與故人贈。」莫詞云：「西子湖頭春過半，萬縷垂楊，泅似波紋亂。黄褪緑匀誰暗换，俊遊來繫花驄慣。　紅喙嬌鶯啼緩緩，韻叶笙簧，幾被風吹斷。惱亂佳人停鳳管，背花偷把春纖按。」

《三潭印月》　張詞曰：「桂輪逼彩，菱沼漾金，潛虬暗動鮫室。水路乍疑霜雪，明眸洗春色。年時事，還記憶。對萬頃，葑痕龜折。舊遊處，不認三潭，此際曾識。　今度湧金樓，素練縈窗，頻照庾侯席。自與影娥人約，移舟弄空碧。宵風悄，籤漏滴。早未許，睡魔相覓。有時恨，月被雲妨，天也拼得。」周詞云：「游船人散後，正蟾影，瀉寒湫。看冷沁蛟眠，清宜兔浴，皓彩輕浮。扁舟。泛天鏡裏，遡流光，澄碧浸明眸。棲鷺空驚碧草，素鱗遠避金鈎。　臨流。萬象涵秋。懷渺渺，水悠悠。念漢皋遺佩，湘波步襪，空想仙遊。風收。翠奩乍啓，度飛星，倒影入芳洲。瑶瑟誰彈古怨，渚宫夜舞潛虬。」瞿詞云：「望西湖，暮蟾初出，金波十里如瀉。就中勝景三潭好，不照綺羅遊冶。誰與話，問素娥，廣寒獨宿何曾嫁。纖雲怎惹。看笑弄蘭芳，輕搖桂影，拭目辨真假。　憑闌處，儘把閒情陶寫。冰輪容易西下。舞衫踏破歌裙褪，喚起更將泉灑。君莫捨，君不見，世間誰是長年者。今宵醉也。任顛倒綸巾，淋漓宮錦，休放碧瑶斝。」莫詞云：「秋静寒潭澄見底，玉色蟾蜍，飛入清泠水。睡熟驪龍呼不起，頷珠光照冰壺裏。　讌賞此時能有幾，遥憶同歡，今夜人千里。試問龍淵深幾許，騎鯨欲共嫦娥語。」

《兩峰插雲》　張詞云：「暮屏翠冷，秋樹赭疏，雙峰對起南北。好與霽天相接，浮圖現西極。岧嶢處，雲共碧。謾費盡，少年游屐。故鄉遠，一望空遥，水斷烟隔。　閒憑湧金樓，瀲灧波心，如洗夢淹筆。喚起睡龍蒼角，盤空壯商浥。西湖路，成倦客。待倩寫，素縑千尺。便歸去，酒底花邊，猶自看得。」周詞云：「碧尖相對處，向烟外，挹遥岑。記(無)[舞]鷲啼猿，天香桂子，曾去幽尋。輕雩。易晴易雨，看南峰，淡日北峰雲。雙塔擎秋露冷，亂鍾曉送霜清。登臨。望眼增明。沙路白，海門青。正地幽天迥，水鳴山籟，風奏松琴。虚楹。半空聚遠，倚闌干，暮色與雲平。明月千岩夜午，遡風跨鶴吹笙。」瞿詞云：「望西湖，兩峰齊聳，亭亭南北相對。玉山高並三千丈，俯視渺茫塵界。雲靉靆，遮不盡，七層窗户雙飛蓋。經時歷代。向僧定人歸，鈴音自語，也似說成敗。　憑闌處，幾度晴明陰晦。山光依舊如黛。白衣蒼狗多更變，識破世間情態。君莫怪，君不見，英雄往日今何在。群仙久待。便乘之清風，問之明月，穩跨大鵬背。」莫詞云：「南北雙峰雲氣繞，玉削芙蓉，迥出青天表。金碧浮圖瞻縹緲，朱甍繡檻臨黄道。下界紅塵飛不到，東望彤庭，日出扶桑曉。願借謫仙希有鳥，瑶笙歙上蓬萊島。」

辛稼軒文

宋辛稼軒幼安，以詞擅名一代。然其作文，亦造語簡古切當。觀其《跋紹興辛巳親征詔》云：「使此詔見於紹興之前，可以無事讎之大恥；使此詔行於隆興之後，可以卒不世之伐功。今此詔與此虜猶居存也，悲夫！」又帥湖南，賑濟榜文祇用八字曰：「刼禾者斬，閉糶者配。」亦不煩贅辭而明白省約如此，豈特填詞之工哉！

揚州

《鶴窗詩話》云：「杜樊川《寄揚州韓判官》云：『青山隱隱水迢迢，秋盡江南草未凋。二十四橋明月夜，玉人何處教吹簫。』歐陽六一自維揚移泗，作《西湖》詩云：『緑芰紅蓮畫舸浮，使君那復憶揚州。都將二十四橋月，换得西湖十頃秋。』蘇東坡自汝移揚，有云：『二十四橋亦何有，换此十頃玻璃風。』元陳衆仲《贈陳新甫》云：『東華塵土滿貂裘，芍藥欄邊繫彩舟。二十四橋春似海，令人腸斷憶揚州。』本朝曾狀元子棨《過楊州東關》詩云：『翠裙紅袖坐調笙，一曲嬌歌萬里情。二十四橋春水緑，蘭橈隨處傍花行。』『二十四橋』之名，古今詩人多稱之，則知『芍藥』、

『瓊花』不能專美於廣陵矣。」予按：宋人有詞云：「揚州十里小紅樓，盡捲上朱簾一半。」蓋自隋以來，東南繁富之地，獨稱揚州。然予嘗過其地，則瓊花寂寞，芍藥無聞，二十四橋，無復遺蹤，十里珠簾，惟見葦箔。故徐幼文《過揚州》詩云：「竹西亭下路迢迢，騎鶴仙人去莫招。秋草秋烟滿城郭，月明何處夢吹簫。」則今之揚州，不及蘇、杭遠矣。

蓉塘記聞　蓉塘詩話卷之二十

仁和姜南明叔著

老而學

晉平公問師曠曰：「吾年七十，欲學，恐已暮矣。」師曠曰：「何不炳燭乎？臣聞少而好學，如日出之陽；壯而好學，如日中之光；老而好學，如炳燭之明。孰與昧行乎？」公曰：「善哉！」見《説苑》。旨哉，言乎！孔子曰：「發憤忘食，樂以忘憂，不知老之將至云爾。」其自得之妙乎？然則學者斃而後已。

二陸之文

嵇生云：「每讀二陸之文，未嘗不廢卷而嘆，恐其卷盡也。陸子十篇，誠謂快書。其辭富者，雖精思不可損也；其理弱者，雖鴻筆不可益也。觀此二人，豈徒儒雅之士，文章之人也。」二陸之作，誠佳製也。然上不足以肩劉向、揚雄，下不足以概韓愈、柳宗元，雖越流輩而不脱八代之習，何得如嵇生及唐太宗之所論哉？

諸子之貴

《吕氏春秋》云：「老耽貴柔，孔子貴仁，墨翟貴廉，關尹貴清，子列子貴虚，陳駢貴齊，陽朱貴己，孫臏貴勢，王廖貴先，兒良貴後。」《尸子・廣澤篇》曰：「墨子貴廉，孔子貴公，皇子貴衷，田子貴均，列子貴虚，料子貴别。」二論相似。

舜詩

《吕氏春秋》云：「舜自爲詩曰：『普天之下，莫非王土；率土之濱，莫非王臣。』」今按此詩乃《小雅・北山》之辭也，不知《吕氏》何據以爲舜詩也。

座右銘自警箴

臨川聶東軒先生大年著《座右銘》，予杭鄭栗庵先生瑶夫著《自警箴》，辭理俱到，可追昔賢。聶《銘》云：「短不可護，護則終短；長不可矜，矜則不長。尤人不如尤己，好圓不如好方。用晦則天下莫與汝争智，撝謙則天下莫與汝争强。多言者老氏所戒，欲訥者仲尼所臧〔一〕。妄動有悔，何如静而勿動；太剛則折，何如柔而勿剛。吾見進而不已者敗，未見退而自足者亡。爲善，有游君子之域；爲惡，則入小人之鄉。吾將書紳帶以自警，刻盤盂而過若傷。豈常存於座右，庶夙夜之不忘。」鄭《箴》云：「勿自足，自足自畫。勿多言，多言多失。勿宴安，宴安氣惰。勿玩物，玩物志溺。勿爲詭異以沽虚名，勿恤細行以累大德。勿親損友而遠益友，勿作無益而害有益。勿苟安於近小，當志乎遠大之事。勿欣戚於窮通，當盡其在己之實。顧以七年之病，而求艾於三年；詎可一日之暴，而寒之以十日？聖學邈如望洋，流光疾如過隙。揭斯語於齋居，用警勉乎朝夕。」

公穀文章

辯難攻擊之文，無出於公羊高、穀梁赤二子，於《春秋傳》見之，然氣脉甚短。此爲經師説經之文也，蓋不脱章句、訓詁之習耳。

〔一〕「臧」，原本作「藏」，據張國鎮本改。

柿蒂綾

白樂天《杭州春望》詩，有「紅袖織綾誇柿蒂，青旗沽酒趁梨花」之句。所謂「柿蒂」，指綾之紋也。《夢（梁）〔粱〕録》載：「杭土産綾曰『柿蒂』、『狗脚』，皆指其紋而言。後人不知，改爲『柿葉』，妄矣！」

温公春遊詩

司馬温公賦《春遊》詩云：「人物競紛華，驪駒逐鈿車。此時松與柏，不及道傍花。」此詩之作，其熙寧之時，王安石創行新法，任用吕惠卿等，公争之不得，故有是詩也。可以見公之自許，亦不爲輕。

大明律

高皇帝既平一海宇，洪武六年冬十一月，詔刑部尚書劉惟謙更定新律〔二〕，俾其重會衆律以

〔二〕「刑」，原本作「邢」，據張國鎮本改。

適厥中。近代比例之繁，奸吏可資爲出入者，咸痛革之。每一編成，輒繕書上奏，揭於西廡之壁。上親御翰墨，爲之裁定。明年二月，書成，篇目一準之於唐，而損益適中，賜名《大明律》。其所謂「五刑」者，笞、杖、徒、流、絞斬。笞刑五，自一十至五十；杖刑五，自六十至一百；徒刑五，自一年至三年；流刑三，自二千里至三千里；死刑二，絞、斬。又作贖刑，以贖士大夫挂誤之公罪。詳審精密，誠不刊之典也。按《通鑑》陳宣帝大建十三年《紀》云：「初，周法比於齊律，煩而不要。隋主命高熲、鄭譯及上柱國楊素、率更令裴政等更加修定。政練習典故，達於從政，乃采魏晉舊律，下至齊梁，沿革重輕，取其折衷。時同修者十餘人，凡有疑滯，皆取決於政。於是去前世梟、轘及鞭法，自非謀叛以上，無收族之罪。始制死刑二，絞、斬；流刑三，自二千里至三千里；徒刑五，自一年至三年；杖刑五，自六十至百；笞刑五，自十至五十。又制議、請、減、贖、官當之科以優士大夫。除前世訊囚酷法，考掠不得過二百；枷杖大小，咸有程式。民有枉屈，縣不爲理者，聽以次經郡及州；若仍不爲理，聽詣闕伸訴。冬，十一月，始行新律。詔曰：『夫絞以致斃，斬以殊形，除惡之體，於斯已極。梟首、轘身，義無所取，不益懲肅之理，徒表安忍之懷。鞭之爲用，殘剥膚體，徹骨侵肌，酷均臠切。雖云往古之式，事乖仁者之刑。梟、轘及鞭，並令去之。貴帶礪之書，不當徒罰；廣軒冕之蔭，旁及諸親。流役六年，改爲五載；刑徒五歲，變從三祀。其餘以輕代重，化死爲生，條目甚多，備於簡策。雜格、嚴科，並宜除削。』自是法制遂定，後世多遵用之。」觀此，則國家刑制，準隋之舊而加詳慎耳，非準唐也。方正學《論隋文》而深有取焉，此亦一端也。

提學對句

正德中，以江都趙鶴爲山東按察司提督學校副使。鶴政尚嚴厲，所至考校生員，多所罷黜，衆議紛然，搢紳亦多厭之。竟以此罷官。鶴去，以貴溪江潮代之。潮亦風裁凛然，生員之傷弓者猶畏之。潮出巡，至齊河縣，其分司壁間有題對句云：「趙鶴方翦羽翼，江潮又起風波。」潮見之，自科舉後不復再歲考，恐招物議而遠怨也。

祭東坡文

毗陵顧塘北，有蘇東坡先生祠，宋乾道壬辰郡守晁子健所築以祀先生者。先生初倅杭守湖，往來毗陵，有終焉之意。自黄移汝，謝表有「買田陽羨，誓畢此生」之語。晚由儋耳欲還潁昌，踐少公對床之約。次儀真，聞有忌之者，竟歸毗陵，終於顧塘孫氏之館，時建中靖國元年七月也。先是，有李惟熙者謂「先生緣在東南」，信哉！越六十九年壬辰，始有子健之舉。子健又訪士大夫家，得先生繪像，或朝服，或野服，凡十本，摹置壁間。復列少公轍與黄魯直庭堅、張文潛未、晁無咎補之、秦少游觀、陳無己師道六君子於兩序，與先生皆設塑像，釋奠則分祀。又鑱與無咎往來帖，晁侍郎公武爲之記。其碑有二，一在郡齋，一在宜興洞靈觀，後悉燬不存。嘉定十六年，教授余申訪得洞靈舊墨本，臨刻于石且記碑陰。又集蘇集中詩文語爲文，以祭先生，曰：「海北雷州，縱大鵬之自適；天南玉局，睇白鶴之來歸。迄尋陽羨之盟，已示菩提之病。庠音密邇，廟貌追嚴。嗚呼！裕陵之仁，如天積歲月而養成巨木；歐公之學，如海鼓波濤而放出老龍。後萬鬼以横行，駭四方而驚視。蜚辭虓蔚，騫節孤高。果於立論而絶關防，勇於擊邪而鄰矯激。稔含沙之陰毒，發下石之危機。英雄痛心，文章何罪？幾州鐵鑄此大錯，自知一念之非；千丈清不如尺渾。政恐盛名之累，臨流築室，負擔葺茅。相從田父笑談之歡，殊無老人衰憊之氣。剛大自養，摧挫愈堅。丁壬真一歌，空起雲屯之興；丙子三萬日，難留電往之身。想登虬踞虎之風標，笑噪犬嗥狐之腥腐。一寒分教，再拜款祠。骨已朽而名香，屋雖低而人傑。幾於夷級，何以妥靈？像設孔新，敬倣輯杖，挹世尊之意；諸生迎享，共哦讀書，喜青衿之詩。」此文餖飣亦工，祠今不存矣。

李常抵荆公

宋中丞李公擇常，初善王荆公。荆公當國，冀其必能爲助，而抵之乃力於他人。荆公嘗遣子霿喻意曰：「所争者國事，少存朋友之義。」公擇曰：「大義滅親，況朋友乎？」自存益堅，士論以此歸之。

爵禄畜盜賊

宋諫議大夫曾公致堯，當真宗時上疏，有云：「陛下始即位，以爵禄待君子。近年以來，以爵禄畜盜賊。」此言雖過，亦必有激而然歟。

金人索蔡京姬

《揮塵録》：「蔡元長既南遷，中路有旨，取所寵姬慕容、邢、武者三人，以金人指名來索也。元長作詩以别云：『爲愛桃花三樹紅，年年歲歲惹春風。如今去逐他人手，誰復樽前念老翁。』」吁！京於二三侍女，戀戀不能忘情如此，而上誤天子，下誤蒼生，毁人家國，敗及天下，寧不可以寒心哉！

桯史精忠録

岳武穆王忠勇蓋世，死非其罪，千載之下，人皆哀之。當時秦檜既死，其孫岳珂爲王集《金陀粹編》、《續編》、《籲天辯誣録》等書，上之朝以明王之寃抑。其書今南京國子監有板。又有《中興四將傳》、《中興十將傳》、《岳武穆王傳》，皆載王事，皆有印本。惜乎板歲久毁，不復行，罕有知者焉。王墓上舊有褒忠寺，在予杭城西棲霞嶺之側。自宋以來，詞人墨客過其地者，必軾焉。元末守塋僧可觀集史、傳、碑、記并士大夫哀弔之作爲《精忠録》，後人因而增續之，與《粹編》等書各自爲集，若《桯史》、《槐郯録》諸書。自是，其孫珂紀載本朝朝野故事，與王事不相涉也。今見新刊《桯史》尾後添寫王傳，及於《粹編》、《精忠録》内剗取數篇載之，又新集《褒忠録》亦鈔《粹編》中御札入焉，但求褒多，大爲失體，不免貽有識者之笑。

題宋高宗寫洛神賦

「静夜聞香閲舊書，洛神下筆意何如。可憐不寫平胡策，千古中興恨有餘。」「汴水園陵迹已荒，南來宫館燕錢塘〔一〕。卧薪有志圖恢復，好寫招魂酹岳王。」二詩乃國朝胡文穆公廣《題宋高宗寫洛神賦》也。諷詠之中含譏刺，高宗之不君，可見矣。

〔一〕原本「燕」字漫漶，據張國鎮本補。

黄子信

長泰黄子信，以文章、履行爲學者師。宋嘉定四年，中特科第二人，調新會。鹽場帥楊長孺以其老榜爲監當，心易之，嘗捃摭其簿書。子信將拂衣而去，投以詩云：「六年兩度拜宸旒，换得青衫白上頭。飛鵲只因無樹繞，窮猿何暇擇林投。明知著脚當來誤，幾欲抽身不自由。安得有錢了官債，任無三徑也歸休。」長孺得詩，恨知之之晚。子信有《散翁集》若干卷。

讀謝安傳詩

黄山谷魯直有《讀謝安傳》詩云：「傾敗秦師琰與玄，矯情不顧驛書傳。持危又幸桓温死，太傅功名亦偶然。」此詩衮鉞寓於諷詠之中，安石之心迹見矣！

石言

先儒譏左氏艷而富，其失也誣，如「石言於晉，神降於莘」之類。以今驗之，未必誣也。弘治三年三月□□日，陝西慶陽府雨石無數。大者如鵝鴨卵，小者如雞頭實，皆作人言，説長道短。又十四年六月，雲南雲龍州民疫疾，一概染病，十家九卧。内有不病者，見鬼輒便打死，有被打顯迹。有因沉病死者，有病卧在家，爲鬼壓死者，陸續不絶，百姓死將半。初五日起，至十二日止。二事俱見禮部災異奏内，亦豈誣哉！

种放母德

种放與其母隱於(種)[終]南山豹林谷，結茆爲廬。博通經史，士大夫多從之學，得束脩以養。著《蒙書》十卷，人多傳之。淳化中，詔起之。其母恚曰：「嘗勸汝勿講學，今爲人所知，不復得安處。我當棄汝入深山矣！」放遽辭疾不應召，盡焚其筆研，轉居窮寂。上亦不强致，而命京兆尹時存問之。咸平中，母卒。詔賜錢，助其葬，不受。放母没後，隱節不終，頗貽譏誚。無乃其母之德，有以勵之於前歟？

莘老知禮

御史杜公莘老，起莘，紹興中爲太常博士。二十九年，皇太后韋氏崩。當時典秩，自南渡後，多有司記省，至恤章又諱不録。園陵事嚴，每有疑議，院吏皆拱手。公行古議，從容裁定。大斂前一日，宰相遽召公赴堂，曰：「有旨問含玉之制。」公曰：「禮院故事所不載，以《周禮》『典瑞』鄭玄所注製之，其可。」因立具奏，上覽之曰：「是真禮官也。」由是觀之，注疏之學，亦有益於用也。國家洪武中取士，尚兼用注疏，永樂以後，不復用《四書》、《五經》，惟用《大全》取士矣。

讀書從政不在速

諫議大夫田公表聖名錫，父懿，善教于家。嘗命公：「汝讀聖人之書，而學其道，慎無速。爲期二十年，可以從政矣。」公服其訓，拳拳然博通群書。東游長安，從昌黎韓不復居驪山白鹿觀數年，器志大成，拔王府薦，有聲于京師。太宗皇帝新策天下進士，擢公第二人。公後以直道事君，立朝侃侃。范文正公稱其「動必以禮，言必有法」。予以爲此由公學力之深也。

相知不偶

桃溪謝文肅公鐸有《讀順天鄉試録次韻寄潘時用》一律云：「又是西風桂子秋，不聞仙籙上瀛洲。英賢出處曾非命，歲月江湖念昔遊。道德初心知耿耿，功名春夢幾悠悠。青燈入夜西涯老，誰復朱衣爲點頭。」末注云：「時西涯李學士爲考官，而時用復不第，豈非命哉！」蓋時用與西涯，平生最相知者。時用名辰，後以薦舉，官至太常。又蘇東坡云：「余與李廌方叔相知久矣。領貢舉事，而李不得第，愧甚！作詩送之。」其詩云：「與君相從非一日，筆勢翩翩疑可識。

平時謾說古戰場，過眼還迷日五色。我㦸不出君大笑，行止皆天子何責。青袍白苧幾千人，知子無怨亦無德。買羊沽酒謝玉川，爲我醉到春風前。歸家但草凌雲賦，我相夫子非臞仙。」吁！行止，非人所能也，天也！信乎！

三藏聖教序

《書苑》云：「唐文皇製《聖教序》，命弘福寺僧懷仁，集晉王右軍行書勒石，累年方就。逸少筆蹟，咸萃其中。」今觀碑中字與右軍遺帖所有者，纖微克肖。近世翰林侍書輩多學此碑，目其書爲院體。由吳通微昆弟已有斯目，後之士夫玩此者，學弗至，自俗耳。碑中字未嘗俗，非深於書，不足以語此。

鍾狂客

廣東鍾狂客名禧，甚有詩名，能書。淮安督理漕運總兵官平江伯陳公鋭，辟居幕下。成化壬寅，嘗過杭，友人招遊西湖。寄之詩，鍾和曰：「湖光山色最宜秋，君不來招也去遊。已辨蜀川千丈錦，爲誰今日盡纏頭。萬頃西湖水貼天，夫容楊柳亂秋烟。湖邊爲問山多少，每個峰頭住一年。」信乎，狂客也。

論孟荀

傅子云：「孟軻、荀卿若在孔門，非唯游、夏而已，乃冉、閔之徒也。」以予論之，孟子，亞聖之才。著書立言，發明仁義性善之説，有功聖門，固在冉、閔之右。至於荀卿，則性惡之論，首禍仁義，故一傳而得李斯，流毒吾道，卿之學有以啓之也。昔董子有言：「仲尼之門，五尺童子羞稱五伯。」卿之徒大壞皇帝五伯之道，則卿亦童子之罪人也。豈可望游、夏哉？

蓉塘詩話跋

書使人愛則傳。詩話多所評詩，然旁及時事附己意，搜録諸小説、雜俎，皆人所罕睹聞，故最爲讀者所喜，亹亹必盡展其卷而後已也。蓉塘先生謁宫端公于雲間，偶出《詩話》見示，坐客競羡之，傳借不已。予惟博雅之士爲大，君子所欽，所著述爲人所喜，則當公傳之於人，何可示人不廣也？遂梓之。書成，宫端公實引諸首，是可傳矣！予何言哉！夫詩作者必逸興妙心而得之也，詩話述者必極覽精衡而收之也。若夫讀者固易也，醒而神思，易而視聽，引類而伸述者之心，引規而齊作者之手。即其所感慨足致鑒戒者，惕然反諸身心之間，毋徒爾資執麈之餘論，而效捫虱之空談，則庶乎此刻不虚也。因以諗諸君子云。

嘉靖癸卯季春，莆陽八峰張秉壺書。

書重刊容唐詩話後

《容唐詩話》二十卷，予師容唐先生之所著也。其書本二十種，卷帙多少不一，多者積卷至十一二，少者不減四五卷。好事者嘗就觀之，竟日不能盡十一。後先生每種取一卷，合二十卷，總題曰《容唐詩話》。而每種仍存其名，簡略易覽，多傳録之。尋有上海縣齋之刻，宫詹儼山先生序之詳矣。因予曾從先生游，且好録刻古今人所著書，縉紳多向予索《詩話》者，縣齋之搴，不可猝得應人。迺與同門友潘君翊、王君子卿、李君志復校正而刻之，將以應索觀諸君子。因識其歲月云。

嘉靖丁未五月既望，詹事府主簿錢唐門人洪楩書。

逸老堂詩話 二卷

俞弁◇撰

趙鴻飛
徐丹丹◎點校

序

余性疏懶，平居自糲食粗衣外，無有嗜好，寓情圖史，披閲繙校，竟日忘倦。古人有云：「緩步當車，晚食當肉。」此林下人一種真樂。余亦自謂有真樂三，而此不與焉。讀經史百家，忽然有悟，朗誦一過，如對賓客談論，而無迎送之勞，一樂也。展玩法書名帖，追想古人筆法，如與客弈棋臨局，而無機心之勞，二樂也。焚香看畫，一目千里，雲樹藹然，卧遊山水，而無跋涉雙足之勞，三樂也。以此三樂，日復一日，蓋不知老之將至，何必飫膏粱，乘輕肥，華居鼎食，然後爲快哉？遂扁一室曰「逸老堂」，日居其中，鉛槧編帙，未嘗去手，意有所會，欣然筆之。久而成帙，勒爲二卷，藏諸篋笥，因名曰《逸老堂詩話》，聊以志吾之樂，且求愈于飽食無所用心者云爾。嘉靖丁未五月望日，戊申老人自序。

逸老堂詩話卷上

崑山　俞氏

浦陽吴清翁，嘗結月泉吟社，延致鄉遺老方鳳、謝翺、吴思齋輩主於家。至元丙戌，小春望日，以《春日田園雜興》爲題，預以書告淛東西以詩鳴者，令各賦五七言律詩，至丁亥正月望日收卷，月終收得二千七百三十五卷。清翁乃屬方公輩品評之，選中二百八十人，三月三日揭榜。其第一名，贈公服羅一、縑七，又筆五帖、墨五笏。第二名至五十名，贈送有差。清翁乃録其選中者之詩，自一人至六十人，總得詩七十二首。又摘出其餘諸人佳句，與其贈物回謝小啓及其事之始末，爲一帙而板行之。其一名羅公福詩云：「老我無心出市朝，東風林壑自逍遥。一犁好雨秧初種，幾道寒泉樂旋澆。放犢曉登雲外壠，聽鶯時立柳邊橋。池塘見説生新草，已許吟魂入夢招。」噫！安得清翁復作，余亦欲入社，厠諸公之末，幸矣夫。

滄洲張亨父泰《題田畯醉歸圖》詩云：「村酒香甜魚稻肥，幾家留醉到斜暉。牧奴背拽黄牛載，兒子傍扶阿父歸。鬢短何妨花插帽，身强不厭布爲衣。天寛帝力知何有，但覺豐年醒日稀。」莊誦此詩，可以想見太平氣象。向使滄洲入吴清翁吟社，吾知羅公福又讓子出一頭地矣。

杜庠，字公序，號西湖醉老，以詩名於景泰間，其《赤壁》云：「水軍東下本雄圖，千里長江隘舳艫。諸葛心中空有漢，曹瞞眼裏已無吴。兵消炬影東風猛，夢斷簫聲夜月孤。過此不堪回首處，荒磯鷗鳥滿烟蕪。」時人稱爲「杜赤壁」云。吴文定公詩：「西飛孤鶴記何詳，有客吹簫楊世昌。當日賦成誰與注，數行石刻舊曾藏。」世昌，綿竹道士，與東坡同遊赤壁，賦所謂「客有吹洞簫者」，即其人也。微文定表而出之，世昌幾無聞矣。

古今詩人措語工拙不同，豈可以唐宋輕重論之？余訝世人但知宗唐，於宋則棄不收。如唐張林《池上》云：「菱葉乍翻人采後，荇花初没舸行時。」宋張子野《溪上》云：「浮萍斷處見山影，小艇移時聞草聲。」巨眼必自識之，誰謂「詩盛於唐而壞於宋」哉！瞿宗吉有「舉世宗唐恐未公」之句，信然。

都玄敬《詩話》云：「松江袁景文未仕時，嘗謁楊廉夫，見其賦《白燕》詩云：『珠簾十二中間捲，玉翦一雙高下飛。』」余近見《鼓吹續編》，此詩乃常熟時大本所作，其詩曰：「春社年年帶雪歸，海棠庭院日争輝。珠簾十二中間捲，玉翦一雙高下飛。天下公侯誇紫頷，國中儔侶尚烏衣。江湖多少閑鷗鷺，宜與同盟伴釣磯。」大本，同時人，玄敬失於不審耳，非廉夫之詩明矣。

朱子儋《存餘堂詩話》載顧仲瑛和劉孝章《遊永安湖》詩，其警聯云：「啄花鶯坐水楊柳，雪藕人歌山鷓鴣。」極爲楊鐵崖所稱許。余記宋白玉蟾有《春日遊冶》詩云：「風條舞緑水楊柳，雨點飛紅山海棠。」亦自雋永，惜無賞音者拈出。

東坡像自贊云：「目若新生之犢，身如不繫之舟。試問平生功業，黄州惠州崖州。」山谷《自贊》云：「似僧有髮，似俗無塵。作夢中夢，見身外身。」楊誠齋《自贊》云：「青白不形眼底，雌黄不出口中。只有一罪不赦，（搪）［唐］突明月清風。」與陳龍川《自贊》「人中龍，文中虎」者有間矣。

至正壬辰冬，倡婦徐氏，徽人。寇常一日召婦佐觴，徐憤罵不從，寇馳劍往殺之。龍江章琬孟文有詩記之，云：「平康巷裏掌中身，翠舞珠歌玉樹春。不得籍除今義死，天容倡婦愧降臣。」江陰王逢元吉亦有詩弔云：「妾非花月舊時妖，曾事忠良樂聖朝。今日黄巾刀下死，陽城下蔡莫魂消。」其二云：「束帶朝衣供奉孫，虜庭歡死報皇恩。妾今一唱貞元曲，孰濺西風碧血痕。」噫！徐婦可謂風塵中有義氣表表者矣，回視冠裳，寧不愧哉？

陸儼山《詩話》載華亭衛先生《題松雪墨竹》云：「漢家日暮龍沙遠，南國春深水殿寒。留得一枝烟雨裏，又隨人去報平安。」都玄敬《詩話》云：「周方伯良石所作，但首句改易三字，『漢家』作『中原』，『龍沙』作『龍旂』。」未知孰是。

唐李義山詩有「天意憐幽草，人間重晚晴」之句。世俗久雨見晚晴輒喜，自古皆然。余適逢此景，遂演二首云：「天意憐幽草，孤根托磵隈。自含幽獨意，長殿百花開。香馥滋春雨，情深襯落梅。心知惟二謝，勾引夢中來。」「人間重晚晴，水色共天清。池面浮魚泳，山腰返照明。漁罾懸別浦，林鳥度新聲。髣髴王維畫，超然物外情。」李義山全篇，惜未見之耳。

《漢書》「白頭如新，傾蓋如故」，《説苑》作「白頭而新，傾蓋而故」，楊升庵云：「作『而』字解，尤有意味。」此説余不敢從，故特拈出。

芧栗，木果也，莊子所謂「狙公賦芧」者，今訛作「茅栗」，沈存中嘗辯其非矣。杜詩云「園收芧栗未全貧」，正指此物。今作芋栗，解作蹲鴟之芋，一何遠哉！

梁樂府《夜夜曲》，或名《昔昔鹽》。昔即夜也，《列子》「昔昔夢爲君」。鹽亦曲之別名。

杜詩「銜杯樂聖稱避賢」，用李適之「避賢初罷相，樂聖且銜杯」之句。今俗本作「世賢」者，非也。

杜詩「苔臥緑沈槍」，「緑沈」，以漆著色如瓜皮，謂之緑沈。《南史》任昉卒于官，武帝聞之，方食西苑緑沈瓜，投之於盤，悲不自勝。「緑沈瓜」，即今西瓜也。

佛寺曰「香界」，亦曰「香阜」。江總詩云：「息舟候香阜，悵別在寒林。」高適詩云：「香界泯群有。」「香界」、「香阜」，人未曾道。

《淮南子》云：「馬，聾蟲也。而可以通氣志，猶待教而成，況于人也？」注曰：「聾蟲，喻無知者」。「聾蟲」之名甚奇。

「琬液」、「瓊蘇」，皆古酒名，見皇甫松《醉鄉日月》〔一〕。《藝文類聚》載束晳《餅賦》，有「牢九」之目，蓋食具名也。東坡詩以「牢九具」對「真一酒」，誠工矣，然不知爲何物。後見《酉陽雜俎》引《伊尹書》有「籠上牢丸」、「湯中牢丸」，「九」字乃是「丸」字。詩人貪奇趁韻，而不知其誤，雖東坡亦不能免也。「牢丸」即今之湯餅是也。

歐陽公之文，粹如金玉；蘇文忠公之文，浩如江河。歐公之模寫事情，使人宛然如見；蘇公之開陳治道，使人惻然動心。皆前代之無所有也。

古樂府詩云：「尺素如殘雪，結成雙鯉魚。要知心裏事，看取腹中書。」據此詩言之，古人尺素結爲鯉魚形，即緘是也，非如今人用蠟。《文選》云：「客從遠方來，遺我雙鯉魚。」即此事也。下云「烹魚取書」，亦譬喻之言耳，非真烹也。五臣及劉履皆謂古人多於魚腹寄書，引陳涉罩魚倡禍事證之，何異癡人説夢邪！

宋初置通判，分知州之權，謂之監州。宋人有錢昆者，性嗜蟹，嘗求外補，語人曰：「但得有蟹之處，無監州則可。」此語有晉人風味。東坡詩有「欲問君王匄符竹，但憂無蟹有監州」，昆去東坡未遠，即用其事爲詩，良愛其語也。

〔一〕「皇甫松」，原本作「皇甫松嵩」，「嵩」字衍，删。

曲名有《烏鹽角》。江鄰幾《雜志》云：「始，教坊家人市鹽，得一曲譜於子角中，翻之，遂以名焉。」戴石屏有《烏鹽角行》。元人月泉吟社詩云：「山歌聒耳烏鹽角，村酒柔情玉練槌。」

《荆州記》，盛弘之撰。其記三峽水急云：「朝發白帝，暮宿江陵，凡一千二百餘里，雖飛雲迅鳥不能過也。」李太白詩云「朝辭白帝彩雲間，千里江陵一日還」，杜子美云「朝發白帝暮江陵」，皆用盛弘之語也。

謝玄暉詩「風動萬年枝」，唐詩「青松忽似萬年枝」，《三體詩》注以爲冬青，非也。《草木疏》云：「檍木，枝葉可愛，二月花白，子似杏。今在處官園種之，取億萬之義，改名萬歲樹。」即此也。

杜子美有《從韋明府續處覓錦竹兩三叢》詩，黄鶴注云：「考《竹譜》、《竹記》，無錦竹。意其文如錦，名之。《竹紀》有『蒸竹』、『箘簬竹』，其皮類繡，豈即此乎？」劉須溪亦不知所謂。近閲梅聖俞《宛陵集》，《錦竹》詩云：「雖作湘竹紋，還非楚筠質。化龍徒有期，待鳳曾無實。本與凡草俱，偶親君子室。」又自注其下云：「此草也，似竹而斑。」始知黄鶴有金注之昏耳。

杜詩云：「江蓮摇白羽，天棘蔓青絲。」王菉猗《春晚》詩云：「絲絲天棘出莓墻。」「天棘」，天門冬也，如蘹香而蔓生。洪覺範以爲柳，非也。

古有「借書一癡，還書一癡」之説。「癡」，本作「瓻」，貯酒器也，後人訛以爲「癡」字。宋人艾性父《從高帝臣借書》有詩云：「校讎未必及三家，還借最慚無一鴟。」穪字義同，借時以一鴟爲贄，還時以一鴟爲謝耳。

老杜《秋興》云：「紅稻啄殘鸚鵡粒，碧梧棲老鳳凰枝。」荆公效其錯綜體，有「繰成白雪桑重緑，割盡黄雲稻正青」。言「繰成」則知白雪爲絲，言「割盡」則知黄雲爲麥矣。近時吴興邱大祐有「梧老鳳凰枝上雨，稻香鸚鵡粒中秋」，亦得老杜不言之妙。

南荒人稱「餅毘」，謂之「具理」，人不知何物。東坡在儋耳，以詩别黎秀才，詩後批云：「新釀佳甚，求一具理。」即餅毘是也。今人以酒器爲甃，康節詩有云：「大甃子中消白日，小車兒上看青天。」

古人服善，往往推尊於前輩。如杜少陵「不見高人王右丞，藍田丘壑蔓寒藤」、「復憶襄陽孟浩然，清詩句句盡堪傳」。高適則云：「美名人不及，佳句法如何。」岑參則云：「謝朓每篇堪諷詠。」李太白過黄鶴樓則云：「眼前有景道不得，崔顥題詩在上頭。」又云：「令人却憶謝玄暉。」韓退之云：「李杜文章在，光焰萬丈長。」又云：「少陵無人謫仙死，才薄將奈石鼓何？」宋韓維詩云：「自愧效陶無好語，敢煩凌杜發新章。」古人如此推讓，今人操觚未能成章，輒闊視前古爲無物。近見《詠月》詩有「李白無多讓，陶潛亦浪傳」之句，是何語耶？可謂狂瞽甚矣！或有駁予曰：「老杜有『氣劘屈賈壘，目短曹劉墻』，又云『賦料揚雄敵，詩看子建親』，亦高自稱許。」予曰：「在老杜則可，餘則不可。」

陸放翁《宿北巖院》詩云：「車馬紛紛送入朝，北巖鐙火夜無聊。中年到處難爲别，也似初程宿灞橋。」岑參《送郭儀》詩云：「初程莫早發，且宿灞橋頭。」放翁結句本此。趙與虤《娱書堂詩話》指爲參寥詩，不考之過也。

《容齋三筆》載吴門僧惟茂，住天台山，有詩云：「四面峰巒翠入雲，一溪流水漱山根。老僧只恐山移去，日落先教鎖寺門。」唐張籍《題虎丘》詩云：「望月登樓海氣昏，劍池無底鎖雲根。老僧只恐山移去，日暮先教鎖寺門。」惟茂蹈襲張詩二句，容齋亦受其欺而記之耳。

房白雲皞，字希白，與元遺山爲友。其《别西湖》詩云：「聞説西湖可樂飢，十年勞我夢中思。湖邊欲買三間屋，問遍人家不要詩。」近見李西涯《麓堂詩集》謂「樂天所作」，誤矣。

余訪唐子畏於城西之桃花庵别業，子畏作山水小筆，遂題一絶句于其上，云：「青藜柱杖尋詩去，多在平橋緑樹中。紅葉没脛人不到，野棠花落一溪風。」余曰：「詩固佳，但恐『脛』字押平聲未穩。」子畏謂我何據，余曰：「老杜有『黄獨無苗山雪盛，短衣數挽不揜脛』。」子畏躍然曰：「幾誤矣。」遂改「紅葉没鞋人不到」〔一〕。吁，子畏之服善也如此，與世之强辯飾非者殆逕庭矣。

〔一〕 原本「遂改」下衍「經」字，據文意删。

《郡閣雅談》載：廖凝，字熙績。十歲時有《詠棋》詩云：「滿汀鷗不散，一局黑全輸。」作者見之曰：「必垂名于後世。」先大父醉菊翁與客弈棋，家君侍立，客命賦詩，即口占云：「兩行分黑白，二叟賭輸贏。落子爭先著，松間睡鶴驚。」客稱賞不已，時家君年纔十一歲。

陸安甫仲舉「鷸蚌相持，漁人得利」二句問王勝甫：「有成語可爲對否？」勝甫曰：「《戰國策》有『犬兔俱罷，田父擅功』之語，可以對之。」安甫嘆服。

《蜀志》載王衍以霞光牋五伯幅，賜金堂令張蠙，即今之深紅箋也。又有百韻箋，以其幅長，可寫百韻詩爲名也。其次學士牋，則短于百韻矣。西涯李文正與客索箋紙，數日酬和過半，因名爲子母箋。其詩云：「朝來東館暮西涯，子母箋成豈浪誇。猶有貪心勞望眼，半隨詩句落誰家。」子母箋，自西涯始名。

《能改齋漫録》云：「古來人君之亡，未有謚號，皆以大行稱之，往而不返之義也。秦始皇崩于沙丘，胡亥喟然嘆曰：『今大行未發，喪禮未終。』」見《李斯傳》。唐子畏著《四庫碎金》云：「皇帝崩後未有謚號，故曰大行。行者，德行之行，讀作去聲。」二説未知孰是。

杜征南《與兒書》言昔人云「借人書一癡，還人書一癡」，山谷《借書》詩有「時送一鴟開鎖魚」，宋艾性父《借書》詩有「校讎未必及三豕，還借最慚無一鴟」。余考《唐韻》，「瓻」與「鴟」同用，注云：酒器，大者一石，小者五斗，古借書盛酒瓶也。後人訛以爲「癡」，不亦謬乎？

張修撰亨父詩云：「東風潑地掃烟埃，桃李無情柳乏才。留不住春花落去，捲成團雪絮飛來。」此格本「無可奈何花落去，似曾相識燕飛來」之句。

伊卿舉伯羔，少從學于家君，苦志贍博，温厚文雅，閒喜作詩。余嘗愛其有新意，如《寒食》詩云：「風弄輕陰寒食天，粉墻處處露鞦韆。古人遺俗停炊爨，不禁緑楊枝上烟。」如《山中雜言》云：「牛羊自知夕，桑柘近成陰。」又云：「山花遇雨落，野雉見人飛。」「涸沼空菱葉，高籬滿豆花。」其和家君《述懷》云：「深懷師道終身重，已信文人自古貧。」詩皆清拔可誦，今爲四明訓導云。

鄂州蒲圻縣赤壁，正周瑜所戰之地。黄州亦有赤壁，東坡夜遊之地。詩人托物比興，故有「西望夏口，東望武昌」，「非孟德之困于周郎者乎」，蓋東坡翁亦有疑之之辭矣。韓子蒼亦承東坡之誤，有：「齊安城畔山危立，赤壁磯頭水倒流。此地能令阿瞞走，小偷何敢下蘆洲。」元人陳菊南，上虞人，博古士也，其《詠蒲圻赤壁》詩云：「往事何須問阿瞞，到頭吞不去江山。自從羽艦隨烟盡，惟有漁舟竟日閒。碑字雷皴漫墨本，鑾機土蝕點朱斑。凄其古思誰分付，白鳥蒼烟滅没間。」噫！千載之下，獨宋葛常之、元陳菊南二人之卓見耳。楊用修有云：「世之人無特見者，一一隨人之聲而和之，譬之應聲蟲焉。」「思以青黛藥之。」可發一笑。

廣東廣州府湛公若水，擢南京祭酒，將之任，其母垂白隨行任所。薦紳賦詩贈行甚衆，惟嘉魚李承箕一詩云：「孝道由來兒奉母，得官今日母隨兒。八千里路風波險，總是胡麻也皺眉。」湛公見詩即草疏奏于朝，求養親，至八載，親終，然後出仕。承箕可謂能盡友道，若水則能盡子職，兩得之矣。承箕，陳白沙之門人。

《雲麓漫抄》云：「古有風法華者，偶至人家，見筆硯便書，人目之爲怪。」吴中士子頗有法華之風，故拈出以警戒之耳。

趙松雪《詠老態》詩云：「老態年來日日添，黑花飛眼雪生髯。扶衰每藉過頭杖，食肉先尋剔齒籤。右臂拘攣巾不裹，中腸慘戚淚常淹。移床獨就南榮坐，畏冷思親愛日檐。」吁！非身歷老境不能道。

宋人馬晉孟昭，東吴人，賦《滿庭芳》詞云：「雪漬冰鬚，霜侵蓬鬢，去年猶勝今年。一回老矣，堪嘆又堪憐。思昔青春美景，除非是、月下花前。誰知道，金章紫綬，多少事憂煎。　侵晨騎馬出，風初暴横，雨又凄然。想山翁野叟，正爾高眠。更有紅塵赤日，也不到、松下林邊。如何好，吴淞江上，閑了釣魚船。」

宋徐師川作《漁父》詞云：「七澤三湖碧草連，洞庭江漢水如天。朝廷若覓元真子，不在雲邊在酒邊。　明月棹，夕陽船，鱸魚恰是鏡中懸。絲綸釣餌都收却，八字山前聽雨眠。」

宋朝寒食有抛堶之戲，兒童飛瓦石之戲，若今之打瓦也。梅聖俞《禁烟》詩云：「窈窕踏歌相把袂，輕浮賭勝各飛堉七禾切。」或云起于堯民之「擊壤」。

唐詩云：「殘霞蹙水魚鱗浪，薄日烘雲卵色天。」東坡詩云：「笑把鴟夷一樽酒，相逢卵色五湖天。」正用其語。《花間集》詞云：「一方卵色楚南天。」注以「卵」爲「泖」，非也。注東坡詩者，亦改「卵色」爲「柳色」，王梅溪亦不及此，何邪？

劉夢得詠玄都桃花而被謫，李繁詠東門柳，楊國忠謂其譏己而得禍。劉後村《詠落梅》詩有「東君繆掌花權柄，却忌孤高不主張」，讒者箋其詩以示柄臣，由是閑廢十載。後村有《病後訪梅十絶句》，其一云：「夢得因桃却左遷，長源爲柳忤當權。幸然不識桃并柳，也被梅花累十年。」人謂簡齋題墨梅而致魁台，後村詠落梅而罹廢黜。噫！詩之幸與不幸，有如此夫。

《天厨禁臠》，洪覺範著。有琢句法，中假借格，如「殘春紅藥在，終日子規啼」，以「紅」對「子」；如「住山今十載，明日又遷居」，以「十」對「遷」。朱子儋《詩話》謂其論詩近於穿鑿。余謂孟浩然有「庖人具雞黍，稚子摘楊梅」，以「雞」對「楊」；老杜亦有「枸杞因吾有，雞栖奈爾何」，以「枸」對「雞」；韓退之云「眼昏長訝雙魚影，耳熱何辭數爵頻」，以「魚」對「爵」，皆是假借，以寓一時之興。唐人多有此格，何以穿鑿爲哉？

人之于詩，嗜好往往不同。如韓文公讀孟東野詩，有「低頭拜東野」之句，唐史言退之性倔强，任氣傲物，少許可，其推讓東野如此。坡公《讀孟郊詩》有云：「初如食小魚，所得不償勞。

又似食蟛蜞，竟日嚼空螯。」二公皆才豪一世，而其好惡不同若此。元次山有云：「東野悲鳴死不休，高天厚地一詩囚。江山萬古潮陽筆，合卧元龍百尺樓。」推尊退之，而鄙薄東野至矣。此詩斷盡百年公案。

老杜：「讀書破萬卷，下筆如有神。」葛常之《韻語陽秋》云：「欲下筆，自讀書始。不讀書則其源不長，其流不遠，其求波瀾汪洋浩渺之勢，不可得矣。」蕭千巖云：「詩不讀書不可爲，然以書爲詩，則不可。」嚴滄浪謂「詩有别材，非關書也」，恐非確論。

吴興丘吉，字大祐，未遇時有能詩聲，對客揮毫，敏捷無比。一日聞常熟錢永暉善詩，往謁之。丘及門語閽者曰：「可語汝主，詩人特相訪。」錢曰：「彼何人，其迂若是。」適讌客，令閽者請入室，即令賦詩贈妓，仍以險韻困之。丘略不構思，一揮而就，詩曰：「琵琶斜抱出吴艭，貌與芙蓉兩不降。纖指嫩抽銀筍十，修眉淡掃緑蛾雙。舞裙影拂沈香屑，歌扇風生玉女窗。後夜巫雲忽飛去，空餘明月照湘江。」永暉嘆服不已，遂致上座，傾蓋如故，酣飲倡和，留連數日而别。

鄭九成與倪元鎮齊名，詩亦清麗。其《春暮》詩云：「春色三分都有幾，二分已在雨聲中。墻東兩個桃花樹，恨殺朝來一番風。」又云：「世事總如春夢裏，雨聲渾在杏花中。」人多稱誦。唐人有「二十四番花信風」，山谷有「一雾社公雨，數番花信風」，皆平聲用。今九成作去聲，必有所自。杜詩「會須上番看成竹」，元微之有「飛舞先春雪，因依上番梅」，俱用「上番」字，則「上番」不專爲竹也。退之《筍》詩云：「庸知上幾番。」又作平聲押。

太湖中有大小干山，吾鄉秋官馬愈抑之，號清癡道人，有詩云：「大干山，小干山，兩山突兀湖中間。世態炎凉説不盡，叉手干人千萬難。仲宣不遂依劉願，作賦懷鄉淚如霰。蒙正朱門久不開，歸家懶見妻兒面。大干山，高嵚崟；小干山，青嶙峋。徒去干人勞爾神，不如壁立千萬尋。孤標直上干青雲，下視蟻子何足云？噫嘻高哉予素心。兩干山，莫干人。」清癡此作，有所感而賦，豪邁跌宕，不減劉龍洲。

張夢晉靈有雋才，屢試不第，爲人落魄不羈，詩文多不存稿。《春暮送友》云：「三月正當三十日，一琴一鶴一孤身。馬蹄亂踏楊花去，半送行人半送春。」其臨終賦一絶云：「一枚蟬蜕榻當中，命也難辭付大空。垂死尚思元墓麓，滿山寒雪一林松。」其胸襟洒落，亦自不凡。

宋釋惠洪題王維《雪中芭蕉圖》有「雪裏芭蕉失寒暑」之句，以芭蕉非雪中物。朱新仲《猗覺寮雜記》云：「嶺外如曲江，冬大雪，芭蕉自若，紅蕉方開花。」始知前輩作畫不苟如此，想惠洪未到嶺外故也。余近閲陸安甫《蕞殘録》云：「郭都督鋐在廣西，親見雪中芭蕉，雪後亦不彫壞。」噫！不讀天下書，未遍天下路，不可妄下雌黄，觀此益信。

元薩天錫嘗有詩《送訢笑隱住龍翔寺》，其詩云：「東南隱者人不識，一日才名動九重。地濕厭聞天竺雨，月明來聽景陽鍾。衲衣香暖留春麝，石鉢雲寒卧夜龍。何日相從陪杖屨，秋風江上採芙蓉。」虞學士見之，謂曰：「詩故好，但『聞』、『聽』字意重耳。」薩當時自負能詩，意虞以先輩，故少之云爾。後至南臺，見馬伯庸論詩，因誦前作，馬亦如虞公所云，欲改之，二人構思數日，竟不獲。未幾，薩以事至臨川，謁虞公，席間首及前事，虞公曰：「歲久不復記憶，請再誦之。」薩誦所作，公曰：「此易事，唐人詩有云『林下老僧來看雨』，宜改作『地濕厭看天竺雨』，音調更差勝。」薩大悦服。今《詩律鈎玄》訛刻爲倪雲林詩，非也。

宋張表臣嘗遊南徐甘露寺，偶題小詞于壁間，其僧愚俗且瞶，愀然不樂，曰：「方泥得一堵好壁，可惜塗壞了。」張笑曰：「頗有祖風。」客問何謂，張曰：「昔李衛公亦曾以方竹杖贈甘露寺僧，尋問之，僧欣然曰：『已規而漆之矣。』衛公嗟惋竟日，祖風之謂此也。」余正德辛未春，與張堯臣遊虎丘竹樓禪房，酒半，堯臣留句壁間，余亦和之，有「松竹陰中鶴蝨墮，翠微深處僧房開」。他日，有客戲之曰：「以汝對，鶴受其侮矣。」僧愚俗無知，遂磨滅「鶴」、「蝨」二字。重遊見之，詢知其故。噫！天下事未嘗無對：「方杖削圓甘露祖，清詩磨滅虎丘僧。」與客一笑而罷。

梅花格高韻勝，見稱于詩人吟詠多矣，自和靖「香」、「影」一聯爲古今絶唱。近見王涵峰履約詩云：「傍水濃開落影斜，依稀遥認雪中花。何如西子春江上，淡掃蛾眉自浣紗。」許理齋《詩話》謂其詠梅當以神仙比之，可以自況，比之婦人則非也。余閲《木天禁語》有借喻格，如詠婦人必借花爲喻，詠花者必借婦人爲比。如王荆公《詠梅》詩云：「額黄映日明飛燕，肌粉含風冷太真。」東坡云：「春入西湖到處花，裙腰芳草傍山斜。盈盈解佩臨湘浦，脉脉當壚賣酒家。」蕭東之云：「湘妃危立凍蛟背，海月冷掛珊瑚枝。」皆借喻也，許子失于考耳。余友江陰曹毅之弘，號方湖，詠梅一絶，殊有風致：「清香疏影獨踟躕，脉脉黄昏思有餘。恰似文君新寡後，不施脂粉嫁相如。」亦借喻格也。

《麓堂詩話》載同官獻諛之辭，如：「西涯專在虚字上用力，如何到得？」又云：「西涯最有功于聯句。」又云：「西涯所造，一至此乎？」又云：「莫太洩漏天機。」至若與吴文定公和般、班韻，西涯公詩警聯俱載于内，文定和章不録一句。文定未第時，有《贈西涯詩》，全篇俱載，古人詩話未必如此。噫！涯翁天下士也，何必亦著此語？雖非自矜，亦未免起後人議論。

劉静修《詠史》云：「紀録紛紛已失真，語言輕重在詞臣。若將字字論心術，恐有無窮受屈人。」《宋史》文信公與陳宜中同傳，不預忠義之列。吴文定公有《謁文信公祠》詩云：「當時正氣亘乾坤，忠義誰將宋史論？柴市宜爲南向象，崖山應有北歸魂。已酬鄉里晞賢志，能報朝廷養士恩。一讀六歌人便哭，天教遺墨燬無存。」常熟錢氏藏文信公《六歌》墨迹，近燬于火，文定末句故及之。噫！文信公忠義表表在天地間，而史書不預，何耶？余誦静修詩，重增惋嘆。

古人文辭中往往談及西子事，而其説不一。《吴越春秋》云：「吴亡，西子被殺。」則西子之在當時固已死矣。宋之問詩：「一朝還舊都，靚妝尋若邪。鳥驚入松網，魚畏沈荷花。」則西子復還會稽矣。杜牧之詩「西子下姑蘇，一舸逐鴟夷」，則西子甘心隨范蠡矣。及觀東坡《范蠡》詩「誰遺姑蘇有麋鹿，更憐夫子得西施」，則又爲蠡竊西子而去矣。余按《墨子・親士》篇曰：「西施之沈，其美也。」西施之終，不見于史傳，古今咸謂其□范蠡從五湖之游〔二〕，今乃知其終於沈，可以爲西子浣千古之寃矣。墨子，春秋末人，其所言當信。

老杜《竹》詩云：「雨洗涓涓浄，風吹細細香。」太白《雪》詩云：「瑶臺雪花數千點，片片吹落春風香。」李賀《四月》詞云：「依微香雨青氤氲。」元微之詩云：「雨香雲澹覺微和。」以世眼論之，則曰「竹」、「雪」、「雨」，何嘗有香也。

元何貞立，長沙人，歐陽原功之婿。少有俊名，既舉進士，原功欲拔入翰林，於虞邵庵、揭奚斯諸公，極稱道之。及相見，適會僧景初持墨菊卷詣翰林求題，諸公遂請貞立賦之。貞立出倉猝且恇怯，勉强賦云：「陶令歸來不受官，黄花采采曉霜寒。悠然一見南山後，故向東籬子細看。」所作殊負所聞，諸公頗不愜。虞公詩云：「過了黄河無此種，江南秋老萬僧寒。此花開遍風光盡，莫作尋常草木看。」江南舊有僧萬公，善畫墨菊，故云。歐陽公詩云：「茲蓊元是黑衣郎，當代深仁始賜黄。今日黄花翻潑墨，本來面目見馨香。」僧舊衣黑，謂之緇流。元文宗寵眷

〔二〕「范」上原本缺一字，復於旁補入，其字漫漶，依句意及字形，疑或作「隨」。

訢笑隱，始賜著黄。貞立以詩故，竟不得入翰苑，歐公亦不復言。邵庵嘗語門人曰：「人之出處，固自有定。若貞立者，講學之功，恐亦未至焉。」近卞户部華伯，江陰人，亦爲僧題墨菊卷云：「聞説緇衣獨好賢，墨花香裏對談玄。玄霜雖改黄金色，老氣横秋尚凛然。」此詩固不敢與虞、歐並駕，而亦差勝貞立之作矣。

秦少游侍兒朝華，年十九。少游欲修真，遣朝華歸父母家，使之改嫁。既去月餘，父復來云：「此女不願嫁。」少游憐而歸之。明年，少游倅錢塘，謂華曰：「汝不去，吾不得修真矣。」臨别作詩云：「玉人前去却重來，此度分携更不回。腸斷龜山離别處，夕陽孤塔自崔嵬。」未幾，遂竄南荒。余友唐子畏閲《墨莊漫録》，偶見此事，以詩嘲少游云：「淮海修真黜麗華[一]，他言道是我言差。金丹不了紅顔别，地下相逢兩面沙。」又《題陶穀郵亭圖》云：「一宿姻緣逆旅中，短詞聊以識泥鴻。當初我做陶承旨，何必樽前面發紅。」語意新奇，如醉後啖一蛤蜊，頗覺爽口。

姚寛《西溪叢語》云：「柳子厚詩有『空齋不語坐高春』，薛能詩云『隔江遥見夕陽春』。《淮南子》曰：『日經于虞淵，是謂高春。』注云：『虞淵，地名。高春，時加戌，民碓春時也。』」黄潤玉《萬象録》云：「高春，巳時也。或云日入處，非也。」余讀梁武帝詩云：「暮春多淑氣，斜景落

[一]「修」，原本無，據《四部叢刊三編》景明鈔本《墨莊漫録》卷三補。

高春。」又《納涼》云：「高春斜日下，佳氣滿欄盈。」當以日入處爲是，二説戌與巳皆誤。

林和靖梅詩「疏影横斜水清淺，暗香浮動月黄昏」，議者以「黄昏」難對「清淺」。楊升庵《丹鉛續録》云：「黄昏，謂夜深香動，月之黄而昏，非謂人定時也。」余意二説皆非，豈詩人之固哉？梅花詩往往多用「月落參横」字，但冬半黄昏時，參横已見，至丁夜則西没矣。和靖得非此意乎？

李文正昉云：「士人惟貴王公，聞名多而識面少。」太華逸民李鷹云：「寧使王公訝其不來，無使王公厭其不去。」余欽服二公之言，當書于座隅。姚合有詩云：「時過無心求富貴，身閑不夢見公卿。」

盧疏齋云：「大凡作詩，須用《三百篇》與《離騷》。言不關于世教，義不存于比興，詩亦徒作。夫詩，發乎情，止乎禮義。《關雎》樂而不淫，哀而不傷，斯得性情之正，古人於此觀風焉。」

梁元帝詩曰：「白鳥翻帷暗，丹螢入帳明」。《白氏六帖》云：「丹鳥夜照，的的熠熠。」劉禹錫《蚊詩》云：「羞爾微形飼丹鳥。」崔豹《古今注》云：「螢火，一名丹鳥。」《金樓子》云：「齊桓公卧于柏寢，曰：『今白鳥營營，是必飢耳。』」是皆以「白鳥」爲蚊，「丹鳥」爲螢也。

逸老堂詩話卷下

崑山　俞氏

古今文人用事，有信筆快意而誤用之者，雖大手筆亦所不免。近見徐天全翁《閒居即事》詩云：「閒心自覺功名淡，却笑留侯勝酇侯。」「酇」字有二音，皆地名。蕭何所封邑，屬沛國，才何切；蕭何子孫所封邑，屬南陽，則幹切。按班固《十八侯銘》曰：「文昌四友，漢有蕭何，序功第一，受封於酇。」唐楊亘源詩云：「請問漢家功第一，麒麟閣上識酇公。」天全翁押去聲，或别有所據云。

《離騷》云「落英」，或謂菊花而不落，何爲落英？一云：「落，大也。」一云：「落，始也。」謂始開之英。姚寬《西溪叢語》引晉許詢詩云：「青松凝素體，秋菊落芳英。」沈約云：「英，葉也。言食秋菊之葉。」余讀韋應物詩云：「掇英泛濁醪，日入會田家。」審姚説無疑矣。

《竹坡詩話》云：「作詩止欲寫所見爲妙，不必過求奇險。」葉文莊公與中云：「近之作者，嫫母蹙西施之額，童稚攘馮婦之臂。句雕字鏤，叫噪聱牙，神頭鬼面，以爲新奇，良可嘆也。」余嘗見元人房白雲顥詩云：「後學爲詩務鬥奇，詩家奇病最難醫。欲知子美高人處，只把尋常話做詩。」丘文莊濬《答友人論詩》云：「吐語操辭不用奇，風行雨上藹抽絲。眼前景物口頭語，便是詩家絶妙辭。」

蔣少傅冕云：「近代評詩者，謂詩至於不可解，然後爲妙。夫詩，美教化，厚風俗，示勸戒，然後足以爲詩。詩而至於不可解，是何説耶？且《三百篇》何嘗有不可解者哉？」

南峰楊君謙循吉，作古文甚有時名，其詩亦閒雅。余每愛《夏日宿禪房》云「暖分香水浴，涼借好風吹」，《與友人夜話》云「杯柈草草免空去，飲酒無多閒話長」，《題支硎山僧院》云「泉噴雪花冷，鳥含蠻語柔」，《送僧》云「禪從逆境打，衲到暑天收」，《秋夜》云「月色寶珠瑩，酒顔枯木春」，佳句也。有《松籌堂集》。

天台王古直，有《述懷》詩「窮將入骨詩還拙，事不縈心夢亦清」之句，李西涯稱賞之，載于《麓堂詩話》。余少曾見唐宋詩選一首，但忘其名氏，詩云：「纔到中年百念輕，獨於風月未忘情。貧將入骨詩方好，事不縈心夢亦清。萬卷難圖金馬貴，一生長與白鷗盟。幸然不作諸侯客，猶恐江湖識姓名。」惜古直全篇未之見耳。

僧齊己《折楊柳詞》云：「穠低似中陶潛酒，軟極如傷宋玉風。」以「中酒」之「中」爲去聲。予記唐人有詩云「醉月頻中聖」，「近來中酒起常遲」，「阻風中酒過年年」。東坡云「臣今時復一中之」作「中風」之「中」，非也。

《隱窟雜志》：宋時閬州有三雅池，古有修此池得三銅器，狀如酒杯，各有篆文，曰「伯雅」、「仲雅」、「季雅」。當時雖以名池，而不知爲劉表物也。吴均詩曰「聊傾三雅巵」，劉夢得詩云「酒每傾三雅」，或謂古酒鉼號三雅，非也。

白樂天詩善用俚語，近乎人情物理。元微之雖同稱，差不及也。李西涯《詩話》云：「樂天賦詩用老嫗解，故失之粗俗。」此語蓋出于宋僧洪覺範之妄談，殆無是理也。近世學者，往往因此而蔑裂弗視。吴文定公讀《白氏長慶集》有云：「蘇州刺史十編成，句近人情得俗名。垂老讀來尤有味，文人從此莫相輕。」

楊用修《丹鉛續録》云：「白樂天《三游洞記》：『雲破月出，光景含吐，互相明滅，晶熒玲瓏，象生其中，雖有敏口，莫能名狀。』造語如此，何異柳子厚？世以爲太易輕議之，蓋亦未深玩之也。」

近見天全翁徐武功墨迹一卷于友人家，筆畫遒勁可愛，其詞云：「心緒悠悠隨碧浪，良宵空鎖長亭。丁香暗結意中情。月斜門半掩，才聽斷鐘聲。耳畔盟言非草草，十年一夢堪驚。馬蹄何日到神京？小橋松徑密，山遠路難憑。」其詞句句首尾字相連續，故名之爲《玉連環》。想此體格，自天全翁始。又見《賦中秋月》一闋，云：「中秋月，月到中秋偏皎潔，知他多少陰晴圓缺。陰晴圓缺都休説，且喜人間好時節。好時節，願得年年長見中秋月。」天全文集中皆不載，是以知散逸詩文尤多。

宋楊學士應之題所居壁云：「有竹百竿，有香一爐。有書千卷，有酒一壺。如是足矣。」余友柳大中僉性僻嗜書，搜羅奇集，傳寫殆遍，親自讎校，不吝假借，由是人益賢之。閒好吟詠，手録《白氏長慶集》，題其後云：「兩三年寫自經手，七十卷書纔到頭。」《山居》云：「煮粥燒松子，梳頭就菊花。」《述懷》云：「百竿竹與身同老，千卷書曾手自抄。」余嘗過訪其居，修竹瀟然，焚香獨坐，左圖右史，充棟汗牛。昔人之所慕者，今大中俱得之矣。與世之朝吴暮楚，驅馳勢利之場者，大相遼絶哉。

唐士絅《夢餘録》云：「古人爆竹，必于元旦雞鳴之時。今人易以除夜，似失古意。」余近讀張燕公《守歲》詩云：「竹爆好驚眠。」始知唐時除夜爆竹，其來久矣。

張文潛《明道雜志》云：「錢穆父尹開封府，剖决無滯，東坡譽之爲『霹靂手』。穆父曰：『敢云霹靂手，且免胡盧蹄。』」蓋俗諺也。《能改齋漫録》記張鄧公《罷政》詩云：「赭案當衙並命時，與君兩個没操持。如今我得休官去，一任夫君鶻鷺蹄。」余又見李屏山樂府末句云：「但尊中有酒，心頭無事。葫蘆提過鶻鷺蹄。」即今俳優指爲鶻突者，即胡塗之謂也。

壺山宋謙父《詠蚊》詩云：「朋比趨炎態度輕，禦人口給屢憎人。雖然暗裏能鑽刺，貪不知機竟殺身。」此詩諷當世小人奔競不知止者，然辭語太露，無含蓄意。本朝夏文靖公元吉《詠蚊》

云〔二〕：「白露瀼瀼木葉稀，癡蚊猶自傍人飛。信伊衹解趨炎熱，未識行藏出處機。」藹然有規諷警戒之意存焉。

祝枝山先生希哲，嘗序家君《約齋漫録》二十卷，今録其略云：「俞君寬父，吴之耆儒也。秉操貞介，守道篤學，慎交簡出，泊然安素。其爲學也，好劇殆飴勤，彰逐月外，視權要若仇，聲利若漚，黄卷賓主，墨訂朱讎，日與古哲者游，蓋皇甫玄宴之流也。」文浩瀚，不暇盡録。楊君謙見之，乃曰：「太史公筆不過是也。」又贈先君詩云：「水南雄市萬塵趨，水北還容陋巷居。三尺素桐陶靖節，百篇華賦馬相如。心抛世俗争爲事，手録前賢未見書。欲繼姓名高士傳，怕君嫌我近睢盱。」家君白髮種種，嗜學不倦，每見奇書，手自謄録，時年八十餘矣，未嘗一日廢鉛槧也。枝翁與先君辭世先後，墓木拱矣。展卷讀之，不覺泫然。

吾鄉光庵王仲光，博學，知天文，旁通於醫。洪武中，避地太湖。戊寅，儲君即位，有詩云：「數莖白髮亂蓬鬆，萬理千梳不得通。今日一梳通到底，任教春雪舞東風。」人咸謂光庵我朝陳圖南，信哉！

陸放翁《黄州》詩云：「君看赤壁終陳迹，生子何須是仲謀？」趙與時《賓退録》云：「陸詩

〔二〕「夏元吉」即「夏原吉」，又原吉謚爲忠靖，此處作「文靖」，似有誤。

本晁載之《詠昭靈夫人》詩『安用生兒作劉季，暮年無骨葬昭靈』。」予曰：「非也，東坡有『但令有婦如康子，何用生兒似仲謀』。」

少師楊文貞公嘗曰：「東坡竹妙而不真，息齋竹真而不妙。」蓋坡公成于兔起鶻落，須臾之間，而息齋所謂節節而爲之，葉葉而累之者也。專以畫爲事者，乃如是爾。今人有得東坡竹，其枝葉逼真者，大率僞爾。沈石田長于山水，而短於竹，嘗自嘲云：「老夫畫竹類竹醜，小兒旁觀謂楊柳。」李西涯《題柯敬仲墨竹》云：「莫將畫竹論難易，剛道繁難簡更難。君看蕭蕭祇數葉，滿堂風雨不勝寒。」非得畫家三昧旨，恐不能道此語。

《考古編》云：「屈原《漁父》一章，自載己與漁父問答之辭。漁父勸其從俗，原答之曰：『寧赴湘流，葬于江魚腹中。』漁父莞爾，鼓枻歌《滄浪》而去。」則是自「莞爾」而下至「去不復顧」，皆原語言也。若原實嘗投湘，安得更能自書死後之言乎？賈誼、揚雄作《畔騷》，皆言原真水死，而世亦和之，此不審也。

清明前三日謂之寒食節，天下皆然。其事出於介子推，山西尤重。王惲有詩云：「晉人熟食一月節，店舍無烟竈厨冷。」盧象詩云：「子推言避世，山火遂焚身。四海同寒食，千秋爲一人。」今吴中相傳清明前二日也。

吾鄉魏太常校常寓楊庵精舍，偶談水災，但逢六數有水厄，每六十年或六年必有一變。夫六，陰數也，故有水災，理或然也。莊渠有《救荒策》，文繁不暇悉録。

《史記·扁鵲傳》：「飲以上池之水[二]。」上池水者，竹木上未到地之水是也。

立庵俞有立貞木，洞庭人，嘗題趙仲穆畫馬一絶云：「房星方墮墨池中，飛出蒲稍八尺龍。想像開元張太僕，朝回騎馬午門東。」風致宛然在目。年九十六而卒。

戴石屏詩：「麥麨朝充食，松明夜當燈。」此實録也。山西深山老松心有油者如蠟，山西居民多以代燭，謂之「松明」，頗不畏風。

梅聖俞每醉，輒叉手温語。坡公謂其非善飲者，習性然也。余友唐解元子畏，每酒酣，喜謳劉後村詩云：「黄童白叟往來忙，負鼓盲翁正作場。死後是非誰管得，滿村聽説蔡中郎。」子畏匪好此詩，但自寓感懷云。

宋景文云：「醫卜之事，上君子能之，則不迂不泥，不矜不神。小人能之，則迂而入諸拘礙，泥而弗通大方，矜以誇己，神以誣人。」景文真格言也。梅聖俞《贈何山人》詩有云：「日聞古賢哲，必與醫卜鄰。」

范文正公嘗在邊庭，以黄金鑄一箋筒，飾以七寶。每得朝廷詔旨、敕命，貯之筒中。後爲一

[二] 據百衲本《史記》，此句作「飲是以上池之水」。

老卒夜間盜去，潛遞於家，公知之，勿究。明年，以老放歸。袁文清公桷伯長有詩《題文正公遺像》，一絶云：「甲兵十萬在胸中，赫赫英名震犬戎。寬恕可成天下事，從他老卒盜金筒。」

酈道元《水經注》形容水之清澈云「分沙漏石」，又曰「淵無潛甲」，又曰「魚若空懸」，又曰「石子如樗蒲」，皆極造語之妙。古語云：「梧桐不生，則九州異。一葉爲一月，閏月十三葉。」宋人《閏月表》有云：「梧桐之葉十三，黄楊之厄一寸。」

元人有詩云：「錢塘門外柳如金，三日不來成緑陰。折得一枝城裏去，始知城外已春深。」徐天全《雪湖賞梅》云：「梅開催雪雪催梅，梅雪催人舉酒杯。折取瓊枝插船上，滿城知是探春回。」二詩皆雋逸可喜，元詩惜遺其名氏。

梁元帝《纂要》云：「日在午曰亭，在未曰昳。」王仲宣詩云：「山岡有餘映。」謂日昃。

馬少游曰：「士生一世，但取衣食纔足，乘下澤車，御款段馬，鄉里稱善人，斯可矣。致求贏餘，但自苦爾。」劉夢得《經伏波神祠》詩有云「一以功名累，翻思馬少游」之句，此也。古人詩集中往往有「贈内」、「憶女」、「遣妾」之作，若稱美子婦顔色，見於辭章者，惟《山谷集》中有之。其贈子婦之兄，乃曰「雙鬟女弟如桃李，早年歸我第二雛」之句，可醜可鄙。《朱子語類》謂其「亂道」，莫非此歟？

龍鍾，竹名。年老曰「龍鍾」，言如竹之枝葉摇曳，不能自禁持也。

杜少陵《冬日懷李白》詩「裋褐風霜入」，惟宋元本仍作「裋」，今新刊本皆改作「短褐」，謬矣！裋音竪，二字見《列子》。

武功伯徐公，天順間遭讒被逐，放歸田里，自號「天全翁」。與杜東原、陳孟賢諸老登臨山水爲適，不駕官船，惟幅巾野服而已。所至名山勝境，賦詠竟日忘倦，或填詞曲以侑觴，其風流儀度，可以想見。其遊靈巖《水龍吟》詞云：「佳麗地，是吾鄉，西山更比東山好。有罨畫樓臺，金碧巖扉，鬅鬙十洲三島。却也有風流安石，清真逸少。向西施洞口，望湖亭畔，天光雲影，上下相涵相照，似寶鏡裏翠娥妝曉。且登臨，且談笑，眼前事幾多堪弔？香逕蹤消，屧廊聲杳，麋鹿還遊未了。也莫管吴越興亡，爲他煩惱。是非顛倒，古與今一般難料。笑宦海風波，幾人歸早，得在家中老。遇酒美花新，歌清舞妙，儘開懷抱。又何須較短量長，此生心應自有天知道。醉呼童，更進餘杯，便拚得到三更，乘月回仙棹。」此詞膾炙人口，盛傳於世。公年六十六而卒，墓在吴縣玉遮山。吴文定公有詩弔之云「衆口是非何日定，老臣功罪有天知」之句。

元僧道璨，號無文印，進上陶躍之之子，善詩文。余愛其《題坡翁墨竹》云：「長公在惠州日，遺黄門書，自謂墨竹入神品。此枝雖偃蹇低回，然曲而不屈之氣，上貫枝葉，如其人，如其人。」

唐人「風雨」字入詩最佳者，載于《麓堂詩話》。宋詩惟潘邠老「滿城風雨近重陽」之句播傳人口。余觀《後村詩話》載游次山《卜算子》詞云：「風雨送人來，風雨留人住。草草杯柈話别離，風雨催人去。淚眼没曾晴，眉黛愁還聚。明日相思莫上樓，樓上多風雨。」一詞而用四「風雨」，讀者不厭其繁，句意清快可喜。

梅花不入《楚騷》，杜甫不詠海棠，二謝不詠菊花，亦可懊恨。辛幼安詞云：「戲馬臺前秋雁飛，管絃歌舞更旌旗。要知黄菊清高處，不入當年二謝詩。傾白酒，繞東籬。只於陶令有心期。明朝重九渾瀟灑，莫使尊前欠一枝。」詞調《鷓鴣天》，稼軒蓋爲菊解嘲也。

「繡裙斜立正消魂，宫女移燈掩殿門。燕子不歸花著雨，春風應是怨黄昏。」《侯鯖録》載此詩，不知何人作也。余嘗見唐女郎劉媛二絶句云：「雨滴梧桐秋夜長，愁心和雨到昭陽。淚痕不學君恩斷，拭却千行更萬行。」「學畫蛾眉獨出群，當時人道便承恩。經年不見君王面，花落黄昏空掩門。」女郎此詩，可謂哀而不傷者矣。

「梨花澹白柳深青，柳絮飛時花滿城。惆悵東闌一株雪，人生看得幾清明。」陸放翁謂東坡此詩本杜牧之「砌下梨花一堆雪，明年誰此憑闌干」。余愛坡老詩渾然天成，非模倣而爲之者，放翁正所謂「洗瘢索垢」者矣。

「索新婦，嫁女兒」，吴人俗諺也。按《三國志》，孫權欲爲子索關羽女，袁術欲爲子索吕布女，今人呼「索」爲「煞」，因其音相似而譌之。

《古今詩話》中云：「江州琵琶亭題者甚多，惟夏鄭公最佳。詩云：『流光過眼如車轂，薄宦羈人似馬銜。若遇琵琶應大笑，何須涕淚滿青衫？』」余愛楊孟載云：「楓葉蘆花兩鬢霜，櫻桃楊柳久相忘。當時莫怪青衫濕，不是琵琶也斷腸。」孟載此詩爲樂天解嘲，亦出新意。

沈石田《詩話》載薛沂叔（泳）［詠］新溪小泛詩云：「柳斷橋方出，雲深寺欲浮。」石田稱「浮」字古人不能道。余見僧泐季潭有《屋舟》詩云：「四面水都繞，一身天若浮。」皆本老杜「乾坤日夜浮」之句，石田稱之，過矣！

宋朝盛學士次仲，與孔平仲同在館中，雪夜論詩，盛曰：「今夕當作不經人道語。」平仲詩：「斜拖闕角龍千丈，澹抹墻腰月半稜。」坐客皆稱絶。次仲曰：「句甚佳，惜其不大。」頃間，次仲詩「看來天地不知夜，飛入園林總是春」，平仲乃服。予見《麓堂詩話》載謝方石鳴治《送人兄弟》詩「坐來天地不知夜，夢入池塘都是春」。次仲《雪》詩，頗與暗合。

陳聲伯《渚山［堂］詩話》云：「近世士大夫遇事退恕者，則曰：『過背之後，不知和尚在，鉢盂在。』其擔任者，則曰：『做一日和尚撞一日鐘。』」聲伯戲以此言作絶句云：「短世驚風驟雨中，是非利害竟何從。身謀過背誰知鉢，日記升堂且撞鐘。」觀此則非退恕者矣。吾吴中亦有諺云：「暴時得長老做，半夜裏起來撞鐘。」此語蓋譏諷當世浮躁者。余偶得一絶以繼之云：「處世真如一夢中，英雄失得總成空。存亡身鉢何須計，入定那聞夜半鐘。」聲伯名霆，吴興人。

漢末仲長統見志詩曰：「寄愁天上，埋憂地下。叛散五經，滅裂風雅。」又鄭泉嗜酒，臨卒謂同類曰：「必葬我陶家之側，庶百歲之後，化而成土，幸見取爲酒壺，實獲我心矣。」二子真曠達之士矣！

《墨莊漫録》載：「婦人弓足，始於五代李後主。」非也。予觀六朝樂府有《雙行纏》，其辭云：「新羅繡行纏，足趺如春妍。他人不言好，獨我知可憐。」唐杜牧詩云：「鈿尺裁量減四分，碧琉璃滑裹春雲。五陵年少欺他醉，笑把花前出畫裙。」段成式詩云：「醉袂幾侵魚子纈，彯纓長戛鳳凰釵。知君欲作《閑情賦》，應願將身作錦鞋。」《花間集》詞云：「慢移弓底繡羅鞋。」則此飾不始于五代也。或謂起于妲己，乃瞽史以欺閭巷者，士夫或信以爲真，亦可笑哉。

《説苑》：「子賤爲單父宰，初入境，見有冠蓋來迎，子賤曰：『車驅之，所謂陽喬者至矣。』」陽喬，魚名，不釣而來，喻士之不招而至者也。其魚之形則未詳。余按《荀子》曰：「䱁者，浮陽之魚也。」《唐文粹·宓子賤廟碑》云：「豈意陽驕，化而爲魴。」喬從魚爲鱎，字義乃全，「驕」字恐誤。

《唐六典》有裝潢匠，注音光，上聲，謂裝成而以蠟潢紙也。今製牋法，猶有潢匠之説，人多不解，雖士大夫亦讀作平聲，非也。

張野《廬山記》：「天將雨，則有白雲，或冠於峰巖，或亘於中嶺，俗謂之『山帶』是也。不出三日，必有雨。」唐人詩云：「風吹山帶遥知雨。」

嘉興李訓導進，字孟昭，其《西湖夜宿》云：「蹇驢衝雪岸烏紗，夜醉西湖賣酒家。二八吴姬吹鳳管，捲簾燒燭看梅花。」誦之瀟灑可愛。

圍棋世稱爲「手談」，又曰「坐隱」，二字蓋晉人語也，可入詩。种放隱中南山，召拜起居舍人，賜告西歸。有一高士隱居三世，以野蔌一盤、詩一篇贈放，云：「接得山人號舍人，朱衣前引到蓬門。莫嫌野菜無多味，我是三追處士孫。」王逐客送鮑浩然游浙東，作長短句云：「水是眼横波，山是眉峰聚。欲問行人去那邊，眉眼盈盈處。才始送春歸，又送君歸去。若到江東趕上春，千萬和春住。」有餘不盡之意，藹然於言外。

紹興間，臨安士人有賦曲云：「一春長費買花錢，日日醉湖邊。玉驄慣識西湖路，驕嘶過沽酒樓前。紅杏香中簫鼓，緑楊影裏秋千。晚風十里麗人天，花壓鬢雲偏。畫船載得春歸去，餘情付湖水湖烟。明日重携殘酒來，尋陌上花鈿。」思陵見而喜之，恨其後疊第五句「重携殘酒」不脱寒酸氣，改曰「重扶殘醉」。虞伯生系之以詩云：「重扶殘醉西湖上，不見春風見畫船。頭白故人無在者，斷隄楊柳舞青烟。」亦寓感慨之意深矣。

《西溪叢語》云：「孟浪，無趣舍之謂。」余讀《莊子》林鬳齋《口議》云：「孟浪，不著實之謂。」當從林注爲當。

唐人俗諺云：「槐花黄，舉子忙。」翁承贊詩云：「雨中妝點望中黄，勾引蟬聲送夕陽。憶得當年隨計吏，馬蹄終日爲君忙。」承贊，閩人，唐末爲諫議大夫。

陳藏一《話腴》載：「李太守與伯珍醫士書簡云：『遺白金三十兩奉謝，以備橘黄之需。』咸不曉所謂『橘黄』之義。及觀《世説》有『枇杷黄，醫者忙』、『橘子黄，醫者藏』。」乃知古人用事，不苟如此。

東峰吴鳴翰，洞庭人，在郡庠，有能詩聲，其《别妾》詩云：「黄金散盡學風流，學得風流已白頭。記得風流明月夜，幾聲檀板按梁州。」又《挽溺水妓》云：「翠袖尚籠金釧冷，清波難洗玉容羞。」

洪景盧《夷堅志》，「夷堅」二字，出《列子》「夷堅聞而志之」，言鵾鵬也。唐華原尉張慎素有《夷堅録》三卷。張端儀《貴耳集》云：「夷姓，堅名也。」張，博洽之士，然必有所據，但未明言出於何典耳。

老杜《孟冬》詩云：「破瓜霜落刃。」《歲時雜詠》乃云：「破甘霜落瓜。」朱新仲《雜記》云：「『孟冬無瓜，當以《雜詠》爲是。』余謂西瓜冬天固少，則今冬瓜與瓠子皆有粉，謂之『霜落刃』，若改『破甘霜落瓜』則謬矣。

關西名妓王白苧者，姿容雅素，詞翰清思，翹翹出群。來遊吴中，騷人雅士聞其名而往者接踵，或以詩挑之，會合其意，遂留款宿。否則，金帛盈箱亦不能動。吴士熊棟卿訪白苧，杯酌間各詠一物，白苧分得「竹簟」，其詩云：「含風八尺黄琉璃，捲送郎君誠不惡。只愁一夕秋露零，高束寒冰向塵閣。」棟卿分得「竹夫人」，其詩云：「保抱工夫妙不傳，數條風骨已泠然。怪他世濟夫人美，慣伴多才學士眠。」棟卿復指庭前蜘蛛爲題，白苧詩先成，云：「高結蓬萊第一宫，飛絲曾上御衣紅。只因誤罥仙人髻，謫向人間草屋東。」頗有自負之意。棟卿乃嘲之，其詩云：「結果浮生盡是絲，些些粘惹便羈迷。何如掃却周遭網，不遣人間賺阿誰。」白苧見棟卿詩，稍不樂，復賦一首解嘲云：「上林一片杏花飛，預設賢羅候爾歸。莫道個中粘著住，殺强誰水與沾泥。」棟卿亦無如之何。白苧姿色不艷麗，然而出口滑稽，詩才敏速，不亞唐之薛濤也。

高駢鎮成都，命酒佐薛濤妓行一字令，乃曰：「須得一字象形，又須押韻。」公曰：「口，有似没梁斗。」濤曰：「川，有似三條椽。」公曰：「奈何一條曲？」濤曰：「相公爲西川節度使，尚使一没梁斗，至於窮酒佐，有一條椽兒曲，又何足怪？」駢亦爲之哂焉。

唐子元薦論本朝之詩：「洪武初，高季迪、袁景文一變元風，首開大雅，卓乎冠矣！二公而下，又有林子羽、劉子高、孫炎、孫蕡、黄玄之、楊孟載輩羽翼之。近日好高論者曰『沿習元體』，其失也瞽；又曰：『國初無詩』，其失也聾。一代之文，曷可誣哉？永樂之末至成化之初，則微乎邈矣。弘治間，文明中天，古學焕日。藝苑則李西涯、張亨父爲赤幟，而和之者多失于流易。山林則陳白沙、莊定山稱白眉，而識者皆以爲傍門。至李空同、何景明二子一出，變而學杜，壯乎偉矣！然正變雲擾，而剽襲雷同，比興漸微，而風雅稍遠矣。」詞繁不能悉録，撮其大略而已。

《封氏聞見録》云：「海内温湯泉甚多，有新豐驪山湯、藍田石門湯、岐州鳳泉湯、同州北山湯、河南陸渾湯、汝州廣成湯、兖州乾封湯、邢州沙湯，凡八處，皆有温泉。」《墨莊漫録》云：「泉大熱而氣烈者，乃硫黄湯也。唯利州平痾鎮湯泉温和，手可探而不作臭氣，云是硃砂湯也。人傳昔有兩美人來浴，既去，異香馥郁，累日不散。」李端叔《過浴池上作》詩云：「華清賜浴憶當年，偶記荒山結勝緣。未必興衰異今昔，曾經美女卸金鈿。」余讀唐子西《温泉記》云：「其下未必有硫黄，以爲水受性本然。」按李賀有詩云「華清宫中礜石湯」，以此推之，泉之温，其下必有硫黄、礜石、朱砂之類。子西指以爲水受(木)[本]然之性，其然豈其然乎？

辛稼軒在上饒時，屬其室人病篤，命醫治之，脉次，有侍婢名整整者侍側，乃指謂醫者曰：「老妻獲安平，當以此婢爲贈。」不數日果愈，乃踐前約，以整整而去。稼軒口占《好事近》云：「醫者索酬勞，那得許多錢物？只有一個整整，也盤合盛得。　下官歌舞轉悽惶，賸得幾枝笛。覷著這般火色，告媽媽將息。」整兒善笛，故第六句及之。

陳聲伯《墨談》云：「堯讓天下於許由，由非山林逸士也。《左傳》云：『許，太岳之後。』太岳意即由耳，古者申、吕、許、甫，皆四岳之後。《堯典》曰：『咨四岳，在位七十載，汝能庸命，遜朕位。』讓由之舉，或即此也。若飲牛棄瓢之説，或者由不敢當其讓，遂逃避於野，如益避啓於箕山之類。後人不知，概謂堯以天下讓一山野之人，甚可駭也。」又閲《都玄敬詩話》云：「許由之名，見於《莊子》之寓言，自太史公信以爲實有其人，而後世因之。許由者，許其自由，未嘗有其人也。」玄敬當時最以博洽多聞稱，不知何所據而云然，姑兩存之，以質諸稽古之士。

張祜《題驪山》有禽名「阿濫堆」。明皇御玉笛，將其聲翻爲曲，左右皆能傳唱，故祜有詩曰：「紅葉蕭蕭閣半開，玉皇曾此幸宫來。至今風俗驪山下，村笛猶吹阿濫堆。」

唐開元中，許雲封善笛，李中《贈笛兒》有云：「隴頭休聽月明中，妙竹嘉音際會逢。見爾樽前吹一曲，令人重憶許雲封。」劉禹錫《贈歌人米嘉榮》詩云：「唱得梁州意外聲，舊人惟有米嘉榮。近來年少輕前輩，好染髭鬚作後生。」二生挾一藝之能，而名存不朽者，非名人之詩而傳若是乎？余嘗謂僧高閒草書，歷世遐遠，而不見傳於世，今人讀韓昌黎文，其名遂顯于千百世之下而不能泯，由是知文字之不可無也如此。

楊用修《丹鉛續録》云：「呑姓自古有之，若《氏族全書》有呑景雲，晉有呑道元與天公箋者，今類書引用，改『呑』作『查』，蓋不知有呑姓也。《書叙指南》所引猶是『呑』字，可以爲證。」余因是而作《索檢指南》考之，惜乎近年爲人竊去矣。余惋嘆累日，飲食不能下咽，乃爲詩以志吾感云：「四十年前録此書，任渠癡笑宋人愚。追思跋語渾如夢，安得驪龍頷下珠。」《指南》，任德儉著，其後有俞貞木先生題跋志于後。貞木家貧，一日絶糧，廢簪珥衣服，僅存是册，蓋惜青氈舊物故也。余今六旬矣，不知更復見此書否？是吾幸也。

王楙《野客叢書》云：「樂天有兩小蠻，如『楊柳小蠻腰』，公侍姬也。如曰『還携小蠻去，試覓老劉看』，此酒榼名也。」王説謬矣。「小蠻」即侍姬也，因諱之，乃曰「酒榼」，「老劉」即禹錫也。如元微之鶯鶯曰「雙文」；宋賈耘老妾，東坡名之曰「雙荷葉」；錢伯瞻侍兒名「倩奴」，山谷集中曰「青人」；我朝林子羽《鳴盛集》内「紅橋」，皆侍姬也，蓋諱之其名耳。

余嘗見倪雲林、張伯雨詩寄與同時某人，稱呼下曰「印可」二字，余不曉所謂。後閲《霏雪録》云：「印可字維摩，言若能如是坐者，佛可印可。」此禪語也。

山谷晚歲信佛甚篤，酷好嗜蟹〔二〕，有詩云：「寒蒲束縛十六輩，已覺酒興生江山。」東坡亦愛食蟹，其《謝丁公默惠蟹》詩云：「堪笑吳興饞太守，一詩换得兩尖團。」「尖團」即蟹腹下靨也。雄蟹臍尖，至十月極肥大而膏腴，甚有味，古人謂之「糊口者」是已。劉孟熙謂雌蟹臍團而珍，蓋不知其味者矣。

〔二〕「好」，原本作「首」，據宋刻本《韻語陽秋》卷十九改。又，「食」，原本作「嗜」，據《韻語陽秋》改。

《丹鉛餘録》云：「《英光堂帖》有米元章臨智永真草《千文》，與今本大不同，乃知古人臨帖不論形似也。岳珂跋其後云：『摹、臨兩法本不同。摹帖如梓人作室，梁櫨棟桷，雖具準繩，而締創既成，氣象自有工拙。臨帖如雙鵠並翔，青天浮雲，浩蕩萬里，各隨所至而息。《寶晉帖》蓋進乎此者也。』又爲之贊曰：『永之法，妍以婉；芾之體，峭以健。馬牛其風，神合志通，彼妍我峭，惟妙惟肖。故曰：祖楊不浼，夜户不啓，善學柳下惠，莫如魯男子。』」余謂不但摹臨法帖，看畫亦然。今人見畫不諳，先觀其韻，往往以形似求之，此畫工鑒耳，非古人意趣，豈可同日語哉？歐陽文忠公詩云：「古畫畫意不畫形。」蘇東坡云：「作畫以形似，見與兒童鄰。」真名言也！

朱性甫存理，仲秋在王浚之池臺賞月，座中諸客賦詩先就，性甫有一聯云：「萬事不如杯在手，一年幾見月當頭。」咸爲擊節稱賞。余曾見僧仲璋一詞云：「萬事悠悠輸一醉，花酒休教離手。」性甫句，得非此詞脱胎换骨否？

《菽園雜記》載一詩云：「焚書祇是要人愚，人未愚時國已虚。只有一人愚不得，又從黄石讀兵書。」陸式齋云：「惜不知何人所作。」余見韋居安《石磵詩話》載蕭冰崖立之《詠秦》詩云：「燔經初意欲民愚，民果俱愚國未墟。無奈有人愚不得，夜師黄石讀兵書。」陸公所記，即冰崖之詩，後人相傳稍易之耳。

弘治乙丑，文恪王公濟之丁内憂，郡守林公世遠延文恪修郡志。時館于西城書院，庭中有白蓮一盆池，秋晚一朵忽開，文恪有詩云：「埋盆若個便爲池，玉蒻亭亭有一枝。不以格高知者少，奈因開晚謝還遲。庭前曉日自相媚，江上秋風空爾爲。我欲舉杯同此賞，天高露下月明知。」吴中搢紳能詩者和之甚衆，勍敵殊罕，惟枝山祝希哲詩云：「賓館秋光聚曲池，玉杯承露閣涼枝。孤寒未必宜真賞，開布何須怨較遲。長恨六郎殊不肖，徒聞十丈亦何爲。徐摇白羽開新韻，想對薇花獨坐時。」時枝山翁亦預修纂郡志，故前云云，爲字險韻，句句帖題，文恪獨加稱賞。

昔人《題嚴子陵圖》云：「當時便著蓑衣去，烟水茫茫何處尋？」艾性夫詩有：「却把客星侵帝座，豈應忘世未忘名？」余謂此等話皆克剥之辭，固不足道。獨愛方求可竹一詩云：「謾衣羊裘釣澤雲，無端惹起漢玄纁。風標自與齊人異，便著蓑衣也識君。」

成化間，吴中大水，郡守劉瑀酷虐子民，督徵糧税，鄉民苦楚，血肉狼籍，破産蕩業，不勝(栲)[拷]掠，時人目爲「白面虎」。楊儀部循吉有《酷吏行》刺之，云：「酷吏面上無慈色，手中長提法三尺。怒肉横生鬚奮張，高呼拍案氣揚揚。鞭笞在前視如戲，人血縱横流滿地。水浸生荆尚怪輕，銅包大杖猶嫌細。貧窮百姓真可憐，每每見官多被鞭。忍飢忍痛哭向天，公人更覓行杖錢。」劉竟不得其死，可謂酷虐者戒〔二〕。

〔二〕「謂」，依句意似當作「爲」，以音近訛。

近吴中有鄉宦，於國賦每後期不納，致里催歲受其累。太學吴拱雲岫作《冤苦吟》以告，云：「大人宰天下，先須惠鄉邦。一夫不得所，德化爲不揚。哀哀里役徒，艱苦溺無疆。供辦方週年，經催又倉忙。縣公高堂上，較比出百方。桎梏與棰楚，升粒必計量。有田乃有租，先公後私藏。古今有通義，國憲亦昭章。大人富膏腴，本以資禄養。定例出税納，利費各相當。里徒本無語，何爲遭毒殃。捶楚日流血，家人涕淚汪。在官嚴期限，大人家未遑。旦暮候門庭，門深命無將。含聲不敢高，進退徒徬徨。大人憂民瘼，獨不念及鄉？大人秉國憲，獨不整家綱？哀哀冤抑苦，聞之碎肝腸。大人能轉念，速辦救夷傷。將爲大人頌，得福子孫昌。且願大人壽，爵位與俱芳。」鄉宦得詩大慚，不日完納，其詩亦備盡該催情苦，故全録以爲士大夫勸。

《逸老堂詩話》二卷，得之江寧嚴侍讀東有所。書中不列鄉里姓名，然稱魏莊渠、馬抑之爲同鄉，則蘇之崑山人也。又稱祝枝山序其父《約齋漫録》二十卷，云「俞君寬父，吴之耆儒」，又以知其人姓俞矣。其大父醉菊翁亦見書中，然皆不知其名。崑山之俞，唯允文字質甫者最著，「廣五子」之一也，考其事迹，又齟齬不合。此書與《約齋漫録》，《江南通志》及《千頃堂書目》皆不載。雖有詩句，又不爲《明詩綜》所録，一時無可蹤迹。顧其書雖無大過人處，而叙述亦班駁可喜，其論《麓堂詩話》載同官獻諛之詞，未免起後人之議，尤確論也，爲録而傳之。至其祖孫三世之名若字，俟他日得《崑山縣志》與《祝枝山集》再爲蒐考云。

乾隆四十二年三月九日，東里盧文弨書于鍾山書院。

劉世偉◇撰

過庭詩話

二卷

龔宗傑◎點校

過庭詩話序

後溪劉公，齊之通儒也。天資秀發，問學弘深，登泮之階，名于弱歲。復以寧國君泠庵翁爲之父，鄉進士小軒先生爲之兄，濟美家庭，澄泓淵派，安於孝友。餘暇則怡情風雅而旨趣講明，吟詠篇什而美刺洞見，心融口唯，裕有得焉。退而芸窗朗霄，天宇光瑩，隨筆漫評，積有奇致。載古人之題詠，發揚其感勸之由；覽當代之鴻儒，取録其珠玉之善。論體裁則觸類無窮，判得失則旁通惟悉。抽精織采，闡微指南，名曰《過庭詩話》，志孝思也。恩三復莊誦，獲志拱璧。總其規模而析其條貫，若滄溟渤，汪洋無極而波濤洶湧，觀者感心。嘻，公之才美何修而至是耶！方其貳守寧州，借寇邠蒙，共辱教愛，優優乎有可言者矣。六經辨難，發賢聖之蘊焉；百家多識，蓄博物之技焉；還勵勁骨，妙右軍之書焉。閭閻之下，謳仁頌德，有隆弗渝，蓋以見過庭之誨。殆初以詩話已，抑以《詩》《禮》之聞高明博遍，學優而後仕乎？無異於政事之卓犖也。夫古今詩話無慮數十百家，要皆紀一時之聞見，成天下之奇觀。公之作，非效顰而學履者。蓋心接於色，聲成乎文，撼曹、劉、沈、謝之魄，奪盧、駱、王、楊之氣，續李、杜、蘇、黄之腸，遨遊八極，馳騁千古。從容談雅，吐出胸中之奇；縱横指示，以自雄其才耳。且一時名匠碩彦，濬川、西原、大復、函山諸君子固以宣删後之遺音，而我關中空同之俊，太華、少華之英，又實以繼少陵之絶響者，悉皆表之，如日中天，其彰世教、覺來學之功特盛。若曰門鹿鋒銛，雌黄觚翰，竊糟粕而綴斷録云者，涉乎其劉公矣。自是而矩度斯貽，膾炙人口，傳海隅，遂珍藏十朋，慊帙之多，固特寵賚藝林，品增文苑，望諸名家之堂，若有所待，未必不虚拱而相讓也。昔歐陽公序梅聖俞詩，致辭工年暮之怨；單菊坡纂《叢話》，有滄海遺珠之嘆。公壯而小試於州郡，才而交譽於上官，乃推崇階，正雅頌，歌清廟，以考訂韶濩之盛輝，有望矣。編摩俱在，又無藉於銀，予庶載而自足者，出斯書也，其永矣。而載冠序者，與有光焉。

時嘉靖三十六年歲次丁巳仲秋既望，郡學生閻新恩應曆謹書。

過庭詩話卷上

齊人劉世偉著
進士呂儋校正

《三百篇》已經孔子删定，復有作者，當不及矣。李空同、何大復、薛西原、王濬川諸公間爲此體，然亦不免蹈襲陳言，宣之不能以風國，采之不足以續經，雖不作亦可也。而初學之士往往擬之，可謂不知量也已。

兩漢、六朝去古未遠，氣尚淳朴，故其爲詩猶可别其源流。鍾嶸《詩品》可謂抽攬洪緒，總稽真贋矣。嚴滄浪謂：「顔不如鮑，鮑不如謝。」與文中子所論不合，蓋顔失之巧麗而謝則風流自然耳。湯惠休曰：「謝詩如芙蓉出水，顔詩如錯彩鏤金。」固滄浪之見，而文中子獨取博雅，未論格調耳。

歌行最要突兀歇拍。《(蓮)[連]昌宫辭》、《長恨歌》雖善叙事，猶太直遂，况其下者乎？杜少陵「酒酣拔劍斫地歌莫哀，我能拔爾抑塞磊落之奇才」，此突兀語也；岑嘉州「君不見蜀葵花」，歇拍語也。

古詩《行行重行行》，只中一字，點出許多離别可憐之色，當不易得。張司業《促促詞》、劉駕《皎皎詞》庶幾近之。孟東野乃擬爲「心心復心心」，雖費解説，猶自窒礙。毫釐之差，千里之謬如此。

古詩一韻兩用，除曹子建《美女篇》用兩「難」字，謝康樂《述祖德詩》用兩「人」字，《文選》阮嗣宗「灼灼西頹日」篇用兩「歸」字；又杜詩《壯遊》篇用兩「浪」字。孟浩然《適越别張主簿》與《越中逢太子》二詩俱用兩「會」字，説者謂「吴會」之「會」屬地名，與「會晤」之「會」不同，故重用之。然亦不可以此爲法也。

用字須要舊有字面，最忌杜撰。如司馬長卿，韋蘇州云「馬卿猶有璧」，杜子美云「多病馬卿無起日」，戴叔倫云「買賦何須問馬卿」，皆減去二字，不以爲異。至司馬君實，未有稱「馬實」者，偶爾説出，便是杜撰。又鍾子期，《滕王閣賦》稱「鍾期」，減中一字。又王子喬，世稱「王子」，又稱「王喬」，《古詩十九首》云「仙人王子喬，難可以等期」，阮嗣宗云「自非王子喬，誰能常美好」，固概舉矣。宋之問云「王子賓仙去」，許用晦云「王子來仙月滿臺」，皆減去下一字。杜子美云「看君宜看王喬履」，韓定辭云「羡君時復見王喬」，又嵇康《養生論》「王喬争年」，皆減去中一字。此古人所曾道破者，餘固不得遽爾也。

詩有問答者，如「問春桂」、「春桂答」，却是古調。玉川子《客贈石》、《石請客》、《蛺蝶請客》、《客請蝦蟆》之類，似太險怪，若非其才不必爲耳。

後學看詩話，當以嚴滄浪爲準。最可惡者，惠洪《冷齋夜話》爾，蓋漢魏唐人好詩不曾理會得壹句，其所論者皆蘇、黄之惡詩，又復爲之牽引出處，妄起羡嘆，蓋墮於習染而不自知耳。大抵宋詩遠不逮唐，亦由蘇、黄二公壞之。惠洪又二公之牙儈也，其誤後學尤甚。

律詩有以人對事物者，杜詩「西望瑶池降王母，東來紫氣滿函關」、「織女機絲虚夜月，石鯨鱗甲動秋風」是也。蓋「函關」暗用老子故事以對「王母」，且「東」、「西」字已太丁對，故虚實錯綜，方是妙手。而「織女」、「石鯨」，俱指昆明池所有石刻，相對尤爲的確。然初學法此，必至汗漫無紀，其失事對者，毋借口於此。

作詩專用套數熟事，固不可。若歐陽公雪中會客賦詩，凡玉、月、梨、梅、練、絮、白、舞、鵝、鶴、銀等事，皆請勿用，名爲「禁體」，亦奚可哉？

李中麓先生嘗謂：「初學五言律詩，必先初唐以壯其氣，作之久久，去其稜角，至於渾含，則盛唐矣。」此言極有道理。《詩家一指》乃謂王、楊、盧、駱體弱，何耶？王詩如「樓臺臨絶岸，洲渚亘長天」，楊詩如「牙璋辭鳳闕，鐵騎繞龍城」，盧詩如「地咽綿川冷，雲凝劍閣寒」，駱詩如「城闕千門曉，山河四望春」，有拔山扛鼎之氣，弱者應不如此。

《古詩十九首》云「與君爲新婚，菟絲附女蘿」，又孫太初云「菟絲女蘿依分明」，「菟絲」二字不可相離。黄山谷云「上有百尺絲，下有千歲苓」，此歇前語；又如「斷送一生惟有，破除幽悶無過」，此歇後語，俱不可爲法。蔡蒙齋以東坡答柬之辭遂置篇首，奚可哉？

漢魏古詩固不可一字一句論工拙，然亦有偶自得意，屢施篇章者。陳思王《箜篌引》用「驚風飄白日」，至《贈徐幹》首復用之，如作詞之務頭一般，故不厭其重也。王仲宣「風飈揚塵起，白日忽已冥」、張茂先「悲風中夜興，朱火青無光」、子美「回風吹獨樹，白日照執袂」、孫楚「晨風飄岐路」、王瓚「翔風動秋草」、張協「朝霞迎白日」、陸機「凄風迕時序」等句，俱自陳思詩來，而陳思乃得之楚辭《悲回風》也。

《文選》公讌詩，首子建，次仲宣，次公幹，昭明蓋以詩之高下爲序，且陳思王爵，自當作首。李善謂：「贈答詩，子建在仲宣之後，此在前，疑誤。」恐非昭明之意。又子建公讌詩，李周翰注謂：「魚鳥，自喻也。清波高枝，喻公子也。」世偉謂：「潛魚躍清波」，子建自喻；「好鳥鳴高枝」，喻公子耳。

詩有長篇絶句，詩話所不載，雖唐人亦有不盡知者。孟浩然《上張吏部》云：「公門世緒昌，才子冠裴王。出自平津邸，還爲吏部郎。神仙餘氣色，列宿動輝光。夜直南宫静，朝遊北禁長。時人窺水鏡，明主賜衣裳。翰苑飛鸚鵡，天池待鳳凰。」蓋「絶」者，「截」也，亦可復續合是。此體，觀者當自得之。

唐人七言隔句對，不止鄭都官之作，戎昱有「去年長至在長安，策杖曾簪獬豸冠。此歲長安逢至日，下階遥想雪霜寒」，亦作十四字句。然須詞旨清響及後有佳句稱之，否則不免頭重脚輕，必爲上截壓倒也。

作詩先要平其心氣，心氣不平，所作必不渾涵。大則取禍，小則招辱，豈特工拙之間耶？

崔顥詩不止《黄鶴樓》爲唐人第一，其《晚入汴水》、《經華陰》、《贈輕車》、《長安道》諸作，皆出唐人之右。通集止四十二首，然好詩正不在多也。

世固有能於此而不能於彼，故詩有别才之説。《後山詩話》載「蘇明允不能詩」，亦是公言。《苕溪漁隱》謂「後山談何容易」，引明允詩「佳節屢從愁裏過，壯心還傍醉中來」，以爲高世之作。世偉按：唐人已有此句，李咸用云「好事盡從難處得，少年無向易中輕」，杜荀鶴云「舉世盡從愁裏老，誰人肯向死前閑」，杜子美云「春水船如天上坐，老年花似霧中看」，蘇蓋承用之，苕溪不深考也。

看詩先以格調爲主，合是漢魏，合是盛唐，各有著落。故古詩著律詩一句不得，律詩著古詩一句亦不得。

將欲作詩，先要占住地步。地步高，則不落萎薾；地步一差，爲句縱工亦且不揚，而况未必工乎？

三韻律詩，唐人往往有之。馬戴《下第寄友人》云：「金門君待問，石室我思歸。聖主尊黄屋，何人薦白衣。年來御溝柳，贈別雨霏霏。」與李益《登長城》之作體正相似，然二詩工力悉敵，不可以優劣論。至劉長卿《從軍六首》與《石樓》、《下山》等作，乃初唐格調，獨出二公之上。

七言句不止上三下四、上四下三。杜詩「獨鶴不知何事舞，飢烏似欲向人啼」，此上二下五也。後山「漢庭用少公何在」，此上五下二也。

詩有隔句用韻者，謂之「進退韻」。如南唐相李建勳詩云：「不喜長亭柳，枝枝擬送君。惟憐北窗桂，樹樹解留人。圓缺都如月，東西只似雲。愁看離席散，歸蓋動行塵。」此第二句與第六句爲一韻，第四句與第八句爲一韻，首四句又兼扇面對矣。此刻意纖巧，無復深沉氣象，無惑乎流而爲俳也。

詩有發問者，起句易得佳，聯中難得佳。孟浩然「如何春月柳，猶(意)[憶]歲寒松」，比之張祜「幾代儒家業，何年佛寺碑」、僧皎然「何年有此路，幾客共霑襟」，差爲渾含，此亦盛唐、中唐之別。

詩有用疊字而不重者，乃粘上生下格也。楊炯《郢城秋望》云〔一〕：「白首思歸歸不得，空山

〔一〕秋，原本作「愁」，據明嘉靖刻本《萬首唐人絶句》卷七十五改。此詩《萬首唐人絶句》作郎士元詩。

聞雁雁聲哀。」乃用此法。然此易流於俗，故只絶句用之，若「有意栽花花不發，無心插柳柳成陰」，則太俗矣。

岑嘉州詩雄一代，與李、杜、王、孟争能，惜歲久失真，多雜以岑羲之作。今幸删去其《奉陪封大夫九日登高》一首，得非删之未盡者歟？

盛唐詩人李頎詩共一百一十五首，無一首不佳。近太白山人詩曰「石髓遇不識，黄精春始花」，蓋自頎《題盧道士山房》來。時高適、王昌齡亟口稱之，晚唐諸公曾不足窺其籬落耳。

陶淵明詩讀之若易，學之却難，蓋此公得之天資者多。韋蘇州極力追逐，止能得其十之七八耳，尚有三二分不自然處。

女郎魚玄機《感懷寄人》云：「恨寄朱絃上，含情意不任。早知雲雨會，未起蕙蘭心。灼灼桃兼李，無妨國士尋。蒼蒼松與桂，仍羨世人欽。月色苔階净，歌聲竹院深。門前紅葉地，不掃待知音。」此却第五句對第七句，第六句對第八句，亦扇面體。杜子美《哭台州鄭司户蘇少監》云：「得罪台州去，時危棄碩儒。移官蓬閣後，穀貴殁潛夫。」近薛西原君采《寄崔内翰》云：「昔賢遺軌躅，餘力誓馳驅。良史傳經術，高才繼典謨。」與此一體。傳稱「玄機善吟詠，美風調，雖未免涉於多情，而幽柔融雅，有足悲焉」。世偉嘗愛其「影鋪秋水面，花落釣人頭」與「鶯語驚殘夢，輕妝改淚容」之句，有風人真趣，天地間自少此人不得。

王昌齡《駕幸長安》詩云：「聖德超千古，皇風扇九圍。天回萬象出，駕動六龍飛。淑氣來黄道，祥雲覆紫微。太平多扈從，文物有光輝。」數百年來，更無描出此等氣象者，其雅頌之豪雄，詞人之翹楚歟？誤次入《宋之問集》。

老杜《送哥舒開府翰》自「今代麒麟閣，何人第一功」至「防身一長劍，將欲倚崆峒」，首尾二十韻，非止贊頌得體，其屬望之意尤爲深切。既而翰失守潼關，公贈《潼關吏》曰：「哀哉桃林戰，百萬化爲魚。請囑防關將，慎勿學哥舒。」其愛國之誠、戒諭之嚴，又不止草草贈送而已也。先君泠庵嘗與世偉輩言：「爾曹欲讀杜詩，先知得子美之心方好。不然，如囫圇吞梨，竟知得甚滋味？」

韋蘇州《洛都遊寓》云：「東風日以和，元化亮無私。草木同時植，生條有高卑。罷官守園廬，豈不懷渴飢？窮通非所干，跼促當何爲？佳辰幸可遊，親友亦相追。朝從華林宴，暮返東城期。掇英出蘭皋，玩月步川泜。軒冕誠可慕，所憂在縶維。」此詩與陳思、宣城更不分别，固知風雅於大曆而入室於建安者也。其《贈崔員外》、《寄李元錫》、《送盧耿赴任》諸作雖涉近體，亦大穠郁，真若老子之授《道德》，即之離地不遠而冉冉已入雲霧中矣，可以尋常度擬近耶？

嚴滄浪云：「杜詩『五雲高太甲，六月曠摶扶』，太甲之義殆不可曉，得非高太乙耶？乙與甲蓋亦相近，以星對風，亦從其類也。」世偉讀王勃《益州夫子廟碑》有「藏五雲於太甲」之句，恐仍是太甲也。

唐人作絶句，其法多般，亦須理會得法用，方能自作。大率作者多截去中四句。如王維：「金杯緩酌清歌轉，畫舸輕移艷舞迴。自嘆鶺鴒臨水别，不同鴻雁向池來。」老杜：「兩個黄鸝鳴翠柳，一行白鷺上青天。窗含西嶺千秋雪，門泊東吴萬里船。」此截去首二句與末二句者也。戴叔倫：「四郭青山處處同，客懷無計答秋風。數家茅屋清溪上，千樹蟬聲落日中。」劉長卿：「憐君一見一悲歌，歲歲無如老去何。白屋漸看秋草没，青山莫道故人多」，此截去後四句者也。武元衡「艷歌能起關山恨，紅燭遥凝邊塞情。況是池塘風雨夜，不堪絃管盡離聲」，張承吉「曉風抹盡燕支顆，夜雨催成蜀錦機。當晝開時正明媚，故鄉疑是買臣歸」，此截去前四句者也。又王縉「身名不問十年餘，老大誰能更讀書。林中獨酌鄰家酒，門外時聞長者車」，此截去第三、四句與末二句者也，又屬折腰格。若盧照鄰「世故相逢各未閑，百年多在别離間。昨夜秋風今夜雨，不知何處入空山」，皇甫冉「道向毗陵豈是歸，客中誰與换春衣。今夜孤帆行遠近，子荆零雨正霏霏」，則折腰絶句，此類亦多。又有吴體絶句，如老杜「二月六夜春水生，門前小灘渾欲平。鸕鷀鸂鶒莫漫喜，吾與汝曹俱眼明」是也。又有古風絶句，如李白「飯顆山頭逢杜甫，頭戴笠子日卓午。爲問因何太瘦生，總爲從前作詩苦」是也。

按《苕溪詩話》：「太白《宫詞》云『梨花白雪香』，子美《詠竹》云『風吹細細香』，二物皆無香，而二公皆以香言之，何耶？」世偉謂：凡物之氣，皆謂之香，但美惡、濃淡不同耳。陶穀掃雪烹茶不止嗜其味甘，亦以其氣之清冽耳矣。至竹，其香尤甚，此惟知味者方得之。若必芎藭撲鼻、麝蘭達墅，然後謂之香，此殆俗人之鼻，難與知清淺味也。

凡作詩出一手用一格，中間不無高下者，應不應耳。如子美《曲江對雨》云：「桃花細逐楊花落，黄鳥時兼白鳥飛。」只此景象便有風味。又《白帝城》云：「戎馬不如歸馬逸，千家今有百家存。」蓋因下句感慨，輳對上句，幾入晚唐聲口。二泉《律鈔》乃謂：「二句説盡人情，然歸馬之逸、戎馬之勞，何待於説。」

王摩詰愛孟浩然吟哦風度，繪爲圖以翫之；李洞慕賈浪仙詩，鑄爲像以師之。古人好尚之篤如此。

先人論宫詞，體要沉鬱婉切，喜而不暱，怨而不愴，有譬有愛，不鈍不俚，律是數者，稱爲難作。王建之作不爲不多，論者以爲多飣餖内家之事，而比興或疏，其中亦附以張籍、王昌齡、白樂天、劉夢得諸人之詞。楊鐵崖求擺脱香奩之體，亦云「桀驁」，論者又謂風韻或失於不足。花蕊夫人三十二首可謂極驟精力，中間如：「五雲樓閣鳳城間，花木長新日月閑。三十六宫連苑内，太平天子住崑山。」氣度雄壯，何意婦人而乃有此。又：「離宫别院繞宫城，金板輕敲合鳳笙。一夜月明花樹底，傍池長有按歌聲。」又：「梨園弟子簇池頭，小樂携來俟燕遊。旋炙銀笙先按拍，海棠花下合梁州。」二詩風流蘊籍，殊爲絶唱。餘惟羅鄴、李建勳、張嬪、顧況數人而已。鄴詩：「芳草長含玉輦塵，君王遊幸此中頻。今朝别有承恩者，鸚鵡飛來説似人。」建勳詩：「宫門長閉舞衣閑，略識君王鬢便班。却羡落花春不管，御溝流得到人間。」嬪詩：「日透珠簾見冕旒，六宫争逐百花毬。迴看不覺君王去，已聽笙歌在遠樓。」況詩：「玉樓天畔起笙歌，風送宫嬪笑語和。月殿影開聞夜漏，水晶簾捲近秋河。」四作風調朗麗，不負騷雅。又戴叔倫：「紫禁迢迢宫漏鳴，夜深無語獨含情。春風鸞鏡愁中影，明月羊車夢裏聲。塵暗玉階綦迹斷，香飄金屋篆烟清。貞心一任蛾眉妒，買賦何須問馬卿。」可謂工於斲鍊而華藻亦且並臻矣。近濟南劉亟山希尹《擬宫詞五十首》，中間佳句極多，不能盡述，姑舉最佳八首云：「宫中春日散春盤，食得佳莖意不安。私語諸姬更進止，君王玉筯可曾餐。」「三三兩兩立長楊，共説春來御苑芳。燕子亦嫌民舍濕，銜泥不肯出宫墻。」「少小能描八字眉，自知愛瘦日常飢。按圖乃進君王御，致語家人訪畫師。」「連朝休沐憶皇恩，多少蛾眉擁至尊。撥盡箜篌欲愁絶，娟娟明月照長門。」「太液池頭翠幄開，錦波香漲曲縈迴。却憐水面沉檀女，解上殷勤萬壽杯。」「十年身屬大長秋，日日穠妝下翠樓。洗却殘脂香更膩，忍看棄向水中流。」「春風散入水晶簾，刺繡慵將弱線拈。和得鳳仙花染手，齊抽紫玉指尖尖。」「柳條嫩體小桃唇，六百良姝選一身。早上絳紗才繫臂，宫中争拜内夫人。」是雖托意渾涵，而屈抑之情銖兩備見，使盛唐諸公見之亦必深服，豈直風花月露之間耶？公亦有詩集名《蟲吟草間》及《田家集樂府》，大爲海内傳誦云。

韓君平《題蘇許公林亭》云「門隨深巷静，窗過遠鍾遲」，與孟浩然「文叨才子會，官喜故人憐」，老杜「名豈文章著，官應老病休」，三詩用字一般。然孟誇而樂，杜謙而憂，韓苦而寂也。

六言絶句在在有之，八句律作者絶少。魚玄機《寓言》云：「紅桃處處春色，碧柳家家月明。樓上新妝待夜，閨中獨坐含情。芙蓉月下魚戲，螮蝀天邊雀聲。人世悲歡一夢，如何得作雙成。」又《隔江寄子安》一篇，自出機軸，雖情落淫泆，而格調秀發，姑記之□□一體。

晚唐李昌符擅名詞林，而氣度膚淺，惟《緑珠詠》曰：「洛陽佳麗與芳華，金谷園中見百花。誰遣當年墜樓死，無人巧笑破孫家。」比諸作差勝。他若「芙蓉葉上三更雨」，亦云刻斵，繼以「蟋蟀聲中一點燈」，便覺風韻不迥。唐詩至此，幾於絶響，豈風氣之日漓耶？

王摩詰爲盛唐大家，世皆謂「漠漠水田飛白鷺，陰陰夏木囀黄鸝」爲公平生第一詩。世偉嘗愛《漢江臨泛》云：「楚塞三湘接，荆門九派通。江流天地外，山色有無中。郡邑浮前浦，波瀾動遠空。襄陽好風日，留醉與山翁。」其豪邁之氣，上逼霄漢，下視晚唐諸子之作，猶促織居鐘樓壁耳。

盛唐詩人，顔魯公最爲不稱，全集中惟《登平望橋》一首可追前列，如《三癸亭》及諸《滑語》、《醉語》等作，殊爲鄙俚。又《送耿拾遺》名曰「聯句」，更不相屬。《繼清遠道士調》用排律，復似散作。豈平原之故，世高其節因而右其集耶？

偷春體最不難作，須有警句勝之，若無警句，不如只從常格。

先兄小軒進士云：「詩不厭短，意盡則止；亦不厭長，愈出愈奇。」此言可味。古樂府「山上復有山，何當大刀頭」，此虎謎之祖。子美「歸心折大刀」明用此意。元人正宫樂府云：「展開這紙來呵，好著我目邊點水言難盡。拈起筆來呵，好著我門裏挑心寫不成。」庶幾善學此者。

武元衡《酬嚴司空荆南見寄》云：「金貂再領三公府，玉帳連封萬户侯。簾捲青山巫峽曉，烟開碧樹渚宫秋。劉琨坐嘯風清塞，謝朓題詩月滿樓。白雪調高歌不得，美人南望翠蛾愁。」此是何等工緻，何等自在。初稿首二句「漢家征鎮委條侯，虎節龍旌居上頭」，中聯「金笳曾掩故人淚，麗句初傳明月樓」，末句「陽臺相顧翠蛾愁」，已自灑麗，不以爲足，直改至精當去處方休。可見古人之用心矣。今其集兩存之。

杜詩「無邊落木蕭蕭下，不盡長江滚滚來」，如千里之馬，逸鞅坦途，瞬息數程，不費餘力。陳後山乃爲「落水無邊江不盡」，是殆翻巧弄拙耳。

「九日詩」除子美「重陽猶酌杯中酒」、「老去悲秋强自寬」之外，稱絶唱者惟李頎云：「青山遠近帶皇州，霽景重陽上北樓。雨歇庭皋仙菊潤，霜飛天苑御梨秋。茱萸插鬢花宜賞，翡翠横釵舞作愁。謾説陶潛籬下飲，何嘗得見此風流。」此詩又載王昌齡集中，二公俱盛唐詩人，非彼此蹈襲，蓋後世傳寫之誤。嘗閲昌齡七言，絶句最多，然首首流麗，可播管絃，全篇惟《萬歲樓》一首，更不再見。頎詩尚有九首，如《寄司勳盧員外》云：「流澌臘月下河陽，草色新年發建章。秦地立春傳太史，漢宫題柱憶仙郎。歸鴻欲度千門雪，侍女新添玉夜香。早晚薦雄文似者，故人今已賦長楊。」此與前詩正合一律，當是頎詩無疑。又李嘉祐《送友人入湘》云：「聞説湘川路，年年苦水多。猿啼巫峽雨，月照洞庭波。窮海人還去，孤城雁共過。青山不可極，來往自蹉跎。」此又載李端集中，蓋二子俱出大曆之間，所姓既同，音調復似，雖至混錯，殊相允稱。端詩如「山從石壁斷，江向弋陽斜」、「地閑花落厚，石淺水流遲」、「雨行江草短，露坐客帆稀」、「得道輕年暮，安禪愛夜深」，嘉祐詩如「緑楊垂野渡，黄鳥傍山村」、「斜漢初過斗，寒雲正護霜」、「風摇近水葉，雲護欲晴天」、「漏長丹鳳闕，秋冷白雲祠」、「春景生雲物，風潮斂雪痕」、「雨多愁郢路，葉下識衡山」，色色雅稱，宜有此誤。又釋貫休《哭僧靈一》一詩屬句卑淺，亦載嚴維集中。然維詩時有警句，如「野燒明山郭，寒更出縣樓」、「柳塘春水慢，花塢夕陽遲」、「縱酒真彭澤，論詩得建安」，俱非貫休所及。又《同王徵君湘中有懷》一首，雖盛唐諸公不能復加也。此必貫休之詩，而誤入維集者也。細玩當自得之。

李西涯《麓堂詩話》云：「李長吉詩，字字句句欲傳世，過於劌鉥，無天真自然之趣。」世偉謂：長吉才自卓犖，非必苦苦作意如此，若《將進酒》、《金銅仙人辭漢歌》皆一氣呵成，奚可執

《黄頭郎》、《榮華樂》並律耶？

戴叔倫「短策看雲松寺晚，疏簾聽雨草堂春」，僧靈一「林色晚分殘雲後，角聲寒奏落帆時」，二詩音調閑雅，幾與子美「絶壁孤雲開錦繡，疏松隔水奏笙篁」並稱。中唐詩人如二公者豈多見耶？

嚴滄浪《詩法》云：「押韻不必有出處，用事不必拘來歷。」然韻有單押閑字，固不必有出處。若用事不拘來歷，終是漫説，恐不是。

唐人峽中詩類皆以「猿鳥」、「巴江」爲句，不能盡述。如杜子美「嶺猿霜外宿，江鳥夜深飛」，孟浩然「猿聲亂楚峽，人語帶巴鄉」，武元衡「劍壁秋雲斷，巴江夜月多」，李嘉祐「水聲巫峽裏，山色夜郎西」，馬戴「猿啼洞庭樹，人在木蘭舟」，五詩風韻俱爽，不可以盛唐、中唐分別。李遠「杜魄呼名語，巴江作字流」，語亦警策，然渾厚之氣微有不足，仍是晚唐家法也。

元次山爲詩，動欲復古，刻在立意，華藻不事，幾至無文。自謂：「爲文多退讓、多激發、多嘆恨、多憫傷，其意必欲勸之忠孝，誘以仁惠，急於公直，守其節分。」誠亦救時勸俗之所須，然於十歌之補、二風之論，未免畫蛇添足之誚矣。

梅宛陵詩祖孟襄陽，率多恬淡閑雅之氣，中間亦多作語太俗者，學孟之過耳。若「白水照茅屋，清風生稻花」，真襄陽筆也。

按《霏雪録》，東坡謂孟襄陽詩「韻高而才短，如造内法酒，而無材料耳」，劉孟熙謂：「不然，襄陽詩如玄酒，至味，總有材料，亦著些子不得。」世偉謂：襄陽之詩如郭仙翁造千日酒，雖不用尋常材料，而神麯天稻别從製法，故其醉人力量遠邁凡醸，蓋未嘗無材料而亦未始不用也。

東坡：「漁翁夜傍西岩宿，晚汲清湘燃楚竹。烟消月出不見人，欸乃一聲山水緑。」此柳子厚詩下仍有二句曰：「回看天際下中流，岩上無心雲相逐。」東坡偶誦而遺之耳。按《古今韻會》，「欸乃」，棹船相應聲，疑古已有是歌，蓋不可考。元次山有曲曰：「誰能聽欸乃，欸乃感人情。不恨湘波深，不怨湘水清。所嗟豈敢道，空羡江月明。昔聞扣斷舟，引釣歌此聲。始歌悲風起，歌竟愁雲生。遺曲今何在，逸爲漁父行。」高似孫復擬爲「帝子降兮」一篇，乃得古歌之遺意。元本「欸」，音襖；「乃」，音靄。柳子厚注亦云：「别本作『襖靄』。」又許氏《説文》原無襖音。項氏《家説》曰：「劉蜕文集有《湖中靄迺歌》。」又劉言史《瀟湘》詩「閑歌暖迺深峽裏」，蓋字稍異，而事則一也。《中原音韻》仍讀如字。不知次山之前，復有何據也，更俟博識。

皇甫冉《玄元觀送人》云：「莫持别酒和瓊液，乍唱離歌和鳳簫。」一聯用兩「和」字相對，雖上屬平，下屬去，此不可爲法。

杜詩云：「古人存老馬，何必取長途。」蓋公自傷其老不見用也。昔田子方出，見老馬於道，喟然有志焉，以問御者：「何馬也？」對曰：「以公家畜罷而不用，故放出之。」子方曰：「少盡其力，老棄其身，仁者不爲。」遂束物以贖之。窮士聞之，知所歸矣。《記》曰：「敝帷不棄，爲埋馬也。」埋馬之意，豈必獨厚於物哉？

杜詩：「對月那無酒，登樓況有江。聽歌驚白鬢，笑舞拓秋窗。」上八字一順，另是一格，非有警語不可作也。

老杜《觀公孫大娘弟子舞劍器行》：「㸌如羿射九日落，矯如群帝驂龍翔。來如雷霆收震怒，罷如江海凝清光。」四色比擬，豪雄自得，來丹、項莊之徒烏足知此！

盧仝《卓女怨》末句云：「誰家有夫婿，作賦得黃金。」此非怨詞，俗所謂遮羞語耳。

霧與露由來二事。《春秋元命苞》曰：「陰陽之氣，亂而爲霧。」又《釋名》曰：「霧，冒也，氣蒙冒覆地物也。」《大戴禮》：「陽氣勝，則散爲雨露。」又《說文》曰：「露，潤澤也。」余嘗病，俗稱「霧露」。及觀馬戴《湘川吊舜》云「雁集蕪葭渚，猿啼霧露山」，又《邊城獨望》云「霜落蒹葭白，山昏霧(霧)[露]生」，以是知唐人已有此誤也。

《詩人玉屑》稱黃魯直八歲作詩《送人赴舉》云：「送君歸去明主前，若問舊時黃庭堅，謫在人間今八年。」此已非髫稚語，然魯直之前幾曾又有「黃庭堅」耶？按《左氏》，楚滅六蓼，臧文仲曰：「皋陶庭堅不祀。」庭堅，皋陶字。又《文選》劉孝標《辨命論》：「仲容庭堅耕耘於巖石之下。」庭堅，八凱之一。俱不姓黃，舊時二字便是不通處。

李賀、盧仝詩尚險僻，已失閑雅自然之意。白樂天祇以老嫗不解，輒復易之，求爲深沉微婉，胡可得耶？

凡詩用古人姓名字號，謂之「點鬼簿」。唯杜少陵極善安置，如七言律用之首二字，則「宓子彈琴邑宰日，終軍棄繻英妙時」，「匡衡抗疏功名薄，劉向傳經心事違」。三四字，則「陳留阮瑀誰爭長，京兆田郎早見招」，「但見文翁能化俗，焉知李廣不封侯」。五六字，則「籬邊老却陶潛菊，江上徒逢袁紹杯」，「卜築應同蔣詡徑，爲園須似邵平瓜」。六七字，則「扁舟不獨如張翰，皂帽應兼似管寧」，「瀟湘不得歸關羽，河内猶宜借寇恂」。又單用第六字，則「滄海未全收禹貢，薊門何處覓堯封」。叠用三四字，則「荆州鄭薛寄書近，蜀客郗岑非我鄰」。叠用六七字，則「伯仲之間見伊吕，指揮若定失蕭曹」。其法不一，要在學者善識之耳。後之作者每首只可用一聯，長篇隔數聯再用亦可，然須錯綜上下之，不然真簿子也。

過庭詩話卷下

齊人劉世偉著
進士呂𪇺校正

陳後山在宋亦足名家，然用心太過，反成駑鈍。《妾薄命》篇雖爲叠山先生所選，細玩「起舞爲主壽，相送南陽阡」，脉絡微不相續。注引劉禹錫「向來行哭里門道，昨夜畫堂歌舞人」，是自後説向前去，此從上説下，不應如此之騃也。至如「發火觸暗室，百巧成窮髪」，自新句，亦頗鄙俚。然則閉門覓句，未必思不群也。

李西涯《麓堂詩話》云：「律詩起承轉合，不爲無法，但不可泥。泥於法而爲之，則撑拄對待，四方八角，無圓活生動之意。然必待法度既定，從容閑習之餘，或溢而爲波，或變而爲奇，乃有自然之妙。是不可以强致也。君并而廢之，奚以律爲哉！」

按《歸田詩話》：「趙子昂嘗書淵明《歸去來辭》，得者珍藏之。有僧題絶句於後云：『典午山(何)[河]半已墟，褰裳宵逝望歸廬。翰林學士宋公子，好事多應醉裏書。』後人不復著筆。」又《草木子》：「子昂子仲穆能作蘭木竹石，有道士張伯雨題其《墨蘭》曰：『滋蘭九畹空多種，何似墨池三兩花。近日國香零落盡，王孫芳草遍天涯。』仲穆見而愧之，遂不作蘭。」夫天理是非之公在人，不容少泯，故雖黄冠緇衣之流，猶能奮激忠義之氣聲爲詩章，則孟頫父子以秀王親尚忍心事讎，行同狗彘，視此異端爲何如哉？

李中麓先生稟賦既高，爲詩俱出天然輳合，如「天涯我亦嵇中散，海内君爲王右丞」，天地間尋此等對，不數得也。

廣昌何椒丘先生《漢川分司》云：「吾道將行有命，斯文未喪由天。休言竇家喜鵲，試聽蜀嶺啼鵑。」前貳句亦天然對偶，非凡筆可及。公嘗注《周禮》，擴前人所未發，此詩乃其緒餘耳。又《十樓懷古》極騁該博，《黄鶴》之詠，獨步九籌，雖使崔、李復作，亦將謂爲傳衣鉢也。

《芥隱筆記》謂王荆公詩「緑攪寒蕪出，紅争暖樹歸」妙甚，以用老杜「紅入桃花嫩，青歸柳色新」、李白「寒雪梅中盡，春風柳上歸」意。然「攪」、「争」貳字並用，便覺搶硬刺眼，唐人決不如此。又謂「晴日晚風生麥氣」，蓋用何遜語。好詩正不必拘此也，且「麥氣始清和」五字便冲淡，至用「晴日」，又用「晚風」，又用「麥氣」，是三疊句，殊太堆積。荆公惟集古句最長，七言絶句有數首似唐者，律詩自是宋人體格，細玩《臨川集》乃見。

何大復、李空同作詩往往擬杜。如杜云「海内風塵諸弟隔，天涯涕淚一身遥」，李則「海内君親情併苦，天涯書劍路俱遥」，何則「海内弟兄風雨夜，天涯兒女歲時心」；杜云「即從巴峽穿巫峽，便下襄陽向洛陽」，何則「直從北極看南極，却望中台接上台」，李則「新從北極看南極，便自吳江下楚江」。杜云「負鹽出井此谿女，打鼓發船何郡郎」，李則「買魚沽酒此村口，打鼓鳴鑼何處船」；杜云「虛疑皓首銜泥怯，實少銀鞍傍僉行」，何則「虛疑星漢城邊照，實怕風雲海上來」。雖一時情景相觸，亦恐太擬也。

或謂太白山人之詩自出一家，不由學問，如無米粥一般。嗚呼！無米焉能作粥？殷近夫作《山人傳》，稱山人年十三讀古六經文，則博極群言亦可知矣。故其詩如「紅留楓樹晚，黃見菊花初」，即子美「碧知湖外草，紅見嶺頭雲」；其「江花迎日静，沙鳥背帆飛」，即鄭巢「河帆因樹落，沙鳥背潮飛」；其「僧歸虹外雨，雲抱水邊樓」，即張祜「僧歸夜船月，龍出曉堂雲」；李白「呼我謫仙人」，山人則「呼我酒仙人」，往往亦嘗摹擬。細玩山人五言似張祜，七言似劉滄，誌謂「駕材于白，用格于甫」，雖不無過獎，然不自用，亦略可見矣。若但自出一家，便匪這般物事。矮人觀場，隨人悲喜，烏知所謂山人耶？

馬西玄詩如「波平看地闊，雲起覺天低」、「洞石流雲氣，星濤湧日華」，亦高世之作。又「百年會合苦不數，四海交遊今漸稀」、「關山四望非吾土，烏鵲群飛不異天」，於唐人蓋不多讓也。

陽明先生天挺奇資，刻志風骨，然尊尚子静，罔兢華藻，或至有意而無聲耳。如「門徑不妨春草合，齋居長對晚山妍」、「但得青山隨鹿豕，未論黃閣畫麒麟」、「松間名瑟驚棲鶴，竹裏茶烟起定僧」之句，可與正己、文明之儔並驅中原。《梧桐岡》用韻古調，雖陳思、仲宣僅隔一籬耳。

谷少岱措語工緻，學亦洪博，脱肯攏落故典，何、李之英不能當也。

何太華、許少華英資既配，卓趣亦同。西山勝遊，聯璣競爽，可謂曠代嘉事矣。何詩如「浪花隨艑轉，雲葉逐帆流」、「霞標窺日近，風洞吐雲寒」、「虚閣收殘霧，陰厓宿斷虹」，許詩如「斷霞明夕浦，落日隱春湍」、「荇色翻波亂，荷香浥露饒」、「野橋横水度，岐路入花迷」，色色俊逸，該括相稱。李臨洮之譽，至是爲不謬矣。

陳白沙之詩盛傳於弘治間，李空同每謂其家常語太多，良是。然尋常中亦有甚佳者，如「菊謝人間世，官閒酒處身」、「就床梳白髮，開户納清風」，可謂撥塵沙而得照乘珠耳。

濟南太守二檀楊先生作詩，已登子美之堂，但未入室耳。《西楂集》所載如「落花春不競，啼鳥晝常閒」、「嶺外開侯甸，梅邊數驛亭」、「野宿常聞雨，山行欲近天」、「清夜即看牛渚近，明河應接鳳城遥」、「野水鷗鳧迎杖屨，春風簫鼓送壺觴」，皆驚句也。

世偉頃遊璧水，博士林浩與同官數人論詩，一舉杜詩《奉贈韋左丞丈》，云「丈人試静聽，賤子請具陳」，此言鄙俗之甚，疑非子美之作。余因趨前曰：「昔讀《文選》，鮑明遠《東武吟》有『主人且勿諠，賤子歌一言』，恐杜公祖此。」衆始嘆曰：「信哉！不盡讀天下書，不足以觀杜詩也。」

余内舅鄉進士劉五槐先生，名應龍，字士乾，少有詩名，如《秋懷》云：「事苦晝刻短，愁妒夜更長。青年難復得，好會不能常。大塊靡終極，浮生等朝霜。草蟲時悲鳴，雲雁已回翔。木葉催西風，川流注東洋。感激寂無言，喟然情内傷。」此雖二陸、兩潘，何以加諸？忽夢中得二句云：「山寺啼猿夜，江城落木秋。」自以爲不祥，是歲果卒。詩讖之説，誠不誣歟？

唐之士夫極重浮屠，稱謂之間不曰「公」則曰「師」。據世偉所臆記者，如李正己云「願得遠公知姓字，焚香洗鉢過浮生」，劉隨州云「一公住世忘世紛，暫來復去誰能分」，王昌齡云「昔爲廬峰遠，况與遠公違」，孟皓然云「欣逢柏臺舊，共謁聰公禪」，司空文明云「一願持如意，長來事遠公」，馬戴云「倘宿林中寺，深憑問遠公」，韓君平云「詩人謝客興，法侶遠公心」，皇甫冉云「幾日東林去，門人恃遠公」，耿湋云「湯公多外交，洛社自相依」，李頎云「大師神傑貌，五岳森禪房」，皇甫曾云「南岳滿湘源，吾師經利涉」，嚴維云「舊遊多不見，師在翟公門」，權德輿云「載結西方社，師遊早晚回」，李洞云「師資懷劍外，徒步管街東」，盧仝云「春風滿别院，師獨坐南軒」，朱餘慶云「客行皆有爲，師去是閑遊」，項斯云「逢師入山日，道在石橋邊」，林寬云「是物皆磨滅，惟師出死生」。是皆空寂之談，素淪膏肓，則輪回之惑，甘同流俗，世無《原道》，幾至滅倫，妄伸貶愚，銜冤没世。

余外父海隅毛中丞，守永平，直忤武皇，左遷黔之安寧州，京師士夫皆贈以詩。陽信教諭蕭來鳳云：「離亭樽酒謾相留，去國寧辭道阻修。忠孝本來臣子事，蠻夷亦是帝王州。馬行殘月千山曉，雁度西風萬木秋。俯仰不慚唐別駕，直聲先已動遐陬。」世評海隅忠並唐介，而蕭詩意比李師中而風韻過之。

唐蕭瑀嘗與内宴，上曰：「自知一座最貴者，先把酒。」時長孫無忌、房玄齡相顧未言，瑀引手取杯。帝問曰：「卿有何説？」對曰：「臣是梁朝天子兒，隋朝皇后弟，尚書左僕射，天子親家翁。」太宗撫掌極歡而罷。故子美《贈比部蕭郎中十兄》云：「漢朝丞相系，梁日帝王孫。」意蓋本此。

世之扶鸞，雖若幻術，往往能降真仙，倉卒作詩作畫，色色纖好，不知主何理。揚州某生精其術，門嘗焚香請仙，或十位，或五位，相與筆談賡和，如面授焉。世偉嘗於董大尹處見有稱回道人者詩曰：「風送潮聲遠，日移山影斜。雲間横玉笛，海上泛仙槎。」詩既清新，字亦奇妙，何可以技術少之？

唐虞部郎中司空曙家畜一妓，名新柳娘。曙嘗爲詩贈之曰：「全欺芳蕙晚，似妒寒梅疾。撩亂發新條，春風來幾日。」後公得病，時四鼓，命燃燭，召新柳至，執其手曰：「爲我作離鸞之曲。」新柳初發一聲，淚下如注，哽咽幾絶。公亦欷歔不禁，復爲詩曰：「翠娥紅臉不勝情，管絶絃餘發一聲。銀燭摇摇塵暗下，却愁紅粉淚痕生。」達旦，疾益篤，擇里人少年將以厚貲嫁之。復曰：「萬事傷心在目前，一身垂淚對花筵。黄金散盡教歌舞，留與他人樂少年。」妓得詩大痛，趨入房更衣，移時不出，視之，已自縊矣。或告公，已不能言，肯首久之，遂卒。世偉曰：燕昵之私，君子不免，倡妓之女，難與慮終。燕子樓之盼盼，金谷園之緑珠，蓋絶無而僅有者。武、韋之流，穢彰宮闈；太平、虢國，情同桑濮。此之不淑，曷閑有家？新柳乃能從容就死，不負挽愛，可謂賤而益貴、華而復實者矣。

古今注杜詩者不啻千家，劉須溪詩評最爲的當，餘互有得失。今海内學者於七言律看虞注，五言看趙注，類能知之。其於長篇古風，天台謝桃溪注，亦未可深少也。蓋虞注本元張伯誠之作，伯生但爲之分類耳。時相張螺峰刪削極其精確，二泉邵先生《律鈔》中有可取者。謝注微有長語，更加裁洗，則三氏之注，鼎足並傳矣。

大抵絶句要言約意該，餘韻鏗然。七言近體丰韻精爽，沉著婉曲。五言律瀏亮痛快，點綴精奇。排律鋪叙典實，顧盼遠到。歌行突兀歇拍，脉絡綿遠。樂府風流激切，雅俗相兼。漢魏古詩渾厚和平，質而不俚。集古天然輳合，不加增損。擬古取格定意，去我從彼。吴體縹緲虛怯，鬆散放逸。

山陰蘭亭有逸少洗硯池，其水盡黑，時可染淄。太常少卿沈紳嘗紀其事，有題其壁云：「憶昔山陰泛酒卮，臨池染翰已多時。可憐歲歲黄梅雨，不與些兒洗墨池。」經數載有繼題于後云：「黑水還從硯得名，山陰泉石至今榮。不知四海多貪墨，梅雨何時洗得清？」二詩用意俱好，然只宋人家數耳。世偉從宦寧國，聞進士梅鶚傳此。

大司馬青州東渚陳公《送宋中舍洪之任鎮江》云：「城圍山色江中見，海送潮聲月下聽。」字字本色，聲調復朗，盛唐諸公不過如此。又予窗友董北山授六合令，京師一士夫送詩云：「門臨楊子渡，衙對石頭城。」語亦警策，莫謂今人不如古也。

國初詩仍是元人聲調。懷用和《士林詩選》惟聶大年《寓揚州》、李孟璿《烏夜啼》之作，最爲脱略氣習。丘大祐「翡翠高低樹，芙蓉遠近山」，沈愚「門雞三市曉，躍馬五陵春」，渾是唐人紀律。張淵「江湖自作幾年夢，風雨轉驚今夜愁」，姚翼「尊前醉客不在酒，眼底可人惟是山」，回視諸作，已過遠甚，然亦止落第二義矣。

盤濱李都諫，臨邑人，美丰儀，作詩雅有唐人格調，然性尚謙退，不爲時知。後函山劉文選見其稿，驚曰：「平生輸君者一籌，今不及矣。」《送劉五槐會試下第》云：「春色濃如此，更生却憶家。長楸誰並馬，金谷自多花。愁緒依雲樹，别筵對浦沙。東行更回首，早泛斗牛槎。」他如「江闊輕舟渡，沙平落雁遊」、「秋况隨江草，鄉心逐野雲」、「開軒山半露，拂檻鳥平過」、「塞雲連野落，海浪蹴天浮」、「旅懷風色外，愁緒水聲間」、「嘗果開芳圃，看雲愛遠山」、「風鳴紅葉岸，鳥下白蘋洲」，皆警句也。

子美《杜鵑》詩當從王誼伯論，自「我昔遊錦城」起爲是，前四句是題下注斷。注謂：「正是突兀奇怪，欲起後人之疑，作此村樸老人態耳。」又曰：「公備諸家體，非必率合程度侃侃者然也。且『西川有杜鵑，東川無杜鵑。涪萬無杜鵑，雲安有杜鵑』四句成甚奇怪語，又何嘗有此體耶？」觀《文選》束廣微《補亡詩》正是一例，如「南陔孝子相戒也」，「南陔」是題，「孝子相戒」是注意，「循彼南陔」方是詩。《白華》、《華黍》等篇皆然。

元人薩天錫始以宫詞得名，其爲詩雖少過艷，然聲調去唐却不甚遠。其曰：「駿馬驕嘶懶著鞭，晚凉騎過御樓前。宫娥不識中書令，借問誰家美少年。」「深宫盡日垂珠箔，别殿何人度玉筝。白面内官無一事，隔花時聽打毬聲。」「清夜宫車出建章，紫衣小隊兩三行。石闌干畔銀燈過，照見芙蓉葉上霜。」此與王建、王昌齡諸作苦不多讓。他若「五年風雨夜，四海弟兄心」、「看家留白鶴，度竹借藍輿」、「客路青山外，鄉心落照邊」，可與虞、揭並美，烏可以胡種少之耶？

蔣仲平《山房隨筆》云：「吴門有吏，娶一娼妓燕客，歌舞徹旦。明日犯事，决配九江，與婦泣别登舟。盧梅坡詩云：『昨夜笙歌燕畫樓，今朝揮淚送行舟。何如嫁作商人婦，無此江頭一段愁。』」又：「杜善甫，山東名士，工詩，不屑仕進。時有掌兵官，遠戍于外，其妻宴客，笙歌終夕。善甫以詩譏之曰：『高燒銀燭照雲鬟，沸耳笙歌徹夜闌。應念征西人萬里〔一〕，玉關霜重鐵衣寒。』聞者快之。」二詩感興不殊，聲調俱有唐人遺致，不可以宋人目之。

〔一〕「應念征西人萬里」，原本作「應念征人西萬里」，據《知不足齋叢書》本《山房隨筆》改。

唐詩人顧況自越適吴，與二三從者迷失道。偶至一山，見絶頂一蘭若，欲乘興從觀，孤巖峭壁，殊無徑路。時聞擊磬之聲，從者皆頂禮。況以詩紀事曰：「絶頂茅庵老此生，寒雲孤木伴經行。世人那得知幽徑，遥向青峰禮磬聲。」尋落木葉一片，上丹書一絶云：「老僧無意戀塵寰，暫結茅庵住此山。常日若教人迹到，幾時方得一身閒。」顧知不欲見人，移去。然味其詩，非皎然、靈一之儔不能爲此，惜不知其誰何也。

唐諸僧多以奕棋得名。老杜《送江寧旻上人》云：「棋局動隨幽澗竹，袈裟憶上泛湖船。」張祜《贈僧雲棲》云：「梵餘林雪厚，棋罷岳鍾殘。」李遠《閑居》云：「買藥經年曬，留僧盡日棋。」李洞《對棋》云：「倚仗湘僧算，翹松野鶴窺。」張喬《贈奕僧》云：「空門説得怕沙劫，應笑終當爲一先。」鄭巢《贈崔行先石室别墅》云：「采菊頻秋醉，留僧一夜棋。」然棋以攻擊爲義，以戰争爲名。皮日休謂：「不害則敗，不詐則亡，不争則失，不僞則亂。」以是四者交横於中，則五欒隔絶，三業繼作，雖使千百億化身識無邊處解脱，亦且劫濁相淆，精進罔正矣。所謂大慈大悲，無失無想者安在耶？要之，爲僧已非聖賢之道，奕棋尤非爲僧之道。

李士實自叙其詩爲半上落下之作，君子以爲自知之明。如：「春流高似岸，細草碧於苔。小閣無人到，風來門自開。」儘有許多閑雅意思，亦不可以人廢言也。

郁離子天資極高，古詩似謝玄暉，樂府似周美成，律詩微艷麗，不似唐人耳。《覆瓿集·登獅子巖》云：「落日下前峰，輕烟生遠林。雲霞媚餘姿，松柏澹清陰。振策縱幽步，披榛陟層岑。槿花籬上明，莎雞草間吟。涼風自西來，颼颼吹我襟。榮華能幾時，摇落方自今。川逝無停波，急絃有哀音。顧瞻望四方，悵焉愁思深。」又《遣興》云：「緑樹何陰陰，良苗亦離離。開窗招遠風，赤鯉躍青池。雲日釀晴光，芰荷有餘姿。宴坐偶自得，悠然遂忘飢。富貴不可求，守分勿復疑。」又古樂府云：「自君之出矣，雲鬢愁不綰。思君如轆轤，倏忽心百轉。」又《宫怨》云：「何處春風拂苑墻，飛花片片入昭陽。多情尚有池邊柳，留得鶯聲伴日長。」數作真若足躡崑崙、蹬盼星宿，活潑之意種種，自步武中流出，豈直虬龍片甲、鳳凰一毛者耶？

楊文定公律詩近體無慮百篇，絶無唐人遺響，惟《贈顧仲謙致仕》之作，却有建安風骨。大抵國初文士尚華麗而不務典實，兢速就而靡事深沉。公蓋近體囿於流俗，古作乃其天資之暗合者歟？

聶大年東軒詩，盛傳於成化、弘治間，然亦祇能輳合成句，未見全可誦者。「願知身是客，空有夢還鄉」，此平生之絶唱矣。

張子言《三生行》最爲時人傳誦，自謂工古調，不習律詩。余嘗閲《石壇集》，如「白送沙原闕，紅迎海日生」、「風雲千里目，河漢九霄身」，綽有盛唐逸格。其古詩仍出何、李之下，豈自高其所好，而善者復不知歟？

薛西原刻意肖古，動涉幽微，《遊仙》十詠，直度玄關，《志感》二章，真成牗諫。至謂「閒居同栗里，置酒得荆州」，則與陶、劉並志，鄭、薛比能矣。

解學士縉紳風流藴藉，名播外夷，然詩多率筆立成，不事攟易，識者病之。《題小姑山》云：「陰雨蛟龍出，天晴鸛鶴還。」真有杜意。其盡日抽思者，或不如是之工也。

臨清謝四溟曰：「吾作詩專以造化爲主，如天之付物，合著人，合著物，自有定理，但隨宜而寫其真耳。」又曰：「吾作詩先以警句爲主，他句務欲稱之。全篇相稱，方登于帙，否則不録也。」故其作爲昭代名家。

《洪武正韻》一書，誠聲音之正脉，但沈韻自唐已刻入詩人肌骨，少出籬落，便不可傳。是以學者雖明知之而終不可挽回也。

濟南冢宰尹公，詩祖孟浩然，多信口而成，率合程度。邊華泉之作實此公倡之，惜無收其稿者。

大司寇盱眙陳公道《寄陳處士》云：「好雲如有約，嘉樹足怡顏。」《與閻二守會飲》云：「百年如夢幻，四海幾知心。」《泊大洋》云：「風雨孤燈夜，江山萬里秋。」皆警句也。其古作更有可誦者，有《南山類稿》行于世。

按江鄰幾《雜志》：「王文穆罷相，知杭州，朝士送詩，唯陳從易學士云：『千重浪裏平安過，百尺竿頭穩下來。』翼公稱重之。」然上句只可詠船，下句只可詠帆。《全唐詩話》：「劉隨州有眼作無眼之詩，宋雍無眼作有眼之句。」偶爾相值，亦似恰好。又或謂孟襄陽「春眠不覺曉，樹樹聞啼鳥。夜來風雨聲，花落知多少」，亦無眼之詩。李白「眼前有景道不得」，真啞謎耳。

何大復天資既高，所蘊又富，鎔冶故典，直肖前修。使天假之年，□不知其底極矣。姑舉一二首，子美《白帝城樓》曰：「峽圻雲霾龍虎睡，江清日抱黿鼉遊。」大復《兩湖書屋》曰：「岸迴沙檻黿鼉圻，水抱晴窗日月明。」李頎《寄盧員外》曰：「早晚薦雄文似者，故人今已賦長楊。」大復《懷寄邊華泉》曰：「獨有揚雄尚陪從，白頭抽筆賦長楊。」宋之問《明河篇》曰：「更將織女支機石，還訪城都賣卜人。」大復《七夕》曰：「乘槎莫問支機石，河漢年年此夜陰。」此亦可謂善於抽骨換胎者也。

《去婦》詩，孟東野云：「君心匣中鏡，一破不復全。妾心藕中絲，雖斷猶復連。安知御輪士，今日翻迴轅。一女事一夫，安可再移天。君聽去鶴言，哀哀七絲絃。」戴叔倫云：「出户不敢啼，悲風日凄凄。心知恩義絶，誰忌分明别。下坂車轔轔，畏逢鄉里親。空將床前幔，却寄家中人。忽醉王吉去，爲是秋月死。若比今日情，煩冤不相似。」劉駕云：「回車在門前，欲上心更悲。路傍見花發，似妾初嫁時。養蠶已成繭，織素猶在機。新人應笑此，何如畫娥眉。昨日惜紅顏，今日畏老遲。良媒去不遠，此恨今告誰。」曹鄴云：「嫁來未曾出，此去長別離。父母亦有家，羞顔何以歸。此日年且少，事姑常有儀。見多自成醜，不待顔色衰。何人不失寵，所嗟無自非。將欲告來意，四鄰已相疑。」顧况云：「古人雖棄婦，棄婦有歸處。今日妾辭君，辭君欲何去。本家零落盡，慟哭來時路。憶昔未嫁時，聞君甚周旋。及與同結髮，值君適幽燕。孤鏡托飛鳥，兩眼如流泉。流泉咽不燥，萬里關山道。及至見君歸，君歸妾已老。物情棄衰歇，新寵方妍好。拭淚出故房，傷心劇秋草。妾心憔悴捐，羞將舊物還。餘生未有寄，誰肯相留連。空床對虚牖，不覺塵埃厚。寒水落芙蓉，秋風墮楊柳。記得初嫁時，小姑始扶床。今日君棄妾，小姑如妾長。回首語小姑，莫嫁如兄夫。」世偉曰：古之逐臣皆托名于棄婦，蓋君不可指而夫猶可怨爾，是以盛世無空谷之嗟，君子適宜家之樂，情捐房闥，則愛絶平生。五詩委至，舉通玄理。

中麓先生曰：「世之爲詩者有二，尚六朝者失之纖靡，尚李、杜者失之豪放。然亦以時代、南北分焉。成化以前及南人，纖靡之失也；弘治以後及北人，豪放之失也。」先生平生無鑿空之失，是必有真見。又白東川世卿曰：「凡爲詩，太深則晦，淺則露；太細則拘，粗則鄙。善詩者，托物寓情，繫風捕影，迹不溺於虚實，斯妙矣。」二説俱出張秋渠侍御《海岱集序》。楊虞坡謂秋渠詩如「斜日寸心餘碧草，秋風客淚滿青萍」、「歲月壯心餘鶴髮，江村生事半漁舟」、「南臨象郡千峰出，北望牂牁一水深」，三聯雖置諸空同、大復集中，當何辨焉？世偉亦愛其「岧嶢華岳分秦嶺，悵望咸陽繞漢宫」之句。又讀《童玉沙壁題有感》一首，雖謂之盛唐亦可也。

濟南黄安厓都憲初在翰林，最有時名，平時製作亦多。予嘗於令郎處見《過楊妃冢懷古二十二絶》，清新俊逸，深得宫詞家法，使唐人復作，何以加諸？其曰：「曉起臨妝倦愈加，承恩復下絳厨紗。千載荒丘春不管，想應睡足海棠花。」「春寒浴罷華清池，十里香波泛粉脂。趁早汲歸宫裏去，明朝題洗錦棚兒。」「新剥雞頭肉軟温，君王屢顧荷深恩。不如夜鬱山精巧，胡腹膨脝已飽吞。」「萬里驅馳蜀使疲，輕捐人命唉娥眉。基西一騎紅塵起，猶憶芳魂索荔芰。」「宫娥小隊盡戎裝，人在風流陣裏狂。鼙鼓掖庭胎禍久，干戈誰説但漁陽。」「芍藥當階並蔕香，朝紅午碧暮還黄。花妖已被君王識，不識人妖近在傍。」蓋無一句而非本色，惜不能盡記也。

文徵明先生詩、畫、書無一色不佳，故吴下稱「三絶」，良是。若「踏莎芳徑軟，拍水畫橋低」、「看雲隨白鳥，把釣拂青天」，馬戴、張祜之儔復何加焉？

王兆雲◇撰

揮麈詩話

一卷

徐隆垚◎點校

揮麈詩話

麻城王兆雲元禎輯

王建宫詞補訛

「忽地金輿向月陂，内人接著便相隨。却回龍武軍前過，當處教開卧鴨池。」「畫作天河刻作牛，玉梭金鑷采橋頭。每年宫女穿針夜，敕賜諸親乞巧樓。」「紅燈睡裏看春雲，雲上三更直宿分。金砌雨來行步滑，兩人抬起隱金裙。」「蜂鬚蟬翅薄鬆鬆，浮動搔頭若有風。一度出時抛一遍，金條零落滿函中。」「教遍宫娥唱盡詞，暗中頭白没人知。樓中日日歌聲好，不問從初學阿誰。」「供御香方加減頻，水沉山麝每回新。内中不許相傳出，已被醫家寫與人。」「春來睡困不梳頭，懶傍君王苑北遊。暫向玉花階上坐，簸錢贏得兩三籌。」「彈棋玉指兩參差，背局臨虚鬥著危。先打角頭紅子落，上三金字半邊垂。」「宛轉黄金白柄長，青荷葉子畫鴛鴦。把來不是呈新樣，欲進微風到御床。」「藥童食後送雲漿，高殿無風扇少凉。每到日中重掠髮，衩衣騎馬繞宫廊。」右王建詩，見趙與時《賓退録》，共十首。今所刻建《宫詞》中，雜以張籍、白樂天、杜牧之、王昌齡、劉夢得諸作，後有好事者刊出之而補以前作可也。內「彈棋」一首，且略見古人彈棋之法，但不可解耳。

楊判與詩僧定交

汝南楊季學，永樂間爲成都府判。年甫三十二，嘗涖新繁，過一寺，其長老據座，弗爲禮。楊怒，呼從者捽之下，將加撻焉。有學諭趙弼，大呼曰：「判府莫草草，渠乃詩僧也。」楊命和其「吟」字韻，即應聲云：「敲動禪關驚鶴夢，撤開經藏聽龍吟。」乃大驚，遂與定爲方外交。

慧空詩

太平縣吏科給事中周公名怡，號都峰，素慕禪學。有僧慧空者，自武夷來朝九華，還過太平，息肩三峰庵。庵中衆僧曰：「此處有周公者，慕重禪教，師盍訪之？」師果往見，不遇而歸，題詩一首於三峰石壁之上，曰：「停宿禪居石澗邊，三峰長與白雲眠。溪聲唤出波心月，竹影摇沉水底天。野鳥樹頭鳴祖意，山花香裏送真傳。古今話到無心處，話到無心道自然。」題畢即行。周公聞之，遠近尋覓，竟不得。迄今所題詩句日炙雨滴，墨蹟更現，勒碑作勝蹟焉。

月舟索衣

吴詩僧月舟居秪園庵，貧而好客，士大夫喜與之游。一日爲《索衣》詩云：「西風吹破木棉裘，徹骨清寒似水流。摘取芙蕖難禦臘，製來荷芰不禁秋。朝陽空補千層衲，載月長虚一個舟。寄語故人顔户部，朝衣肯爲大顛留。」户部顔寶之見詩，贈衣一襲。

祖壽寄孫詩

黄巖王璧爲郎署時，居京師。厥祖壽登期頤，寄詩於璧，内一聯云：「若使來看百歲祖，不妨遲作十年官。」璧以詩附奏陳情，乞賜歸省。朝廷嘉納之。館閣公卿咸贈以詩，美其爲國朝盛事。

中流圖紙鳶二詩

有人題《中流自在圖》云：「萬里長江浩浩流，得停舟處且停舟。世間萬事風波險，莫待風波險處休。」張東海《詠紙鳶送客之京》云：「百尺東風舞紙鳶，無端聲到别離邊。人生自是無根蒂，却被功名一線牽。」二詩余愛其有含諷。

邊華泉詩

邊華泉《七夕别父》詩如「天上夫婦會，人間父子離」，寄李空同如「四海酒杯形影外，十年詩草夢魂餘」，皆警句也。

文衡山茶酒

文衡山有《茶》、《酒》二詩。《茶》云：「絹封陽羨月，瓦缶惠山泉。至味心難忘，閒情手自煎。地爐殘雪後，禪榻晚風前。爲問貧陶谷，何如病玉川。」《酒》云：「晚得酒中趣，三杯時暢然。難忘是花下，何物勝尊前。世事有千變，人生無百年。還應騎馬客，輸我北窗眠。」

雍都憲

長安雍都憲世隆，别業去終南不一舍，甚有幽致。有尋訪留題壁間者云：「中丞别墅壓秦川，非郭非村小洞天。樹底好山當屋上，源頭活水過門前。吟邊風月詩三百，静裏乾坤壽八千。只恐春雷天外震，等閒驚起老龍眠。」未幾，有詔復起，亦詩讖也。

詠蛙詩

謝方石與李西涯齊名，有《桃溪凈稿》，天下傳之。其《詠蛙》詩云：「春水鳴蛙處處通，野田村巷路西東。公私不用分區域，堅白誰能辨異同。井底有天從侈大，月中無地著奸雄。莫教强聒終宵在，正爾蘧蘧蝶夢中。」余聞文翰林徵明亦賦云：「青燈照壁睡微茫，閣閣群蛙正繞堂。細雨黄昏貧鼓吹，誰家青草舊池塘。年來水旱真難卜，我已公私付兩忘。寄謝繁聲休强聒，吴城明日是端陽。」二詩各極其妙，殆不能優劣也。

田畯醉歸圖詩

張亨父泰《題田畯醉歸圖》云：「村酒香甜魚稻肥，幾家留醉到斜暉。牧奴背拽黄牛載，兒子傍扶阿父歸。鬢短何妨花插帽，身强不厭布爲衣。天寬帝力知何有，但覺豐年醒日稀。」向使亨父入於清翁月泉吟社，吾知羅公福又讓子一頭地矣。

二王父子

王中書孟端公紱，志行端方，能詩善畫，其水墨竹石精絶冠一時。子默能繼公志，嘗爲所親題《行樂像》云：「溪繞山迴松竹長，小橋流水渡芳塘。得詩便去又回首，猶有餘情戀夕陽。」中書歿百年，而有王憲僉子裕問，未艾即謝政歸〔二〕，日以詩畫爲樂，求者踵至。家築來鳳堂，植梧數十樹，空翠可人，人方之雲林堂。子鑑純孝篤行，舉進士，官吏部，以乞養歸，精于白描小草，亦稱「二王」。

百別詩

王蛻巖未老作《百別詩》，深識死生之理者，今録其數首。《别天》云：「來自空兮去自空，浮生原與夢蕉同。白頭漫用悲長別，猶在蒼蒼覆幬中。」《别山》云：「杖藜無復出林邱，春半鶯花總是愁。明月千峰雲萬壑，于今都合付神遊。」《别水》云：「賀老遺踪久欲磨，陸游詩舫不重過。野翁亦棄漁竿去，落日涼風空白波。」《别山堂》云：「蛻巖花木鎖斜暉，正是辭仙欲化時。他日白雲流水處，行人指點老翁祠。」《别竈》云：「莫怪常時甑有埃，於今人去只寒灰。焦桐不復中郎遇，終古無人識美材。」《别帳》云：「霜藤熟練瑩無瑕，人去空懸對碧紗。一斗白雲飛不

〔二〕「王憲僉子裕問」，原本及《螢雪軒叢書》本均作「王憲僉裕問」。按，王問，字子裕，嘉靖二十七年進士，授户部主事，改南京職方，遷車駕郎中、廣東僉事。子鑑，字汝明，嘉靖末年進士。《明史·儒林》有傳。原本、螢雪軒叢書本均脱「子」字，今據《明史》補。

散，月明還自照梅花。」《别書》云：「遺編漫謂百金收，無復燈前再校讎。芸草香銷飢蠹散，春風狼籍滿床頭。」《别劍》云：「元塵三尺秘光晶，風雨床頭夜有聲。他日看隨人化去，蜕巖千古比延平。」《别身》云：「聚來靈秀本先天，幻殼勞勞寄百年。緣斷今朝兩分散，碧天空闊月華圓。」醉生夢死者可爲一笑。

柳詞

濠梁許庭《柳》詞五章，其一曰：「不見昭陽宫内柳，黄金齊撚輕柔。東君昨夜到皇州。玉階金井，無處不風流。悵望翠華春欲暮，六宫都鎖春愁。暖風吹動繡簾鉤。飛花委地，時轉玉香毬。」其二曰：「不見隋河堤上柳，緑陰流水依依。龍舟東下疾於飛。千條萬葉，濃翠染旌旗。記得當年春去也，錦帆不見西歸。故抛輕絮點人衣。如將亡國恨，説與路人知。」其三曰：「不見陶家門外柳，柴扉一徑遥通。閉門終日仰清風。感君高節，緑蔭向人濃。籬落蕭疏雞犬静，日長飛絮濛濛。先生一醉萬緣空。經時高卧，不到翠陰中。」其四曰：「不見都門亭畔柳，春來緑盡長條。臨岐行色馬蕭蕭。一枝折贈，相見又何朝。酒盡曲終人去也，風前亦自無聊。祇應於我恨偏饒。東君特地，付與沈郎腰。」其五曰：「不見灞陵原上柳，往來過盡蹄輪。朝離南楚暮西秦，不成名利，贏得鬢毛新。莫怪枝條憔悴損，一生惟苦征塵。兩三烟樹倚孤村。夕陽影裹，愁殺宦游人。」

楊升庵逸詞

題妓家，王行甫在滇中得之。

「醞造一場煩惱，只因些子恩情。陽臺春夢不曾成，枉度雨雲朝暝。燕子那知我意，鶯兒似喚他名。消除只有話無生，早去心頭自省。」「倚醉深關朱户，佯羞怕捧金觥。背人彈淚繞花行，唱盡新詞懶聽。本是爲郎調護，當初枉道無情。英雄摩勒肯重生，贖取佳人薄命。」「自有嫩枝柔葉，何須補柳添花。低聲昵語似雛鴉，腸斷東橋月下。香霧清暉何處，春風今夜誰家。五花嬌馬七香車，趁此小喬未嫁。」「玉指管生弦澀，朱唇語顫聲羞。動人一味是温柔，爲甚兩眉長皺。不慣秋娘渡口，乍離阿母池頭。臨卭太守最風流，肯許鳳求凰否。」

空同諸公詞

李空同文章鉅手，不屑小製，然嘗見其小詞《如夢令》二篇，今集不載，云：「昨夜洞房春暖，燭盡琵琶聲緩。閑步倚闌干，人在天涯近遠。影轉，影轉，月壓海棠枝軟。」「不信園林春早，一夜遍生芳草。説與小童知，池上落紅休掃。休掃，休掃，花外斜陽更好。」陳大聲不但善北曲，乃和宋詩餘等篇，大有佳者，如《浣溪沙》云：「波映横塘柳映橋。冷烟疏雨暗庭皋。春城風景勝江郊。花蕊暗隨蜂作蜜，溪雲還伴鶴歸巢。草堂新竹兩三稍。」《生查子》云：「從小束腰肢，不是因郎瘦。自有春愁在兩眉，不省郎知否。落日正飛鳧，記得曾分手。忍見垂楊折後枝，還拂杯中酒。」嘗謂宋人敝神，此體深入要眇。自元以還，聲律漸遠。明興，間有作者，益不類矣。間嘗稍爲編集，其中陳大聲鐸、王浚川廷相、張南湖紞、夏桂洲言、楊升庵慎爲多，而夏頗稱勝。

辛幼安詞

梅花不入楚《騷》，杜甫不詠海棠，二謝不詠菊，終是缺陷。辛幼安《鷓鴣天》詞云：「戲馬臺前秋雁飛，管絃歌舞更旌旗。要知黄菊清高處，不入當年二謝詩。傾白酒，繞東籬，只於陶令有心期。明朝重九渾瀟灑，莫使尊前欠一枝。」蓋爲菊花解嘲也。

王子予詩

古漁王授，字子予，江陰人也。其《送常熟李瑞卿》詩云：「柳暗花明春雨天，鵓鳩聲裏一歸船。重遊已是十年後，爲問人生幾十年。」顧況：「一别二十年，人堪幾回别。」王詩雖本諸此，亦自有味。

顧詩誤作蘇

「新繫青絲百尺繩，心在君家轆轤上。我心皎潔君不知，轆轤一轉一惆悵。何處春風吹曉幕，江南緑水通朱閣。美人二八顔如花，泣向春風畏花落。臨春風，聽春鳥。别時多，見時少。愁人一夜不得眠，瑶井玉繩相對曉。」此顧況《古意》詩也。然又見《東坡全集》題曰《轆轤歌》，不異一字，何也？豈編詩者誤耶？

異僧詩

景泰時有異僧遊飛來峰，友以「金」、「石」、「絲」、「竹」、「匏」、「土」、「革」、「木」限韻賦詩。僧詠云：「金刹飛來碧漢間，石門斜對緑橋灣。絲牽荇帶魚吹浪，竹引清風鶴下山。匏甲濕來溪雨潤，土茅乾處野雲閒。革除塵夢三千里，木榻蒲團不記年。」

張夢晉絶句

張夢晉靈有雋才，屢試不第，爲人落魄不羈，詩文多不存稿。有《春盡送人》絶句云：「三月正當三十日，一琴一鶴一孤身。馬蹄亂踏楊花去，半送行人半送春。」余又聞都南濠誦其臨終之詩，有「垂死尚思元墓麓，滿山寒雪一林松」，其胸中灑落可見。

沈石田遺詩

《送客》云：「君家原在楓橋住，日日開門送客行。今日送君還作客，桃花流水是初程。」《題老少年》云：「衆卉盡摇落，秋深汝更紅。如何我雙鬢，白盡爲秋風。」

詩人志向不同

詩人志向各自不同，如題漁父之作，有美其山水之樂者，有憫其風波之苦者。古人不具論，近如卞華伯云：「天外閑雲物外情，功名真似一絲輕。浪花深處船如舞，只爲心安不受驚。」祝希哲云：「荻花風緊水生鱗，山色浮空淡抹銀。總道江南好風景，從前都屬打魚人。」是皆羨其樂也。李西涯云：「漁家生事苦難勝，盡日江頭未滿罾。回首不知天已暮，晚風吹浪濕鬅鬙。」唐子畏云：「朱門公子饌鮮鱗，争詫金盤一尺銀。誰信深溪狼虎裏〔二〕，滿身風雨是漁人。」文徵明云：「小舟生長五湖濱，雨笠風簑不去身。三尺銀鯿數斤鯉，長年辛苦只供人。」是皆憐其苦

〔二〕「狼虎」，原本脱，據《螢雪軒叢書》本補。

也。屬意雖不同，寫景詠物各極其妙。

評畫竹

少師楊東里嘗曰：「東坡竹妙而不真，息齋竹真而不妙。蓋公成於兔起鶻落須臾之間，而息齋所謂節節而爲之，葉葉而累之者也，專以畫爲事者乃如是爾。今人有得東坡竹，其枝葉逼真者大率僞也。」沈石田長於山水而短於竹，嘗自嘲云：「老夫畫竹類竹醜，小兒旁觀謂楊柳。」李文正公《題柯敬仲墨竹》云：「莫將畫竹論難易，剛道繁難簡更難。君看蕭蕭祇數葉，滿堂風雨不勝寒。」不得畫家三昧者，亦道此語不著。

吴明卿贈詩

甲申夏，余至姑蘇時，明卿先生已從弇山園返棹泊金閶門外矣。一見，握手甚歡，及睹余所撰《先大夫行狀》，又獎詡不容口，且曰：「尊公人品，無論其大者，即微處亦不苟。如爲武庫散俸時，較前人所散者輒溢其數。初得之以爲偶然耳，屢試之皆如初。即此一事，其人品可知已。」與余談詩談文甚相洽，繾綣數旬，不忍别去，贈余詩云：「怪爾交游廣，由來著作工。論詩原郢上，佳麗且江東。貰酒歡相藉，歸舟悵未同。蘭蘅滿湘澤，慎勿委秋風。」餘詩尚多在《甑甀洞稿》中，不悉録。

倪雲林詩

王叔明蒙，吳興人，趙文敏甥也，號黄鶴山樵，善詩能畫，與倪雲林齊名。倪嘗寄詩云：「幾夢山陰王右軍，筆精墨妙最能文。每憐竹影摇秋月，更愛山居寫白雲。秘笈封題饒古迹，雅懷蕭散逸人群。今年七月聞多事，曝畫繙書到夕曛。」

姚廣孝贈柳莊詩

永樂間，柳莊、袁珙以相人之術顯於時，姚少師廣孝贈以詩云：「岸幘風流閃電眸，相形不若相心優。凌烟閣上丹青裹，未必人人畫虎頭。」詩意祖荀卿「相形不如論心」之語。

蜀中神童

四川叙州府學生某生子，纔三齡，能宿記詩書，但提一字，即隨口誦。崑山吳惟謙愈爲郡守，嘗召至府中，稱一「風」字，其子即應聲云：「風飄飄而吹衣。」惟謙復道數字，皆隨口應對，所記多唐人詩，殆亦前因也。

冷官争雪

慶陽迤北，水皆鹹苦不堪飲。土人遇雪則貯之土窖，以供歲用。環縣有二教官，約有雪則均分之。一日，西齋者所分偶多，二教官遂鬨於堂。有聞而嘲以詩云：「邊城瑞雪滿瑶空，或在西階或在東。兩個教官争不了，如何弟子坐春風。」

詩鬼憑人

太僕卿素庵張公文，言洛陽有隸卒長脚王者，素不識字，一日仆地，殞而復甦，遂喜吟詩，見物輒詠。前二句甚鄙俚，後二句似有意趣。如詠蜂房云：「好個蜂窩兒，恰似半截藕。同堂生子孫，各自開户牖。」詠鷺云：「好個鷺鷥兒，毛羽甚皎潔。青天無片雲，飛下一團雪。」年餘仍仆地而寤，遂不復能。扣其故，茫然不知，衆謂詩鬼所憑。好事者録得數百首，不能悉記。

讀書爲文二説

魏李談之曰：「吾好讀書，不求身後之名。但異見異聞，心之所願，是以孜孜搜討，欲罷不能，豈爲聲名苦七尺軀也？」祖瑩曰：「文章須自出機軸，成一家風骨，何能共人同生活也？」誦茲二説，實獲我心。

詠落花

吴中落花詩自沈石田一詠三十律，一時唱和紛然，至有「東坡搗辛」之誚。王文恪絶句云：「魚鱗滿地雪班班，蝶怨蜂愁鶴慘顔。只有道人心似水，花開花落總如閑。」觀此詩，一洗陳腐之陋，奚以多爲？

王西樓

高郵王西樓，名磐，字鴻漸，善詞章，能畫，製《清江引》小詞詠睡鞋云：「嬌紅軟鞋三寸整。不著地，偏乾净。燈前换晚妝，被底勾春興。玉人兒，幾番輕撥醒。」膾炙人口，皆呼爲「被底勾春興」。又嘗爲友人畫菊扇，繫一詩云：「萬草凋零萬木僵，籓籬内外藉輝光。請看獵獵霜風裏，一點秋金百煉鋼。」詩亦有致。

詠燕

沈石田《新燕篇》云：「今年見新燕，猶似去年見。主人頭髮白轉多〔二〕，只有烏衣不曾變。年去年來來不差，分明記得主人家。柴門大開風滿屋，飛出飛入隨楊花。君不見相國門前車馬塞，一朝去相車馬寂。車馬寂，草萋萋，燕子還來梁上棲。」瓊臺邱公《感事》詩云：「白髮年來也不公，春風亦與世情同。而今燕子如蝴蝶，不入尋常矮屋中。」誦此，足見世態炎凉之變。

灞橋雪

灞橋雪自是鄭綮事，今人恒以爲孟浩然，誤也。或問綮詩思，答曰：「詩思在灞橋雪中驢背上。」浩然惟有《赴京途中遇雪》詩：「迢遞秦京道，蒼茫歲暮天。窮陰連晦朔，積雪遍山川。落雁迷沙渚，饑烏噪野田。客愁空行立，不見有人烟。」與灞橋何涉？

〔二〕「白」，原本作「曰」，據《螢雪軒叢書》本改。

馬錢相謔

吴人馬承學，性好乘馬馳驟，其友錢同愛戲曰：「馬承學，學乘馬，汲汲而來。」馬應曰：「錢同愛，愛銅錢，孜孜爲利。」且曰：「但圖對切，非敢誚公。」

芙蓉盤對

楊鐵崖在金粟道人家，每食，主人必出佳醞，以芙蓉金盤，令美妓捧勸。鐵崖出對曰：「『芙蓉盤捧金莖露』，有能對者贈以此盤。」一妓應聲曰：「楊柳人吹鐵笛風。」遂以盤酬之，一坐傾倒。

詩讖子

長洲有一翁，不欲言其姓名，雅善詩。年老，子孫頗怠於奉養，翁意鬱鬱不樂。一日大書於堂壁云：「人生七十强支持，簾捲西風燭半枝。傳語兒孫好看待，眼前光景不多時。」其二子方以文學有時名，大懼，托所親懇請，乃得滌去，然已人人傳誦矣。

睡詩

余每遇暑月，飯後必酣睡。嘗聞杜樊川有睡癖，夏侯隱號「睡仙」，余非其人，而睡思頗同，因記陸放翁詩云：「相對蒲團睡味長，主人與客兩相忘。須臾客去主人覺，一半西窗無夕陽。」則是對客亦睡矣。吕榮陽詩云：「老讀文章興易闌，須知養病不如閑，竹床瓦枕虚堂上，卧看江南雨後山。」會心不遠，故筆之。

謝肇淛◇撰

小草齋詩話

五卷

孫文秀
侯榮川
◎點校

小草齋詩話序

談詩者謂詩亡於宋。宋非詩亡，詩雜也。惟其雜，往往以臆出而弗軌於正。諸所爲詩話最多。我明揚扢風雅，無如徐昌穀、王元美、胡元瑞三家，海内視爲侯鵠。余友謝在杭《詩話》一帙，分内、外、雜三篇。大都獨抒心得，發所未發，而歸宗於盛唐，以扶翼正始之音。餘又捃摭宋元以來近人佳句、遺事，皆海内所未聞見者，真可與三家雁行，聲施不朽。卑卑乎宋人，無足論矣。閩三山詩，自林子羽高第一玄稱吾家詩後，作者不乏，雖瑕瑜相半，要皆共得唐宗。萬曆之季，漸入惡道。語以唐音，則欠伸魚睨；語以袁、鍾新調，則拊髀雀躍。在杭是□[一]，功固不淺。昔鄧汝高氏之言曰：「昌穀之爲《談》也，奥而奇；元美之爲《巵》也，辯而核；元瑞之爲《藪》也，博而嚴。」余亦曰：在杭之爲《話》也，閎而正。波靡日甚，是刻一出，誠詞林之砥柱，俗耳之鍼砭也。因爲弁其首。

天啓甲子暮春，社友弟馬欻書。

〔一〕□，原本缺，《全明詩話》、《珍本明詩話五種》作「編」。

小草齋詩話卷之一

晉安謝肇淛著
友人馬　欻較

内篇

三代無詩人，漢魏無詩法。非無之也，夫人而能之也。蓋詩法始於晚唐，而詩話盛於宋。然其言彌詳，而去之彌遠；法彌密，而功彌疏。至今日，則童能言之，白紛如矣。夫何故？入門不正，則蹊逕皆邪；學力未深，則模剽皆幻。

《三百篇》尚矣。無論《清廟》、《明堂》之什，即闤闠編氓、釵布里婦，率爾出口，莫不足以叶音律、被管絃，此其故何也？三代之制，王五載一巡守，省方觀民，諸侯、牧伯，上其國之風謡，太史采之，以獻於王。或者裁定檃括，皆經國工大雅之手，而又加以聖人之所删定，自不可與後世之選詩同日而論。東、西京四百年，代不數人，人不數篇，自非上駟，不敢妄鳴。魏晉而降，稍覺蕪雜。唐以詩賦爲舉子業，士童而習之，皓首其中，行卷投贄，如今之制義窗稿者，人不知其幾千萬軸，而傳於後世，僅僅數百家，亦已寡矣。宋初雖音調敻變，而趨舍不殊，自金陵經義興，而士不復學爲詩矣。人非生知，理難頓悟，平日無師友淵源之學，而鹵莽涉獵，剽竊一二，以輒自比於作者之林。此即穿衣喫飯，孩童未有不習而能，而況於揚正始之風，洩造化之祕，調和律吕，其功與天地參者哉！今之士子，幼習制義，與詩爲仇，程課之外，父母、師友禁約不得入目，及至掇高第、玷清華，猶不知四聲爲何物，蘇李爲何人者，求田問舍，懵然老死。此一厄也。其有雋才逸足，不甘爲公車所束縛，而門徑未得，宗旨茫然，既無指引切磋之功，又無廣咨虚受之益，如瞽無相，師心妄行，故或墮於惡道而迷謬不返，或安於坐井而域外未窺，縱有美才，竟無成就。此一厄也。又有里兒浪子，憚習經書，妄談雅道，學人咳唾，數語近似，便自詫謂成佛作祖。不知作詩如采花成蜜、釀糵爲酒，胸中無萬卷書咀嚼醞釀，安能含萬象於毫端、羅千古於目前？故未有不明經、不讀史、不博古、不通今而能矢口成章者。皮膚影響，終非實際。此又一厄也。鼎貴達官，既策高足，浮慕時名，效顰染指，欲以已昃之晷，學朝曦之馭，既無宿根，又乏傳授，逆耳之彈射不聞，附聲之讚賞稛至，匠手旁立，誰肯盡言？如中山君之賢，至死不悟。此又一厄也。文苑清曹，世胄公子，勢可羅賢，財能使鬼，長篇短什，一概借手他人，而久假不歸，偃然自負。有文集百卷，而目不識一丁者，欺世盜名，穿窬之靡。此又一厄也。落魄謀糈，懷刺干人，生平素業不過數紙，而傲睨淩忽，不可方物，饑則依人，飽則颺去，動藉口於古無行之文人，而究其胸中，梼若敗絮，徒令有志之士羞與爲伍。以千古不朽之業，而僅爲嗟來藉手之資。此又一厄也。文人筆端，升沈任意，毀譽狥乎愛憎，孅刺視其同異。意之所私，款段詫爲逸足；心之所忮，結緑訾其多瑕。雌黄不一，遂開角逐之門；獎借過情，殆成諛墓之套。不徒欺本人，抑將誤來學。此又一厄也。故詩有七厄，舉世蹈焉。自非深心，寧免俗累？疾在膏肓，功在旦夕。知我罪我，總在斯言。

詩者，人心之感於物而成聲者也。風拂樹，則天籟鳴；水激石，則飛湍咽。夫以天地無心，木石無情，一遇感觸，猶有自然之音響節奏，而況於人乎？故感於聚會眺賞、美景良晨，則有喜聲；感於羈旅幽憤、邊塞殺伐，則有怒聲；感於流離喪亂、悼亡吊古，則有哀聲；感於名就功成、祝頌燕饗，則有樂聲。此四者，正聲也。其感之也無心，其遇之也不期而至，其發於情而出諸口也，不知其所以然而然。蓋慘舒晴雨，天不能齊；夷坎崇深，地不能一。百年之中，憂樂半焉；百世之中，治亂半焉。隨其所感，皆足成聲。然非約之以音律，閑之以法度，其敝且流蕩放軼而不可止，故曰「《關雎》樂而不淫，哀而不傷」。夫《詩》三百篇，聖人獨舉《關雎》爲訓，則其他之任情而過則者多矣。桑間濮上，非樂而淫乎？癙思泣血，非哀而傷乎？其誣上行私之音，裂眥慟哭之詞，固難更僕數也。夫以三代之上，民漸漬於聖人之化猶若是，矧秦漢以還，去古寖遠，元聲漸微，風氣日流，如水就下，而欲以倀倀貿貿之見，坐井窺天，師心逕行，未得藩籬之十一，而遽糟粕陳言，滅裂典則，創不南不北之宗，倡非雅非俗之調，欲簧衆聽而掠時名。此不可以欺五尺之童，而能上下千載，圖不朽之盛事哉？故學爲詩者，首之宗旨當審也，塗轍一差，則終身難挽也。次之典刑當存也，體裁不辨，則尚論無由也。次之蒐材當廣也，見聞寡陋，則取舍無擇也。次之律度當嚴也，步趨無法，則倉卒易敗也。至於神情高遠、興趣幽微，似離而合、似易而難，可以意會，不可以言傳也。故曰：「夫子之文章，可得而聞；夫子之言性與天道，不可得而聞也。」夫舍文章之外，又豈别有性與天道哉？得其精而遺其粗，得其内而遺其外，此斵輪者父不能傳其子、子不能受之父者也。但披沙取金，尚有著落；罔象求珠，終無實際。學者緣彀率以求中，循繩墨而入巧，深心積漸，當自得之。若謂彀率、繩墨足以盡良匠之能固不可，而必舍彀率、繩墨之外，别求中與巧也，有是理哉？故論用功，則晉、魏以前較難，唐以後較易。何者？彼無定則，而此有專學也。若創字與臨摹，雖筆畫纖悉同，而功不同也。論造境，則唐以前較近，而宋以後彌遠。何者？彼近自然，而此益刻畫也。若真人與戲場，雖嚬笑纖悉同，而意不同也。近之學杜者，無病而呻吟；學李者，未言而號叫；學六朝者，男作女吻；學漢魏者，少爲老態。學之彌肖，去之愈遠，則亦效顰之過，而非古人之罪也。木無風而響，石不擊而鳴，人不以爲妖乎？故《詩》有六義，興居其首；四始之音，《風》爲之冠。誠能深於物感之旨，遠追風人之致，翛然寄興，由形入神，其於詩道無餘藴矣。

《三百篇》中，莊語、理語、綺語、情語、悲壯語、詰屈語、窮愁語、富貴語，無不具；二言、三言、五言、六言、七言、八言、九言、長短言，無不具；騷體、賦體、《選》體、柏梁體，無不具；字法、句法、章法、起法、對法、結法，無不具。「赤芾金舄」、「清廟」、「顯相」，莊語也；「訏謨定命」、「秉彝」、「物則」，理語也；「角枕」、「錦衾」、「竹苞」、「松茂」，綺語也；「風雨」、「雞鳴」、「白駒」、「空谷」，情語也；「蕭蕭馬鳴，悠悠旆旌」，悲壯語也；「俴收」、「厹矛」、「跋胡」、「疐尾」，詰屈語也；「缾罄」、「罍恥」、「葛屨」、「履霜」，窮愁語也；「朱芾斯皇」、「鳳凰于飛」，富貴語也。「祈父」、「肇禋」，二言也；「山有榛，隰有苓」，三言也；「知子之來之，雜佩以贈之」，五言也；「今也每食無餘」，六言也；「二之日鑿冰冲冲」，七言也；「我不敢傚我友自逸」，八言也；「王曰於乎何辜今之人」，九言也；「胡爲乎？株林緇衣之宜兮」，長短言也。「謂爾遷于王都，曰予未有室家」，騷體也；「靈囿」、「靈沼」，賦體也；「誰謂雀無角，何以穿我屋」，《選》體也；「濬哲」數章，柏梁體也。「琴瑟友之」、「日月其除」，字法也；「雞棲于塒，日之夕矣，羊牛下來」，句法也；《關雎》一頭兩比，《葛覃》兩比一結，《淇澳》、「江沱」之類三比，末必微異，章法也；「七月流火」、「秩秩斯干」，起法也；「昔我往矣，楊柳依依；今我來思，雨雪霏霏」，對法也；「騋牝三千」、「仲山甫永懷，以慰其心」，結法也。姑舉其一，不能殫述，熟讀神會，久當自見。似疏極密，似易極難，斷非經聖人之手不至此。此作詩之大門户也。

「悟」之一字，誠詩家三昧。而今人藉口於悟，動舉古人法度而屑越之，不知詩猶學也。聖人生知，亦須好古敏求，問禮問官，步步循規矩，况智不逮古人？而欲以意見獨創，并廢繩墨，此必無之事也。昔人謂「得兔而忘蹄」、「得魚而忘筌」，今則未見魚兔而盡棄筌蹄矣，尚何得之冀乎？古人詩雖任天真，不廢追琢。「秉彝」之訓，與「芣苢」並陳；「於穆」之章，與「鯈鱨」雜奏。漢、唐以來，法度逾密。自長慶作俑，眉山濫觴，脱縛爲適，人人較易。上士憚於苦思，下駟藉以藏拙，反古師心，徑情矢口。是或一道也，謂得藝林正印，不佞未敢云然。

詩以法度爲主，入門不差，此是第一義。而曰氣、曰骨、曰神、曰情、曰理、曰趣、曰色、曰調，皆不可闕者。苟擅其一，足以名家；而膠於一，未有不病者。具體古人，運用方寸，蓋有之矣，我未之見也。

嚴儀卿曰：「詩有别才，非關學也；詩有别趣，非關理也。」此言矯宋人之失耳。要之，天下豈有無理之文章，又豈有不學之詩人哉？但當亭毒醖釀，融其渣滓，化而出之，使人共知，又使人不知。如富家翁設宴，屋宇、奴僕、飲饌、聲色，事事精辨，不必堆金列玉而後知其富也。若窮措大勉强假貸，鋪張遮掩，雖有一二鮭菜可口，終席之間，未免周章。翌日有不速之客，厨下洗然矣。古人詩文亦有不學而能者，如賤豎、幼女、村甿、粗卒，或數語之偶合，或慧根之夙成，未可執是便謂讀書無益也。

詩之難言也。以爲必才乎？而或才彌高者，去之彌遠；以爲必學乎？而或學彌富者，用之彌滯。蓋高於才者，爲才所使，往往騖外而枵中，如李廣行師，不設刁斗，可襲也；富於學者，爲學所累，往往跋前而疐後，如苻堅大舉，士卒囂亂，易敗也。故善用才者，如馭駿馬，雖越山驀澗而銜轡不失；善用學者，如製名香，雖料劑紛雜而氣吐空清。至於奇童少女，不學而自能，野衲村夫，無才而偶合，此是宿根，難以常論。要之，儀卿之所謂「悟」者近是。

「悟」之一字，從何著手？從何置念？頓悟不可得矣。即漸悟者，窮精殫神，上下古今，發憤苦思，不寢不食，一旦豁然貫通，一徹百徹，雖漸而亦頓也。譬如盲子，終日合眼，不見天地；一旦開目，從眼前直至天邊，一總得見。非今日見一寸，明日見一尺。若不思不學，而坐以待悟，終無悟日矣。

參禪者聞擊竹轢鍋，皆能悟道，此理可思。功非一日，悟非偶然也。詩無悟性，即步步依唐人口吻，千似萬似，只是做得神秀地位，較之獦獠，尚隔數塵在。

作詩如美人，丰神體態、骨肉色澤，件件勻稱，鉛華妝飾，亦豈盡卸不御？至於一種綽約流轉，天然生機，有傳神人所不能到者。今人讚畫像，動曰「形神酷肖，只少一口氣耳」。不知政這一口氣，千難萬難。

詩不可太著議論，議論多則史斷也；不可太述時政，時政多則制策也；不可太艷麗，艷麗則詞曲也；不可太整齊，整齊則對子也；不可太鋪叙，鋪叙則遊記也；不可太堆積，堆積則賦序也。故子美《北征》、退之《南山》、樂天《琵琶》《長恨》、微之《連昌》，皆體之變，未可以爲法也。胡曾《詠史》、玉川《月蝕》，墮惡道矣。《琵琶》、《長恨》，虚實相半，猶近本色。

詩境貴虚，故仙語勝釋，釋語勝儒；詩情貴真，故閨語勝市，市語勝朝。詩興貴適，故湖海之語勝於臺閣；詩意貴寂，故窮愁之語勝於富貴。詩無色，故意語勝象，淡語勝穠；詩無著，故離語勝即，反語勝正。

繪繡者乏神情，摹擬者寡自得；太奇者病理，過工者損格；涉議者聲卑，牽理者趣失；意多者詞不流，事僻者調不逸；無主者雜，自用者舛。

初學者寧淺無深，寧法無逸。淺可輔之以學力，深而墮，不可藥也；法可濟之以神識，逸而敗，不可挽也。

宋人論詩云：「鍊句不如鍊字，鍊字不如鍊意。」夫字、句可鍊也。意者，偶然觸物而成，著境而應，若有若無。如月印萬川，謂川各一月可也，謂川皆無月可也，寧可思議摸捉而鍊之邪？

詩以興爲首義，故作詩何常，惟要情境皆合，神骨俱清。故其地則崇岫浚壑、精舍祇林，其人則道侶高踪、名姝國士，其時則和風素月、霽雪夕陽，其事則煮茗焚香、高談小酌，其物則幽鳥名花、茂林怪石，其器則筆床書皮、談麈茶囊，其情則登高望遠、送别思歸。境以適來，情隨遇發，如風篁石澗，自然成韻矣。梅都官日課詩一篇，謂之苦於攻詩則可，謂得詩之趣則未也。

詩之難於制義，什百不啻也。世之習舉子業者，幼而口授，蒙而從師，長而取友，成而就試。私塾有夏楚之威，官庠有黜陟之典，然得雋者千百中一二焉。即能拾取甲第，而以經義名家者不數也。至於詩，獨奈何師心自用，鹵莽滅裂，不由師傅之傳授，不識淵源之脉絡，不窮諸家之變態，不用頃刻之苦心，而隔鞾搔癢，掩耳盗鈴，將誰欺哉？

以一臠概全鼎，則黄口時登上將之壇；以紙上定胸中，則饞鼎可獲千金之享。然四海之耳目可掩，而州里之月旦難逃；生前之梨棗可災，而身後之衮鉞始定。作僞者，亦何益哉？

吾教世之學詩者：先須讀五經，不然，無本原也；次須讀二十一史，不然，不知古今治亂之略也；次須讀諸子百家，不然，無異聞異見也。三者皆於詩無預，而無三者，必不能爲詩。譬之種秫田，汲泉水，而後可以謀及麯糵也。噫！今之啜糟哺醨而不知有水米者多矣。

百工技藝皆有師，而詩獨無師。學百工技藝者，皆專精苦思，殿最工程；而學詩者獨摹擬剽竊，苟且了事。世世之所以爲詩也。

根鈍者無進步，心雜者無入機，好媮者神昏，言易者識淺。

樂府之作，似難而易。蓋世代升降，節奏、音調已不可考，但存其篇目，想其形似及本色數語耳。離，可也；合，亦可也。離，非也；合，亦非也。近代論者，娓娓不置，至欲重合曲調而不在題與詞。不知新聲代變，即合古樂，未必可被管絃，反不如製曲子矣。又有祖襲摸倣，徒得形似而茫然不知究解，則亦木騶芻狗，而無當於用者也。故不得古人之意，不爲可也。醜婦之效顰，徒滋嘔噦；偃師之歌舞，終爲假合。千載之下，難逃識者。

五言古，須有澹然之色、蒼然之音、象外之意、言外之旨，雖不盡襲漢魏語法，亦不當作齊梁以後色相。若語意不玄遠高深，而徒屈軋聲律以就之，如王維「相送方一笑」，不過仄韻律詩；李嶷「林卧避殘暑」、綦毋潛「開士度人久」、「夕到玉京寢」等篇，不過拗體律詩；張謂「童子學修道」、楊衡「芳蘭媚庭除」，不過拗體排律耳，可謂古風乎？

青蓮歌行，雖縱横豪放，然亦自有法度。如《天姥吟》結：「惟覺時之枕席，失向來之烟霞。」《憶舊遊》結：「言亦不可盡，情亦不可極。」若使今人放誕之筆，不肯便作如許語，乃知此老筆下，原自楚楚。觀《烏棲》、《白雲》等篇，愈短促愈神駿，非徒以跌宕勝者。少陵《八仙》、《王郎》等篇，如短袖學舞，迴旋終費周摺。惟《哀江頭》、《王孫》、《七哀》、《丹青引》等篇，乃是絶場合作，登壇國手。此外，高、岑最得正派；摩詰、李頎，力稍不逮；張謂、王季友，已開長慶門户；常建《古意》，儼然錦囊中語矣。長慶語雖破的，而格稍卑下；錦囊奇崛可喜，而十篇以後，稍不耐看。此其變也。大約歌行短勝長，平勝怪，開合接應如作一篇文字。能熟讀《史記》者，未有不善作歌行者也。

五言古，學漢魏足矣，即降而爲陳拾遺、韋蘇州，不失淡而遠也。七言古，學李、杜足矣，即降而爲長吉、飛卿，不失奇而俊也。五言律，學王、孟足矣，即降而爲幼公、承吉，不失警而則也。五、七言絶，學太白、少伯足矣，即降而爲牧之、國鈞，不失婉而逸也。惟七言律，未可專主。必也以摩詰、李頎爲正宗，而輔之以錢、劉之警鍊，高、岑之悲壯，進之少陵，以大其規，參之中、晚，以盡其變。如跨駿馬、放神鷹，雖極翩躚遊颺，而羈紲在手，到底不肯放鬆一著。然後馳騁上下，無不如意，方是作手。胡元瑞謂：「開元之後，便到嘉靖。」嗚呼，談何容易！

詩中諸體，惟七言律最難，非當家不能合作。盛唐惟王維、李頎頗臻其妙。然頎僅存七首，王亦止二十餘首，而折腰、叠字之病，時時見之，終非射雕手也。自少陵精粗雜陳，議論間出，後人效顰，反以是爲藏垢之府矣。今人初學爲詩，便作七言律，不知如蟻封盤馬，到此未有不蹈者。噫！可嘆也。

七言律詩，尚綺麗則傷風骨，張氣格則乏神情，鬥奇崛則損天然之致，務清遠則無金石之聲，意多則不流，景繁則無章。文質彬彬，庶幾近之。即全唐諸子，不數篇也。

起語不莊，則蹊徑多邪；聯語牽合，則位置失次；用事太多，則詞意纏繞；虚實不匀，則體裁偏枯；押韻不穩，則文法乖張；結語不警，則神采索莫。至於出韻、失黏、折腰、重字，雖無大關係，終爲白璧微點，不如總無。

律詩拗體，始自少陵，第可偶爲之耳。太素之色，朱絃之聲，時一浩歌，足清俗耳，然終非其至也。既已謂律矣，可不謹嚴乎？後人效顰，徒增其醜。藏拙者什五，取便者什三。

絶句雖短，又是一種學問。子美才非不廣，力非不裕，而往往爲絶句所窘，反不如一二青衣名伎之作。所謂鼠穴之鬥，非邪？故嚴儀卿謂詩有「别才」、「别趣」，吾謂絶句於詩諸體中又有别才、别趣耳。

「夜半鐘聲到客船」，鐘似太早矣；「驚濤濺佛身」，寺似太低矣；「黑雲壓城城欲摧，甲光向日金鱗開」，陰晴似太速矣；「馬汗凍成霜」，寒燠似相背矣。然於佳句毫無損也。詩家三昧，政在此中見解。譬如摘雪中蕉以病摩詰之畫，摘點畫之訛以病右軍之書，論非不確，如畫法、書法，不在是何。又如權龍褒「嚴霜白皓皓，明月赤團團」〔二〕，以爲夏日詩，誠可笑矣。即使秋夜用此兩語，佳邪？否邪？噫！此指未易爲俗人言也。

〔二〕「權龍褒」，寶顔堂秘笈本《朝野僉載》卷四所記作「權龍襄」。

小草齋詩話卷之二

晉安謝肇淛著
友人馬　欻較

外篇上

「春草碧色，春水緑波。送君南浦，傷如之何？」四言詩之入賦者也；「通池既已夷，峻隅又以頹。直視千里外，惟見起黄埃。」五言詩之入賦者也；「羅紈綺繢盛文章，極服妙綵照萬方。」七言詩之入賦者也。賦之材廣，故可以包詩；詩之語精，故不以易賦。

陸士衡《文賦》曰：「詩緣情而綺靡，賦體物而瀏亮。」此兩語已占六朝風氣矣。詩尚綺靡，故不能玄遠；賦惟體物，故不復温贍。魏文帝亦曰：「詩賦欲麗。」賦麗可也，詩而求麗，何啻千里？

齊梁顓尚綺麗，鮑明遠風骨凌競，挺然獨秀。如「疾風衝塞起，砂礫自飄揚。馬毛縮如蝟，角弓不可張」，及「居人掩閨卧，行子夜中飯。野風吹秋水〔二〕，行子心斷腸」，當令青蓮醉心、長吉下拜。

康樂時有累語，如「顧望脰未悁」、「天路非術阡」、「成貸遂兼兹」等句是也。宣城時有輕語，如「梢梢枝早勁」、「廣平聽方籍」等句是也。清脱英爽，小謝爲勝。至於法度紀律、開闔頓挫，恐康樂終是老匠手。

古人名家之作，未有不儀刑往哲者，不獨見服善之盛心，亦足考衣鉢之所自。李白推謝玄暉不置，子美常言鮑、謝，韓愈、元稹極尊李、杜，李洞、孫晟至鑄賈島像，日夕拜之如神，六一、眉山動必稱韓與杜云。今人稍能落筆，便欲訶佛罵祖〔三〕。非其胸中無主、大言欺世，要當由淵源之未識耳。何異不知稼穡，嗤笑農夫？

李攀龍曰：「唐無古詩，陳子昂以其古詩爲古詩，君子弗取也。」斯言過矣。子昂、太白，力欲復古而不逮者也，未達一間耳。惟少陵《玉華宫》、《石壕吏》，劉長卿《龍門詠》等作，可謂以其古詩爲古詩，然亦風會之趨也，君子觀其世可也。于鱗鐃歌、樂府，掇拾漢人唾餘，而云「日新

〔二〕「水」，《四部叢刊》景宋本《鮑明遠集》卷三《代東門行》作「木」。
〔三〕「訶」，原本作「訂」，據江户寫本改。

之謂盛德」也，將誰欺乎？

作詩，富貴中須著情致語，如「輕寒不入宫中樹，漏聲遥在百花中」是也；酸寒中須著渾蓄語，如「永夜角聲悲自語，三湘愁鬢逢秋色」是也；雄壯中須著婉致語，如「十對紅妝伎打毬，春城月出人皆醉」是也；綺靡中須著典重語，如「高雲不動碧嵯峨，星河無影禁花寒」是也；色相中須著淡遠語，如「幸不折來傷歲暮，落日亭亭向客低」是也。虚實相參，濃淡間出，骨肉匀稱，離合適宜，須以意會，難以定執。

高棅曰：「今試以數十百篇之詩，隱其姓名，以示學者，須要識得何者爲初唐，何者爲盛唐，何者爲中唐，爲晚唐，又何者爲王、楊、盧、駱，又何者爲沈、宋，又何者爲陳拾遺，又何爲李、杜，又何爲孟，爲儲，爲二王，爲高、岑，爲常、劉、韋、柳，爲韓、李、張、王，爲元、白、郊、島之製。辨盡諸家，剖析毫芒，方是作者。」此英雄大言欺人爾。鴻運升降，雖天不能齊；聲氣變趨，雖聖不能挽。醇醨巧拙，得世道之關；濃淡偏全，定人品之概，足矣。倘索瘢於垢，雖神手，豈無旁落之倪？若披沙求金，即末代，亦有掩古之筆。安能錙量寸較，以紙上陳言，遽欲定三百年之人物哉？試以此語，還質之棅，棅亦未必遽了了也。

帝王詩有帝王相，貞觀、開元不免也；富貴詩有富貴相，青蓮、香山不免也；寒素詩有寒素相，少陵、柳州不免也；方外詩有方外相，杼山、桂州不免也；閨閫中有閨閫相，季蘭、花蕊不免也。去其甚而可矣。漢武「白雲」之歌，魏武「烏鵲」之詠，至於處默、賢妃，稍不墮相。非其才殊也，當由篇什不多，差堪藏拙。

子美之渾雄閎肆，其源出於康樂；長吉之奇崛悲鬱，其源出於明遠。青蓮似玄暉，輞川似元亮，此皆神肖，難以字句求也。

唐初諸公，猶沿尚六朝風致。如楊臨川《三峽》、李嶠《苦竹館》等作，置三謝中不可識別。劉庭芝「將軍闢轅門，耿介當風立。諸將欲言事，逡巡不敢入」，及「嚴城晝不開，伏兵暗相失。軍門壓黃河，兵氣衝白日」，儼然明遠語也，但語氣稍覺犀利。至沈佺期「日落西山陰，衆草起寒色」，薛稷「隔河見鄉邑，秋風水增波」，力敵魏晉矣。

太白《選》詩所以不及子昂者，稍涉豪放耳。如《贈何七判官》、《月下獨酌》等篇，語雖奇崛，終非本色。子美往往入別調。王摩詰、儲光羲、韋蘇州、柳子厚，其傑然者也，得意之語，上凌古人，然入之陶集，終覺有意無意之分。

太白如神童，時有累句者，爲才所使也。少陵如老吏，時無逸句者，爲律所縛也。

宋人推尊子美太過，楊用修掊擊子美亦太過。近代如獻吉、繼之，傚擬子美又太過。學杜多於學李者，李放縱也；排杜多於排李者，杜纏累也。然李之五律，法極謹嚴；杜之七言，神駿斬截。譬之國手，互有勝負，未可執一以議其餘。

王右丞詩，律、《選》、歌行、絶句，種種臻妙，《離騷》、表、啓，罔不擅場〔一〕。至於音律、圖繪，皆獨步一時，尤精禪理。晚居輞川，窮極山川、園林之樂。唐三百年詩人，僅見此耳。其次則白樂天。

元、白格雖卑下，然語意却有透骨痛快處。乍讀之，亦自可喜。牧之指爲淫聲，過矣。乃其聲價遂能遠播雞林，當由明白易曉，時時搔著癢處故邪？使拾遺、蘇州，未必便爾。然微之非白敵也。

中、晚絶句，往往有絶唱者，雖覺詞氣稍傷纖靡，要終不失爲風人之遺響也。曹唐《遊仙》，已入別調，王建、王涯《宮詞》，借以叙事，遂傷本色。至胡曾、汪遵、孫元晏，而聲格墜地盡矣。

選唐詩至《鼓吹》，惡道極矣，然亦詩之變體，不可不知也。「厹矛」、《駟鐵》與《關雎》、《麟趾》之什〔二〕，並列於《風》；「癙思」「潝訿」與《天保》、《采薇》之音〔三〕，同登於《雅》。若可盡删，聖人當先删之矣。然則惡道之誤人也，奈何？曰：學詩者自初至晚，考一代之風氣，淘沙揀金，資鑪錘之實用。得其肯綮，即稂秕、屎溺，無非用也；不得其用，即夜光、木難充牣左右，何益？

〔一〕「擅」，原本作「壇」，據讀耕齋本改。
〔二〕「駟鐵」，原本作「鐵駟」，據《四部叢刊》景宋本《毛詩》卷六《秦風·駟鐵》改。
〔三〕「潝」，原本作「⿰言翕」，據《毛詩》卷十二《小雅·小旻》改。

初、盛之與中、晚，以氣格辨；唐之與宋，以興趣辨；初、盛中之作意者，已入晚矣；中、晚中之議論者，已入宋矣。習漸所趨，非其人之罪也。

六朝詩不歸於盛唐，猶閨女不作婦，終少當家幹局。盛唐詩不濟以中、晚，猶堂皇無亭榭，覺欠變幻風景。自唐入宋，如措大作文，漸著頭巾。

《玉屑》云：「嘗見《方子通墓志》，云唐詩有八百家，子通所藏有五百家。今則世不見有，惜哉！」按今時距魏慶之又三百年，唐詩行於世者不及二百家耳，又皆碎金殘錦，割拾之餘。噫！惡在其爲不朽也？

宋人詩遠不及唐，而必自以爲唐者，杜撰之也；本朝詩遠過於宋，而常有墮入於宋者，蘇誤之也。

宋人能詩者，如林和靖、寇忠愍、楊大年、梅聖俞、王元之、蘇子美、蔡君謨、賀方回、張文潛輩，其得意合作之語，未必遽遜於唐，而一時未必遽推服之也。但今日介甫，明日歐公，今日東坡，明日山谷，議論繁多，遂成不可救藥之症。悲夫！

作詩，第一對病是道學。何者？酒色放蕩，禮法所禁，一也；意象空虛，不踏實地，二也；顛倒議論，非聖非法，三也；議論杳眇，半不可解，四也；觸景偶發，非有指譬，五也。宋時道學諸公，詩無一佳者，至於黄勉齋登臨詩，開口便云「登山如學道，可止不可已」，此正是「辟如爲山」注疏耳。晦翁詩却有不著相處，然便欲以《感遇》擬子昂，終覺不侔。王荆公云：「詩家病使事太多，蓋皆取其與題合者類之。如此，乃是編事，雖工何益？」至哉言也！可謂中宋人膏肓之病矣。蘇、黄雖筆底縱横，未免坐此。即荆公亦徒能言之耳，時時墮入個中也，韓、杜誤之也。

宋詩五百餘家，而傳世者及藏書所有者不及其半。内府祕閣之藏，尚有百餘家，但人迹罕到，繙閲不時，恐易代之後，終成烏有耳。一代文獻，不三百年而零落乃爾，後死者獨無責哉？

宋人不善詩而喜談詩，詩話至三十餘家。其中如竹坡老人者，毫無見解，口尚乳臭而妄意雌黄，多見其不知量也。

宋詩起句多用别韻，謂「孤雁出群格」，此大可笑。作古詩不妨用古韻，作唐律安得不用沈韻邪？然古韻亦須考證明確，如以意杜撰，若退之者，吾未敢信以必然也。

自元而後，道學之語革矣。元人之才情、音調，自過宋人，而濃鬱富厚，終覺未逮。虞、楊、范、揭、趙、薩諸公，自成一家言可矣，欲其淹貫百代，包涵萬里，未能比肩臨川，而況廬陵、眉山乎？本朝僅數名家力追上古，然刻畫模擬，已不勝其費力矣。其他作者，雖復如林，上乘雋語，人不數篇，要其究竟，尚不及宋。何也？宋人有實學，而本朝人多剽竊故也。

元詩所以一變乎宋者，謝皋羽之功也。明詩所以知宗夫唐者，高廷禮之功也。

宋人一生只學韓、杜兩家。本朝功令不一，趨向多岐，亦有學杜者，學長吉、玉川者，學錢、劉者，學元、白者，學許渾、李商隱者，學六朝者，近來常有學坡、谷者，然到底未得盛唐門徑。

唐以詩爲詩，宋以理學爲詩，元以詞曲爲詩，本朝好以議論、時政爲詩。

本朝詩病於太模倣，又徒得其形似，而不肖其丰神，故去之愈遠。

本朝詩，林鴻、高啓尚矣。鴻一意盛唐，而啓雜出元、白、長吉，此其異也。獻吉、繼之幾於活剥少陵，高處自不可掩，而效顰之過，亦時令人嘔噦。于鱗一變爲雄聲，天下翕然從風而靡，亦小白之霸也。元美取材雖廣，擇焉不精。近時諸公，以六朝易七子，聲格愈下。何者？彼尚爲詩之雄，此直爲詩之靡耳。其病大要有二：曰心不深，曰識不定。

少陵以史爲詩，已非風雅本色，然出於憂時憫俗，牢騷呻吟之聲，猶不失《三百篇》遺意焉。至胡曾輩之詠史，直以史斷爲詩矣；李西涯之樂府，直以史斷爲樂矣。以史斷爲詩，讀之不過嘔噦；以史斷爲樂，何以合之管絃？野狐惡道，莫此爲甚。

元美製作宏肆，自是文人領袖，間世鴻筆。而推尊之者必欲舉其詩與杜配，政似宋人欲以退之詩壓子美也。至謂二司馬晚年彌工，曲筆尤甚，令人代之赧然。

爲人作詩序，如志銘諛墓，不妨過情。然愛鼎者尚不爲也，況筆之於書，欲以傳信萬世，而謬加褒奉，惟恐不及。噫，難矣！

後生作詩，開口便誚于鱗，不知于鱗崛起山東，位既不尊，地復寡援，一時製作，便使天下後世從風而靡，即拔山蓋世，不雄於此矣。蓋其時，政當少陵濫觴之後，一旦以雄俊警拔之語變之，自能移風易作。然此老苦心至矣，其用力亦深矣。邢子愿爲予言，于鱗初作詩，尚操齊音，以入爲平，江左諸君有竊笑之者。時方飲酒，即齧舌血滴杯中，并吞之，曰：「後再犯者，當盡割吾舌。」自是一變，無復纖毫齟齬。噫！前輩苦心若此，今之人能彷彿其萬一耶？

宋詩雖墮惡道，然其意亦欲自立門户，不肯學唐人口吻耳。此等見解，非本朝人可到。本朝惟北地、歷下二公，有成佛作祖之意，而力量稍不逮。其他諸名家，雖復升青蓮之堂，入輞川之室，不過佐命之才，非扶餘國王手也。此旨寥寥，難以語人。

詩自有法，何必抵死學杜？宋三百年，正坐此病。而今人往往未能脱去口吻，至謂獻吉得杜之變，于鱗得杜之正。夫北地規杜者無論，濟南與杜原不干涉，況其立意正欲矯獻吉之弊者，安得强而合之？至謂王太常得其骨幹，汪司馬得其氣格，吴參知得其體裁，附會糊塗，益堪捧腹。即使諸君子各得杜一節，亦何足爲推尊之？至弇州幹局似之，而終不類也。何也？杜精沈深著，而王粗心浮氣多也。

詠物，詩之一體也。比象易工，意興難具。苟能爲物傳神，則鷓鴣、白燕，足以膾炙千古。如其不然，雖多何益？蓋杜陵上國武庫，已不無利鈍矣，况近代乎？元瑞以此夸弇州，非知弇州者。

詠物一體，而賦、比、興兼焉。既欲曲盡體物之妙，而又有意外之象、象外之語，濃淡離即，各合其宜，音韻響而不啞，氣格雄而不纖。噫！亦難矣。他姑毋論，即如梅花詩，「暗香」、「疏影」兩語，自是擅場，所微乏者，氣格耳。「玉鱗」、「素手」，近而稍遠；「雪滿山中」、「月明林下」，離而實合。老杜「幸不折來傷歲暮，若爲看去亂鄉愁」，謂之情至語可耳，謂爲梅花傳神，吾未敢以爲然也。

古今談詩如林，然發皆破的、深得詩家三昧者，昔惟滄浪，近有昌穀而已。其他諸子，非不援引辯博，窮心駴目，然皆隨人説長短耳。且於往哲，則極力檢究，掊擊不遺；而於近代，則曲筆阿詞，揄揚過實。寧欺冷灰於地下，不挑勍敵於詞壇，此近來立論者之通病也。

强記者，胸橐載籍，而心未必融貫；雄談者，口恣雌黄，而腕未必能運。嚴儀卿論詩，勃窣理窟，深得三昧；高廷禮選唐，揚搉精當，境界無遺。近代楊家《丹鉛》、胡氏《詩藪》，品藻百代，游刃有餘，而考其著述，略不爾爾。迺知鑒裁、自運，原屬兩途，抑或明於旁觀，迷於當局。

詩一篇中，有重押韻者。蘇子瞻《送江公著》詩曰「忽憶釣臺歸洗耳」，又曰「亦念人生行樂耳」，自注：「二『耳』義不同，故得重用。」子美詩中，重用韻者甚多，《八仙歌》無論已，如《園人送瓜》，重押二「草」字，《上後園山脚》詩重押二「梁」字，《北征》詩重押二「日」字，《夔府詠懷》詩重押二「旋」字，《贈李八祕書》詩重押二「虚」字，《贈李邕》詩重押二「厲」字，《贈汝陽王》詩重押二「陵」字，《喜薛曒岑參遷官》詩重押二「萍」字〔二〕，《寄賈岳州嚴巴州兩閣老》詩重押二「騫」字，雖汪洋自恣，然亦白璧之瑕矣。按《文選》，《古詩》重押二「促」字，子建《美女篇》重押二「難」字，謝靈運《述祖德》詩重押二「人」字，《南圃》詩重押二「同」字，《初去郡》詩重押二「生」字，陸士衡《擬古》詩重押二「音」字，《豫章行》重押二「陰」字，阮嗣宗《詠懷》詩重押二「歸」字，江淹《雜體》詩重押二「門」字，王仲宣《從軍行》重押二「人」字。古人作詩，法度極嚴謹，亦有如此者，中間不盡異義，豈得重用邪？退之《贈張籍》詩押二「更」字、二「陽」字，《岳陽樓別竇司直》詩重押二「向」字，《李花》詩重押二「花」字，《雙鳥》詩重押二「州」字、二「頭」字、二「秋」字、二「休」字，《和盧郎中》詩重押二「行」字，《示爽》詩重押二「愁」字，《魚》詩重押二「銷」字，《寄孟郊》詩重押二「奥」字，《此日足可惜》詩重押二「光」字；白樂天《渭村退居》詩重押二「房」字，《遊春》詩重押二「行」字，《寄友》押二「水」字，《遊悟真寺》詩重押二「槃」字。二公者，有意效顰者也。乃知蘇公之自注，尚未敢信以爲是耳。此載魏慶之《詩人玉屑》中甚詳。

賞花釣魚詩，一時和「徘徊」韻，無別押者。楊升庵嘗考之，《漢書·相如傳》有「安詳徐

〔二〕按，「薛曒」，當作「薛璩」，見宋寶慶元年本《九家集注杜詩》卷二十《秦州見敕（一作除）目薛三璩授司議郎畢四曜除監與二子有故遠喜遷官兼述索居凡三十韻》，詩有「浩蕩逐流萍」、「誰定握青萍」二句。

徊」，昭帝廟號「從徊」，揚雄賦有「徊徊」，《松陵集》有「遲徊」，庾信文有「（狹）［徠］徊」。然揚雄《蜀都賦》有「行夏低徊」，《晉書・夏統傳》有「輕徊」，張衡《思玄賦》、杜甫《贈崔評事》、韓退之《納涼聯句》及杜牧《樊川外集》，各亦有「低徊」，是皆升庵所考之外。諸此類者，或尚多也。

詩句疊三實字者，蘇頲《逍遥樓》「在昔堯舜禹，遺塵成典謨」，韓退之「野草花葉細，不辨薋菉葹」，盧仝「駕車六九五十四蛟螭虬」，又「建倒三四五」，蘇東坡「仙人視吾曹，何異蜂蟻蜩」，又「笑彼三子歐蘇梅，無事自作雪羽争」，方秋崖「誰與莫逆溪山我，幸甚無能詩酒棋」，黄山谷「有人離立百官上，不爲廟中羔兔蛙」，又「蘇石破篆文，不辨瞿李袁」。有疊四實字者，韓退之「寒衣及饑食，在紡績耕耘」，又「木之就規矩，乃梓匠輪輿」。有疊五實字者，蘇東坡「風雨晦冥淫，疲驁瘖聾盲」，黄山谷「風月烟霧雨，榮瘁各一時」，韓退之「蚌蠃魚鱉蟲，瞿瞿以徂徂」，盧仝「鰻鱣鮎鱧鰌，涎惡最頑愚」、「鸂鶒鴒鷗鳧，喜觀争叫呼」，蔡君謨「平時賦稅外，弓刀甲盾弩，（千）［干］名應急須，筋皮骨毛羽」。有疊七實字者，陳後山「岷峨之山中巴江，桂椒柟櫨楓柞樟」、「異人間出駭四方，嚴王陳李司馬楊」，白樂天「兄弟妻孥子姪甥」，《柏梁詩》「樝梨橘栗李桃梅」，蘇東坡「騅駓駰駱驪騮騵，白魚赤兔騂皇橋」，韓退之「鵶鴟鷹雕雉鵠鵾，燖炰煨燋熟飛奔」。

作詩人不可不識字。如「上下」之「下」，乃上聲，而「禮賢下士」之「下」，乃去聲也。老杜

「公子爲嬴停駟馬，執轡愈恭意愈下」，是以上聲爲去聲；王摩詰「廣文到官舍，繫馬堂階下」，是以上聲爲去聲；又如「道路」之「道」從上聲，「道引」之「道」從去聲，以去聲爲上聲。皆誤用之，讀者習而不察耳。押韻者不可不知也。

小草齋詩話卷之三

晉安謝肇淛著
友人馬　欻較

外篇下

王無功《觀伎》詩云「雲光身後蕩」，此最善形容美人者。凡觀人美麗，對面視之不足，惟自後遥觀，則其融冶綽約，皆在目中。吾謂此老但得酒中趣耳，不意入粉黛中三昧也。

無功又有《食後》詩云：「田家無所有，晚食歲爲常。菜剪三秋緑，飱炊百日黄。胡麻山麨樣，楚豆野糜方。始暴松皮脯，新添杜若漿。葛花消酒毒，萸蔕發羹香。鼓腹聊乘興，那知逢世昌。」此亦可作田家食譜也。

孟襄陽「氣蒸雲夢澤，波撼岳陽城」，杜少陵「吴楚東南坼，乾坤日夜浮」，渾雄峻拔，足壓千古矣。然襄陽接語「欲濟無舟楫，端居恥聖明」，已覺索莫不稱；少陵接語「親朋無一字，老病有孤舟」，愈見衰颯。信哉，全璧之難也！張祜《金山寺》六語俱佳，而「終日醉醺醺」，尤不成語。

子美詩如「遲日江山麗」，是齊梁之浮弱者；「旌旗日暖龍蛇動」、「紅豆啄殘鸚鵡粒」，是初、盛之癡重者；「石出倒聽楓葉下」，是中、晚之纖靡者。「伯仲之間見伊吕」、「顧我老非題柱客」、「衆流歸海意，萬國奉君心」，是宋人之濫惡者；至於「錦江春色來天地」、「綵筆昔曾干氣象」，又儼然七子門逕矣；「舉家聞若欬」、「頓頓食黄魚」，又胡釘鉸、張打油唇吻矣。謂之上國武庫，信然；謂之集大成，則吾未敢。

子美詩，「雀啄江頭楊柳花」，起語之入中、晚者也；「林花著雨胭脂濕」，聯語之入中、晚者也；「請看石上藤蘿月」，結語之入中、晚者也。但其氣象終自沈鬱。

《早朝》詩四首，惟賈舍人原倡渾涵藴藉，絶是初、盛法度。王右丞濃鬱鉅麗，而「九天」、「萬國」兩句，(蝢)［頓］開叫噪門户。岑嘉州六句俱精絶，而結語獻諛，終歸别調。子美詩如跻駱駝，癡重而乏嫵媚，八語中僅得第五語佳，餘皆未成詩也。當由勍敵在前，未免氣懾耳。

「雲裏帝城雙鳳闕，雨中春樹萬人家」二語，古今絶響。然上句雖莊重，而佳處乃在得下語，濃鬱婉至，方不癡肥。近人有學之者，《送人之京》詩云：「斗間紫氣雙龍劍，雲裏皇州五鳳城。」麗則麗矣，其如頑重索然無味何。愈近愈遠，愈是愈非。要非法眼，不足辨此。

白樂天似有道者，其詩曰：「形羸自覺朝餐減，睡少偏知夜漏長。實事漸消虚事在，銀魚金帶繞腰光。」又曰：「宴遊寢食漸無味，杯酒管絃徒繞身。賓客歡娱童僕飽，始知官職爲他人。」

暮年富貴者三復是詩，能不回頭乎？

元微之《連昌宫詞》，初甚宛麗，至末姚崇、宋璟作相公一段，以議論則極平常議論，以文章則極濫惡文章，且前段叙荒亂之迹已自了然，何必畫蛇添足，自附曲終奏雅乎？宋人極喜此等議論。南豐謂其叙事遠過二子，則又何如「九齡已老韓休死」一語道盡乎[二]？余最愛劉夢得《平蔡州》詞，不過八語，詞簡意盡，若使元、白爲之，不知費多少鋪叙矣。

任翻三遊帻峰寺而皆有詩，曲盡人物變遷之態，讀之不覺凄惻。《初遊》云：「絶頂清秋生夜凉，鶴翻松露滴衣裳。前峰月照半江水，僧在翠微開竹房。」《再遊》云：「靈江江上帻峰寺，三十年來兩度登。老鶴尚存松露滴，竹房不見舊時僧。」《三遊》云：「清秋絶頂竹房開，松鶴何年去不回。惟有前峰明月在，夜深猶過半江來。」今世所知者，惟首作耳。

陸鴻漸詩，世罕有傳者，余嘗見其題會稽剡溪詩云：「月色寒潮入剡溪，青猿叫斷緑林西。昔人已逐東流去，空見年年江草齊。」唐選諸家皆未收也。

唐鄭棨善爲詩，及相，或問曰：「相國近爲詩否？」曰：「詩思在灞橋風雪中驢子上，此處從何得之？」解者曰：「言其平生苦心也。」此説大謬。大凡作詩，須要神境會合，塵俗不到。灞陵

[二]「老」，原本作「逐」，據後文改。此詩爲宋晁説之《題明皇打毬圖》，見《四部叢刊續編》景舊鈔本《嵩山文集》卷六。

風雪騎驢，神清境清，覓句安得不佳？一行作吏，心計轉粗，富貴勢利念頭，終日憧憧，擺脱不去，求一語合作，不可得也。噫！此意解者，能復有幾？

唐章碣有七言近體，平側各爲一韻云：「東南路盡吴江畔，正是窮愁暮雨天。鷗鷺不嫌斜雨岸，波濤欺得送風船。偶逢島寺停帆看，深羡漁翁下釣眠。今古若論英達算，鴟夷高興固無邊。」自謂變體。蓋「岸」、「畔」、「看」、「算」亦韻也。此亦詩人出奇之出，前無此例，後無其繼。

張師錫《老兒》詩，昔人謂其「看經嫌字小」爲老僧，「脚軟怕鞦韆」爲老妓。此雖戲語，然亦不足爲詩病。其中如「唤方離枕上，扶始到門前」、「骨冷愁離火，牙疼怯嗽泉」、「披裘腰懶繫，濯手袖慵揎」、「膠睫乾移綴，黏鬚冷涕懸」、「坐多茵易破，行少屐難穿」、「氣注腰還重，風牽口已偏」、「房教深下幕，床遣厚鋪氊」、「既感桑榆景，常嗟蒲柳年」、「冷懷疑貯水，虚耳乍聞蟬」，皆曲盡老態，非親歷者不能。又如「女嫁求紅燭，男婚乞彩箋」之類，已泛而不切矣。餘句强弩之末，不足稱也。

韓翊《送馮使君之端州》詩云：「玉樹群兒争翠羽，金盤少妾揀明珠。」此人必粗鄙貪黷者，故隱詞以諷之耳。不然，送人之官，豈無德業可以相勉、功名可以相期？乃言其子争翠羽、妾揀明珠，不亦謬哉？又云：「三峰亭暗橘邊宿，八桂林香節下趨。」三峰、八桂，皆屬桂林，與端州相越千餘里而遥，何相涉邪？此與近時詩人「塞上將軍得夜郎」之語相類，亦詩家一病也。

後村曰：「韓文公《南山》詩，設『或』、『如』者四十有九，詞義各不相犯，如繅甕繭，絲出無窮。柳子厚《寄張澧州詩》，就『瑕』字内押八十韻，未嘗出韻，如彎硬弓，臂有餘力。盡斯文變態，窮天下精博，然非詩之極致也。」知言哉！微獨非極致，亦非詩之法則也。元貢師泰《度仙霞關詩》，設「或」、「如」者五十有二，效顰甚矣。

宋七言律，如王禹玉《上元應制》詩，置之初、盛，不可識别。王和甫和之，至「秦無策」、「楚有才」，宋人面目盡露矣。

宋初，王元之詩極精深，得意之語，往往凌駕錢、劉。如「家山隔江遠，風雨過船多」，「年侵曉色盡，人枕夜濤眠」，「莫辭終夕看，動是隔年期」，「趁朝雞喚起，殘夢馬馱行」，「北堂侍膳侵晨起，南畝催耕冒雨歸」，「幽鷺静翹春草碧，病僧閒説夜濤寒」，「風疏遠磬秋開講，水響寒車夜救田」，「病來芳草生漁艇，睡起殘花落酒瓢」，「春園領鶴尋芳草，小閣留僧畫遠山」，「留守開筵親舉白，故人垂淚看焚黄」，「綠楊繫馬尋芳逕，春草隨人上古城」，置之唐集，不可識别。晚年喜長慶語，稍稍墮入惡道。其集手自删定。既成而筮之，得「小畜」，遂以命名。宋諸子中之卓然者也。

陳述古《古城》詩云：「蘆葦蕭疏天氣清，水含山色照重城。綠蕪何處管絃地，碧落舊時鐘鼓聲。三峽橋邊春雨過，六鰲宫裏夜潮生。蕭郎秦女無歸約，十二瑤臺空月明。」酷似許渾。

《和子瞻西湖寒食》詩云:「春陰漠漠燕飛飛,可惜春光與子違。半嶺烟霞紅旆入,滿湖風月畫船歸。緱笙一闋人何在,遼鶴重來事已非。猶憶去年離别處,鳥啼花落客沾衣。」聲調淒宛,中、晚之楚楚者。惜其他作全璧寥寥。

寇萊公五言律詩,委婉俊逸,錢、劉之亞也。七言律雖强弩末勢,亦復時有佳句,如「深秋寒氣侵燈影,半夜疏林起雨聲」,「沙平古岸春潮急,門掩殘陽暮草深」,「人思故國迷殘照,鳥隔深花語斷烟」,「静聞風雨眠漁艇,閑趁林泉掛道衣」,「吟過竹院僧留住,釣罷烟江鶴伴歸」,「寒磬中宵鳴竹院,虚愁盡日對秋山」,「一聲江笛巴雲暝,半夜山風楚館秋」,「欹枕夜風喧薜荔,閉門春雨長莓苔」,矯矯勁翮,足以頡頏《小畜》。公壻王文康最取其《江南春》二作,前無古人。

宋初詩如王元之、楊大年,皆守唐人法度。然黄州新奇,時有出入,武夷篇篇渾雄穩重。如《南源院》云:「路入藤蘿十里餘,松窗瀟灑竹房虚。燕巢新舊金人殿,蟲網縱横貝葉書。當晝風雷生洞穴,欲齋猿鳥下庭除。昔年曾此題詩住,細拂流塵認魯魚。」《送欒司農知洪州》云:「司農搜粟漢名卿,千里江西擁旆旌。腰下金龜三品綬,手中銅虎八州兵。屬鞬牧伯趨庭見,騎竹兒童塞路迎。洪井主人今重士,肯教懸榻有塵生。」他皆此類,難以句摘。至於表啓儷語,尤極温贍。

曾南豐《錢塘上元》詩云：「月明如晝露華濃，錦帳郎官笑語同。金地夜寒消美酒，玉人春困倚東風。紅雲燈火浮滄海，碧水樓臺浸遠空。白髮蹉跎歡意少，强顔猶入少年叢。」婉麗渾雄，足以頡頏禹玉，惜結衰颯耳。而「玉人春困」之語，亦近於詞也。

臨川謝無逸，詩集未見，偶得其《社日》一詩云：「雨柳垂垂葉，風溪細細紋。清歡惟煮茗，美味只羹芹。飲不遭田父，歸無遺細君。東皋農事作，舉趾待耕耘。」此詩視徐師川「哀公問松柏」之語，誠有間矣，要未脱宋人口吻也。逸弟薖，有《竹友集》，佳者亦多。

逸又有《寄隱士》詩云：「處士骨相不封侯，卜居但得林塘幽。家藏玉唾幾千卷，手校韋編三十秋。相知四海孰青眼，高卧一丘今白頭。襄陽耆舊節獨苦，只有龐公不入州。」詞句獨矯健而乏才情。又如「山寒石髮瘦，水落溪毛凋」，「貪夫蟻旋磨，冷官魚上竿」，雖見稱賞，終墮惡道。

逸又有《北津渡》詩：「竹籬茅舍掩柴扉，衰草寒烟野逕迷。惟有白鷗無俗韻，年年相伴老清溪。」又，《臨川郡志》尚有逸詩數首，而俱不佳。

二宋落花詩，世但傳其警句，而罕睹其全篇，今偶録之。元獻詩云：「昨夜西風拂苑墻，歸來何事剩凄凉。漢皋佩冷臨江失，金谷樓危到地香。淚臉補痕勞獺髓，舞臺收影費鸞腸。南朝樂府休賡曲，桃葉桃根盡可傷。」景文詩云：「墜素翻紅各自傷，青樓烟雨忍相忘。將飛更作迴風舞，已落猶成半面妝。滄海客歸珠迸淚，章臺人去骨還香。可憐無意傳幽蝶，盡付芳心與蜜房。」然前詩頷聯費力，後詩結語無味，故終不脱宋人面孔耳。

蔡君謨《廣陵》詩：「廣陵歸客嘆飛蓬，懷古傷離向此中。前世翻波那復問，十年彈指已成空。樓頭畫角催殘日，城上孤鴉噪晚風。井徑蕭條人不見，又隨潮信渡江東。」亦宋詩中之楚楚者。他如「花間行印露沾紙，山下放衙雲滿旗」，「春水倒行潮欲上，晚雲平壓日先低」，「空濛野色當樓處，索莫春寒帶雨時」，「陰雲藏月不知處，急雨落天無數聲」，「山色每隨朝氣變，水光長共夕陽來」，亦稍峭健，得温、許之致。惜其全璧寥寥，才學、筆氣尚在蘇、黄之下。

君謨有《遊金山寺》詩云：「波濤圍四際，臺殿起中央。魚聽晨飡鼓，雲和夕炷香。」祐、舫之後，纔見斯語。

東坡言：「僧家詩要無蔬筍氣。」此爲太著相者道耳。要之，世間神情境物與詩合者，莫過於僧。若舍方外之踪，而逐烟花綺麗之場，不但失本來面目，亦且墮惡道而不知。天聖間，閩僧可士有《送僧》詩云：「一鉢即生涯，隨緣度歲華。是山皆有寺，何處不爲家？笠重吳天雪，鞋香楚地花。他年訪禪室，寧憚路岐賒。」雖小乘語，亦自楚楚。若以「蔬筍氣」病之，非知詩者。如洪覺範詩「已收一霎掛龍雨，忽起千巖擷鷂風」，「麗句妙於天下白，高才俊似海東青」，非不奇也，如醜惡何？

張文潛五言古詩，如：「朝日照高檐，夜霜猶在瓦。纖纖墻邊柳，春色已可把。」又：「槐稀庭日多，鳥下人語静。幽花破寒色，過雁驚秋聽。」又：「出郭心已清，青山忽相對。游人傍流水，俯仰秀色内。」又：「江城寒食近，風雨作輕寒。」又：「千里積雪消，布穀催春耕。人家遠不見，柳色烟中明。」雖語非魏晉，而力敵陶、韋。其《感遇》諸詩，及「扁舟發孤城，揮手謝送者」，意欲擬杜，反覺效顰。

張文潛歌行，高於宋人諸作。如《過韓城》、《吊連昌》等詩，上接長吉，下開臯羽，歐、梅諸公不敵也。《連昌》詩勝《鹿仙》，《鹿仙》詩勝《韓城》。如「始皇本是吕家子」，終有宋人氣味。至於「雲邊趙盾益可畏，淵底武侯方熟眠」，甚矣。

自蘇、黄作俑，人多以詩爲戲。如「安得萬丈被，盡蓋洛陽城」等語，不一而足。文潛詩，律極嚴謹。而其《畏暑》詩有「雲邊趙盾」之語，又云「赫赫三萬里，共煮一鼎湯」，真可笑也。

韓魏公詩，合作者甚寡。如《雪霽登秘閣》詩：「曉來延閣步層梯，春色週遭四望低。殘雪半留珠殿北，非烟長繞綺窗西。幽情已逐歸鴻斷，芳意還應遠樹迷。金匱有書人未見，秘封香篆鎖芝泥。」又《重九別諸親》詩：「郵館侵晨舉別觴，一時佳節遇重陽。莫愁白首分行袂，且伴黄花入醉鄉。旅雁帶霜横塞陣，香萸和露貯宫囊。諸君送我無多念，衰朽將歸晝錦堂。」才情、聲調，差爲近唐。他如「垂楊不絆遊春騎，曲水時飄出洞花」、「鴻驚去旆參差起，馬避柔桑詰曲行」、「帶靄遠峰時隱見，半霜殘葉雜青黄」，亦皆佳句，而全篇不稱。

林艾軒以道學名，而歌行亦效長吉。如「疏籬短短花枝闌，鳩婦不鳴天雨寒」、「横枝凍雀昨夜死，水底黏魚吹不起」、「盤古一笑鴻濛開，神馬負圖從天來」等作，皆奇俊可喜，惜其篇什不多。

方秋崖岳詩，絶句多佳。如《立春九宫壇》詩：「輦路春融雪未乾，雞人初唱五更寒。瓊幡第一番花信，吹上東皇太乙壇。」《清明次吴門》詩：「蓬窗恰受夕陽明，楊柳梨花半月程。老去不知寒食近，一篙烟水載春行。」《次韻别友》詩：「長汀草色恨連天，一片飛紅漲緑川。寒入湘簾君又去，只隨燕子過年年。」《楊柳枝》詩：「緑陰深護碧闌干，拂拂春愁不忍看。燕子未歸花落盡，一簾香雪晚風寒。」此豈復有宋人口吻哉？他如「斷雲含宿雨，古木落寒聲」、「家遠書難到，雲深夢亦寒」、「亂山横紫翠，孤笛送黄昏」、「社寒催燕早，夜雨勒花遲」、「杏寒春且住，芹老燕初來」、「貔貅夜柝身何在，麋鹿秋風骨未寒」、「江南江北音書外，春去春來楊柳間」、「鶴立待收連夜雨，龍歸看帶入山雲」、「千點梅沈山店月，一溪烟咽寺樓鐘」、「鷗沙草長連江暗，蟹舍潮回帶雨腥」，披沙求金，往往得寶矣。惟律詩好用成語，又好用戲語，其一病也。

今人訓蒙所誦詩「有梅無雪不精神」者，乃方秋崖作也。秋崖詩極多，亦極有好處，絶句尤勝，而世所取者乃爾，吁！可怪矣。

劉夢得《君山》詩云：「湖光秋色兩相和，潭面無風鏡未磨。遥望洞庭山水翠，白銀盤裏一青螺。」宋黃魯直亦有《君山》詩云：「滿川風月獨憑闌，綰結湘娥十二鬟。可惜不當湖水滿，銀盤堆裏看青山。」二詩機軸相似，才氣亦敵，而第三語則唐、宋分然，法眼自當辨之，不必言其所以然也。

賀方回以詩爲戲，全有類山谷者。其五言律却謹嚴有法。

綱山林亦之學道於林艾軒，喜爲詩，有「出藍」之譽。其佳句如「把酒桂山下，山雲片片飛」，「山房逢雨好，人意與秋高」，「江從木杪見，秋向菊邊多」，「林缺孤峰出，檐低遠樹齊」，「酒旗孤嶼見，書卷一山無」，「天遠未知萍梗迹，書來説在藕花村」，「身如燕子年年去，家在漁舟處處移」，「不諳水土愁爲客，忽聽鄉談喜近家」，「八州斧鉞迎行客，十里旌旗繞暮峰」，「年歲却從爲客盡，家書長是倩人題」。其他歌行，佳者尚多。理學中作如此才情語，指不數僂。

李虛己與曾致堯切磋爲詩，致堯謂：「子之辭工矣，而其音猶啞。」虛己憫然，退而精思，再綴數篇示曾，曾驚嘆曰：「得之矣。」聲響固詩之一端，而未足當上乘也。宋人之詩，病政坐此。然虛己詩如「苔破閑階幽鳥立，草荒深院老僧眠」，雖曰佳句，已覺費力。至「探珠宮裏驪龍睡，織錦機中彩鳳盤」，已入至寶丹道中矣，烏乎響？

宋初九僧尚有唐響，如希晝「禽聲沈遠木，花影動回廊」、「樹勢分孤壘，河流出遠荒」、「帆影迷寒雁，經聲隱暮潮」，保暹「野禪依樹遠，中飯傍泉清」、「深院無人語，長松滴雨聲」，文兆

「一逕杉松老，三更雨雪深。草堂僧話息，雲閣磬聲沈」，行肇「徑寒杉影轉，窗晚雪聲過」、「春通三徑晚，家別九江遥」，簡長「吴山全接漢，江樹半藏雲。振錫林烟斷，添瓶澗月分」，惟鳳「磬斷危杉月，燈殘古塔霜」、「秋聲落晚木，夜魄透寒衣」，惠崇「注瓶沙井遠，鳴磬雪房凉」，宇昭「客鬓生白早，叢木落青遲」、「餘花留暮蝶，幽草戀殘陽」，懷古「杖履苔痕上，香燈樹影間」，其得意之語，往往凌駕錢、劉。其他如智圓、遵式、契嵩、道潛、祕演、清順、惠洪、善權、元肇、善珍、自南，皆有佳語。方氏《瀛奎律髓》所選略備。

梁谿李忠定公綱，忠義勳業，照耀千古。人但知傳其奏疏耳，至其所爲詩，氣格渾雄，才情宛至。如《和東坡四時詞》云：「美人半醉軟玉肌，不語憑欄知恨誰。莫把春愁自銷損，且唱尊前金縷衣。」又云：「緑院沈沈清晝永，畫屏玉枕冰肌冷。轆轤驚起寶釵横，香篆浮烟簾幕静。翠眉不爲捧心顰，鬢亂妝殘約略匀。情似楊花無定處，可憐金谷墜樓人。」其風流醖藉，不亞眉山。吾又愛其《春意》詩云：「春鳥窺緑窗，踏落庭前花。美人爲之笑，鬢脚風中斜。不惜花踏殘，只愁鳥驚去。咤啞背人飛，林深無覓處。」想其風韻，殆不類其爲人，斯亦宋廣平賦梅花之比也。

《劉後村集》二百卷，今世所見者五十卷；《詩話》十五卷，世所見者二卷。蓋其初集也。當塗郭祥正詩，「簾卷瘴雲燈斷續，門荒秋雨菊離披」，「身留海上三年夢，心寄江南一葉秋」,「山光半擁初生日,天影寬圍不盡江」,「送將臘去梅花怨,唤得春回燕子知」。其絶句如《小舟》云:「渡江乘興泊江干,草襯殘花色未乾。慣在釣魚船上住,一簑一笠伴春寒。」《三月三》詩云:「一盞扶頭又半酣,久無歸夢到江南。桃花欲發杏花謝,細雨斜風三月三。」《香杜院》云:「重陰消散日車明,社鼓村歌樂太平。行過柘塘蕭寺宿,隔墻猶聽賣花聲。」又《山曉》云:「柴門曉初啓,晴嵐堆遠峰。不知何處鶴,踏折一枝松。」雖調不純唐,而語多奇趣。蘇公謂其「三分是詩,七分是讀」,過矣。

洪文惠公适嘗作《雪》詩,前後三首,皆用「鹽」韻,幾千言而不窘。如「竹枝低未濕,梅蕚瑩先霑」,「枯荄新點綴,曲砌巧增添。伺隙花穿户,承隅箸插檐。高飛迷皎鶴,夜影逼清蟾。砧净綃横石,窗虚粉雜奩」,「飄飄疑宓女,刻畫謝無鹽。河闊凝新浪,山高失舊尖」,「馬馳毛愈素,鳥啄首難黔」,「甲長寒蔬細,根肥宿麥纖」;「梨花芳小圃,桂魄謝疏簾。烟濕茶翁竈,竿低酒舍簾」,「盆收新琢璧,階展未裁縑」。皆押韻自然,不勞餘力,較之昌黎,當居右席。

潁人王銍善爲五言。如《寒食》詩云:「故國千峰外,孤舟一水濱。天涯未歸客,江上欲殘春。雁去銷魂久,花開墜淚頻。東風吹晚雨,芳草路邊人。」《歲杪道中》云:「嚴風號萬木,天意自悲傷。野店逢殘歲,危峰半夕陽。吾生猶道路,此恨付杯觴。正是凄凉極,寒梅逗晚香。」《幽居》云:「幽居寂無事,起坐伴僧禪。曉澹山前月,秋明水底天。望鄉書斷雁,問路客回船。阻絶平生友，清宵有夢傳。」《小立》云：「茅屋藤蘿外，憑欄烟靄間。亂蟬催暑去，急雨帶秋還。路入雙溪口，門當四面山。詩成題未有，翰墨伴清閒。」《送王敦素歸金陵》云：「曉踏河堤月，逢人問去舟。已爲羈旅客，更作别離愁。索漠憐同病，丁寧數舊遊。欲知幽獨意，風露滿城秋。」又如「遥山秋色裏，獨樹雨聲中」，「荒山寒帶雨，古驛夜無人」，「天涯作孤客，樓上對斜暉」，「牛羊隨野色，草樹帶春雲」，「千巖落花雨，一徑卷松風」，皆意趣清絶。而七言歌行亦時有長吉語。

「珠翠雲隨鳳輦行，重樓巘嵲與天平。春風不禁宫中事，吹落珠簾笑語聲。」此彭汝礪《上元》詩也。汝礪談道談玄，而此詩却最合作。吾又愛其使虜詩云：「雲殘驅馬立孱顔，望盡南垂北際山。一段黄雲凝不散，胡人説是瓦橋關。」「聞道朝正使入關，慇懃相托寄書還。逢人若問今何許，已過金鈎第一山。」《雨》詩云：「朝霧蒼茫暮雨低，恰如梅子欲黄時。三分半是行人淚，莫怪行人鬢已絲。」《湖湘路中》云：「沙村飛雪白於雲，野岸寒梅已放春。詩思鄉愁俱不奈，江邊愁殺杜陵人。」其律詩腐爛，無可采者。

晁説之《明皇打毬圖》云：「閶闔千門萬户開，三郎沈醉打毬回。九齡已老韓休死，無復明朝諫疏來。」此詩膾炙人口，然終是晚唐之下者。其《題武帝望仙宫》云：「山上時時聞鳳簫，山中處處得蟠桃。劉郎仙去何難事，不用飛樓百尺高。」其詩意政似「不知子晉緣何事，纔學吹簫便得仙」也。說之於書無所不讀，五經俱有見解，而於詩非所長。「欲落未落雪近人，將盡不盡冬壓春。風枝冰瓦有去鳥，遠坊窮巷無來人。忽聞扣門聲遽速，驚雞透籬犬升屋。使君轉教賜薪炭，妓圍那解思寒谷。」後山此詩，可謂玉川之優孟矣。至於「老去才先盡，春來酒屢空」，又更似也。

後山《題鶴山院》詩有「人聲隱林杪，僧舍繞雲根」之句，一時膾炙人口，然他篇殊不稱。不知此老終日閉門覓句，得些甚來？大是憒憒。

方秋崖《柳枝》詩云：「緑陰深護碧闌干，拂拂春愁不忍看。燕子未歸花落盡，一簾香雪晚風寒。」趙子昂絶句云：「春寒惻惻掩重門，金鴨香殘火尚温。燕子不來花又落，一庭風雨自黄昏。」滕玉霄絶句云：「吟人瘦倚玉闌干，酒醒香消午夢殘。燕子不來春社去，一簾疏雨杏花寒。」三詩酷相似，雖才情秀媚，然終近詩餘，非唐人本色也。具法眼者，當自別之。

宋人絶句，當以陸士規《黄陵廟》壓卷，詩云：「東風吹草陸離離，路人黄陵古廟西。帝子不知春又去，亂山無主鷓鴣啼。」雖不敢當昌齡、太白，置之中、晚，已不可識別矣。

陸士規《黄陵廟》詩與嚴羽《聞笛》詩，皆絶似唐，而起句皆出韻，故選者不之及。然張籍「洛陽城裏見秋風」，何害其佳？

宋末括蒼王鎡，自號介翁〔一〕，傷時播遷，義不事二姓。放情林壑，喜爲歌詩。其得意語，不下臯羽，蓋其風節亦略相同。如《别虞君集》云：「瓦瓶擔酒去，送客石橋東。潮過沙汀上，船迴島樹中。桃花三月雨，楊柳五更風。明日思君處，渡頭烟水空。」《塞上曲》云：「黄雲連白草，萬里有無間。霜冷髑髏哭，天寒甲胄閒。馬嘶經戰地，雕認打圍山。移戍腰金印，將軍度玉關。」《谿村》詩云：「水路隨山轉，谿晴踏軟沙。斜陽曬魚網，疏竹露人家。行蟹上枯岸，饑禽銜落花。老翁分水石，閒話到桑麻。」《宿香巖院》云：「地鑪煨火柏枝香，借宿寒寮到上方。山近白雲歸古殿，風高黄葉響空廊。敲門僧踏梅花月，入夜猿啼楓樹霜。夢醒不知窗日上，時聞經磬出松堂。」《春酌》云：「酒闌歌罷翠簾遮，月柳初啼子夜鴉。多少斷雲心上事，結成香夢是梨花。」其他佳句，難以盡録，置之晚唐，亦項斯、李洞之匹也。按史，鎡有集二十三卷，今世所傳《月洞》詩，特其片鱗隻羽耳。徐興公《詩話》亦稱誦之。

胡元瑞《詩藪》所選南宋及元絶句，初讀之，似亦可喜，細玩俱不甚佳。今摘其勝此者。陸士規《黄陵廟》詩云：「東風吹草陸離離，路入黄陵古廟西。帝子不知春又去，亂山無主鷓鴣啼。」嚴儀卿《聞笛》詩云：「江上誰家吹笛聲，月明霜白不堪聽。孤舟萬里瀟湘客，一夜歸心滿

〔一〕「自」，原本作「目」，據上圖本改。

洞庭。」《塞下曲》云：「古戍秋生畫角哀，思歸泣盡望鄉臺。胡天日落寒風起，但見黄沙萬里來。」陸務觀《采蓮》云：「雲散青天挂玉鈎，石城艇子近新秋。風鬟霧鬢歸來晚，忘却荷花記得愁。」何基《春曉郊行》云：「村烟澹澹日沈西，柳岸陰陰水拍堤。江上暖風吹樹急，落紅滿地鷓鴣啼。」僧暉《潤州》詩云：「北固樓前一笛風，斷雲飛出建昌宫。江南二月多芳草，春在濛濛細雨中。」趙孟頫絶句云：「春寒惻惻掩重門，金鴨香殘火尚温。燕子不來花又落，一庭風雨自黄昏。」余闕《瀟湘夜雨》：「遠寺孤舟墮渺茫，雨聲一夜滿瀟湘。黄陵渡口風波暗，多少征人説故鄉。」甘立《吴王圖》：「六月長洲水殿凉，酒酣揮袖倚紅妝。芙蓉露冷秋雲薄，回首西風響屧廊。」李孝(先)[光]《寄人》：「江邊鴻雁下年年，客子何由兩鬢玄。七十二灘秋月白，荻花風落釣魚船。」周馳《懷郭安道》：「江南江北路茫茫，明月高樓各異鄉。旅雁叫雲天似水，故人今夜泊瀟湘。」黄清老《登福山》：「鷲嶺風深杖屨幽，竹風松影共悠悠。何人分得僧家榻，坐看南山一片秋。」陳益稷《巴陵》詩：「鴉拂平林雁入空，黄花行李老秋風。如何一夜江南夢，盡在巴陵細雨中。」雖格不甚馴，而有言外之致，書之以待法眼。

元貢仲章父子俱有詩名，子即師泰也，歌行俊爽可喜。如《賦得姑蘇臺送吴元振江浙左丞》云：「姑蘇城外江水緑，姑蘇臺是吴王築。吴王燕罷越王來，館娃夜冷宫花開。落花飛去春無迹，江邊却起姑蘇驛。馬頭旌節何皇皇，候吏傳呼謁道傍。孤山梅白堤柳黄，相君入坐中書堂。」《輓陳堯夫婦》云：「垂舟沃酒魚口熱，小袖萊衣雙鳳結。春歸白玉不禁寒，雪兔西沈半山缺。望夫化去孤石裂，死與韓憑誓同穴。鬼狐寒食上新丘，陰風自掃梨花雪。」他律詩如「長風斷疏雨，缺月挂明河」，「梨花春巷冷，榆葉夜窗虚」，「雨隱巡鹽鼓，風腥挂網舟」，「客路頻看月，征帆尚帶霜」，「滿溪藍水魚初上，繞縣青山鶯亂啼」，「荻筍洲青鷗鳥陣，楊花浪白鱭魚群」，「丹鳳銜書辭冀闕，白魚供酒過淮河」，「鍊藥房中猿候火，散花壇上鶴隨班」，「千門烟冷分榆火，二月春寒見杏花」，「驟雨挾雲行斷岸，亂山涌浪入孤城」，「海風船候檳榔信，溪雨茶煎橄欖香」，皆清婉有致，選者多未之及。

姑蘇顧文昱，字光遠，國初爲廣東行省郎中。其《題白雁》詩云：「萬里西風吹羽儀，獨傳霜雁向南飛。蘆花映日迷清影，江水涵秋點素輝。錦瑟夜調冰作柱，玉關曉度雪沾衣。天涯兄弟離群久，皓首江湖猶未歸。」此詩可與袁景文《白燕》詩相頡頏。當時有徐舫者，亦以《白雁》詩得名，而不逮顧殊甚。見《雜篇》。

閩詩莫盛於國初，林鴻、王恭，上國武庫，天府瑯球，當與高啓鼎足而立。餘子瑣瑣，勿論也。高廷禮才雖不逮，然其揚扢千古，陶鑄百家，一經品題，無不破的。此其精識朗鑒，當是古今第一流法眼也。他如王偁、周玄、鄭定、王褒之徒，出其賸語，亦足先鳴。雖其聲華未能宏播，而此道規矩準繩，獨能心傳口授，不至背馳，即諸家之燁然者不敵也。

自北地、信陽興，而吾閩有鄭繼之應之，一洗鉛華，力追大雅，盛矣！然掊擊百家，獨宗少陵，呻吟枯寂之語多，而風人比興之誼絶。譬之時無春而遽秋，人未少而先老，才情未肆，氣格變衰，樂事未陳，聲淚俱下。此在少陵爲之，已非得意之筆，而况效顰學步、面目可憎者哉？故人謂詩道中興於弘、正，吾獨以爲運之衰也，此可爲識者道也。

繼之同時倡和諸子，有傅山人汝舟、高山人瀫、林侍御釴、許黄門天錫，然皆格卑語俚，不能自振。獨傅差有塵外之語，如「松花風送時入口，竹杖雲生常滿衣」、「永夜松風掃星月，經旬衾枕傍天河」、「天風驅雲不出洞，家鶴拜客時登堂」等語，亦自蹀躞可喜。黄門「青山對面疑無路，黄犢出林知有村」，管中窺豹耳。同時有林太守春澤，亦喜爲詩，亦效法繼之。林太學世璧稍後，語多奇雋，早卒。

嘉、隆以來，則有郭郡丞文涓、林明府鳳儀、袁太守表，皆余先輩；陳茂才椿、趙别駕世顯、林孝廉春元、鄧觀察原岳、陳山人仲溱、徐孝廉熥、熥弟㶿、陳茂才价夫、孝廉薦夫、曹參知學佺、袁茂才敬烈、林茂才光宇、陳茂才鳴鶴、王山人毓德、馬茂才欻、陳山人宏已、鄭山人琰，皆先後爲余友，皆有集行世。其中豪宕不羈，揮斥八極，則鳳儀爲之冠；秀潤細密，步趨不失，則袁、趙名其家；才情宏博，多多益善，則徐氏兄弟擅其場。其他諸子，各成一家，瑕瑜不掩。然皆祢漢宗唐，間出中、晚，彬彬皆正始之音也。南方精華，盡於是矣。

林春元，才士也，桀驁不羈。常作《蛾眉篇》，自述其意，凡數千言。又有《渡江詞》云：「不趁東風不待潮，渡江十里九停橈。不知今夜秦淮水，送到揚州第幾橋。」《别妓》詩云：「畫槳夷猶錦纜迴，美人東上鳳凰臺。朝朝梳洗臨秋水，一路芙蓉不敢開。」《春日》詩云：「春城柳色入東華，莫惜驊騮過酒家。記得去年江上别，風吹二十四橋花。」才情楚楚，信自可人。子古度，亦能詩。

曹能始詩，以淺淡情至爲工，不甚學盛唐。然其《送西安太守》詩云：「長安西望路漫漫，泰華峰陰日色寒。長樂故宫秦輦絶，未央前殿漢鐘殘。月明渭水浮三輔，花滿驪山繡七盤。京兆風流誰不羨，時從閨閣畫眉看。」大曆以來，罕見斯語。

世傳林天瑞《鼓山》詩「眼中滄海小，衣上白雲多」，然亦尋常語耳，故不及惟和「松際窺人孤嶂月，山中留客半床雲」也。天瑞詩尚有佳者，如《詠月》云：「玉露清初墜，天河迴欲流。誰憐今夜月，還似去年秋。影逐寒雲起，光緣暮杵留。關山千萬里，偏照漢家樓。」《秋宫詞》云：「碧山涼月澹悠悠，獨上高樓望女牛。昨夜西風何處起，宫中無樹不知秋。」儼然青蓮、少伯語也。七言歌行，如《擣衣篇》，尤精謹有法度。惜其遊於酒人，故不能篇篇盡美。吾郡中，似當以徐惟和爲冠，其才情聲調，足伯仲高季迪。所微憾者，古體稍不及耳。鄧女高喜爲雄聲，其源蓋出歷下；陳幼孺工麗宛至，却自中、晚得來。三者皆巨擘也，皆相次夭折，悲夫！

莆山人周如塤，性骯臟，時時手一編，苦吟不輟。其詩如「孤寺鐘聲微雨外，數家燈火小橋西」，「萬里寒山横積雪，半汀衰草隱斜陽」，「客來晚市嘗魚鱠，人趁歸潮採蠣房」，皆佳句也。

國初，鄧布衣定《題昭君出獵圖》云：「傳呼莫射南飛雁，欲寄平安到漢家。」一時傳詠，以爲絶唱。然元陸子方《昭君詞》云：「勸君莫射南飛雁，欲寄思鄉萬里書。」已先道之矣。按子方詩又云「誰知塞外風塵貌，不似昭陽殿裏人」，則東方虬詩「單于浪驚喜，無復舊時容」，已先之矣。信哉！詩不蹈襲之爲難也。

季蘭、易安之後，明末有其匹者。今人最所膾炙，則淮安妓「淮草青青」一絶耳，然亦淺弱。閩進士潘仲徽室人《寄夫》詩：「暮雨沈沈不肯休，知君今夜宿誰樓。遥知楚水吴山外，旅況閨情一樣愁。」足以伯仲「水國蒹葭」之什。趙仁甫有二女，皆能詩，而才情不甚合作。吴中趙凡夫室人，才學兼至，閨閣中之蓋代也。其他一臠或堪染指，全鼎未免覆餗。又有假手藁砧，攘名媚内，吾聞其語矣，亦見其人矣。

瞿宗吉《香臺集》，古今閨闈之致略備矣。但錦襠孕婦，不足稱述。而秦檜之妻東窗數語，千古扼腕，乃濫竽其中，寧不穢此「香臺」耶？

林汝元者，閩王粹夫家青衣也，工書，善爲詩。其《溪行》云：「雪壓梅花破，霜侵楓葉稀。林間黄犢臥，沙際白鷗飛。水急灘聲亂，溪迴樹影微。前峰新月吐，樵採踏歌歸。」《别家》云：

「悵別不能歡，他鄉出户間。欲游千里遠，難計幾時還。宿是雲邊店，行經雪裏山。悠悠溪上水，雙淚共潺湲。」《送人》云：「落木亂蕭蕭，休嗟去路遥。馬經山縣市，舟趁海門潮。楓葉含霜醉，梅花破雪嬌。不禁離别淚，頻逐朔風飄。」《京口夜泊》云：「隱隱漁歌隔岸聽，娟娟新月照中泠。江南風景今宵始，回首瓜州一抹青。」《塞下曲》云：「廿年征戰事沙場，一劍歸來兩鬢霜。未博封侯君莫笑，胡塵生骨幾還鄉。」《洪江夜泊》云：「潮迴沙白夕陽天，錦水江邊獨繫船。新月一輪秋色澹，美人雙立玉樓前。」他如「梨花連嶂白，桃雨落溪紅」，「佛燈明滅夜，香供有無時」，「落葉錢唐渡，新梅歙縣城」，「青羊投洞去，玄鶴繞壇回」，「斷橋餘積雪，古道半飛沙」，「風敲疏竹渾疑雨，雪壓寒梅不辨花」，「古廟丹楓過客路，空山黄葉定僧禪」，「日暮亂維南浦楫，夜深長聽隔山鐘」，「緑柳青驄沽酒肆，紅妝畫槳採蓮舟」，幾欲青而壓藍矣。惜未經陶鑄，而爲巨魁所羅，代爲典記。得意之語，半爲他人掩取，無何而卒。

外夷詩，惟朝鮮音律諧暢，綽有《騷》《雅》遺風。而許氏《塞下曲》一絶，最爲擅場。詩云：「寒塞無春不見梅，邊人吹入笛聲來。夜深驚起思鄉夢，月滿陰山百尺臺。」儼然常建語也。噫！中國男子，不知詩爲何物，有愧於夷狄之婦人多矣。

《近峰聞略》載占城使人入貢詩，其《初發》云：「行盡河橋柳色邊，片帆高挂遠朝天。未行先覺歸心早，應是燕山有杜鵑。」《揚州對客》云：「三月維揚富風景，暫留佳客與同床。黄昏二十四橋月，白髮三千餘丈霜。玉局詩聞賢太守，紅蓮書寄好文章。欲尋何遜舊東閣，落盡梅花空斷腸。」《江樓留別》云：「青嶂俯樓樓俯渡，遠人送客此經過。西風揚子江邊柳，落葉不知愁思多。」又嘗寓蘇之天王堂，見葵花，不識，問其名，人紿之曰：「一丈紅也。」即題云：「花於木槿渾相似，葉比芙蓉只一般。五尺闌干遮不盡，更留一半與人看。」如此等詩，可謂夷狄無人乎？

《永州志》載，漢戴侯熊渠《虞廟懷古》詩云：「洊湘有餘怨，豈是聖人心。行路猿啼古，祠官夢草深。素風傳舊俗，異迹閉荒林。巡狩去不返，烟雲愁至今。九嶷天一半，山盡海沈沈。」唐劉駕、張吉甫俱次其韻。然豈漢亦有排律耶？傳訛無疑。

白樂天「一山門作兩山門，兩寺元從一寺分」詩，乃題虔州天竺寺也，今收入錢唐天竺寺，誤。

「周公恐懼流言日，王莽謙恭下士時。假使當年身便死，一生真僞有誰知。」此樂天詩也，人相傳謂王荊公詩，誤。

魏仲先詩云：「閒聞啄木鳥，疑是打門僧。」此即「開簾風動竹，疑是故人來」之意耳。解者以爲出賈島「鳥宿池邊樹，僧敲月下門」之意，遽以「出藍」譽之，不知有何干涉。

宋之問《昆明池》詩，結句「不愁明月盡，自有夜珠來」，蓋用漢武帝釣昆明池，放大魚，後銜珠以報事。而《瀛奎律髓》乃謂「大蚌明月之珠，如近世甓社湖珠現是也」，大誤。

李商隱《錦瑟》詩，東坡謂爲「適怨清和」，引《古今樂志》證之，似也。後見劉貢父云：「錦瑟，令狐楚青衣名。」洪容齋《續筆》載此，亦相合。商隱意有所屬，故爲此寄寓之詞耳，始信坡解之爲鑿也。夫情有寄況，事有適然。意中之事，父子不能傳，朋友不相喻也，而況千古之下乎？

賈島《哭孟郊》云：「寡妻無子息，破宅帶林泉。」是謂郊無子矣。唐史謂郊歿後，鄭餘慶廩其妻子，是郊固有子也。姚合《哭賈島》云：「有名傳後世，無子過今生。」謂島無子也。曹松《吊賈島》云：「旅墳低却草，稚子哭勝猿。」則又謂其有子矣。此皆相去未久，而互異如是，詩史之難信矣夫。

「聖宋非狂楚，清淮異汨羅。平生仗忠義，今日任風波。」史以爲唐介詩，今乃載范文正集中，與「一棹危於葉，旁觀亦損神。他時在平地，無忽險中人」者，皆公赴桐廬郡，淮上遇風作也。《忠宣集》亦有《覆舟》詩，所謂「全家脱魚腹，應有未招魂」者，何父子俱遭水厄耶？

李西涯《太白行》云「秦王袍沾楚王血」，時建成爲太子，元吉爲齊王，安得楚也？建成母弟智雲，因高祖起義，爲隋吏所捕誅，後乃追封楚王耳，豈誤認爲秦王殺之耶？

李西涯《郊行吃語》詩云：「荆扃棘徑俱交加，澗葛樛結蒹菰葭。劍歌擊角叫急景，車轂過岡經幾家。郊居近稼慣減穀，江館隔期歸及瓜。感今激舊更矯顧，關騎警劫驚孤笳。」自注「效東坡體」，謂此體始東坡也。坡集《吃語》詩云：「郊居江干堅關扃，耕犍躬駕角掛經。孤竿繫舸菰茭隔，笳鼓過軍雞狗驚。解襟顧景各箕踞，擊劍高歌幾舉觥。荆笄供膾愧攬聒，乾鍋更戛甘瓜羹。」又《和郭正輔》云：「故居劍閣隔錦官，甘菓蘁桂交荆菅。奇觚甘挂汲古綆，僥覬敢揭鈎今竿。已歸耕稼供藁秸，公貴幹國高巾冠。改更句格更謇吃，姑固狡獪加間關。」然姚合有《洞庭葡萄架》詩云：「萄藤洞庭頭，引葉漾盈摇。皎潔鈎高挂，玲瓏冷落寥。陰烟壓幽屋，蒙密夢冥苗。清秋青且翠，冬到凍都凋[二]。」則此體所從來久矣，非始東坡也。

古詩云：「但願夫妻相對貧，莫向天涯金繞身。」此語情至宛切，高季迪衍之云：「富老不如貧少，美行不如惡歸。」傷哉言也！然似未深識貧之味。貧之極者，恨一身爲多，即少而妻子相對，何救饑寒？

[二]「都」，原本作「到」，據宋刻《百川學海》本《學齋佔畢》卷四改。

小草齋詩話卷之四

晉安謝肇淛著

友人馬　欻較

雜篇上

晉義熙時，新羅王實聖以見柰勿王之子卜好質於高句麗，未斯欣質於倭〔一〕。及實聖死，子訥祇立〔二〕，思其二弟，募有能歸之者。衆舉歃良郡太守朴堤上〔三〕，王遂命堤上往説高句麗〔四〕，得歸卜好。遂不過家，即往説倭，其妻追之，及于栗浦渡。時堤上已濟矣，舟中相望，揮手而別。至倭，百端説倭王不能得，遂以計令斯欣逃歸。王怒詰之，不服，乃刹其足皮，刈蒹葭，使行其

〔一〕「未斯欣」，上圖本作「末斯欣」，據《民國國立北平圖書館善本叢書》景明萬曆本《朝鮮史略》卷一「三國」改。
〔二〕「訥祇」，上圖本作「訥祇」，據《朝鮮史略》卷一「三國」改。
〔三〕「朴」，上圖本作「赴」，據江户本改。
〔四〕「堤」，上圖本作「追」，據江户本改。

上，終不屈，乃燒殺之。其妻聞之，登鵄嶺望之，痛哭而絶，其精爽爲鵄嶺神母云。時人爲之歌曰：「鵄迷嶺頭望日本，黏天鯨浪無涯岸。良人去時但摇手，生耶死耶音耗斷。音耗斷，長别離，寧復相見時？呼天便化武都石，烈氣千秋干霄碧〔二〕。」

新羅慈悲王時，有人隱居狼山，其衣百結，因呼百結先生。常以琴自隨，有不稱意輒取琴寫之。歲暮，無粟，其妻聞鄰家杵聲，默坐嘆息。先生取琴作《杵聲》慰之，其詞曰：「東家砧，擣寒襖。西家杵，舂黍稻。東家西家砧杵聲，歲暮之資贏復贏。儂家之窖乏甑石，儂家之箱無尺帛。懸鶉衣，藜羹碗，榮期之樂足飽煖。老妻老妻莫謾憂，曲肱之樂那可求！」

南州有妓甚麗，善歌舞，爲刺史所眷〔三〕。及任滿將行，曰：「我去，必爲他人所據。」因擲蠟炬覆其面，傷頰焉。詩人鄭襲明見而悲之，賦詩以贈云：「百花叢裏淡丰容，一夜狂風減却紅。獺髓未能醫玉頰，五陵公子恨無窮。」

安福縣法華寺中，常聞有人中夜吟詩云：「百花叢裏鬧喧喧，幾度人間結善緣。鐃凰一去無消息，獨坐空階五百年。」後掘土，得一鈸而無凰。又寺聞中夜吟詩云：「禪語無多語，空門即

〔二〕「干」，上圖本作「千」，據江户本改。
〔三〕「眷」，上圖本作「春」，據江户本改。

善門。滿身風露冷，有口不能言。」後於塔畔得一鈴而空其中。

金陵後湖西南新洲有郭璞墓，四周皆水，波嚙苔侵，不可復辨。宋劉後村詩云：「先生精數學，卜穴未應疏。因捋虎鬚死，還尋魚腹居。如何師鬼谷，却去友靈胥。此理憑誰詰？人方寶葬書。」蓋笑璞擇地之不審也。

霸州神霄宫素有靈蹟，羽流戒行精通者始居之。一日，壁上有題詩云：「神霄初建霸臺前，想像功緣仔細詮。轉面速修人换世，回頭疾作日如年。泥牛吼月空長嘆，木馬嘶風漫可憐。笑殺崑崙臺上月，人間咫尺幾雲烟。」墨色慘淡，不類人書。

九江朱原虚者能詩。父没，遺綾綺十餘篋，盡匿，不分二弟。弟貧不能自存。朱一日赴鄰，鄰家有召箕仙者，朱祝仙，索詩，箕即題云：「何處西風卷夜霜，雁行中斷各凄凉。吴綾越錦空盈篋，不及姜家布被香。」朱大慚悔，歸家，盡發其篋分二弟。後兄弟皆成名。

金陵一士人，少時調鄰家女，執其手，爲女家所訟。縣令問曰：「汝何能？」曰：「能詩。」即以女手爲題，士人應聲曰：「曾向花叢揀俏枝，輭于春笋嫩于荑。金刀欲動輕裁繡，彤管頻抽淡畫眉。雙綰鞦韆扶索處，半掀羅袖打鳩時。緑窗獨撫絲桐弄，無限春愁下指遲。」令大稱賞，謂女父曰：「汝擇佳壻，不過圖富貴耳。安有才如此生而能長貧賤乎？」力命歸之，遂諧伉儷。明年，士遂登科成進士。

宜興善權洞有祝陵，巖上刻云：「祝英臺讀書處。」舊傳：英臺本女子，爲男裝，與梁山伯同學三年，山伯不知也，後以情感化爲蝴蝶。許有穀詩云：「故宅荒雲感廢興，祝英臺去鎖空陵。年年洞口碧桃發，蝴蝶滿園歸未曾？」

廬山濯纓池下有醉石，高三四尺。相傳陶淵明醉，輒踞其上。其石至今有耳迹及吐酒痕。有無名氏題詩四首云：「淵明醉此石，石亦醉淵明。千載無人會，山高風月清。」「石上醉痕在，石下醉源深。泉石晉時有，悠悠知我心。」「似醉元非醉，永懷宗國屯。明明石上痕，相視欲無言。」「沈醉非關酒，深情石應領。睥睨當時人，瞢騰復誰醒。」

廬山簡寂觀，有陸修静所植苦竹，而筍味反甜；歸宗寺造鹹虀，而味反淡。蓋山中佳物也。歸宗總老言廬山有句云：「簡静觀中甜苦筍，歸宗寺裏淡鹹虀。」王十朋詩：「參禪得味鹹虀淡，學道忘憂苦筍甜。」

晉時有童子能誦《法華經》，死，葬半塘。其後，過客聞誦經聲。明日，有青蓮花生童子冢上。因建塔，名稚兒塔。高啓詩云：「黄土但埋骨，豈能埋性靈。昔聞宿草間，曾吐蓮花青。身歸長夜臺，口誦西方經。尋迹殊窅窅，聞聲每泠泠。寒燈照空塔，時有山僧聽。應使鄰塚墳，沈迷盡皆醒。」

唐開元間，福安二十都螬山繆氏有子七歲，聰慧能文，以神童召試《新月》詩云：「初出如弓未上弦，分明掛在碧雲邊。時人莫道蛾眉小，十五團圓照滿天。」後爲鄰人竊掘其山，有淡血流出，遂早夭。今或呼爲蛾眉山。

白樂天《别柳枝》詩云：「兩枝垂柳小樓中，嫋娜多年伴醉翁。明月放歸歸去後，世間應不要春風。」指樊素、小蠻二姬也。《春盡感事》詩云：「病與樂天相伴住，春隨樊素一時歸。」又云：「觴詠罷來賓閣閉，笙歌散後妓房空。」又明年有詩云「去歲樓中别柳枝」，自注云：「樊、蠻也。」蓋二姬俱名柳枝云。

杜牧之佐宣城時，來遊吴興，爲書堂扁曰「碧瀾」。宋陳堯佐題詩云：「苕溪清淺霅溪斜，碧玉寒光照萬家。誰向月明中夜聽，洞庭漁笛隔蘆花。」

唐吕巖既得道，常遨遊廛市中，隱顯叵測。嘗書蔣暉之門曰：「宴罷高歌海上山，月瓢盛露浴金丹。夜深鶴透秋雲碧，萬里西風一劍寒。」後書「無上宫主訪蔣暉」，字畫遒勁，有凌雲之氣。

李德裕嘗至閩，過漳浦驛，有詩云：「嵩少心期杳莫攀，好山聊復一開顔。明朝便是南荒路，更上層樓望故關。」蓋公往崖州時作也。

唐懿宗咸通六年七月，雪峰祖師登象骨山曰：「真吾居也。」乃誅茅爲庵，學徒翕然。其山屬候官縣，環控四邑，峭拔萬仞，先冬而雪，盛夏而寒，因以雪峰名焉。師住山後，嘗作詩曰：「光陰迅速暫須臾，浮世何能得久居。出嶺年登三十二，入閩早是四旬餘。他非不用頻頻舉，已過還須旋旋除。報與滿朝朱紫道，閻王不怕佩金魚。」翁洮退居不仕，僖宗遣使徵之。洮作《枯木》詩以答之：「古木傍溪涯，由來歲月賒。有根盤水石，無葉接烟霞。二月苔爲色，三冬雪作花。不因星使至，誰識是靈槎。」

唐吴靄，字廷俊，連山人。母浣帛於江，觸沈鯉而孕。既生，髆上有肉鱗隱起。七歲能詩，嘗詠野燒云：「烟隨紅焰斷，化作白雲飛。」識者器之。登光化二年進士，後歸朱全忠。

唐陳用拙，高良人，天祐二年進士，未官而卒。用拙有詩名，嘗賦《登臨湟樓》云：「浮世自無閒日月，高樓長有好山川。」《送長沙史君》云：「人説洞庭波浪險，使君自有濟川舟。」有集八卷，不傳。

連州黄損僕射，五代時人。未老勇退，一日遁去，莫知所往。子孫畫像事之，凡三十二年。後歸，至阼階，呼家人。其孫出見，索筆題詩於壁云：「一别人間歲月多，歸來人事已消磨。惟有門前鑑池水，春風不改舊時波。」遂去。其子歸，問狀，孫云：「甚似影堂老人也。」

五代孟賓于，字國儀，保安人。少游鄉校，力學不怠。父以家貧，且鮮兄弟，題詩壁上云：「他家養兒三四五，我家養兒獨且苦。」賓于歸見之，續曰：「衆星不如孤月明，牛羊滿山獨畏虎。」父奇之。晉天福二年，登進士，歷官水部郎。嘗作《公子行》云：「錦衣紅奪彩霞明，侵曉春遊向野亭。不識農夫心力苦，驕驄馳處麥青青。」有詩數百篇，號《金鰲集》。與李昉同年，相友善。昉入宋，官翰林，而孟仕南唐爲郎。昉寄詩曰：「幼携書劍别湘潭，金榜標名第十三。昔日聲名喧洛下，只今詩價滿江南。」後隱玉笥山中，號群玉峰叟。

王轂，宜春人，南唐初登第。長於樂府，有《玉樹曲》云：「陳宫内宴明朝日〔二〕，玉樹新妝逞嬌逸。三閣霞明天上開，靈鼉鼓罷神仙出。天花數朵風吹綻，對舞輕盈瑞香散。金管紅絃旖旎隨，霓裳玉佩参差轉。璧月夜，璚樓春，蓮舌泠泠詞調新。當時狎客盡尸禄，直諫犯顔無一人。歌舞未終樂未闋〔三〕，晉王殿上黏腥血。君臣猶在醉鄉中，一面已無陳日月。聖唐馭宇三百祀，濮上桑間宜禁止。請停此曲歸正聲，願將雅樂調正氣。」爲一時所膾炙。轂未第時，常負氣忤人，人欲歐之，轂揚聲曰：「莫無禮，我便是吟『君臣猶在醉鄉中，一面已無陳日月』者。」其人慚謝而退。

《南部新書》云：楊行敏出使，驛騎到歙州，郡守輕待，嫌恨尤甚。題詩於冬青館云：「駑駘嘶叫知無定，騏驥低垂自有心。山上高松溪畔竹，清風纔動是知音。」又曰：「杜鵑花裏杜鵑啼，淺紫新紅更傍溪。遲日霽光搜客思，曉來山路恨如迷。」

《陽春録》後云：中都一士夫收李後主書一詩云：「銅壺漏滴初盡，高閣雞鳴半空。催起

〔二〕「陳宫」，上圖本脱，據《四部叢刊》景明嘉靖本《唐詩紀事》卷七十「王轂」條補。
〔三〕是句上圖本作「歌未闋」，據《唐詩紀事》卷七十補。

五門金鎖，猶垂三殿珠籠。階前御柳摇緑，仗下宫花散紅。鴛瓦數行曉日，鸞旗百尺春風。侍臣蹈舞重拜，聖壽南山永同。」下有「馮延巳」三字。

宋歐陽和，營道人，少貧甚。兄澤爲郡吏，依之傭書。嘗賦《池亭》詩云：「鑿開幽境泛流萍，迴合波間小洞庭。寒影倒吞凌漢樹，冷光高浴半天星。魚翻錦鬣波紋皺，鷺洗霜翎水氣腥。昨夜蛟龍忽飛去，滿軒風雨挾雷霆。」郡守見而嗟異，給俸金遺之，充弟子員。赴試中途，逢一青衣童子，云以今科省榜報各處城隍，問道州有歐陽和否？曰：「有歐陽程，無歐陽和。」和遂更名，登第，時太平興國八年也。

宋王元之以知制誥出知黄州，時蘇易簡榜下放孫何等進士三百餘人，奏曰：「禹偁禁林宿儒，累爲遷官，臣欲令榜下諸生送於郊。」奏可之。禹偁作詩曰：「綴行相送我何榮，老鶴乘軒愧谷鶯。三人承明不知舉，看人榜下放諸生。」時交游無有送者，獨竇元賓執手泣於閣門曰：「天乎，得非命邪？」元之後投以詩曰：「惟有南宫竇員外，爲余垂淚閣門前。」未幾，二虎鬥於境上，群雞夜鳴，司天奏守土者當其咎。上惜之，亟命徙蘄州，未至而卒。

宋臨江蕭貫未第時，嘗感疾，夢緑衣中人召至帝所，命賦《禁中曉雲歌》，有高冠宫人授簡曰：「此衍波箋也。」貫援筆立就，云：「寶獸宫扉三十六，宫樹迎霜紅簇簇。翠紗盤鳳珠綱垂，百刻香殘隕蓮燭。炭猊呀熖壁椒馥，轆轤欲轉霏紅玉。渴烏涓涓不相續，十二嶢闕隱宫緑。長廊四注簾旌濕，海牛壓檐風不入。文韡侍嬪當宸闈，壺箭傳呼鑰魚急。尚衣次進如堵墻，千門萬户開天香。九龍鼓氣濕寒旆，晬容澤玉迎晨光。綵衣佩魚無左襠，兩兩趨走瞻扶桑。紅萍半規出波面，熠爚觚棱九霞絢。鳴鞘一聲天上來，長劍高冠滿前殿。」賦成，殿上傳語曰：「子詩有奇語，異日必貴。」遂覺，後果大中祥符八年及第。

長洲僧遇賢者，俗姓林，嗜酒能詩，人呼爲林酒仙，醉則作詩，時有警句。郡守梅詢贈以詩曰：「出入常携一古藤，三衣粗重貌棱棱。紅塵酒滿何曾醉，知是僧中第幾僧？」祥符五年上元日沐浴而化。

宋邵焕十餘歲以召赴闕，真宗嘗令賦《睡宫娥》詩，即云：「玉腕枕香腮，紅蓮藕上開。」上大驚異。

宋時，順德有道人自云葛姓，遊憩葛岸五岳神廟。旬時，鄉人大疫，道人以葛屑和藥療之，輒愈，求者日衆。一日題柱而去，詩曰：「羅浮山下策枯藜，琪樹瓊林盡品題。兩腋天風何處去，錦巖西更碧雲西。」錦巖、碧雲，皆西樵山峰也。後不知所之。

藍喬，龍川人，宋仁宗時舉進士不第，隱霍山得道。嘗有詩云：「太乙山前是我家，滿床書史足生涯。春深滯酒不歸去，老却碧桃無限花。」又遊洛陽，布衣百結，入肆中，飲輒數斗。嘗置紙百餘張于足，令人片片扯之，無一破者。再拽之，有浮雲片片飛，且仙鶴來往空中，歷歷有簫管聲，不知所終。明永樂間，行郡國各采異蹟，庠生古璉、李選等探之霍山，數日不得，忽見巖壁上一詩云：「八表烟霞總一家，藍喬到此作生涯。人間富貴塵如海，虚度春山二月花。」墨蹟尚未乾也，蓋亦次前韻云。

宋僧孚者嘗講《涅槃經》，雲遊至維揚天寧寺，一夕聞鼓角聲，恍然有悟，盡取經文抄疏焚之。題詩壁上曰：「三十年前未遇時，一聲畫角一聲悲。如今枕底無閒夢，大小梅花一任吹。」後不知所之。

宋葉堯蓂，建溪人，未第時乞靈於西乾，夢王者賜詩云：「十日陰沈雨，皇都喜乍晴。浪平龍角穩，風細馬蹄輕。」後南宫放榜之日，久雨乍晴，果擢高第。

明道中，桂林士人於學中相聚作詩，忽有道人襤褸至前，階下偃卧，若無所睹。士人叱之，良久徐起，張目曰〔一〕：「莫欺閒客。」士人曰：「汝能詩乎？」曰：「能。」即授紙筆，道人高吟曰：「家住鰲峰最上山，偶將縱迹到塵寰。不妨名利場中客，忙者自忙閒自閒。」振衣出門，不知所往。

灤州尹樂堯自號蟄士，好於人迹罕至開山改名。嘗改海傍佛洞爲峒巄，作詩云：「一方靈秘人知少，盤古天奇一旦開。我欲此中成小隱，不妨山脚泊船來。」又嘗飲於黄土院，寺僧曰：

〔一〕「目」，上圖本作「自」，據江户本改。

「自削髮入山，七十年所矣，每稱遼進士馮唐卿撰《自詠》，未見有騷人墨客對談。」因指泉索名，樂堯即曰：「可名塾士泉。」僧欣然。詠曰：「黄土堆中塾士泉，水無名字托人傳。」問其姓名，不答。樂堯又有觀海句云：「雲去蓬萊遠，潮回碣石高。」

《廣東通志》載孝子詩數首：「春水門前一葉舟，幾人來此看垂鈎。浮雲一散無蹤迹，飛盡桃花江水流。」又：「昨夜江門把春酒，滿船明月唱《陽關》。五羊城中消息斷，君去東吴幾日還。」又：「四百峰頭白鶴知，老夫八月有幽期。爾家正在羅浮下，莫向東風怨别離。」又：「長髯遺我一囊山，鐵橋流水非人間。我今决策山中去，踏斷鐵橋無路還。」孝子，南雄人。

遼相李儼嘗作《黄菊賦》，獻其主耶律弘基。弘基作詩題其後，并以賜之：「昨日得卿黄菊賦，碎剪金英填作句。袖中猶覺有餘香，冷落西風吹不去。」

楊備郎中天聖中爲長溪令，忽夢作詩云：「月俸蚨錢數甚微，不知從宦幾時歸。東吴一片輕波在，欲問何人買釣磯？」意甚異之。明道初爲華亭令，丁内艱，遂家吴中。樂其風土，安之，因悟夢中語。嘗作《姑蘇百詠》詩行於世。

夏英公竦鎮襄陽〔二〕，胡秘書旦喪明居家，性多狷躁，公昔常師焉，時一見之。一日謂公曰：

〔二〕「竦」，上圖本作「疏」，據江户本改。

「讀書乎？」公曰：「夏日時爲絶句。」胡曰：「試誦之。」公曰：「燕雀紛紛出亂麻，漢江灘畔使君家。空堂自恨無金彈，怪爾啾啾到日斜。」

李公擇少時讀書白石庵，後在朝，以詩寄庵僧端老云：「煩師爲掃山中石，待請歸來欲醉眠。」然竟不克歸，庵亦旋廢。後元豫章有熊處士者，即其址築室居焉，憲幕官范祥寄詩云：「尚書舊隱在匡廬，傳道新來事已虚。祠宇又令誰薦菊，鬼神猶爲護藏書。石泉宛宛通池細，川樹冥冥映日疏。爲問豫章熊處上，幽棲消息近何如。」

廬山黄知微得道佯狂，人謂之黄風子。一衲百結，寒暑不易。行嘗携兩囊，隨所得飲食，雜投其中，而不臭穢，名曰錦香。又善噫氣，經時不絶，響徹雲漢。素不攻詩，而多佳句，如「溪雲拂地送殘雨，谷鳥向人啼落花」、「萬里碧雲開暮色，一條銀漢在秋天」之語，爲時所賞。後死於太平宫。

陳烈先生幼嘗與蔡君謨同硯席，後君謨鎮福唐，嚴肅吏治，毫髮不容，合境大化。一日，先生往見焉，維舟亭下，聞公嚴察，不往謁，留詩曰：「溪山龍虎盤，溪水鼓角喧。中宵鄉夢破，六月夜衾寒。風雨生殘樹，蛟螭喜怒瀾。殷勤祝舟子，移棹過前灘。」亭吏録詩以呈公，公見，遽命書記謝過曰：「先生既以詩誨之，不若耳提而教之也。」先生竟去，公爲之霽威。

興化邑人黄畸翁年八十餘，喜作詩，嘗云：「流落人間一萬篇。」又曰：「身閑不入紅塵市，夢好頻驚畫角聲。」《春日閑居》云：「日高三丈宿酒醒，鳥唤一聲春夢驚。」

蔡襄守福州，元夕令市中每家門首燃七燈，處士陳烈即作大燈丈餘，題詩曰：「富家一盞燈，太倉一粒粟。貧家一盞燈，父子相向哭。風流太守知不知，猶恨笙歌無妙曲。」襄見之，即爲罷令。

崔唐臣與蘇子容、吕晉叔同學。蘇、吕既登第，唐臣遂隱於江湖，不知所之。及蘇、吕同入史館，乘馬偕出，忽見唐臣艤舟汴河，亟就謁之。問所從來，唐臣曰：「吾裨販江湖，因買此舟，雖泛梗飄蓬，差愈應舉覓官時耳。」兩人邀之不可，但扣其官居坊曲所在。明日，兩公自局中還，各覩唐臣留刺，末有細書云：「集仙仙客問生涯，買得漁舟渡歲華。案有黄庭尊有酒，少風波處便爲家。」再訪之，則已行矣，蹤迹遂絶〔二〕。

蘇隨，晉江人，嘉祐二年爲博羅令，忽屏騶從遊羅浮山，因酣睡，覺題詩云：「夢乘鸞鳳到仙家，侍女風流魏月華。琥珀杯傾千載酒，琉璃瓶種四時花。金函藏籙文刊玉，石壁題名篆點砂。一枕北窗初睡覺，日移門外柳陰斜。」遂棄官歸家。

吕居仁《宜章元日》詩云：「東風初解凍，桃李已經春。避地逢雞日，傷時感雁臣。」元魏時，

〔二〕「絶」，江户寫本作「斷」。

北夷酋長遣子入侍者，常秋去春來，避中國之熱，號之曰「雁臣」。

集句自宋初有之，至石曼卿而工。嘗見其手書《下第偶成》云：「一生不得文章力，欲上青雲未有因。聖主不勞千里召，嫦娥何惜一枝春。鳳皇詔下雖沾命，豺虎叢中也立身。啼得血流無盡處，著朱騎馬是何人。」又云：「年去年來來去忙，爲他人作嫁衣裳。仰天大笑出門去，獨對東風舞一場。」

韓魏公知揚州，王荆公爲僉判，每讀書達旦，略假寐，亟上府，乃不及盥漱。魏公見荆公年少，意其夜飲放逸。一日，從容謂荆公曰：「君年少，毋廢書，不可自棄。」荆公不答，退而言曰：「魏公非知我者。」後魏公知其賢，欲收之門下，荆公終不屈。故荆公《熙寧日録》中短魏公爲多，每曰：「韓形相好耳。」作《畫虎圖》詩譏之。又魏公薨，荆公輓詩云：「幕府少年今白髮，傷心無路送靈輀。」猶不忘前事也。又《入瓜步望揚州》詩云：「白頭追想當年事，幕府青衫最少年。」

安昌期，曲江人，舉進士，爲横州永定尉，以事去，遂不復仕，徜徉山水，頗得道術。治平間，携一童往峽山廣慶寺，謁寺僧曰：「久聞此山有和光洞，故來一遊。」遂與俱往，凡數日不返。僧衆求之，莫知所在，惟石室間一詩云：「蕙帳將辭去，猿猱不忍啼。琴書自爲樂，朋友孰相携。丹竈非無藥，青雲别有梯。峽山余暫隱，人莫擬夷齊。」後題「横州永定縣尉安昌期筆」。

宋英宗治平元年駕幸太乙宫，道傍耕桑者皆以茶絹賜之。時耕者叱牛聲甚厲，駕前衛士皆以爲笑，韓魏公作詩有云：「蠶女舍籠驚法從，耕夫投耒目天光〔二〕。」紀其實也。

宋仲殊，安州人，與蘇子瞻友善，性嗜蜜，自號蜜殊。嘗遊姑蘇臺，柱上倒書一絶云：「天長地久事悠悠，你亦無心我亦休。浪迹姑蘇人不管，春風吹笛酒家樓。」

宋陳後山《寄曹州晁大夫》詩云：「墮絮隨風化作塵，黄樓桃李不成春。只今容有名駒子，困倚闌干一欠伸。」自注曰：「周昉畫美人，有背立欠伸者，最爲妍絶。東坡爲賦《麗人行》也。」任天社云：「此篇人多未解，後山嘗有詞并序云：『晁大夫增飾披雲，初欲壓黄樓，而張、馬二子皆當年樽下，世所謂英英、盼盼者。盼卒英嫁，盼之子瑩頗有家風，而曹妓未有顯者，黄樓不可勝也。作《南鄉子》以歌之曰：風絮落東鄰，點綴凡枝旋化塵。關鎖玉樓巢燕子，冥冥。桃李摧殘不見春。　流轉到如今，翡翠生兒翠作衾。花樣腰身官樣立，婷婷。困倚闌干一欠伸。』蓋前云風絮以屬英，塵化以屬盼，名駒子以屬瑩。瑩母馬氏也。」

宋吴思道，金陵人，以詩爲東坡、元城諸公鑒賞，聲價頓起，官至團練使。宣和末，見世亂，

〔二〕「目」，上圖本作「自」，據江户本改。

亟挂冠去，責授武節大夫致仕，詩思益超拔〔一〕。如「風前有恨梅千點，江上無人月一痕」，「夢回飛蝶三千里，月照高樓十二闌」。別鶴唳長秋露重，老龍吟苦夜潭寒」，尤爲名流推許。後寓新安，野服蕭然，若雲水道人。

宋丘濬少隱華山，跅弛不羈。至五羊，以詩上太守云：「碧晴蠻婢頭纏布，黑面胡兒耳帶環。幾處樓臺皆枕水，四周城郭半因山。」又云：「唇上腥臊堆蜆子，口中膿血吐檳榔。」又云：「風腥蠻市合，日上瘴雲紅。」太守覽之，不懌曰：「今四海一家，玉帛萬里。至於四方之民，言語不通，嗜慾不同，自其性也，子何好惡如此？」濬曰：「詩人之言當如此耳。」濬十歲時謁陳州太守曰：「前日寺中聞射，因成詩云：『殿宇惟聞燕雀鳴，虛庭盡日少人行。孤吟獨坐情何限，時喜傳呼中鵠聲。』」

王闢之元豐元年調博州高唐令，往別監察御史黃夷仲。夷仲口占一絶謔之云：「高唐不是那高唐，風物由來各異鄉。若向此中望雲雨，只應愁殺楚襄王。」

武康僧維琳者，居邑之銅山無畏庵，因號無畏。能詩，與蘇子瞻友善。庵有古松合抱，郡將治齋，索材，欲往伐之。琳知之，預令削松皮，題詩其上云：「大夫去作棟梁材，無復清陰護緑

〔一〕「超」，上圖本作「起」，據江户本改。

苔。只恐夜深明月下，誤他千里鶴飛來。」縣尉至，讀其詩，乃止。

吴興慈相寺有泉出石隙，形如半月，遂名半月泉。宋吕祖謙疏云：「斷崖吐月，纔出半規。古甃涵星，尚懷全璧[二]。久矣寶奩之廢，遐哉玉斧之修。護此寒清，祓除氛翳。名高詩社，再傳和仲之符；價重帝城，復值文饒之運。」蘇軾爲湖[三]州太守題詩云：「請得一日假，來游半月泉。何人施大手，擘破水中天。」

宋吴僧惠詮佯（詬）［垢］污，而詩絶清婉。嘗書西湖寺壁曰：「落日寒蟬鳴，獨歸林下寺。柴扉應未掩，片月隨行屨。惟聞犬吠聲，又入青蘿去。」蘇子瞻和於後曰：「惟聞烟外鐘，不見烟中寺。幽人夜未寢，草露濕芒屨。惟應山頭月，夜夜照來去。」

方惟深，字子通，隱居不仕，以詩知名。嘗吟《古柏》詩云：「四邊喬木盡兒孫，曾見吴宫幾度春。若使當時成大厦，也應隨例作埃塵。」又《舟下建溪》詩云：「湍流怪石礙通津，一一操舟若有神。自是世間無妙手，古來何事不由人。」又云：「風帆收浦月黄昏，野店無燈欲閉門。半出岸沙楓欲死，繫舟猶有去年痕。」王荆公甚喜之。

[二]「璧」，上圖本作「壁」，據文政本改。

[三]「湖」，原本作「潮」，據江户本、文政本改。

宋魯交，潼州人，經秦皇墓，有詩云：「祖龍何事苦東巡，仙駕歸來冢草新。項籍已飛三月火，子嬰猶醉六宮春。元來滄海殊無藥，却是芒山合有人。自古乾坤屬真主，驪山山下好沾巾。」其詩曰《三江集》，山谷喜之，稱爲「魯三江」。

王安中守平江，日會客，僧仲殊亦預焉。酒闌先起，熟寐於黄堂中，不知客散，及覺，日已昇矣。因罰之以詩，始放去。詩云：「瑞麟香煖玉芙蓉，畫蠟疑暉到曉紅。數點漏移衙仗北，一番雨滴甲樓東。夢遊黄闕鸞巢外，身卧彤闈虎帳中。報到譙門初日上，起來簾幕李花風。」

崇勝寺後有竹千餘竿，獨一根秀出，人呼爲「竹尊者」。洪覺範爲賦詩云：「高節長身老不枯，平生風骨自清癯。愛君修竹爲尊者，却笑寒松作大夫。未見同參木上坐，空餘聽法石於菟。戲將秋色供齋鉢，抹月批風得飽無？」山谷見之喜，因手爲書之，名以此顯。

宋石懋字茂若，任試館職，嘗詠雪云：「鸜鵒杯中未覺貧，寒凝酒面不成鱗。如何飛上參軍鬢，惱殺紅妝歌舞人。」黄山谷甚愛之，嘗贈以詩云：「才似謫仙惟欠酒，情如楚玉更逢秋。」

王荆公詠北高峰塔詩云：「飛來峰上千尋塔，聞説雞鳴見日升。不畏浮雲遮望眼，只緣身在最高層。」鄭清之亦詠六和塔云：「經行塔下幾春秋，每恨無因到上頭。今日始知高處險，不如歸卧舊林丘。」二詩皆自喻，荆公作於未大用之前，安晚作於已大用之後，然皆卒如其志。

荆公行新法，鬻祠廟，豫章人於孺子亭賣酒，劉潛夫題詩云：「孺子亭前插酒旗，遊人那解薦江蘺。白鷗欲下還飛起，曾見當年解榻時。」當事者聞之，亟令住賣。嘉定間，臨安西湖三賢堂上亦賣酒，太學生題詩云：「和靖東坡白樂天，幾年秋菊薦寒泉。如今往事都休問，且爲官家趁酒錢。」府尹聞之，亦愧而止。

朱彧《可談》云〔二〕：蔡確知安州，作十詩。吴處厚箋注，以爲譏訕，坐徙新州。其詩云：「睡起莞然成獨笑，數聲漁笛在滄浪。」吴注云：「未知蔡確此時獨笑何事？」先公帥廣，崇寧元年正月遊蒲澗，見遊人簪鳳尾花，作詩云：「孤臣正泣龍髯草，遊子空簪鳳尾花。」監司互論以爲罪，云：「正月十二日，哲宗已大祥，豈是孤臣正泣之時？」讒口可畏如此。既不得笑，又不得哭。

黄大臨，庭堅兄也，知萍鄉縣。值庭堅謫黔中，元明涉險送之。庭堅書縣廳壁云：「兄元明自陳留山溯漢沔，上夔峽，過一百八盤，涉四十八渡，送余至摩圍山。掩淚握手，臨别有詩云：『急雪春令湘並影，驚風鴻雁不成行。』」

秦少游南遷時，舟宿宫亭廟下，見湖月光采特異，因憶在西湖雲老惜竹軒所見景色，與此不

〔二〕「彧」，上圖本作「或」，據江户本改。

殊。其夜夢美人，自稱維摩散花天女，以維摩像求贊。少游愛其畫，謂非吴道子不能作。天女戲贈詩曰：「不知水宿分風浦，何異秋眠惜竹軒。聞道詩詞妙天下，廬山對眼可無言。」少游贊曰：「竺儀華夢，瘴面囚首。口雖不言，十分似九。應笑陰覆大千，作獅子吼；不如博取妙喜，似陶家手。」即寤，常自書之。

陳簡齋《目疾》詩云：「不怪參軍騎瞎馬，但妨中散送飛鴻。」曾茶山《齒脱》詩云：「政恐麴生真作祟，可憐髯簿頓成疏。」又云：「落勢今年殊未已，祇應從此併無餘。」范石湖《耳鳴》詩云：「牛蟻誰知床下鬥，雞蠅任向夢中鳴。」劉後村《髮脱》詩云：「論爲城旦寧非怒，度作沙彌亦自佳。稚子笑翁簪柏葉，侍兒諱老匣菱花。」種種老態備矣。

米元章嘗得古印，刻「元暉」二字，寶藏日久，不輕授人。最後字其季子曰元暉，以印授之。黄山谷贈之詩云：「拾得元暉古印章，印刓不忍與諸郎。虎兒筆力能扛鼎，教字元暉繼阿章。」見《山谷集》中。

宋徽宗繪事極精，題詠者衆，今摘其可采者。康與之《題花鳥》云：「玉輦宸遊事已空，尚餘奎藻繪春風。年年花鳥無窮恨，盡在蒼梧夕照中。」元成廷珪《題白頭翁》云：「梔子紅時人正愁，故宫衰草不勝秋。西風吹落青城月，啼得山禽也白頭。」國朝張來儀《題桂枝圖》云：「玉色官瓶出内家，天香濃淡月中葩。六宫總愛新涼好，不道金風捲翠華。」汪廣洋《題雙鴛圖》云：

「蘆葉青青水滿塘，文鴛晴卧落花香。不因羌管驚飛起，三十六宫春夢長。」釋宗泐《題山鵲圖》云：「落日黄塵五國城，中原回首幾含情。已無過雁傳家信，獨有松枝喜鵲鳴。」又《雪江獨棹圖》云：「艮岳秋深百卉腓，胡塵吹滿衮龍衣。凄凉五國城邊路，何如寒江獨棹歸？」周仲方《題雙雁圖》云：「江南簾幕重重雨，艮岳河山處處花。兩地舊巢傾覆盡，西風萬里入誰家？」項忠《題鵓鴿圖》云：「五國城邊掩淚時，汴梁宫闕了無遺。争如鵓鴿知春意，猶占東風第一枝。」徐興公《題墨蘭圖》云：「嫩蕊疏枝寫澤蘭，宣和御墨半凋殘。國香莫道蕭條甚，北地風霜不耐寒。」

宋道士陳應祥，字知明，姑蔑人。政和間，試修文輔教科凝神殿教籍，能爲詩，手録稿二十卷。有《西興晚望》云：「晚色催殘照，江風掠斷霞。饑鳥投岸木，幽鷺集河沙。月出海門近，人歸渡口譁。會須操舴艋，隨處是天涯。」

宋沈莊可，分宜人，宣和間進士。性嗜菊，知錢唐縣日，庭植常千百本。晚年退居，嗜好益篤，種蒔灌溉，殆無寧日。後以九月九日死，朱熹以詩哭之曰：「愛菊平生不愛錢，此君原是菊花仙。正當地下修文日，恰值人間落帽天。生與唐詩同一脉，死隨陶徑葬千年。如今忍却西郊哭，東野無兒更可憐。」

宋道士林靈素以方術見幸，有附之而得美官者，頗自矜，有驕色。或戲作靈素畫像，題以詩云：「當日先生在市廛，世人那識是真仙。只因學得飛昇後，雞犬相隨也上天〔二〕。」

宋靖康之變，中原爲虜地，高人詞客陷没者不少。紹興庚申，河陝暫復，於關中壁間題二絶云：「鼙鼓轟轟聲徹天，中原廬井半蕭然。鶯花不管興亡事，妝點春光似去年。」又云：「渭平沙淺雁來棲，渭漲沙移雁不歸。江海一身多少事，清風明月淚沾衣。」

宋紹興間，高州有老卒，守城日久，莫知姓名。一日，留題於譙樓上云：「畫角吹來歲月深，譙樓無古亦無今。不如歸我龍山去，松竹青青何處尋。」遂遁去，不知所之。

宋南渡後，湖南白塔橋有印賣《朝京路程》者，士庶往臨安必買閲之。有人題一絶云：「白塔橋邊賣地經，長亭短驛甚分明。如何祇説臨安路，不數中原有幾程？」

宋徐守信，泰州人，居天慶觀，遇異人授神仙之術，言吉凶禍福，應如影響。高宗時爲藩王，叩以後事，題詩云：「牡蠣灘頭一艇横，夕陽西下待潮生。與君不負登臨約，同上金鰲背上行。」後帝避金兵入海，爲淺所滯，待潮上。問此何處，曰：「牡蠣灘也。」遂登岸。問何山，曰：「金鰲山也。」因思徐語，乃潛行入臨濟寺，見此詩新書於壁，墨迹猶未乾云。

畢狀元漸使福建日，嘗過羅源。時南華翁林子山致仕，居南華洞，年已八十餘，以詩迓之，

〔二〕「也」，文政本、江户本作「亦」。

有「當年春榜首傳名，對御如君有幾人」之句。畢公和贈之曰：「兒童聞説子山名，將謂先生是古人。海上偶經仙洞府，巖前猶見玉精神。南華久徹逍遥夢，兜率重來自在身。携得新詩天上去，不教辜負到全閩。」

四會縣有新婦石，相傳其夫商於衢州，望久不至，化爲石。宋林小山詩：「瘦骨稜層立海湄，緑苔曾是嫁時衣。江郎去作三衢客，目斷天涯竟未歸。」

德安王阮，嘗從張紫微孝祥學詩。紫微罷荆州，歸與阮偕遊廬山萬杉寺，觀仁宗御書。張大書二章云：「老幹參天一萬株，廬山佳處著浮圖。祇因買斷山中景，破費龍神百斛珠。」「莊田本是昭陵賜，更著官船載御書。今日山僧無飯喫，却催官欠意何如？」阮憮然不樂，曰：「先生氣吞虹霓，今少卑之，何也？」張不復言。别兩旬而張卒。阮亦有詩曰：「昭陵龍去奎文在，萬歲靈杉守百神。四十二年真雨露，山川草木至今春。」張大擊節，自以爲不及也。張没後，阮又過萬杉，題詩云：「碧紗籠底墨纔乾，白玉樓中骨已寒。淚盡當時聯騎客，黄花時節獨來看。」

宋時四明士人史氏者，家有木犀，忽變大紅，異香，因接本以獻。高宗愛之，畫爲扇面，仍製詩以賜近臣云：「秋入幽居桂影團，香深粟粟照林丹。應隨王母瑶池宴，染得朝霞下廣寒。」

宋時，倭人入貢臨安，多有能詩者。其《詠西湖》云：「一株楊柳一株花，原是唐朝賣酒家。惟有吾邦風土異，春深無處不桑麻。」又：「昔年曾見畫湖圖，不謂人間有此湖。今日打從湖上過，畫圖猶自欠工夫。」《題春雪》曰：「昨夜東風勝北風，釀成春雪滿長空。梨花樹上白加白，桃杏枝頭紅不紅。鶯問幾時能出谷，燕愁何日得泥融。寒冰鎖却鞦韆架，路阻行人去不通。」

胡澹庵既觸秦檜，竄海上，從三衢城外遵陸以兩夫肩籃輿而行。太守劉共父戲謂胡曰：「兩夫肩輿，甚似微服過宋也。」胡因題詩云：「別離如許每引領，邂逅幾時還著鞭。微服過宋我何敢，大國賜秦公不然。衰鬢凋零已子後，高名崒嵂方丁年。即看手握天下柄，山中宰相從雲眠。」

胡澹庵在新州，夢一媪立床前，曰：「吾黎母也。」覺而記之，不知所謂。後以忤秦檜謫朱崖，而黎姑山在瓊崖、儋萬之間，謁其廟，塑像宛然夢中人也。故李泰發送之詩，云：「夢裏分明得黎母，生前定合到朱崖。」澹庵和詩云：「落網端從一念差，崖州前定復何嗟。萬山行盡逢黎母，雙井渾疑到若耶。」

孫良字千稷，豐城人，日誦萬言。年十二賦詩云：「雪消溪上玉峰寒，洗出南江萬疊山。曉露未稀幽夢斷，一聲知道是春還。」後登進士，丞相李綱辟爲掾，未上而卒。

宋信州吴傳朋郎中，善作游絲書，洪文惠有歌贈之，中有云：「作古須要從我始，直欲名家自成體。手追心摹無古人，一掃塵蹤有新意。縱横經緯生胸中，落紙便與游絲同。繰甕藺車飛白雪，織檐蛛網破清風。一行一筆相聯屬，姿態規撫駭凡目。臨地漫勞三十年，千兔從教後人秃。」又云：「獨步不復名相甲，端恨二王無此法。只今四海書同文，使者來求至將押。」夫遊絲書世無傳者，但文惠詩詞如此，則其怪誕不經之態，亦略可見矣。

宋趙葵嘗避暑水亭，有詩云：「水亭四面珠闌繞，簇簇游魚戲萍藻。六龍畏熱不敢行，海水煎徹蓬萊島。身眠七尺白蝦鬚，頭枕一片紅瑪瑙。」六句已成，葵遂睡去，有侍婢續云：「公子猶嫌扇力微，行人正在紅塵道。」

宋淳熙辛丑夏秋久旱，詔聞天竺觀音就明慶寺請禱。時相趙温叔眷顧已衰，尚未去國，有無名子嘲之云：「走殺東頭供奉官，傳宣聖旨到人間。太平宰相堂中坐，天竺觀音却下山。」語聞，趙遂乞罷，出知瀘州。

僧可觀字宜翁，宋魏杞鎮姑蘇，請主北禪。適當九日登高之會，可觀高吟曰：「胸中一寸灰已冷，頭上千莖雪未消。老步只宜平地去，不知何事又登高。」魏擊節嘆賞。

金大定中，僧寶公者於滏陽造仰山寺，窮極工巧，金碧鉅麗，每柱上皆作金龍蟠之。忽有人題詩柱上曰：「人道斑鳩拙，我道斑鳩巧。一根兩根柴，便是家緣了。」寶見之，恍然有悟，即入西山結茅以居。

金李益〔二〕，安陽人，少爲户部令史，中原多故，棄職入道，居林慮山。一生不作詩，一日，沐浴更衣，忽捉筆題壁上云：「四大既還本，一靈方到家。白雲歸洞府，明月落棲霞。」投筆而化。

瀟湘潭妓意哥色藝雙絶，尤工詩詞，與汝州張正字相得甚歡。及張調官，意哥寄以詩云：「瀟湘江上探春回，消盡寒冰落盡梅。願得兒夫似春色，一年一度一歸來。」後三年，張妻物故，竟諧伉儷。

劉邦彦有《五夜元宵》詩，《十三夜》云：「近喜元宵雪更晴，千門翠竹結高棚。珠簾半捲將團月，玉指初調未合笙。新放華燈連九陌，舊傳金鑰啓重城。少年結伴嬉遊去，遮莫雞聲下五更。」《十四夜》詩云：「燈光漸比夜來饒，人海魚龍混暮潮。月照梅花青瑣闥，烟籠楊柳赤欄橋。香車過去抛珠果，寶騎重來聽玉簫。共約更深歸及早，大家明日看通宵。」《十五夜》云：「一派春聲送管絃，九衢燈燭上薰天。風回鰲背星毬亂，雲散魚鱗璧月圓。逐隊馬翻塵似海，踏歌人盼夜如年。歸遲不屬金吾禁，争覓遺簪與墜鈿。」《十六夜》云：「次第看燈俗舊傳，寶箏重按十三絃。人心未必今宵别，兔魄還如昨夜圓。尚覺繁華誇樂土，何須廣樂聽鈞天。追歡莫羨兒童

〔二〕「李益」，上圖本、江户本作「孟」，文政本作「益」。按明萬曆刻本《明一統志》卷二十八：「李志方，初名益，安陽人，金宣宗時補爲户部令史。」據改。

健，静對梅花憶往年。」《十七夜》云：「繡簾窣地護輕寒，明月來遲鳳蠟殘。風掃烟花春爛熳，雲沈星斗夜闌珊。醉歆馬鐙還家去，誰抱龍香隔院彈。試看燒燈如白日，鰲山無影海漫漫。」萬曆己酉，余在閩中，與徐興公各有此詩，余詩云：「千枝鳳蠟一時懸，共道元宵勝去年。人影漸隨香霧合，月輪還讓彩燈圓。虹橋乍起摇星斗，錦障初開試管絃。更説閩山香火勝，魚龍百戲列齋筵。」「綵棚高結紫霞標，火樹銀花第二宵〔二〕。兔魄却疑今已滿，燈華還比夜來饒。翠翹浮月盤龍動，玉勒嘶風寶馬驕。士女喧闐春似海，更祈圓滿到明朝。」「舞鳳蟠龍百戲陳，寒空如水湧冰輪。三千世界團欒夕，十萬人家富貴春。碧海有天皆紫霧，錦城無地不紅塵。行遊漫道今宵永，漏咽銅壺夜又晨。」「銀燭花開月漸遲，看來已減一痕絲。莫言燈市將殘夜，只當蟾光欲滿時。驄馬壁車尋舊路〔三〕，紅牙檀板變新詞。春光一夕都衰謝，浪蝶遊蜂尚未知。」「春色闌珊事漸非，賞心誰復惜芳菲。敲闌禁鼓月初上，踏遍殘燈人已稀。楊柳舞多凋緑綺，芙蓉焰少落紅衣。六街尚有餘香在，拾得遺簪信馬歸。」徐興公詩云：「瑞靄濛濛夜色虚，千門萬户放燈初。

〔二〕「二」，江户本作「一」。

〔三〕「壁」，上圖本作「璧」，據江户本改。

銀蟾未滿光猶薄，絳蠟新燃跋有餘。一曲梅花調玉管〔二〕，六街油壁試香車〔三〕。星河半落歌聲歇，剩有春風拂綺疏。」「向夕燒燈未盡歡，今宵重出九衢看。買來玉勒連鑣度，抱得銀箏捉柱彈。楚舞三千爭卜夜，秦樓十二不知寒。高唐乍醒行雲夢，又見東窗日一竿。」「處處鰲山燭影搖，春風同賞可憐宵。火龍列拄烟中市，寶馬爭穿月下橋。金縷齊翻遊女曲，紅樓高弄玉郎簫。香塵擾擾雞聲急，陌上行人拾翠翹。」「鳳燭燒多淚漸灰，漏聲催出月輪來。金吾不比前宵弛，寶扇還同昨夜開。再撥檀槽和紫霧，重移蓮步踏香埃。人心不厭燈殘夕，歌舞猶尋百尺臺。」「九陌猶然挂九枝，嫦娥來看寶燈遲。堂前玉斝無心醉，花裏瑤笙不耐吹。遊子凄涼愁永夜，美人惆悵惜芳時。魚龍百戲銀花合，又是春風隔歲期。」

宋孝宗擊毬墜馬，偶傷一目。因生日，金人遺使來慶，乃以千手千眼白玉觀音爲壽，蓋亦以相謔也。上命迎入山，邀使者同往。及入山門，住(提)〔持〕僧説偈云：「一手動時千手動，一眼觀時千眼觀。幸得太平無一事，何須做作許多般？」使者聞之大慚。

宋石堂先生陳普七歲時，坐田間，適有白鷺飛止，一士人坐其旁，戲語之曰：「爾能作此

〔二〕「管」，上圖本作「燭」，據江户本改。

〔三〕「壁」，上圖本作「璧」，據江户本改。

詩乎？」普應聲曰：「我來這邊坐，爾在那裏歇。青天無片雲，飛下數點雪。」士人驚異，知其不凡。

宋嘉熙間，鄧州人金鶴雲以琴書過嘉興富家，近招提寺，夜聞女子歌曰：「記得一曲直千金，如今寂寞古墻陰。秋風芳草白雲深，斷橋流水何處尋。」遂推户入，曲盡繾綣。曉别去，以金贈之，女子潸然曰：「妾，曹刺史女也，已得仙術，但凡心未除，遭此降謫。君前程甚遠，夾山之會，君其慎之。」金後登第，爲縣令，卒於峽川。考其寺，即曹珪宅，鑿土得石匣古琴，有金繫焉。

申徒有涯，方外士也，嘗携一白瓷瓶遊吴中，大風雪中脱衣賃舟沽酒，飲畢大吐，榜舟者逐之。有涯挈瓶登岸，倚樹高吟其詩曰：「仲尼非不賢，爲世所不容。嗤嗤同舟子，不識人中龍。溪雪戴落梅，寒聲激長松。狂來但清嘯，一壺隱塵蹤。」吟訖，跳身入瓶，榜舟者大駭，搴瓶碎之，無見也。

郢州白雪樓，素多題詠。一日，郡中守倅燕集是樓，方命坐客分韻賦詩，劉太傅賓時以病羈置是郡，不得預會，遂使人持詩以獻，一座爲之閣筆。詩曰：「江上樓高十二梯，梯梯登遍與雲齊。人從别浦經年去，天向平蕪儘眼低。寒色不堪長黯黯，秋光無奈更凄凄。欄干曲盡愁無盡，水正東流日正西。」

龍洲道人劉過，字改之，吉州人，以詩遊謁江湖，韓侂胄嘗欲官之。使金漏言，卒以窮死。

王居安贈以詩，有云：「名滿江湖劉改之，半生窮困但吟詩。人言季布恐難近，我謂鄭老真其師。」又云：「不識劉郎莫便誣，酒酣耳熱未全疏。士當窮困能無慊，我自斟量愧不如。横槊賦詩俱有分，輕裘緩帶特其餘。當今四野無塵土，宜有奇才在草廬。」又云：「出語令人驚辟易，處窮無鬼敢揶揄。徜徉門市渾無畏，要是人間大丈夫。」論者以爲酷肖其人云。

韓侂胄譖趙汝愚，安置永州，尋卒。太學生敖陶孫吊以詩云：「左手旋乾右轉坤，云何群小肆流言。狼胡無地容姬旦，魚腹終天葬屈原。一死固知公不免，孤忠賴有史長存。九原若遇韓忠獻，休説渠家末代孫。」侂胄大怒，求欲殺之，陶孫變姓名逃而去〔一〕。

史彌遠已死逾年，一夕，其家聞扣門聲，曰：「丞相歸。」舉家駭匿。比入門，燈轎紛紜，升堂即席，子婦皆出，羅拜訊慰，歷歷處分家事，索紙筆題詩云：「冥路茫茫萬里雲，妻孥無復舊爲群。早知泡影須臾事，悔把恩仇抵死分。」

端平甲午七月八日，我師克復彭城，麾下洪福得亡金人手抄詩，有李國棟夏卿《感懷》云：「東金西木兩暌違，由此生男不足依。但願相忘不相顧，莫言誰是復誰非。幾家能用三牲養，千古空傳五綵衣。一把殘骸無著處，不歸溝壑欲歸誰？」自注云：「珞琭子曰：『東金西木，定生

〔一〕「而去」，文政本作「去」，江户本作「云」。

迮逆之男。』僕命庚申日、甲申時，政爲此耳。」

宋浦江吴渭，字清翁，結月泉社，以「春日田園雜興」爲題，遍致天下能詩之士。於丙戌小春月望傳帖，次年正月望日收卷，聘謝翺爲考官，三月三日揭榜。時作者二千七百三十五人，選中二百八十名，以杭州羅公福爲第一，司馬澄翁等次第有差。第一名謝公服羅一縑七丈，筆五帖，墨五笏。第二名公服羅一縑六丈，筆四帖，墨四笏。第三名公服羅一縑五丈，筆三帖，墨三笏。四名至十名，各春衫羅一縑，筆二帖，墨二笏。十一名至二十名，各深衣布一縑，筆一帖，墨一笏。廿一名至三十名，各深衣布一縑，筆一帖。三十一名至五十名，各筆一帖，墨一笏，吟箋二沓。公福詩云：「老我無心出市朝，東風林壑自逍遥。一犁好雨秧初種，幾道寒泉藥旋澆。放犢曉登雲外壠，聽鶯時立柳邊橋。池塘見説生新草，已許吟魂入夢招。」他如劉應龜：「屋角枯藤黏樹活，田頭野水入溪渾。」全君玉：「青林伐鼓村村社，緑水平疇處處秧。」魏子大：「布穀叫殘雨，杏花開半村。」田起東：「田烏飛遂耕烟犢，桑扈鳴隨唤雨鳩。」姜仲澤：「麥隴風微牛睡穩，荇塘泥滑燕歸忙。」僧志寧：「雲過催花雨，風收用麥烟。」東湖散人：「小雨杏花村外酒，澹烟楊柳巷中車。」郭建德：「烟連草色迷平野，雨趁鳩聲過别村。」皆云佳句，有《月泉吟社集》行於世。

今人俗語謂起更爲「發擂」，五更後爲「殺擂」。「殺」字不知何取，想是收煞之意。陳後山詩：「鄰雞接響作三鳴，殘點連聲煞五更。」汪元量詩：「雨點傳籌殺六更。」蓋宋太祖因五更頭之讖，宫中皆打六更也。

宋亡後，沈敬之逃往占城，乞師興復。占城以國小辭之，遂留居其國，占城賓之而不臣。敬之憂憤發病卒，其王作詩挽之曰：「慟哭江南老鉅卿〔二〕，春風拭淚爲傷情。無端天下編年月，致使人間有死生。萬叠白雲遮故國，一抔黄土蓋香名。英魂好逐東流去，莫向邊隅怨不平。」

宋季益、廣二王從福州航海幸泉州，駐蹕莆田。守臣蒲壽庚拒城不納，佯著黄冠野服歸隱山中，自稱處士，示不臣二姓之意，而密以蠟丸裹降表，命善水者由水門潛出納款。既而元以歸附之功，授官平章，開平海省於泉州。忽二書生踵門，自云從潮州來，求謁，閽人以晝寢弗爲白。書生曰：「願得紙筆書姓名。」閽人遺之，遂各賦詩一首。其詩曰：「楊花落地點蒼苔，天意商量要入梅。蛺蝶不知春去也，雙雙飛過粉墻來。」「劍戟紛紜扶主日，山林寂寞閉門時。水聲禽語皆時事，莫道山翁總不知。」書畢，不著姓名，拂袖而去。壽庚既覺，閽人以詩進，惶汗失措，遣人四出追之，竟不復見。

宋末錢選，字舜舉，國亡入元，以工畫花鳥名家。張思廉題其《壽陽梅花》云：「一聲白雁度

〔二〕「鉅」，上圖本作「矩」，據江户本改。

江潮，便覺金陵王氣銷。晝史不知亡國恨，猶將鉛粉記前朝。」

宋末京口天慶觀主聶碧窗，江西人，嘗爲龍翔宫書記。宋亡，北朝赦至，《感事》詩云：「乾坤殺氣正沈沈，又聽燕臺降德音。萬口盡傳新詔到，累朝誰念舊恩深。分茅裂土將軍事，問舍求田父老心。麗正押班猶昨日，小臣無語淚沾襟。」又《哀被虜婦》云：「當年結髮在深閨，豈料人生有別離。到底不知因色誤，馬頭猶自買臙脂。」又：「雙柳垂鬟別樣梳，醉來馬上倩人扶。江南有眼何曾見，争捲珠簾看鷓鴣。」

宋汪元量，錢塘人，以善琴出入度宗宫掖。元兵入城，賦詩云：「錢塘江上雨初乾，風入端門陣陣酸。萬馬亂嘶臨警蹕，三宫灑淚濕鈴鑾。童兒賸遣追徐福，厲鬼終須滅賀蘭。若説和親能活國，嬋娟應是嫁呼韓。」又云：「西塞山前日落處，北關門外雨連天。南人墮淚北人笑，臣甫低頭拜杜鵑。」又云：「雨點傳籌殺六更，風吹庭燎滅還明。侍臣奏罷降元表，臣妾僉名謝道清。」無何，隨三宫北上，乞爲黄冠，放回。故宫人張瓊英送以詩云：「客有黄金白璧懷，如何不肯贖奴回。今朝且盡穹廬酒，後夜相思無此杯。」

小草齋詩話卷之五

晋安謝肇淛著
友人馬　欻較

雜篇下

元世祖中統元年，遣翰林學士郝經使於宋。賈似道拘留儀真不遣，凡十五年，音問斷絶。偶有餽生雁者，經默祝之曰：「若能爲吾通信上國乎？」雁忽歛足舒翼，爲應承狀，經以帛書詩云：「霜落風高恣所如，歸期回首是春初。上林天子援弓繳，窮海孤臣有帛書。中統十五年九月放雁，獲者勿殺。國信大使郝經書于真州忠勇軍營新館。」凡五十九字，丸蠟親繫雁足，再拜送之。其雁翩然矯翮北逝。是年十二月，伯顔師度江。次年二月，似道懼，始送經歸國。而三月虞人始獲雁於金明池，知經已歸，遂不以上聞。仁宗時，集賢士俱有題識。

元世祖圖襄陽時，駐蹕順陽，命軍較於香巖山伐樹造船。及破樹心，有硃字云：「栽松種柏興唐日，解板取舟破宋時。可惜香巖千載樹，等閑零落歲寒枝。」見者異之。未幾而襄陽陷。

趙子昂畫馬，題詠亦多，而佳者較少。惟李文正東陽云：「宋家龍種墮燕山，猶在秋風十二閑。千載畫圖非舊價，任他評品落人間。」黄方伯澤云：「黑髮王孫舊宋人，汴京回首已成塵。傷心忍見胡兒馬，何事臨池又寫真〔二〕。」沈山人周云：「隅目晶熒耳竹披，江南流落乘黄姿。千金千里無人識，笑看胡兒買去騎。」徐處士㶿云：「宋室王孫粉墨工，銀鞍玉勒貌花驄。天閑十二真龍種，空自驕嘶向北風。」雖含譏刺，而筋骨不露。

元王信甫，趙郡人，好古博雅，與寧晉陳茂行相友善，唱和不絶。一日，茂行作《衰柳》詩寄信甫云：「病葉先秋落漸稀，冷烟殘樹晚離離。亞夫營畔風愁日，陶令門前雨泣時。不見飛花楊暮景，空餘疏影卧龍池。柔條老去光陰盡，茂院逢春再有期。」信甫見之，驚曰：「吾友平昔豪放，今衰颯乃爾，其能久乎！」急往視之，則茂行死矣。

元時，浙有廣濟庫，歲以富户司出納。延祐間，有富户侵用官貲，無以爲償。府判王某素殘忍，乃拘其妻妾子女，以小舟載之西湖，趁逐遊人，收其買奸錢納官。鮮于伯機作《湖邊曲》傷之云：「湖邊盪槳誰家女，緑慘紅愁羞不語。低回忍淚傍郎船，貪得金錢彊歌舞。玉壺美酒不須憂，魚腹熊蟠棄如土。陽臺夢斷去匆匆，鴛鎖生寒愁日暮。安得義士擲千金，莫令桑濮歌行

〔二〕「池」，上圖本作「此」，據江户本改。

露。」其後，王判子孫亦有流落爲娼者。

湖州碧瀾堂趙松雪故居，素有妖怪。郡士晁子芝與客遊眺，逼暮，見水面一女子，手持蓮葉，足履浮萍而至。晁意爲異物，厲聲叱之，遂却，且行且吟曰：「水天日暮風無力，斷雲影裏蘆花色。折得荷花水上游，兩鬢蕭蕭釵正直。」吟畢，由東岸冉冉而去。

文璧，天祥之弟也。守惠州，以城降元，爲臨江總管。文山寄詩曰：「五十年兄弟，一朝生別離。雁行長已矣，馬足遠何之。葬骨知無地，論心更有誰。親喪當自盡，猶子是吾兒。」後有客以詩誚之：「江南見説好溪山，兄也難時弟也難。可惜梅花異南北，一枝向暖一枝寒。」

蔡九娘，瓊山人，父爲千户，元末兵亂，父没，守志不嫁，統父兵保境。賊帥陳子瑚陷郡，聞其色，至家設酒迎之，九娘伺子瑚醉，逃入補錦谷中。子瑚醒，求之不得，賦詩云：「一笑花前醉似泥，綺筵歡劇不聞雞。馬蹄到處空歸去，不是花迷是酒迷。」惆悵而歸。九娘竟死谷中。

貫雲石卒於杭州，臨終有辭世詩云：「洞花幽草結良緣，被我瞞他三十年。今日不留生死相，海天秋月一般圓。」「洞花」、「幽草」，乃其二妾名也。

元何正初薦，試以春草、秋月二詩。《草》云：「春來無處不芳菲，色透珠簾映舞衣。南浦暝烟鳬雁没，曲江寒雨鷓鴣飛。閨人鬥罷憐新緑，遊子行邊戀舊歸。淮海年年空入望，六朝王業變成非。」《秋月》云：「宴罷瑶臺出禁遲，玉輪飛上已多時。一天星斗光芒後，萬里銀河影漸稀。

素女舞衣初倦舞，嫦娥秋老正含悲。黄沙磧裹凉如水，人在青樓有所思。」

元皇慶改元，有張三郎者善笛，八月十五夜在樂橋作《伊州曲》。夜静，有老人取笛自吹，歌曰：「月既明西軒，琴復清寸心。斗酒争芳夜，千秋萬歲同。此情歌宛轉，宛轉聲已哀。願爲星與漢，光景共徘徊。」再歌曰：「悲且傷，參差淚成行。低紅掩翠方無色，金徽玉軫爲誰鏘？歌宛轉，宛轉結復悲。願爲烟與霧，氤氲共容姿。」

元時武進縣千墩里，每有異鳥至，則歲必祲。後有黄衣羽人來，跨鳥冲霄而去。人皆登卜弋橋望之。或云羽人即丁令威，嘗於此化鶴云。陳常道《題卜弋橋》詩云：「令威仙迹久誰論，甃石爲橋尚此村。弋水卧虹烟萬井，太霄歸鶴月千墩。瀠迴九曲蝀擎柱，飛磴七盤蛟撼門。華表歌聲恍堪躡，不禁遼海暮雲屯。」

三山林清者，諭德誌之祖也，避元不仕，匿姓名，隱居山寺。太守一日入寺中，見清儀表不群，問曰：「能詩乎？」曰：「能。」即以八音爲題，清應聲曰：「金紫何曾一挂懷，石田茆屋自天開。絲竿釣月江頭住，竹杖挑雲嶺上來。匏實既修栽藥圃，土花春長讀書臺。革除一點浮雲慮，木筆題詩酒數杯。」太守驚異，因與往來無間。一夕忽論海濱人物，因曰：「若林清者雄才碩德，惜未見其人。」林不覺嘆惜。守曰：「君殆林清邪？」林曰：「若清者公安得見之？此吾所以有感也。」明日再往訪之，已不知所之矣。

元人謝伯理居松之泖湖，九日會友，有佛頂菊花方開，獻之筵間求詩。鐵崖道人楊廉夫在座，走筆云：「蓮社淵明手自栽，頭顱終不惹塵埃。東籬若爲摩挲看，西域親曾受記來。妙色盡從枝上發〔二〕，妙香直至腦門開。明年九月重陽節，再托摩耶聖母胎。」坐客顧仲瑛奉觴稱曰：「先生之作，可謂虎穴得子矣。」於是一座皆罷唱。

趙子昂有《老態》詩云：「老態年來日日添，黑花飛眼雪生髯。扶衰每藉過頭杖，食肉先尋剔齒籤。右臂拘攣巾不裹，衷腸慘戚淚常掩〔三〕。移床獨就南榮坐，畏冷思親愛日檐。」徐延之云：「非身處老境，真知灼見，不能道此也。」沈啓南亦有詩云：「今日殘花今日開，爲思年少坐成呆。一頭白髮催將去，萬兩黄金買不回。有藥駐顔都是妄，無繩繫日重堪哀。此情莫與兒曹説，直待兒曹自老來。」此詩雖格律卑弱，然摹寫老景，可謂逼真，當與子昂作競爽也。

元薩天錫《送欣笑隱》詩云：「東南隱者人不識，一日才名動兩宗。地濕厭聞天竺雨，月明來聽景陽鐘。衲衣香暖留春麝，石鉢雲寒卧夜龍。何日相從陪杖屨，秋風江上采芙蓉。」虞學士見之，曰：「詩固佳，但『聞』字、『聽』字重用。」薩初不以爲然，後見馬伯庸，誦前作，馬亦如其

〔二〕「妙」，上圖本缺，據明刻本《七修類稿》卷三十補。「色」，上圖本作「魚」，據江户本改。

〔三〕「掩」，上圖本作「淹」，據文政本改。

言，遂欲改之。二人構思數日不得。未幾，薩以事至臨川，見虞，談及前事，虞云歲久不復記憶，因再誦請教。公曰：「此易事，唐人詩有云『林下老僧來看雨』，宜改『聞』爲『看』。」薩乃服。

元季盜發亞父冢，獲寶劍去。國初劉玉詩云：「雲龍山下路縈迴，亞父墳邊戲馬臺。寶劍却隨金盌出，定知曾教項莊來。」近徐興公亦有詩云：「魚腸三尺氣如虹，未遂鴻門殺沛公。神物千年猶欲吼，肯教長閉九原中。」

元末吴徹，字文通，崇仁人也，好奇能詩。遭亂，爲陳友諒所得，甚禮之。友諒攻洪都時，遣徹偵我軍，爲太祖所禽。釋縛問曰：「聞汝能詩，試爲我題天閑百馬圖。」徹應聲曰：「問渠何日渡江來，百騎如雲畫鼓催。九十九中皆汗血，當頭一個是龍媒。」太祖不忍殺，黥其面，爲「詭譎秀才」字，遣歸。友諒見而惡之，徹乃逃去。友諒敗死，子理守武昌不下，太祖將屠之。忽軍門外有自稱詭譎秀才求見者，上召入曰：「汝在此乎？」語良久，復命題西山夜雨詩，即成曰：「莫厭西山夜雨多，也應添起洞庭波。東風肯與周郎便，直上金陵奏凱歌。」上悟其意，即還建康。及天下平定，百計物色之，終不可得。

《湖廣志》載《岳陽樓》一詩云：「樓上元龍氣不除，胡中范蠡意何如？西風萬里一黄鶴，秋水半江雙白魚。鼓瑟至今悲二女，沉沙何處吊三閭。朗吟仙子無人識，騎鶴吹簫上碧虚。」視其姓名，則元人張翔，字雄飛，不知何許人也。

元末，吴中饒介之，張士誠之妻父也，自號醉樵，廣徵詞人題詠，以張仲簡爲第一，謝黄金一斤，高季迪次之，謝白金三斤，其餘有差。仲簡詩云：「東吴市中逢醉樵，鐵冠欹側髮飄蕭。兩肩矻矻何所負，青松一枝懸酒瓢。自言華蓋峰頭住，足迹遍踏人間路。學書學劍總不成，惟有飲酒得真趣。管樂本是王霸才，松喬自有烟霞具。手持崑岡白玉斧，曾向月中砍桂樹。月裏仙人不我嗔，特令下飲洞庭春。興來一吸海水盡，却把珊瑚樵作薪。醒時邂逅逢王質，石上看棋黄鵠立。斧柯爛盡不成仙，不知一醉三千日。于今老去名空在，處處題詩償酒債。淋漓醉墨落人間，夜夜風雷起光怪。」高詩見集中，不復載。

元末，江西程國儒任餘姚判官，因亂來依方國珍，與吕玄英爲友。國儒有《鶴傍牡丹圖》，索題於吕。吕爲書云：「牡丹顔色鶴精神，飛傍雲林似倚人。萬里青霄不歸去，洛陽能有幾時春。」程得詩即回鄱陽。

國初，江右一縉紳占佛地爲居室，比及毁寺，一住持僧題詩壁間而去。詩曰：「臨行收拾破袈裟，檢點空囊没半些。袖帶白雲離洞口，肩挑明月過天涯。可憐松頂新巢鶴，辜負籬邊舊種花。雞犬相將隨我去，莫教流落俗人家。」

卓彦公嘗過洞庭，月下有老人蕩小漁舟過其傍。卓呼問：「有魚否？」應曰：「無魚，有詩。」卓喜曰：「願聞一篇，可乎？」老人鼓枻徐去，高吟曰：「八十滄浪一老翁，蘆花江上水連空。世間多少乘除事，良夜月明收鈎筒。」欲邀喚之，杳不可及。

林子羽妻朱氏，長於詩詞，其《勉外》詩云：「玉食叨陪近上方，五雲深處列鵷行。經綸樹績從人仰，竹帛流芳與世長。待漏衣沾仙掌露，趨朝身惹御爐香。功成身退歸寧日，一榻清風緑野堂。」朱氏年十九卒，子羽終身不娶。按鴻爲員外郎，年近四十，此詩即爲郎時作，而朱氏年方十九，豈其繼室耶？

國初，周尚文者讀書廣之番山。夜見一美人，與繾綣，迭有唱和，遂成卷帙。事漸彰露，美人時時索卷，周匿不與。一夕，其族兄來訪，與言有美人詩，因出卷示之。中一絶云：「盡日倚闌人不到，謾聽鶯語立黄昏。」兄笑曰：「此真鬼詩也。」因携卷去，倏然不見。訊之鄉人，族兄在家未嘗出也，始知即鬼。

徐誼學書不第，仗策從太祖。時征陳友諒，遣使招撫。誼作詩送之云：「紅旗招颭壓滄溟，畫舸長驅上洞庭。百萬生靈新撫納，九重天語細叮嚀。猿啼山月灘聲咽，鼉吼江風水氣腥。好語湖湘諸將帥，漢家信誓重丹青。」上見其詩雄麗，拜承務郎。

國初，徐舫嘗作《白雁》、《月色》二詩〔二〕，《雁》云：「出塞風沙不浣衣，要分秋色占鷗磯。遠

〔二〕「作」，上圖本作「將」，據江户本改。

書玉字傳霜信，斜落銀箏怨冷輝。楚澤雪昏無片影，湘江月黑見孤飛。當年繫帛還蘇武，漢節仍全皓首歸。」《月色》云：「誤踏瑤階一片霜，侵鞋不濕吹衣凉。照來雲母屏無迹，穿入水晶簾有光。雪影半窗能共白，梅花千樹只多香。故人相見疑顔面，殘夜分明在屋梁。」

洪武中，錢塘吳愷官四川，其父敬夫思之，寄詩云：「劍閣凌雲鳥道邊，路難聞説上青天。山川萬里身如寄，鴻雁三秋夢不傳。葉落打窗風似雨，孤燈背壁夜如年〔二〕。老懷一掬鍾情淚，幾度沾衣獨泫然。」愷竟不歸。及敬夫卒，始丁憂還家。一日見瞿宗吉，自矜其詩：「薄宦蕭然作遠遊，行囊那得一錢留。孟光不比蘇秦婦，肯笑歸來只敝裘〔三〕。」宗吉因舉敬夫前詩曰：「尊君有念子之情，而子乃歸美於妻，何也？」愷大慚。

玉笥山在江西峽江縣。國初，練子寧題詩云：「我懷謝康樂，獨往遊名山。身同虛舟繫，心與浮雲閒。清風淡蕩灑六合，令我興在松雲間。玉山高與南斗齊，雪錦照耀廬山低。三十六峰凌虹霓，飛湍噴雪臨迴溪，長松挂月青猿啼。上有梅仙采藥之幽棲，下有蕭雲讀書之故基。洞天石扇杳莫測，瑤草謾長三春萋。我欲因之覽八荒，手拂青蘿眠石床。迴飆吹散碧天霧，清溟

〔二〕「壁」，上圖本作「璧」，據江户本改。
〔三〕「敝」，上圖本作「蔽」，據江户本改。

倒瀉澄湖光。作爲玉山謡，寄之雙峰客。興來携妓秋復春，笑殺東山謝安石。」此詩題在玉笥山之大秀宫壁。道士云：金幼孜亦有詩，題於公詩之後，成化間，有林緝熙來游，刮去金詩。後有秀才來，乘醉亦刮練詩。正德初，有老道士尚能誦練詩，復題之。

洪武十八年，高麗遣使請改國號，詔更號曰「朝鮮」，遣儀制郎熙光往宣敕賜之。修撰黄觀贈以詩曰：「東土來王荷寵褒〔一〕，遥宣聖澤屬儀曹。九重錫予皇恩渥，萬里馳驅使節勞。人遠中天紅日近，星環北極紫微高。來迎父老應相語，風不鳴條海不濤。」

國初僧來復，字見心，豫章人，工詩文，與宗泐齊名。太祖聞之，召見，賜以御食。復謝詩云：「淇園花竹曉吹香，手援袈裟近御床。闕下彩雲生雉尾，座中紅拂動龍光。金盤蘇合來殊域，玉盌醍醐出上方。稠疊濫承天上賜，自慚無德頌陶唐。」上見末句不懌，後以事誅。所著有《蒲庵集》。

洪武初，倭國遣使臣嗜哩嘛哈入貢。上問其國風俗何如，答以詩云：「國比中原國，人同上土人。衣冠唐制度，禮樂漢君臣。銀甕篘新酒，金刀膾細鱗。年年二三月，桃李一般春。」上初怒其慢，徐乃貫之。

〔一〕「土」，江户本作「上」。

林廷綱，洪武初承太祖親擢吏科給事中，寵遇日隆。嘗侍游江間殿，太祖首唱詩二句曰：「江間小殿與雲齊，梁上新添燕子泥。」公承旨足成之，曰：「雉扇曉開紅日近，龍衣春濕綵雲低。旌旗影裏貔貅息，斧鉞門前騏驥嘶。簪筆詩成同拜舞，太平天子賜新題。」又承旨作《春江漁父圖》，親題於殿壁間曰：「浩蕩乾坤一釣圖，絲綸終日倚菰蒲。桃花浪暖魚堪膾，桑柘春深酒可酤。歲月不知蓬鬢改，江湖真與世情疏。熊羆不入君王兆，四海于今謝帝謨〔一〕。」後賜名恒忠。

張以寧以元學士入明，嘗過焦磯廟，題詩壁上云：「碧殿紅櫺翠浪間，江風縹緲動烟鬟。神雞不逐雲中去，啼殺清秋月滿山。」後再過之，有人改其末句云：「神雞忍逐他人去，羞殺清秋月滿山。」以寧大慚，遂刮去其詩。

黄鱗洪武中以文學召見，授翰林院應奉。一日入朝，髮亂冠敝，上怒，將罪之，麟仰而歌曰：「髮亂冠不正，頭中蟣虱多。若能皆剃盡，願唱太平歌。」上笑而宥之，因命作《京城曉望》詩，麟即奏曰：「清晨獨上鳳皇臺，極目乾坤氣壯哉。萬里江流連海闊，五湖樓閣倚天開。金門鐘響千官擁，玉笥班分萬馬回。聖主無爲崇治化，衣冠濟濟總英才。」上大喜，賜帽帶紵絲。麟辭謝，但乞歸山，詔許之。自是遂不復出。

〔一〕「于」，上圖本作「子」，據江户本改。

林子羽以薦至京師，應試，賦《龍池春色》詩，名動京師。既歸家，從者如雲。毘陵浦舍人源聞其名，往見之。鴻不出，使弟子周玄、黄玄往見之，問其來意，曰：「欲爲詩耳。」因出所作。二玄讀之，至「雲邊路繞巴山色，樹裏河流漢水聲」，驚曰：「此吾家語也。」因白鴻，出見之，定交而去。

張伯雨道士晚居茅山，不接賓客。一日，有野僧來謁，童子拒之。僧曰：「我詩僧也，胡爲拒我？」不得已，乃代報。伯雨大書杜句「花徑不曾緣客掃」，令持示之。僧略不運思，下筆題云：「久聞方外有神仙，只住華陽古洞天。花逕不曾緣客掃，石床肯復借僧眠。穿雲去汲燒丹井，帶雨來耕種玉田。一自茅君成道後，幾人騎鶴下蒼烟。」伯雨得詩大驚，延入上坐，留連數宿而去。

國初，浙江行省參政李質，肇慶人也，其《過揚州》詩云：「三十年前記此過，皆春樓下駐行窩。十千一斗金盤露，二八雙鬟玉樹歌。自昔瓊花祠后土，至今荆棘卧銅駝。江都門外王孫草，怨入東風緑更多。」時同時有無錫王惟允，亦有詩云：「華屋朱簾十萬家，春風吹盡舊繁華。留連野色惟殘蝶，應答江聲有亂蛙。明月樓前沽美酒，蕃釐觀裏看瓊花。我來謾憶曾遊處，立盡斜陽一嘆嗟。」二詩意興俱同，而功力悉敵。

金華張尚禮形貌枯瘦，人以「鬼臉張」呼之。洪武初爲監察御史，一日，作《宮怨》詩云：

「庭院沈沈晝漏清，閒門春草共愁生。夢中正得君王寵，却被黄鸝叫一聲。」上見之不懌，後竟坐事誅。

解學士縉《應制題虎顧衆彪圖》曰：「虎爲百獸尊，誰敢觸其怒。惟有父子情，一步一回顧。」時仁宗留守南京，文皇帝即日遣親信夏原吉往迎之。

聶大年掌教仁和九年，不以家自隨。内子寄衣，答以詩云：「山妻憐我舊蘇秦，寄得衣來穩稱身。落日故園歌《白苧》，秋風京洛染緇塵。同心意重思偕老，結髮情深不厭貧。萬里莫如歸去好，幾多衣錦夜行人。」又有《寄兒》詩云：「大兒五歲次兒三，莫與肥甘食口甜。清白家風無我愧，詩書世業要人擔。三餐淡飯何須酒，一筯黄虀略用鹽。聞説有人曾餓死，筭來原不爲官廉。」

練子寧宅在峽江縣三洲，羅念庵詩云：「三洲烟草暮江濱，未問遺墟淚下頻。破冢有山歸别主，遠孫無食寄貧鄰。百年天地誰非幻，萬古君臣獨在身。何必英雄竟憔悴，風塵多少未歸人。」

華亭張汝弼爲南安守，入覲，謁一學士。學士方有客在座，閽者辭焉，亦不知其爲張也。張即題詩壁上，有「始知東閣先生貴，不放南安太守參」之句，拂袖而去。及出見詩，始悔無及。明日報謁，已行矣。

王文端公直嘗寄詩錢塘戴文進索畫，且自叙昔與文進交時嘗戲作一聯，至十年而始成之。臨川聶大年題其後曰：「公愛文進之畫，十年而不忘也。使公以十年不忘之心待天下之賢，天下豈復有遺才哉？」語聞於公，公不以爲意。後大年爲史官，困於讒譏，卧病逆旅，自度不可起，乃使所親詩投於公，有云：「鏡中白髮難饒我，湖上青山欲待誰。千里故人分槖少，百年公論蓋棺遲。」公得詩泣曰：「大年欲吾銘其墓耳。」明日大年卒。公墓志有曰：「吾以大年之才，必能自振，故久不擬薦，乃止一較官耶？」

聶大年爲仁和廣文，山西、湖廣、廣東、廣西咸以秋闈較士致聘，皆謝弗往。寄以詩曰：「名藩較藝遺徵書，使者頻煩走傳車。老大難行太行路，平生厭食武昌魚。五羊城古仙遊遠，八桂雲寒樹影疏。寄語天涯好知己，莫因詞賦薦相如。」

鄧氏，粤西之宜山人，嫁與同邑吴某爲妻。吴以罪被逮，赴省，鄧以衣寄之，并一詩云：「欲寄寒衣上帝都，連宵裁剪眼糢糊。可憐寬窄無人試，淚逐西風灑去途。」國朝人也。

國朝大宗伯周洪謨鄉貢，舟泊邗江，夜見一人，謂公曰：「吾即子之前身也。前程萬里，終身清要。」公曰：「子何人？」曰：「吾丁友鶴山人也。」後公官南京翰林日，以詩訊揚州守王公恕云：「生死輪迴事杳冥，前身幻出鶴仙靈。當年一覺揚州夢，華表歸來又姓丁。」王公得詩甚訝，集郡中父老訊之。羅文節曰：「友鶴山人，吾友丁宗啓之父也，以詩名家。元末隱居，建文元年歿於成都。」王即以此報宗伯，聞名異之。

閩有貧生，客京師，饑寒瀕死。然頗善丹青，不能售一錢，因以兩幅獻於楊文敏公榮，公題其上而還之。詩云：「誰家老屋枕溪濆，十里青山半是雲。此處更無塵迹到，祇應啼鳥隔花聞。」其二云：「小橋流水漾晴沙，策杖歸來日未斜。昨夜東風花落盡，一林高樹鎖烟霞。」明日張此畫於市，價遂湧起。人争延致，因而饒裕。

國朝陳鼎，肇慶府新興縣人。正統初爲刑部侍郎，懷其故居錦水舊業詩云：「家住城南錦水堤，白沙翠竹繞柴扉。芭蕉葉底藏春色，荔子枝頭常夕暉。惆悵幾回頻入夢，寂寥千里但思歸。不知我種門前柳〔二〕，長大于今幾尺圍。」是年遂卒于官。

天順初，遣禮科給事中張寧使朝鮮。寧有才學，爲時推許。既入朝鮮，其館伴朴元亨者亦捷於詩。寧道中爲百韻詩，每得句，朴隨手和之，及至云：「溪流殘白春前雪，柳折新黄夜半風。」朴閣筆曰：「大才也〔三〕！不敢賡矣。」

周氏，烏程人，成化初被選入宫。有詩寄弟溥云：「一自承恩入帝畿，難將寸草荅春暉。朝

〔二〕「種」，上圖本作「神」，據江户本改。

〔三〕「大」，江户本作「天」。

隨步輦趨丹扆，夕侍鑾輿入紫闈。銀燭燒殘空有夢，玉釵敲斷竟無歸。年來望汝登雲路，同補山龍上衮衣。」溥後以貢亦至別駕。

仁和王澄，字天碧，幼攻詩能書。時藩司募納掾者，里中以澄名報，澄辭不就。方伯怒之，撥授處州之架閣庫，以其遠而冷也。澄不得已，就役。一日，見府門罘罳上畫馬，因題云：「一日行千里，曾施汗血勞。不知天廄外，誰是九方臯？」郡公見之，問誰所爲。衆以某吏對，召之。至，試以《南山晴雪》詩，澄援筆立就，云：「雪霽南山正坐衙，瑩然相對玉無瑕。瑞光曉布三千里，和氣春生百萬家。未可擁爐傾竹葉，且須呵筆詠梅花。豐年有象皆侯德，五袴歌詩遍海涯。」太守驚喜，免其役而館之。後竟隱於西湖，有《羹藜集》行世。

成化丙戌，江右羅倫赴春闈，道經蘇州，謁范文正公祠。是夕歸宿，夢文正遺以詩云：「金帶横腰重，宮花壓帽斜。觀君少飲酒，不久卧烟霞。」是歲狀元及第，不久謫官，謝政歸隱。

唐子畏爲諸生時，嘗作《悵悵》詩云：「悵悵莫怪少時年[一]，百丈遊絲易惹牽。何歲逢春不惆悵，何處逢情不可憐。杜曲梨花杯上雪，灞陵芻草夢中烟。前程兩袖黄金淚，公案三生白骨禪。老後思量應不悔，衲衣持鉢院門前。」人以爲詩讖云。後多作怨音，其自詠云：「擁鼻行吟

[一]「時」，上圖本、文政本作「年」，據明萬曆刻本《唐伯虎先生集》外編卷一改。

水上樓，不堪重數少年遊。四更中酒半床病，三月傷春滿鏡愁。白面書生期馬革，黄金説客剩貂裘。近來檢點行藏處，飛葉僧家細雨收。」又云：「不煉金丹不坐禪，不爲商賈不耕田。起來就寫青山賣，不使人間造業錢。」

南寧伯毛舜臣在南京留守時，被命灑掃舊内。見别院墻壁，皆舊宫人題詠，年久剥落，不可盡識。其一署云：「媚蘭仙子書。」末二句猶可識，云：「寒氣逼人眠不得，鐘聲催月下斜廊。」字畫婉麗，詞意淒然。

常德李春熙，幼穎異，能詩。十歲，有持《貴妃上馬嬌圖》示之者，郎題云：「未上先愁墜，方行遽欲還。如何生畏馬，終葬馬嵬山。」十八上公車，别所愛姬，代爲詩曰：「寶馬金鞭白玉鞍，藁砧明日上長安。夜深幾點傷心淚，滴入紅爐火亦寒。」

侯官唐濵微時，泊舟永福溪，夜聞二鬼共語，一鬼吟詩曰：「隨波逐浪滯孤魂，白骨沈沙漾水痕。幾寸柔腸魚齧斷，不關今夜聽啼猿。」又一吟曰：「饑烏隨我棠梨道，雨打風吹梨樹老。寒食何人尊一卮，髑髏載土生春草〔二〕。」既復相謂曰：「明日鐵帽生至，當得代矣。」明日，濵候之，果有戴釜濟者，濵苦挽之，且告之故，得止。至夜，二鬼復語曰：「今日鐵帽生乃爲唐

〔二〕「土」，上圖本作「上」，據江户本改。

參政所救，奈何？」唐聞大喜，遂請道士作章度鬼。越數日，坐齋中，彷彿見二人來謝。後果官至參政。

上虞縣七都西匯嘴空浦寺，井底有一古鏡，大徑二尺，背有詩，篆書云：「三面鯨濤地欲浮，巍然一刹鎮中流。龍君守護金鱗殿，漲起沙堤古岸頭。」弘治間，朝廷聞而取之。寺僧洽南賫以赴闕，具奏所以，留禁中數月，復還寺中。

林蘊，唐末就試，試《合浦還珠賦》，思之未得。忽假寐，有人告之曰：「何不云『珠去勿珠還』也？」覺而異之，即用其語，遂登第。後見素林公俊有族父康爲廉州二守，見素以詩寄之曰：「破荒詞賦落人間，水異川精兩愧顔。今日雲仍居此地，衹令珠去勿珠還。」蓋用前事也。

鄭善夫嘗雪中游天台，美髯白晢，毛褐笥輿，戒徒者勿言姓名，人以爲神仙，盛傳郡中。太守顧璘聞之，曰：「此必吾繼之。」亟使人邀之，善夫答以詩云：「客有飄飄者，朅來湖海游。雲端尋雁蕩，雪裏過台州。白業藏賢達，浮槎近斗牛〔二〕。豐千謾饒舌，太守是閭丘。」

宸濠有《鑷白》詩云：「黑髮叢中白數莖，幾番鑷後又重生。而今白也由他白，那得閒工與老爭。」蕭山來三聘亦有詩云：「白髮原公道，世人何太癡。未懸腰下玉，誰放鬢邊絲？始犯揚

〔二〕「近」，文政本、江户本作「追」。

朱惜，終貽墨翟悲。星星聊自嘆，不過漢文時。」然不如蔣復軒詩：「勸君休鑷鬢毛斑，鬢到斑時已自難。多少朱門年少子，業風吹上北邙山。」

文待詔徵明，武宗時以布衣召入禁中，令畫宫景於墻，并題詩云：「内苑秋晴宿霧晞，盈盈日彩上金扉。松間翠殿團華蓋，天外銀橋接紫微。錦纜稀游青雀静，瓊波不動白鷗飛。彤墻高柳無人到，時見中宫一騎歸。」上遂令書之，稱爲三絶，隨授翰林待詔。《遺懷》云：「天上樓臺白玉堂，白頭來作秘書郎。退朝每傍花枝入，侍直遥聞漏刻長。鈴索蕭閑青瑣静，詞頭爛漫紫泥香。野人不解瀛洲趣，清夢依然在故鄉。」及歸吴中，宸濠聞而召之，公謝以詩云：「潦倒儒冠二十年，業緣仍在利名間。敢云冀北無良馬，深愧淮南有小山。病起秋風吹白髮，雨中黄葉暗松關。不妨窮卧顔回巷，消受爐烟一味閒。」

武陵士人李欽，字敬夫，少有英氣。武廟初，榮王分封，先遣巨璫李姓者治宫殿。李素驕貴，終日與督工郎中泛舟，游宴無度。欽令其子獻詩云：「歌舞樓船盡日歡，活魚入膾酒腸寬。叮嚀舟子牢持柁，半畝方塘有急湍。」璫得詩，爲之减歡而罷。

長沙有朝士還鄉，意氣驕溢，客至門前，鼓吹喧闐。里中有執友謁之，朝士曰：「君素好誦詩，近日誦得何詩？」友曰：「近誦得孫鳳洲《贈歐陽圭齋》詩，甚有味。」乃朗誦之曰：「圭齋還是舊圭齋，不帶些兒官樣回。若使他人居二品，門前簫鼓鬧如雷。」朝士聞之默然，明日再往，不聞樂聲矣。

趙東山垂髫有詩名。里中有二縉紳，其一因投荒過家，其一以磨勘需調，皆棲棲桑榆猶戀雞肋者。一日同訪東山，見庭下有二鋸匠解木，因以命題，趙應聲曰：「一條黑路兩人忙，傍晚相看鬢已霜。你去我來何日了，虧他扯拽過時光。」二人知其譏已，感嘆而去。

嘉靖初，平望鎮殊勝寺有一道士來游，題其壁曰：「我自蓬萊跨鶴歸，山僧不遇意徘徊。時人莫解菩提寺，三十年餘化作灰。」題畢而去。後倭夷至，鎮守悉燬，距題詩之日三十一年矣。

莊維春，閩人，年十三時，父官瓊州，維春往省之，將抵海陜，作詩曰：「十里至海路已絶，四面無村人獨行。百夢不能一到此，雙親猶自隔蓬瀛。」後官至豫章太守。

分宜相末年，臨江守有以賂求遷者，既行而悔之。江右俗崇事麻姑，即令箕召仙，仙至，判詩曰：「一樹甘棠種未成，使君何事苦經營。朝廷怒擊冰山碎，只恐錢神也不靈。」無何分宜敗，守以交通削籍。

閩張大司馬經懸車日久，忽有倭亂，起公總督。公行止未決，聞里人能以箕召仙者，命卜之。神良久不至，忽然箕旋轉如風，食頃乃止，大書曰：「吾關雲長也。」留詩曰：「萬里縱横事已空，戰袍裂盡血猶紅。夜來空有思鄉夢，雨暗關河路不通。」書畢而去。公殊惡之，然逼於朝命，遂出破賊。後果爲趙文華所譖，棄市。

楊銓，字惟虚，高明人，善辟穀。嘉靖戊午，以貢入太學，五年不食，蓬跣入山，步健如飛。羅文恭贈之詩曰：「爲儒不解遠尋仙，妻子相依住海邊。身自休糧非煉藥，足猶棄屣豈留錢。地中五氣多年識，旬内三庚盡夜眠。獨有名山懷舊約，一簑風雨去翩翩。」

林氏，福建人，有《晚春》詩云：「抛却銀針到小庭，遣情無奈獨傷情。高低别院鞦韆影，遠近人家笑語聲。黄鳥曉寒藏翠柳，緑苔春盡點紅英。一年好景仍孤負，堪嘆嫦娥老此生。」

嘉靖間，閩龔大司成用卿招諸賓客及其壻林世璧，同游鼓山，風日恬朗，分韻賦詩。坐客皆逡巡遜讓，林時已醉，奮筆題詩，略不停思，文藻横逸。公及諸客讀之，至「眼中滄海小，衣上白雲多」之句，擊節嘆曰：「吾不及也。」遂不復題。林詩至今尚在壁間，寺僧寶惜，墨色如新。最後徐孝廉惟和讀之，有詩云：「間尋老衲叩禪堂，墨蹟淋漓滿上方。一自題詩人去後，白雲滄海兩茫茫。」蓋引林語也。

戚元敬大將軍有幕客方景武，長不滿三尺，而詩酒之致甚豪，大將軍甚尊禮之。王元美有詩嘲之云：「寬裾乍曳薊門塵，曾睹新篇動七閩。名似要離那恨小，請同方朔莫言貧。東門此去無長狄，上帝由來有弄臣。見説府君難喜怒，可將書記屬王珣。」

周濂溪爲廣南提刑，廣人因於西湖上創濂溪書院，前植白蓮，扁曰「愛蓮」，其前爲提學廳事。後池漸淤塞，林廷玉先生爲廣督學，命人佃地植禾以取税焉。有無名子題詩壁上云：「當日紅蕖醮碧波，薰風時節一時過。于今景色非前度，誰道先生又愛禾。」林公見之大笑，亟命植蓮建亭云。

肇慶府梅庵，有僧名無能，絶粒數年，道俗皈依。高明縣令陳坡，與諸縣令同訪之。讌次〔二〕，因擊磬賦詩，聲絶而詩未成者，浮以大白。坡最先成，詩云：「絶粒非持戒，多應懶結緣。口無朝夕累，身得往來便。蟲網壁間鉢，草生春後田。時人何所供，但禮虎溪蓮。」僧因持紙索書。高要令以無詩，大怒，明日遂逐其僧，因譖坡於監司，適坡禽浪賊於小崗，得不劾，但不叙其功。

福教寺在武進縣，嘉靖初，魏國公侵其寺田，僧乃棄去。後過寺，題詩云：「殘山剩水一荒基，古寺烟籠白塔低。燕子不知身是客，秋風還戀舊巢泥。」

黄讓者，粤長樂儒生也。嘉靖時，父墓爲山賊所發，質其骨以責贖，讓罄産贖而葬之。乃募壯士百餘人，從督府討賊，二子啓愚、啓魯死之。讓出奇計，斬首虜二百人，降者一千七百有奇。賊既滅，推其功於諸校，竟不受賞而去。時閩陳奎以參政監軍，知其事，奎弟鳴鶴爲作詩紀之云：「五湖東畔烟塵起，蘆嘯一聲天欲圯。七十九堡春草深，流血轔淪成海水。椎埋相遍富人墳，白骨累累幾千里。黄生本是縫掖儒，投筆武噪張虬鬚。盡將田宅結年少，軍門借箸談陰符。

〔二〕「讌」，上圖本作「謙」，據江户本改。

登鋒履刃質賊壘，雪恥豈顧千金軀。二男戰死顆不蔽，生也搴旗戰愈厲。日落沙飛陣色昏，鯨寇千群一時殪。幕府論功數未奇，鵲印封侯非所計。軍吏雖有言，黄生保真素。怨毒既已酬，荷衣守墳墓。定知貧賤樂，富貴禍尤伏。緑林奴輩利吾財，先隴陳尸子遭戮。君不見鴟夷革，浮入吴江怨潮汐。山田數畝屋數椽，衡門終歲無塵迹。黄生黄生真丈夫，匣中長劍雙龍魄。」

三山鄭汝昂善詩，且多滑稽，貧甚，一親知令廣東，鄭寄之詩云：「三尺兒童事未諳，饑來彊扯我襴衫。老妻牽住輕輕語，爹正修書去嶺南。」其人得詩一笑，因厚贈之。按《青瑣集》，有張球獻吕許公一絶云：「近日厨中乏短供，兒童啼哭飯蘿空。內人低語向兒道，爺有新詩謁相公。」鄭之詩固有本矣。

金陵士人顧某數召乩求詩，一日得詩云：「天冷山城二鼓敲，雪迷洞口路迢迢。雲窗童子燒松火，待我鸞輿下碧霄。」請書名，又書云：「古來花貌説仙娥，自是仙娥薄命多。一曲霓裳未終舞，金鈿早委馬嵬坡。」又扣之，復書云：「昔日長安一太真，君王一見笑傾城。洗兒故事今何在，只問蓬萊玉色人。」顧心惑之，願得真形以快夢想。薄暮，遂有婦人從空中下，乃復驚走。明日方動念，婦人復至，恐怖成疾，其友挽之遠遊，始差。

陜人有召詩仙者，箕動，問爲何仙，書一「鬼」字。又問：既是鬼，何不求托生？乃書一詩云：「一夢悠悠四十秋，也無煩惱也無愁。人皆勸我歸塵世，只恐爲人不到頭。」書畢，請留姓名，復書一「鬼」字而去。

李都憲守三邊，嘗題《石灰》詩云：「千錘萬鑿出名山，烈焰光中走一番。粉骨碎身都不怕，只留清白在人間。」無何虜騎至，李挺身出戰，敗没，尸皆碎裂，人以爲讖焉。

霞山蔡公潮督學滇中，時同年已有位憲長者，蔡頗悒悒。一日，有持扇畫二艇争逐於風波間者，華容詩人李輝古在座，蔡令題之，即走筆云：「次第雙舟發水涯，風波險處各參差。而今且莫論前後，只看明朝到岸時。」蔡得詩大説。

廣陵宗子相爲閩督學，歲餘卒於官。僚屬生儒赴吊於靈几上，得遺詩三首云：「四海相逢盡卧龍，龍江夜夜採芙蓉。我今先跨晴虹去，遲爾崆峒第一峰〔二〕。」又：「一謫人間四十年，青山萬里隔蒼烟。于今更返華陽洞，千樹桃花待舉鞭。」又：「長嘯一聲歸去來，玉龍高駕彩雲迴。獨留明月詩千首，萬里寒光燭上台。」

世廟南巡，道經大梁，巡撫都御史胡纘宗有詩云：「聞道鑾輿曉渡河，白雲縹緲照晴阿。千官玉帛嵩呼近，萬里車書禹貢多。鎖鑰北門留統制，璇璣南極扈羲和。穆王八駿神飛電，湘水英風耿不磨。」時武陽令王聯居官不檢，爲胡論案繫獄，乃於詩末改云：「穆王八駿空飛電，湘女

〔二〕「峒」，上圖本作「峒」，據江户本改。

英皇淚不磨。」於道稱冤，上之。上得詩震怒，逮胡下詔獄，拷掠幾不免，久之，乃得釋。「蹇驢衡雪岸烏紗，夜醉西湖賣酒家。十月英姬吹鳳管，捲簾燒燭看梅花。」此李訓導《西湖夜宿》詩也。李名進，字孟昭，嘉興人。

陶起春賃讀城市，有早寡委心者，令小娃貽以詩云：「小娃去，來不來？鵲噪鴉鳴展轉猜。閒將棋子撤銀杯，荼蘼剪盡獨徘徊。衷腸寸結鬱不開，世上豈無都且美？美不如君才。來不來，展轉猜。妾身恨不作明月，隨風射照到君懷。」陶峻却之，寡婦不自得，病月餘而死。

鍾嬺嬺夫爲遼東衛幕，嬺嬺寄詩云：「東風開遍合歡枝，遥憶良人久别離。欲折一枝寄遼左，遼陽應有野花垂。」又有布商妻寄夫詩云：「唧唧復噫噫，離懷只自知。前峰生月處，是妾斷腸時。落葉飄將盡，寒衣欲寄誰。夷猶雙眼淚，不待聽猿垂。」

《養老新書》云：「松蕊去赤皮，取嫩白者蜜漬之，略燒令蜜透，勿太熟，極香脆。」吴興劉司空麟自弁山寄王履吉松英藥餌〔一〕，履吉謝以詩云：「坦林晝永團松蓋，弁壑春陰長藥苗。寄我遠從丹洞口，報君惟有白雲謡。」

隆慶間，閩連嶼有求箕仙者，書一詩云：「赤甲依稀舊戰屯，斜陽衰草記家村。千秋壁灑英

〔一〕「自」，上圖本作「白」，據江户本改。

雄血，萬歲堂開忠義魂。成旅未能惭卷土〔一〕，車書猶喜正中原。平生事業全無補，自信身完天地恩。」問其姓名不答，亦不知其何鬼也。

謝祖，字繩夫，長樂之江田人，名家子，嗜酒落魄。歲暮有所逋負，縣令韓公紹縶之。從獄中上詩二首，韓大驚，釋而禮焉。詩曰：「陳情淚血叩蒼天，事去人非四十年。祖父乞骸沾帝禄，兒孫落魄負官錢。身長寄食丁猶歛，田已飛沙賦未蠲。安得于公開活路，此心一寸是龍泉。」又：「長夜漫漫夢不成，譙樓禁鼓已三聲。星河暗透西窗穴，鈴（析）〔柝〕寒生北斗城。短褐不堪深淺雪，單衾難度短長更。何年早了公門賦，一把鋤犁一卷經。」

閩鄭堂字汝昂者，太守珞之子，爲諸生，有詩文名，而性滑稽，自號雪樵山人。郡守喪妻，將歛而目不瞑，堂自贊能祝之，即高吟曰：「夫人一貌玉無瑕，四十年來鬢未華。何事臨終含淚眼，恐教兒子著蘆花。」吟訖而瞑，守厚禮之。時正德改元，守一日於西湖游宴，堂故衝其前導，守怒之，曰：「作一詩可釋汝。」命紙筆，堂即書數「苦」字，守大笑曰：「汝今始知苦乎？」堂即足成之曰：「苦苦苦苦苦苦天，上皇晏駕未經年。江山草木皆垂淚，太守西湖看畫船。」守亟遣之。至今閩人言作戲謔詩者，動曰鄭堂也。

〔一〕「土」，上圖本作「上」，據江户本改。

閩滑稽子有好作十七字詩者。時久旱，太守多方祈禳，而烈景如故，作詩曰：「太守祈雨澤，萬民皆喜悦。夜半登高樓，好月。」守聞之怒，捕而笞之，至十八而止，繫之獄。又作詩曰：「作詩字十七，捉來打十八。若上萬言書，打殺。」其妻眇一目，送食獄中，又作詩云：「夫婿禁東廂，山妻送飯忙。兩人齊下淚，三行。」

公安孝廉劉珠與江陵相尊人厚善，上計入都，江陵以父執甚敬之，而劉傲睨無禮，久亦厭焉。一日復往，閽者辭以出，劉投詩云：「三載重來白玉墀，論文尊酒暫相違。始知相府深如海，未許山翁醉似泥。元老勛華青髮少，故人交誼白頭稀。吹噓勝借東風力，東閣爐烟滿素衣。」及辛未張主試，劉乃登第，年七十矣。後張生日，劉賀詩有云：「欲知坐上山爲壽，但看門生雪滿頭。」張大喜。

福唐林春元七歲能詩，師召試之，適有牧羊者，指爲題，即應聲曰：「三百群中步獨先，有時高叫白雲天。曾從北海風霜裏，伴過蘇卿十九年。」又試以對曰：「風翻白浪舟難進」，即答曰：「雪擁藍關馬不前」。後舉於鄉，更名章，字初文，有集行世。

趙仁甫夜讀書，聞窗外有人聲，良久吟曰：「露殘花有淚，風細竹無聲。」開户視之，不知所在。

閩林九成先生，名鳳儀，舉孝廉，作令歸，落魄不羈，詩興甚豪。嘗浪游，謁一故人，故人曰：「知君能詩。」時聞彈棉花聲，因指爲題。九成援筆立就云：「聲聲何處響丁東，想在秦樓燕市中。休問孤絃無古調，輕彈白雪捲春風。軟隨蜀錦宜宫製，暗度金針趁夜工。縱舊莫令拋擲易，綈袍憐取故人窮。」令大喜，因厚贈之。

九成復有寄臨安妓詩云：「曾上高峰喚不聞，尺書隨便寄殷勤。夢從建水月中去，袖自錢塘雪裏分。金谷歌聲隨逝水，石榴裙影逐行雲。鶯花久負西湖約，縮地功成再見君。」

閩董槐者，萬曆間人也，能文彊記，十七而没。父母傷之甚，槐遂形見，能爲母護湯藥，他人間亦見之。後殯於里之龍山，墓樹往往蟲齧成字，或蟻緣土爲字，皆成詩句，末必云：「行仙董郎。」其詩有云：「原南原北緑如烟，萬囀千嬌鳥可憐。擷得榆錢盈買袖，春風散買自年年。」又云：「壠頭流水樹頭鶯，斷續聲低月又明。誰道泉扃無曉日，陽臺無比夜臺清。」又云：「薜蘿未擬裁衣服，躍冶何曾入夢思〔一〕。螢亂夜空猿鳥寂，山前長坐月正移。」如此甚多。後三年蟻於墳上作「董郎升化」字，自後絶無詩矣。

鼓山半巖茶，色香風味當爲閩中第一，不讓虎丘、龍井也。雨前者，每兩僅十錢，其價廉甚。鄧原岳詩云：「雨後新茶及早收，山泉石鼎試磁甌。誰知屴崱峰頭産，勝却天池與虎丘。」一云：「國朝每歲進貢，至楊文敏當國，始奏罷之。然近來官取，其擾甚於進貢矣。」

〔一〕「冶」，上圖本作「治」，據江户本改。

閩鄭參知逑，年八十四，元日夢中作詩云：「皇極開三統，金丹轉九還。雖居人世上，却已出塵寰。」曉而誦之，不知其解，是歲卒。

徐惟和有友鄭君大，豪爽滑稽，喜遊山水。嘗至武夷折筍峰，峰有三梯，鄭登其一，懼而下。恐爲衆笑，乃令從者細記景物，歸而詫曰：「吾登折筍矣。」詰之，一一不謬。又數年，惟和復至武夷，宿折筍峰，有詩懷君大云：「幾人白首困塵氛，垂老看山獨有君。莫道年高筋力少，芒鞋曾踏一梯雲。」君大見詩大恚，曰：「道人負我！道人負我！」蓋當時深囑道人勿泄其事，至是見「一梯」之語，疑徐得其情也。具言所以，聞者皆爲絶倒。

宋韓無咎以紹興甲子寓建安，夏大水，舉家蕩覆，幾危僅脱。杜受言提舉茶事，募人拯之。作詩自唁云：「孤城雨脚暮雲平，不覺魚龍自滿庭。托命已甘同木偶，置身端亦似羸瓶。浮江却羨鴟夷子，弄月常憂太白星。當日乘槎便仙去，故人應在曲江靈。」萬曆己酉夏五月廿五日，建安亦大水，城邑漂蕩，陳太史五昌、陳山人仲溱、陳茂才价夫皆宿驛中，夜中倉皇起乘屋梁得免。价夫有詩紀之云：「歲己酉夏五，友人陳伯全。携家遠赴闕，取道將之燕。陸行至潭城，阻雨遂不前。還車暫止宿，廨宇鄰長川。日入洪水來，平地聲潺湲。頃刻數丈餘，漸没城東偏〔二〕。

〔二〕「漸」，上圖本作「新」，據江户本改。

屋舍俱漂蕩，垣墻悉摧頽。樹杪骨床笫，梁間跨鞍韉。壚竈雜污圊，鼊黽集危椽。浮海苦無桃，渡河那得船？孰云巢可營，安得藤攀緣？所賴泂洑中，版棚相勾連。攀援稍獲濟，幸不垂蛟涎。我來附斬輜，薄遊同止旃。從懷五岳興，擬入曾孫筵。何期逆陽侯，不復會子騫。牛馬既莫辨，懷襄竟誰愆。人生若浮萍，那比金石堅。嗟我七尺軀，豈應丘壑填。大匏本無用，自合全天年。夸詡笑河伯〔二〕，望洋詫無邊。未見北海涯，空使面目旋。鴟夷沉溟涬，伯鯉湮重泉。屈子竟沈湘，申徒甘赴淵。倚伏每不爽，名實何相懸。歷陽化湛湖，滄海爲桑田。至人自不溺，大浸徒稽天。風波在平地，安得常晏然。畏途縱自戒，倏忽頻催遷。危哉行路難，何必論九埏。不如息行役，杖策還丘廛。所以宗少文，頹然高枕眠。」

福州西關外轉華庵，壁上有箕仙詩一幅，云：「緑雲出洞又入洞，白鶴上山復下山。道人此日歸何處？雲自無心鶴自還。」字體龍蛇飛動，不類人工。萬曆辛亥八月晦，與徐興公出洪江，過而讀之。

近人有以《唐書・張巡傳》糊窗者，一士子見之，題詩云：「坐守睢陽虎豹關，江淮賴此得全安。至今青史雖零落，猶障西風一面寒。」

〔二〕「笑」，上圖本作「美」，據江户本改。

海中有甲物形如扇，其文如瓦屋，惟三月三日潮盡乃出，名曰海扇。四明任松卿嘗有詩云：「漢宫佳人班婕妤，香雲一篋秋風初。綢蟲蒼蒼恩自淺，猶抱明月馮夷居。至今生怕秋風面，三月三日纔一見。對人摇動不如烹，肯入五雲清暑殿？」

金陵有楊妓，名淮璧，其送人詩云：「揚子江頭送玉郎，柳絲牽挽柳條長。柳絲挽得郎船住，再向江頭種兩行。」

陳幼孺孝廉偶之延平，謁陸太守志孝，其伯父，憲副同年也，拒不許見。適有楚孝廉李某，挾憲臺書來謁，陸倉皇張宴，禮甚恭。幼孺上以詩云：「莫作青衫老腐儒，黄堂那許拜階除。投來名刺留中久，死後年情到底疏。失路鯫生歸去夜，同袍嘉客宴回初。始知天府聯名籍，不及霜臺薦士書。」陸大慚。時楊叔向爲大參，駐節延津，聞其詩，厚款之，結爲莫逆。

月仙者，武林名妓也。戊子冬，徐惟和北上，過而眷之。越數夕，余至，妓詢徐孝廉不去口。翊歲下第，復過，竟諧繾綣。徐作詩云：「匆匆相見未分明，别後逢人便寄聲。萬里歸期看乳燕，一春心事付流鶯。柳枝猶記當年曲，荳蔻難消此夜情。搗盡玄霜三萬杵，夢中還見舊雲英。」越三年，上計，復過其地，詢之，則月仙死矣。

萬曆己丑，余與惟和下第，過杭州六和塔，愛其幽静，各賦一詩，欲題壁間，而寺僧號呼：「奈何浪汚吾壁？吾且取水滌之。」余笑不復題。越三載，余拜吴興司理，行部至杭，詢之，則寺僧懼罪逸去久矣。余爲大笑，因復題云：「雙旌五馬繞江城，驚起山僧合掌迎。三載重來渾似夢，終軍原是棄繻生。」

余十餘歲時學爲詩，有人持《蘇武牧羊圖》者，即爲題云：「沙滿旃裘雪滿天，節旄零落海雲邊。上林飛雁來何晚？空牧羝羊十九年。」塾師聞而督之，自是不敢復作。

《小草齋詩話》五卷，謝肇淛所著也。分爲内、外、雜者，擬于《莊子》也。其論話未必可爲定論也，貶斥宋人，且往往駁議杜詩，而大明詩人崇尚至矣。近世大明學者之癖，各自如此。然而其可採觀者儘有之。偶得之于書市，電矚塗朱，以慰一時之目。下且又馬欻之序，天啓甲子也，乃是天啓四年，而本朝寬永元年也。余之降生，實在此年。感慨係焉，因書其後。肇淛，字在杭，《五雜俎》亦其所輯也。何氏《閩書》有其傳。

戊戌季冬上旬，讀耕林子。

（此跋據日本内閣文庫藏江户寫本録。）

捱口孟管一日袖《小草齋詩話》來示，曰：「是係君家貞毅公舊藏，久已歸于我。今將鍥之梓，以供摛藻者珍賞，而不忍亡其真，手自影抄模刊，請君弁一言。」受而觀之，批句跋尾，儼然爲家祖真蹟，使余不勝起敬哉！夫詩話起宋之歐陽文忠、司馬文正二公，續以後山、石林、滄浪，諸家相沿，以至明清，林林輩出，新陳相仍。讀者患其雷同，然就中淘汰簸揚，各有妙理。謝在杭是編，亦其一也。在杭《五雜組》、《文海披沙》，雖多出於鈔掠，鑄鎔牢籠，久已嘉惠藝林，而《詩話》獨無刊本，何也？唯孟管捐資，化爲千百本，以幸後學，固爲可喜。而余之爲喜也，又有出於尋常厓分之外者，此不可不從其請也。天保辛卯花朝，讀耕齋六世孫林煒。

（此序據日本國立國會圖書館藏讀耕齋刻本卷首録。）

陳懋仁◇撰

藕居士詩話 二卷

侯榮川◎點校

自序

曩余去吏而返舊栖也，得除鼠床，理故册，掃葉煮泉，謂可以老。亡何，瓶儲絶而不閑緯蕭，强以硯畊作活。前後若而年，走半天下，履決衣塵，亦云勞止。差快名山川迴于寸眸，開我旅俗，即累有紀載，咸足芟棄。洒兒謨不隱，每從歸篋中摘爲此種，將質琴鐫之。今夫海内稱詩，風斯云盛，壇坫新裁，談者爲價。余不佞，調舌其間，不亦涓水粘天，莖藍染夏，無益于道，徒資開口乎？已而撿餎所摘，考證多而騭評少。如《百川學海》中，詩話十餘家，什七因事，不專論詩。則兒災木，姑聽之。布笛眠蠶，亦委紙之所有事也。署曰《藕居士詩話》。

藕居士詩話卷上

檇李陳懋仁無功著

君臣唱和，非起《柏梁》。舜將禪禹，俊乂百工相和而歌《卿雲》。帝乃再歌，起云：「日月有常，星辰有行，四時順經。」故漢武彙其言，而有「日月星辰和四時」之句，宜和者俱不逮也。「大風起兮雲飛揚」，是一時雲龍風虎、明良相遇之象也；「力拔山兮氣蓋世」，是一生喑啞叱咤、矜功自伐之狀也。「日月星辰和四時」，便見玉燭之調；「秋風起兮白雲飛」，幾致金甌之缺。帝王興衰，概乎辭矣。

《漢郊祀歌》：「千童羅舞成八溢。」詩歌用「溢」字見此。《列女傳》齊虞姬曰：「經瓜田，不納履。」《樂府》僅删一字，而不覺其襲。

文子云：「儀馬在廐，寂然無聲。投芻其旁，争心乃生。」少陵「豺狼得食喧」，五字盡之。故曰：詩者，文之精也。

「羅敷年幾何？二十尚不足，十五頗有餘。」至誇其夫婿，則曰：「十五爲小史，二十朝大夫，三十侍中郎，四十專城居。」即未可謂老，夫得其女妻，嚾頭内此稚婦，然亦似有倍年之覺。而能罵使君，誇夫婿，尤見心貞。

嵇叔夜詩，有「神辱志沮」之句，不如左太冲「神惢形茹」更奇。注：「形屈曰惢，物自死曰茹。」

《左傳·昭三年》：晏子引注卜良鄰曰：「非宅是卜，惟鄰是卜。」故淵明曰：「我昔居南村，非爲卜其宅。聞多素心人，樂與數晨夕。」陶詩用事，澹若自有，而老杜尤捷。

馬融直史館，蒸燠如坐甑中，曰：「安得披襟赤脚，踏陰山之層冰，洗塵熱也。」故老杜節其言曰：「安得赤脚踏層冰。」注杜者不知出此，而妄引非據。昔人謂：「讀不盡天下書，莫看杜詩。」況注乎？

老杜《看落花》云：「赤憎輕薄遮人懷，珍重分明不來折。」注者云：「本作『不來接』，一作『折』。」按，吕東萊《詩律武庫》曰：「《玉宇别集》：劉公幹居鄴下，一日，桃花爛熳，值諸公子遊賞，久之遂去。公幹謂其僕曰：『損花乎？』僕曰：『無，但愛賞而已。』公幹曰：『珍重輕薄子，不來損折，使老夫酒興不空。』」杜詩用此，正是「折」字。

阮咸醉騎馬欹傾，時人指而笑曰：「個老子騎馬，如乘船行波浪中。」少陵《飲中八仙歌》「知章騎馬似乘船」全用此語。注者謂其浙人，不喜騎馬而喜乘船，杜蓋嘲之。非杜注，乃杜譔也。常琮侍煬帝遊寶山寺，帝問曰：「卿幾時到上頭？」琮曰：「昏黑應須到上頭。」杜全用之。

陳後主與張麗華遊後園，有柳絮點衣。張謂後主曰：「何能點人衣？」曰：「輕薄物試卿意也。」杜曰：「輕輕柳絮點人衣。」段瑄泛舟，江風清冷。瑄欣然曰：「馮夷借我一夕之凉。」杜曰：「江風借夕凉。」杜詩用事無迹，往往如此，而注者每失之。

楊泉云：「以羅縠覆律吕，氣至吹灰動縠。小動爲和，大動君弱臣强，不動君嚴之應。」杜詩：「吹葭六琯動飛灰。」「飛」即「大動」，政指當時之强弱言。注者第引《續漢書》，淺矣。

鮑照詩：「雪下如亂巾。」按，巾、紛帨，古以拭物，後著於首。明遠所用，或指是也。

太白《古風》云：「燕臣昔痛哭，五月飛秋霜。」悲庶女之冤。《贈江陽宰》云：「城門何肅穆，五月飛秋霜。」譬政令之肅。句一意兩，指用不拘。

太白《代美人愁鏡》云：「紅顔老昨日，白髮多去年。」仁謂：「此房老，非美人。」

太白「别來門前草，秋巷春轉碧。掃盡還復生，萋萋滿行迹。」孟襄陽五字盡之曰：「徑草踏還生。」可爲從博而約之法。

襄陽「林花掃更合，徑草踏還生」，論者以爲出自天機，而不知本劉令嫺「落花掃更合，叢蘭摘復生」，又不覺「徑草」句之點金成鐵也。

曹攄「富貴他人合，貧賤親戚離」，暄凉之喻，直截可見。孔欣「勢集堂必滿，運去庭亦虚」，則晦澀矣。然俱不如唐人「花開蝶滿枝，花謝蝶還稀」得風人之旨。攄詩本《慎子》「家富則疏旅聚，家貧則兄弟離」之語。凡此皆我揣人澆敦龐概，劃而守義抱道，不因人熱者，未可謂世盡無人。

晉以後，有宫人參隨侍朝，故杜詩曰：「户外昭容紫袖垂，雙瞻御座引朝儀。」至朱梁革易，遂沿後世肅觀。

宋楊萬里《姑蘇臺》詩：「插天四塔雲中出，隔水諸峰雪後新。道是遠瞻三百里，如何不見六千人。」本朝高季迪《館娃閣》詩：「館娃宫中館娃閣，畫棟侵雲峰頂開。猶恨當年高未極，不能望見越兵來。」仁亦有《姑蘇臺》一絶云：「五年一簣空烟外，直薄錢唐了不遮。即使兵來看得見，已將醉眼目迷花。」敢曰鼎足，庶亦似之。

徐昌穀《觀射歌》有「突如流星中如樹」之句。《詩·行葦》云：「四鍭如樹。」《疏》謂：「四鍭皆中於質，如手就樹之。」《儀禮·鄉射》云：「君國中射，則皮樹中，以翿旌獲。」鄭氏注云：「皮樹，獸名。」《爾雅翼》云：「皮樹，人面獸形。」若未見《行葦》、《儀禮》注疏者，不知「中如樹」及「皮樹」是何語也。劉長卿詩：「手中無尺鐵，徒欲突重圍。」焦弱侯云：「不持寸鐵，鼓行詞場，寧不怖死！」學詩者少鑒斯言，毋爲嚴儀卿「詩非關書」一語所誤。

朱子云：「雪于風勁極寒時始六出，他時則否。立春後，則五出矣。」李空同《立春前一日雪》有「明日立春應五出」之句。然宋武帝大明辛丑春正月，雪落太宰義恭衣，有六出。又章孝標《春雪》詩：「六出飛花處處飄。」則春雪亦有六出者矣。《詩緯》云：「雪六出成花。」無立春五出之分，不知孰是？

老杜「常時往還人，記一不識十」，較之許敬宗「卿自難識」更簡傲。蓋許或泛接，杜則時常往還也。

老杜「借問彭州牧，何時問急難」、「爲嗔王録事，不寄草堂資」、「虚名但蒙寒温問，泛愛不救溝壑恥」，此固小詰知交，其實遊戲語耳。雖然，未若如曾老姑夫「隋朝大業末，房杜俱交友。長者來在門，荒年自糊口」可以見節，無愧《伐檀》。

曲江「潦收沙衍出」，襄陽「水落沙嶼出」，少陵「湍減石稜生」，東坡「水落石出」，皆本於何遜「潮去邊沙出」、江洪「潮落晚洲出」之句。而謝靈運「洪濤滿則曾石没，清瀾減則沈沙顯」，已道于前，然俱不如太白「水落寒沙空」，有沙水俱無之妙。

徐摛《詠橘》詩：「焜煌玉衡散，照耀金衣丹。」《春秋斗運樞》曰：「玉衡散爲李，又散爲桃，散爲椒，散爲荆。」又曰：「璇樞星散爲橘。」故庾肩吾《謝賚橘啓》有「光分璇宿」之句。摛不引璇樞而引玉衡，或有别據乎否也？

《緯略》云：「王績詩：『家藏豐葉酒，器貯參花蜜。』參花，人所未見。温庭筠詩：『香風軟透人參蕊。』事更奇。」仁按，陶弘景謂：「人參上黨者，一莖直上，四五相對，生花紫色。」蘇頌謂：「人參三四月生花，細小如粟，蕊如絲，紫白色。」豈高似孫未見陶語耶？

陳琳《飲馬長城窟》云：「生男慎勿舉，生女哺用脯。不見長城下，尸骸相支拄。」《水經注》以爲秦始皇時民謡。

少陵《杜鵑》詩起云：「西川有杜鵑，東川無杜鵑。涪萬無杜鵑，雲安有杜鵑。」用四「杜鵑」押韻。有謂是題下注，非也。東坡辯之已詳。仁又按：少陵有絶句云：「前年渝州殺刺史，今年開州殺刺史。群盗相隨劇虎狼，食人更肯留妻子。」用兩「刺史」押韻，則四「杜鵑」爲詩益明。《白頭吟》云：「郭東亦有樵，郭西亦有樵。」少陵本此。皆東坡辯所未及，故著之。

「凭闌却憶騎鯨客，把酒臨風手自招。細雨聲中停去馬，夕陽影裏亂鳴蜩。」此薛濤《題簡州安陽縣江月樓》詩也。蜀本濤集不載，乃知濤之逸詩不止此。

王粲詩：「方舟泝大江，日暮愁人心。山崗有餘昳，巖阿結重陰。」後人不知「昳」義，妄改爲「映」，《初學記》、《詩紀》等書及升庵悉如之。或者皆帝、虎相傳之故歟？《游俠傳》云：「日至昳皆會。」顔師古曰：「昳，音往結反。」《吴越春秋》：「時加日昳。」梁元帝《纂要》云：「日在未曰昳。」字書咸曰：「昳，日昃。」可證也。

《珊瑚鉤詩話》云：「前人未始和韻，自唐白樂天與元微之倡和，始依韻。」仁按：梁武帝和太子懺詩，乃押韻始。《文心雕龍》云：「氣力窮于和韻。」不始于元、白，更明。

《莊子》：「青青之麥，生陵之陂。生不布施，死何含珠爲？」注謂逸詩，刺死人也。佛經「布施」字出此乎？

老杜《詠鷹》：「側目似愁胡。」洙注引魏彦深《鷹賦》：「立如植木，望似愁胡。」似矣。然傅玄賦：「狀似愁胡。」在隋之前。

「蕭蕭馬鳴，悠悠旆旌。」毛《傳》：「言不喧譁。」顔之推嘆此解有神致。王籍「蟬噪林逾静，鳥鳴山更幽」生于此，少陵「伐木丁丁山更幽」亦此意。少陵又有「巢多衆鳥鬥，葉密鳴蟬稠。苦遭此物聒，孰謂吾廬幽」之句，此則别與境會，有觸而言，不可同語也。皮襲美「伐木丁丁響萬山」，兩截襲杜，幾於嚼蠟矣。

元結《酬苦雪》起云「積雪閉山路」，結云「雪中生白雲」，路閉則俗客不來，雲生則素雪彌艷，此快雪也。

馮道《偶作》云〔二〕：「莫爲持危便愴神，前程往往有期因。須知海嶽歸真主，未省乾坤陷吉人。道德幾時曾去世，舟車何處不通津。但教方寸無諸惡，狼虎叢中也立身。」觀道此詩，故能身歷多朝，如嫠婦今日失一夫，明日嫁一夫，旋失旋嫁，老不知恥。得偶已甚，又何不偶之有？

〔二〕「偶作」，原本其上衍一「不」字，據明《稗海》本《青箱雜記》卷二删。

苟禄偷身，盡此五十六字。《青箱雜記》乃謂其諳理，何也？

金錯刀，刀也，亦錢也。《續漢書》云：「佩刀，諸侯王黄金錯環。」謝承《後漢書》云：「賜應奉金錯把刀。」《漢書·食貨志》云：「煢煢金錯刀」，刀也；「金錯囊垂罄」，錢也。高似孫《緯略》直謂「金錯刀非錢」，甚至云：「前人小説乃以錯刀爲新室錢，謬哉！」《漢書》豈小説耶？杜詩於金錯各有分屬：「新室鑄錢，更造錯刀，以黄金錯之。其文一刀值五千。」故

劉希夷詩：「懸瓢木葉上，風吹何歷歷。」鍾伯敬云：「『歷歷』二字著在『風吹』之下，解不出，却妙有真境。」仁按：許由隱箕山，無杯器，掬水飲之。人遺一瓢，操飲訖，挂木上，風吹歷歷有聲，以爲煩而去之。希夷用此，故又云「幽人不耐煩」。

何大復「城邊客散重回首，愁見孤鴻落晚汀」，與嚴維「日晚江南望江北，寒鴉飛盡水悠悠」同一意，而嚴有蕭寥不盡之情。然不如太白「孤帆遠影碧空盡，唯見長江天際流」更黯森。此俱本《南華》「送君者自涯而返，君自兹遠」之意，江淹《别賦》，有一於此乎？深於離緒者，可與語此。

一篇中重韻，亦自蘇武起，曰：「誰爲行路人」，「欲以贈遠人」；「燕婉及良時」，「莫忘歡樂時」。《三百篇》亦有之。此雖不可與拘者道，然亦不得借口。

禰衡在江夏與黄祖長子射善。射請賦鸚鵡，衡遂賦之，有云：「能順從以遠害，不違忤以喪

生。」又云：「顧六翮之殘毁，雖奮迅其焉如。心懷歸而弗果，徒怨毒於一隅。苟竭心於所事，敢昔惠而忘初。托輕鄙之微命，委陋賤之微軀。期守死以報德，甘盡辭以效愚。恃隆恩於既往，庶彌久而不渝。」觀此，則衡亦乞哀於射至矣。從前凌操之氣，於此少殺。世重此賦，吾獨惜之。

皮日休《謝友人惠人參》曰：「神草延年出道家，是誰披露記三椏。開時的定涵雲液[二]，斸後還應帶石花。名士寄來消酒渴，野人煎去撇泉華。從今湯劑如相續，不用金山焙上茶。」《佛鉢》曰：「帝青玉作緑冰姿，曾得金人手内提[三]。拘律樹邊齋散後，提羅花下洗來時。乳麋味斷中天覺，麥麨香消大劫知。從此共君親頂戴，斜風應不等閒吹。」二律俱見《緯略》，近刻皮集並失之，故録出。帝青玉，石也。

「女直外連憂不細，急將兵馬備遼東」，此李空同遠識也。邊吏能用公言，修備于百年之間，何至潰裂若此？公之詩不但長城，且蓍蔡矣。彼輕衷自上借杜抑公者，祇毫辱耳。何匪莪先生嘗集本朝有經濟紀事之作，有益國家以備一種者，政此類也。

《説文》：「玼，玉色，鮮也。《詩》云：『新臺有玼。』」仁按，《詩》「新臺有泚」，非「玼」也。

[二]「雲」，原本爲墨釘，據汲古閣本《松陵集》卷八補。
[三]「得」，原本爲墨釘，據汲古閣本《松陵集》卷七補。

「泚」亦鮮明貌。「君子偕老，玼兮玼兮」，乃從玉。

少陵《古柏行》：「霜皮溜雨四十圍，黛色參天二千尺。」沈括譏其太細長。太白「錯落千丈松」，不較少陵多八千尺乎？此皆詩人放言，烏可拘也。相如賦：「豫章女貞，樹高千仞。」神異經東，荒中有邪。」木高三千丈，或十餘圍，或七八餘尺，録出爲少陵解嘲。

何大復《送杭憲副》詩：「日月晝懸滄海樹，龍蛇春壓九河流。」有合選刻李、杜及本朝李、何詩者，謂「月」非「晝」懸，當易「盡」字，非也。《白虎通》：「日月所以懸晝夜。」謂助天行化，照臨下地。公用此「晝」，亦《春秋》包舉之義也。

楊升庵《驪山行》起句：「秦王作陵固三泉，鑿之不入燒不然。叩之空如下天狀，只疑地下復有天。」此事史所不載，蓋取蔡質《漢儀》李斯上書語也，曰：「臣所將隸徒七十二萬人，治驪山者已深已極，鑿之不入，燒之不燃，叩之空空如下天狀。」升庵用事，深得老杜法。如此者未暇悉舉。

平江侯陳公豫鎮臨清日，館客作詩，有「檐前絡緯啼」之句。侯謂：「草虫不可言啼。」遂疏之。不知「絡緯啼」，太白已道之矣。客無以自明，二人蓋未讀李詩故也。右見《菽園雜記》。仁謂：絡緯啼易見者，設有鳥鳴言嗷嗷，猿啼言啾啾，不更訝乎？束皙《南陔》、屈平《九歌》外，尚不乏此。《詩》云：「鴻雁于飛，哀鳴嗷嗷。」李端「木落雁嗷嗷」，於此乎出。唐太宗「蟬啼覺樹冷」，則蟬亦可言啼矣。

升庵云：「周賀詩：『鴻嘶荒壘閉。』鴻未聞嘶也。近一士夫詩：『枕上聞猿唳。』余弟叙庵戲之曰：『猿變爲鶴矣。』」仁按：梁簡文「一雁聲嘶何處歸」，隋王胄《賦得雁送人》有「聲嘶爲犯霜」之句，唐張説「嘶雁覺虚彈」，太白「哀鴻酸嘶莫聲急」。不但此，《禽經》云「鴟以愁嘶」，鮑照《與妹書》云「孤鶴寒嘶」，東坡《脩養帖寄子由》有「猪嘶」，《易林》「鵲笑鳩舞」，又「鳧得水没，喜笑自啄」，陸機「玄猿臨岸嘆」，白玉蟾「黄鳥駡桃花」。曰笑，曰舞，曰嘆，曰駡，不又變爲人乎？《禽經》「林鳥朝嘲，水鳥夜啖」，太白「雞何嘈嘈」、「嗷嗷空城雀」，少陵「啅雀争枝墜」，然則禽虫聲響，何所不可稱乎？升庵且爾，使淺涉者見此，不知作何如絶倒也。本朝高啓《義鶴贊》：「哀嘶返顧。」

梁元帝《除夕》詩：「一年漏將盡，萬里人未歸。」戴叔倫襲曰：「一年將盡夜，萬里未歸人。」今人但知剽襲之叔倫，而不知始作之元帝，故表出之。

梁簡文詩：「羅裙宜細簡，畫屧重高墻。」衣服簡摺之簡當從此。屧之高墻，古製也，後弓纖以淺。

雲南段功妻，梁王女阿襤主也。王聽譖殺功，主作《愁憤》詩，有「誤我一生踏裹綵」之句。「踏裹綵」，錦被名也。「踏裹」字，亦見杜詩：「布衾多年冷如鐵，嬌兒惡卧踏裹裂。」

子建「爲臣不易」一篇，題曰《怨歌行》，詠周公居東也。周公居東，何怨之有，而至于涕泣？蓋子建于明帝則叔，故借諷而欲有所感耳。太冲《詠史》，實本此篇。

《金陵志》：「溧水州花山節婦，至元丙子間，爲元兵擄至碑亭橋，嚙指血題詩橋柱，投水死。其詩曰：『君王有難妾當災，棄子離夫被擄來。遥望花山何處是？存亡兩地亦哀哉。』」又《輟耕録》：「臨海節婦王氏，至元丙子，元師徇台，掠至清風嶺，嚙指血題詩石間，投崖死。其詩曰：『君王無道妾當災，棄女拋男逐馬來。夫面不知何日見，妾身料得幾時回。兩行清淚偷頻滴，一片愁眉鎖不開。回首故山看漸遠，存亡兩地實哀哉。』」二節婦被擄年同，嚙指血同，其詩亦同。或删律爲絶，或廣絶爲律。兩婦誠有，然于詩不能無著述者附會之疑。仁過清風嶺王烈婦祠，讀蔡潮祠祀，亦載此律，不知孰是？

韓昌黎《南食》詩：「鱟實如惠文，骨眼相負行。蠔相粘爲山，百十名自生。蒲魚尾如蛇，口眼不相營。蛤即是蝦蟆，同實浪異名。章舉馬甲柱，鬥以怪目呈。其餘數十種，莫不可嘆驚。我來禦魑魅，自宜味南烹。」仁處閩粵，前後五六年，海錯悉嘗，怪形咸覿，惟泉之西施舌、竹蟶、瓦壠最可味。鱟血正藍。

永樂癸巳夏五月，騶虞見于曹縣，白質黑章，性仁而馴。祭酒胡公儼以獻，禮書吕公震請表賀，不許。司業吴公溥有詩云：「曠代空聞義獸名，盛時方睹貢神京。千年瑞應從天降，五色文章炫日明。香霧晝眠靈囿暖，落花春踏玉階晴。西周仁厚今猶昔，願把周詩日再賡。」《兖州府志》所收冗詩甚多，此獨不載，紀事之作，其可闕乎？

《蜀道難》題不起于李白，始于梁人張悰。

張曲江《餞陳學士還江南》，同用「微」字，此初唐用字之始。

孫太初蓬首提籃，直入邵文莊公宅，自移榻坐南面。典謁駭而報公，公知必太初，倒屣出見。太初不交一言，即起去，但曰：「十年吟破吴門月，剛得梅花一句詩。」蓋謂公吴中一人也。鉅碩高流，真如一幅佳畫。

中散「目送歸鴻」，悠遠已見。太白「目色送飛鴻，邈然不可攀」，不亦畫足乎？而又添「色」易「飛」，去嵇殊遠。

太白推重淵明亦至。其詩有曰：「河陽富奇藻，彭澤縱名杯。所恨不見之，猶如仰昭回。」奈何又有「齷齪東籬下，淵明不足群」之句？少陵《題張旭草書圖》：「斯人已云亡，草聖秘難得。」至李潮《小篆歌》云：「吴郡張顛誇草書，草書非古空悲壯。」文人口筆不定，隨意抑揚，不獨乎今矣。

少陵甚愛庾子山，故曰「庾信文章老更成」，又曰「清新庾開府」，許雖未至，然拳拳于前輩如此。今人遇一得名人，便欲撓敗，甚加筆罵，殊愧古人。

升庵《趙州館喜晴》七言律，用「弓」、「虹」、「叢」、「豐」、「朋」五韻，云：「《左傳》引逸詩，揚子作《太玄》，皆以『朋』合『弓』字韻，蓋古音正聲也。合韻『朋』與『澄』叶，乃鴂舌之音。何俗士信沈約陸詞，而疑左氏、子雲乎？」仁謂：後人亦非盡信沈約，特膽細，且未熟古音，故因循取近耳。即《洪武正韻》，古今咸具，我太祖御製，經王、宋諸公訂定，而亦未有悉遵者。近惟徐渭間從《正韻》，無損于詩。

《離騷》之辭，《郊祀》、《安世》之歌，以及于漢、魏諸作，曷嘗拘于一律，亦不過協比其音而已。自沈約分爲平上去入，號曰類補，大抵多吴音。及唐爲益嚴聲律之禁，武夷吴棫乃稽《易》、《詩》、《書》而下達于近世，凡五十家，爲《韻補》。新安朱熹據其説，以協《三百篇》之音。音韻之備，莫逾四《詩》。《詩》乃孔子所删，舍孔子而弗之從，而唯區區沈約之是信，不幾于大惑歟？此宋文憲公序《洪武正韻》之大略，謂隨音刊正，以洗千古之陋，音韻之學，盡復于此。乃今《正韻》猶未盡遵，是皆耳泥於四聲，心離乎《三百》者也。

嘗聞峨眉山中人以盒盒雲送人。静室中，闔扇啓盒，其雲氤氳室中久之。仁始不信，既而兩登泰山，于天門十八盤之間，躡雲而升，襟履所拂率是物，可盒而有，始信前聞不誣。陶弘景云：「山中何所有，嶺上多白雲。只可自怡悦，不堪持贈君。」其未經雲拂衣履，亦未聞雲可盒乎？劉希夷云：「明月留照妾，輕雲持贈君。」

宋景文《落花》詩：「將飛故作回風舞。」人知爲宋詩中翹楚，而不知用李長吉「落花起作回風舞」句也。

唐人詩：「紀信生降爲沛公，草荒古冢卧秋風。不知青史緣何事，却道蕭何第一功。」據此詩，若與蕭功較先後者，不知信在當時，曾無封爵也。信事與韓成同，我太祖以成爲首功，追封高陽郡侯，録其子觀。即酬功一節，漢高去我太祖遠矣。《高后紀》有襄平侯紀通，張晏謂紀信子。晉灼謂不見其後。《功臣表》：「紀通，紀成之子，以成死事，故得封。」按此則忘信益明。

《兖州府志》云：「嶧山刻石，李斯撰并篆書。其碑不知何時爲野火焚裂，故杜甫詩：『嶧山之碑野火焚，棗木傳刻肥失真。』歐陽脩云：『嶧山碑《史記》不載，其字特大，不類。泰山存者，其棗木傳刻耳。』元祐中，鄒令張文仲復摹于石，今縣治内所存者是也。」《説郛》云：「今嶧山實無碑，乃南唐徐鉉所摸刻石于長安耳。」仁觀《緯略》：「此碑，後魏太武帝登山，使人排倒之。邑人疲于供命，聚薪燒之。繇是殘缺，不堪摸搨。」據是則唐以前本有此碑，可補《兖志》之所未備。

《説文》云：「䣜，沛國縣，昨何切。」《人代紀要》云：「蕭何受封于䣜。唐詩『麒麟閣識上䣜侯』，作『酇』非。」又《説文》：「南陽有酇縣，故鄧禹封酇侯。」《一統志》：「光化，古酇縣。」則何非酇侯頗明，録以備考。

詩後有「亂曰」，自漢樂府《婦病行》始。

漢詩：「胡馬依北風，越鳥巢南枝。」本子胥《河上歌》：「胡馬望北風而立，越燕向日而熙。」若不使事而事在其中。

王摩詰：「酌酒與君君自寬，人情翻覆似波瀾。」上句用鮑明遠「酌酒以自寬」，下句全用陸士衡《君子行》語。

《易林》：「庭燎夜明，追嗣日光。」不如我朝王稚欽「羲和既逝，蘭缸嗣輝」佳。

「教坊脂粉洗鉛華」、「一身何忍去爲娼」二律，相傳鐵尚書兩女呈原問官得赦。因考《遜國臣記》、《革除遺忠録》、《革除遺事》，俱不言鐵有女。惟《立齋閒録》謂：「鉉女玉兒四歲送教坊司。」然則一幼女，非能詩兩女也。二律呈原問官，必始事時作，四歲女能辦此乎？或曰，味前首似長年時作。當是時色長以鐵女爲上所辱，安敢授以詩書？且四歲女存亡不可知，即果有二女，止送教坊，更復何訊而有問官？即有問官，而女當骨肉竄殺之際，必不能從容爲此蒨秀之作。成祖於末年七月崩，八月，皇太子即位。十一月，宥建文諸臣家族，教坊婦女始得回籍。果其先有問官見詩，亦必得請而後敢釋。試思爾時肯特原鐵女否？且「舊曲聽來猶有恨，故園歸去已無家」一聯，用曾棨《維揚懷古》「玉樹聽殘猶有曲，錦帆歸去已無家」翻出。棨，永樂甲申及第，豈襲娼詩者？二律益知後之好事所爲，斷無疑矣。

《困學紀聞》云：「梁元帝《賦得蘭澤多芳草》詩，古詩爲題見於此。」仁謂：起於晉陸機《行行重行行》、《今日良宴會》等篇。其後有劉琨、劉鑠、梁武、簡文、昭明、沈約輩，紛紛繼作，俱在元帝之前。

《廬州府志・貞烈傳》曰：「唐人劉氏，廬江郡小史焦仲卿妻。」仁按：劉，漢末建安時人也。《志》既曰廬江郡，正合《孔雀東南飛》歷稱「府吏」及「吾今且報府」等句。又按：《漢書》云：「廬江郡，文帝十六年別爲國。」《府志》：「南梁以後始稱廬江縣。」至唐，以廬州屬淮南道，而不稱郡，盡改郡守爲刺史矣。則劉氏之爲漢人，復奚疑？著之以備修志者更考焉。

《揮麈新談》載陸公容《夜却館人私奔女》詩：「風清月白夜窗虚，有女來窺笑讀書。欲抱琴心通一語，十年前已薄相如。」仁謂：不作此詩，更見完德。

袁中郎力糾明詩，藝林咸允，十集出，幾于紙貴。務去陳言，力驅剽竊，殊爲有功詩道。其謂不襲前人一字一意，恐未盡然。略舉一二，如「庖人供薄餅，稚子獻香梨」，襄陽有「厨人具雞黍，稚子摘楊梅」；「落絮粘行牘」，老杜有「落絮粘行蟻」；「倦來看洗馬」，老杜有「晚凉看洗馬」；「感郎千金顧」，古詩有「感郎千金意」；「去日翟公猶有客，到來潘岳已無花」，鐵女有「舊曲聽來猶有恨，故園歸去已無家」；「珠簾欲度聞仙語」，佺期有「經聲欲度聞天語」；「古屋繫龍兒」，老杜有「古屋畫龍蛇」；「東風吹綻紅亭草」、「東風吹暖婁江樹」，唐人有「東風吹緑瀛洲草」。「文雅王元美，清夷孫太初」，即老杜之「清新庾開府，俊逸鮑參軍」也；「六朝舊事殘鐘外」，即本朝楊載之「六朝舊恨斜陽外」也。大約此等偶襲，古亦不避，《三百篇》亦有之，不足爲病。劉玉受云：「余初讀《袁集》，酷愛之。徐覺其玩世語多，老婆心少。」此是大根權機，政不必作婆子氣，旨哉！

中郎自以不襲前人一字一意，然往往入長吉圍中而不知。又其詩曰：「贖取長吉魂，幻作鬼工賦。」亦自有意乎？拾袁數語，合李一人：「一絡罡風吹地起，神禹無功巨靈死」，「紺巖開老沉香花，飛仙失路虎無家」，「野桃露滴珊瑚紅」，「美人羅袖撲香蕊，科斗旋旋丁子尾」，「蘭燈蕊綻白光殘，隔花呼起夜歌鸞」，「寶枕花酣龍腦雲，粉香暈透猩紅雨」，「花前輭步詢鸚鵡，勸醉歸來時幾許」，「開妝重點聖檀心，夜明簾外金沙吐」。又似填詞：「東風染就藍花水，刀鰽十寸青帶子。鵁鶄銜母下灘眠，聞歌一翅衝烟起。入扇香風白芷苗，鈎衫刺短迷陽蕊」，「流鶯舌倦語初歇，畫鸞巒點梨花雪」，「畫巒活舞玲瓏玉」，「乳花如雪滴春香」，「寒氣如山壓霜重，珠閣銀題連曉動」，「窮冬夜冷蘭烟黑」，「麒麟蹶地青鸞叫」，「西風酸斷石麒麟」，「鵝溪冷絹花紋澀」，「毶毶風鬣滴烟香」，「鬼書未燥花先腐」，「脱帽擲天呼石語」，「研朱潑面火生肌」，「簾波斜帶水條烟」，「角燈抽紫焰，凍花老瓶水」，「滑波映琉璃，一片冷光死」，「堂頭老像如冰冷，寒碑月寫風枝影」。

仁嘗選中郎詩，以惠來者，第限于力，未及梓行，姑録小序如左：袁石公藝談天出，若以爲明無詩者，以其覿緣多而生真少也。夫詩如流黄間色，錯綜成章，重黯輕明，何機篋有？猥善各成，不事盗剿。故知所謂明無詩，非無詩也。無其不己出，而搬排人有者也，故其詩曰：「羶骨蝭迴旋，驢脊蒼蠅聚。矐眉少冶容，邯鄲無高步。」譏鋒雖利，實匪徒言。且自弘、正以前，尚靡一當於公，乃今人不自深得，至舐人唾而盗人涓，不知肖則人優，弗肖則我面并失。大要公不顧遺議，殲剽礪鈍，在各自出己見，不從人脚根，一語援濡溺耳。若其詩自爲體，不資蔭映，淺識者猶處從違。仁故蕞其新秀，獨至與來者，期剷陳根於慧圃，疏宿物於清渠。而後融諸性情，自出機杼，以無犯公摭腐拾浮之誚可也。又其詩曰：「除却袁中郎，天下盡兒戲。」又曰：「碌碌彼人奴，餘膻蔽天地。」豈公爲之？斯必有以中公者！其謂不拾前人一字，似未盡然。總之，公蓋泛覽六朝，微窺少陵，乃心長吉，而自爲石公者也。

升庵《詠史》有云：「解印如脱屣，醳歠比朝荂。」醳，昔酒；歠，黼黻。謂淡視禄位，如朝榮之花耳。又云：「嗟此兩痴宍。」「宍」，古「肉」字，見《竹彈歌》。升庵于詩，往往用古字，殊覺力厚，使不好者見之，不知作何貶削矣。即盧柟賦多用古字，好者以爲伊門第一手；不好者謂將經史海篇字眼，盡意抄謄。《石鼓》詩、鼎銘、《穆天子傳》多有難字，亦豈他抄乎？不怪秦皇不將古之難字罄燒之，而怪多識者用也。司馬温公云：「備萬物之體用者，莫過于字。」而難字可棄乎？

李長吉詩，有疑其無理者，作怪者，不可有二者。雖然，其語亦有來歷，所用故實隱而不顯。如「寒髮斜釵玉燕光」，分明是其不必有古之本色，而不知事出《洞冥記》。「桃膠迎夏香琥珀」，事見《廣爾雅》。即此數語，可概餘篇。讀有長吉所讀之書，始可學長吉之詩，若只貽笑優孟，夫何爲乎？

鍾伯敬云：「輕詆今人詩，不若細看古人詩；細看古人詩，便不暇詆今人也。」思之。

昔人論詩曰：「發穠纖于簡古，寄至味于澹泊。」曰：「梅止于酸，鹽止于鹹。飲食不可無鹽梅，而其美常在于酸鹹之外。」曰：「寧律不諧，而不可使句弱；寧字不工，而不可使語俗。」曰：「以氣韻清高深眇者絶，以格律雅健雄豪者勝。」「詩者，人之性情也，有道之士胸中過人，落筆便造妙處。彼淺陋之人，雕琢肺肝，不過僅能嘲風美月而已。」曰：「比律吕而可歌，列干羽而可舞，是詩之美也。其發爲謗訕侵陵以快一朝之忿者，爲詩之禍，失詩之旨。」前人之論，其精如此。今之望藩垣者反忽之，宜詩道之日趨于下也。

盧綸詩：「日愛閭巷静，每聞官吏賢。」曹鄴詩：「州民言刺史，蠹物甚於蝗。」此固當時有謂而作，然曹詩則似誹而修郄者矣。韻言文字，斷非鴟張謗訕之具，戒之哉！

藕居士詩話卷下

檇李陳懋仁無功著

升庵云：「古樂府題有《朱鷺曲》。解云：『因飾鼓以鷺而名曲焉。』又云：『朱鷺咒鼓，飛于天末。』徐陵詩有『臯鐘鷺鼓』之句。宋之問詩：『稍看朱鷺轉，尚識紫騮驕。』皆用此事。蓋鷺色本白，漢初有朱鷺之瑞，故以鷺形飾鼓，又以朱鷺名《鼓吹曲》也。梁元帝《放生池碑》云：『玄龜夜夢，終見取于宋王；朱鷺晨飛，尚張羅于漢后。』與朱鷺飛雲末事相叶，可以互證，補《樂府解題》之缺。」仁按：《毛詩傳》：「楚威王時有朱鷺合沓飛翔而來。」又王伯厚《詩考》云：「古之君子，悲周道之衰，頌聲之輟，飾鼓以鷺，存其風流。故知朱鷺鷺鼓，不特漢初。」此可補升庵補《樂府解題》缺中之缺。若徐陵所云「臯鐘」，乃用《考工記》「臯氏爲鐘」，非飾臯于鐘也。

《續名馬記》：「漢樂府：偏愛權奇。」注：權奇，馬名。非也。《天馬歌》云：「志俶儻，精權奇。」言馬之雄快，故東坡詩云：「作駒已權奇。」

《詩紀》引《大戴禮》武王《几銘》：「皇皇惟敬，口口生垢，口戕口。」有謂此闕文作□者，誤以爲三口。仁按：《大戴》本文：「皇皇惟敬，口生㖃，口戕口。」㖃，不從土，后從口，后音吼，厚怒忿聲，亦恥也，詈也。《海篇》：「呞，犬争聲。」所注口字甚明。惟《詩紀》起句下多一口字，及呞作垢耳。譚友夏云：「四口字叠出，妙語，不以爲纖。」鍾伯敬云：「讀口戕口三字，竦然骨驚。」益可證非闕文作□之誤。

世言龍鍾，竹名，枝葉摇拽，不自禁持，故以比衰老之態，則是其竹柔而細長者矣。《南越志》載，羅浮山第三十一嶺，半是巨竹，皆七八圍，長一二丈，葉若芭蕉，謂之龍鍾竹。按：此竹榦巨葉大，其無摇拽如衰老可知，烏可概論。劉孝標書：「援筆攬紙，龍鍾横集。」《獻玉退怨歌》「空山歔欷涕龍鍾」，唐詩「雙袖龍鍾淚不乾」，此皆瀸瀫淋漓之意也。

《國史補》有「劍南燒春，蓋燒酒也」，升庵詩「錦江卓女燒春」，注云：「唐人説燒酒，卓文君製。」仁按：牛嶠詞「錦江烟水，卓女燒春」，升庵本此。曹能始《蜀中詩話》亦謂燒春始于文君。李時珍《本草》乃云：「燒酒非古法，自元時始創。」《草木子》亦云：「是元時法酒。」然歟？白香山《荔枝樓對酒》詩云：「荔枝新熟雞冠紫，燒酒初開琥珀香。欲摘一枝傾一盞，西樓無客共誰嚐？」可證非元創也。《萬首唐人絶句》失載此詩，併記。

米南宫作邑捕蝗，鄰邑移文謂驅蝗入境，米取牒書一絶云：「蝗虫本是天災，不繇人力擠排。若是敝邑遣去，却煩貴縣發來。」見者大笑。因憶我明邵文莊公守許時，祭蝗蝗去，題云：「今日蝗虫來，明日蝗虫去。吾爲吾民歡，還愁蝗去處。」此非具有天地父母之心者不能道。

淵明《命子》云：「三千之罪，無後爲急。」既有子可命矣，而曰「無後」者，蓋欲子之立身修道，弗淪匪彝，以光顯前人，始爲有後。故結云：「爾之不才，亦已焉哉。」

陳子昂「林卧觀無始」、「深居觀元化」、「閒居觀物化」、「幽居觀大運」、「乘化入無窮」、「幽鴻順陽和」、「大運自盈縮」，同一機杼，皆得道之言。

孟襄陽「泊舟潯陽郭，始見香爐峰」，可參陶淵明「採菊東籬下，幽然見南山」。

《後山詩話》：「費氏以才色入蜀宫，後主嬖之，號花蕊夫人，效王建作《宫詞》百首。國亡，入備後宫。太祖聞之，召使陳詩。誦其亡國詩云：『君王城上竪降旗，妾在深宫那得知？十四萬人齊解甲，更無一個是男兒。』太祖悦。」仁謂：費氏當斬，何以悦？降旗不知，國亡則知之矣，何不死？既落身備後宫矣，又何譏？因憶項羽死敵時，虞美人歌曰：「漢兵已略地，四面楚歌聲。大王意氣盡，賤妾何聊生？」遂伏劍死。據是則費於地下，不堪作虞姬奴婢，烏可軒軒議人？

海棠有白者，真宗《海棠》詩：「紅白間纖條。」有黄者，洪适有《黄海棠》詩。一曰貼梗海棠，接以木瓜，則成白花。

老杜「千崖秋氣高」，工而大。杜牧之「南山與秋色，氣勢兩相高」，雖多，奚以及？

太白雖善飲，若「會須一飲三百杯」、「一日須傾三百杯」、「中宵出飲三百杯」，皆放言也。

《雪濤閣詩評》謂：「勸襲者不飲一杯，而言一日三百杯。此是李太白家掏摸。」據此，則詩應實乎？東坡不善飲，而曰：「萬斛船中著美酒，與君一生長拍浮。」孔北海難魏武云：「堯非千鍾，無以建太平；孔非百觚，無以堪上聖。」果如是乎？陳宋暄云「鄭康成一飲三百杯」，故太白用之，自非創語。

升庵云：「杜詩古本『野艇恰受兩三人』，淺者不知『艇』字有平聲，乃妄改作『航』字，以便於讀，謬矣。古樂府云：『沿江有百丈，一濡多一艇。水上郎擔篙，何時至江陵。』艇音廷，杜詩蓋用此音也。」仁按：《經史直音》有廷、挺兩音，蓋艇小船，航大舟也。艇小，故恰受兩三人耳。白香山詩亦云：「野艇容三人。」

湯聘伊尹五反，然後肯出。先主顧孔明者三，然後肯見，老杜云：「伯仲之間見伊呂。」

李密仕蜀漢爲郎，數使吳，有才辨。後受晉徵爲洗馬，陳情終養。後終劉服，復以洗馬徵至，出爲温令，多所憎疾，遷漢中太守，自以失分懷怨。及餞東堂，詔密令賦詩，末章云：「人亦有言，有因有緣。官無中人，不如歸田。明明在上，斯語豈然。」密既仕漢，復臣于晉，士節已隳，而又汲汲干進，致武帝憤免。且前以九十六祖母陳情，蓋自有不能已者。表中加蜀漢以僞朝，是猶孀婦再嫁，于新夫前貶抑故夫，爲臣不忠，何以稱孝？

西城真人王君常吟詠，起句云「形爲渡神舟」，語甚奇。然出于蔡邕《琴歌》「元氣爲舟」

之句。

太白《閨情》云：「窺鏡不自識，况乃狂夫還。」含意足憐，消損可掬。《自代内贈己》云：「窺鏡不自識，别多憔悴容。」則露矣。然皆本于梁人王孝禮《詠鏡》「可憐不自識」之句。

太白《發白馬》一篇十六句，用地名者十，不但「峨眉山月半輪秋」之四而已。大要負大力者揮役萬有，不爲俗拘，非細膽小才所得庶幾也。

白《寄句容王主簿》云：「寄君青蘭花，惠好庶不絶。」方之「折梅寄隴人」，蘭更香。

白《嘲魯儒》云：「魯叟談五經，白髮死章句。問以經濟術，茫如墮烟霧。」愚謂此不但唐人獨嘲魯儒。

乘馬者，左手持鑣，右手執鞭。遇諸途者，各以鞭舉如拱。太白曰：「馬上相逢揖馬鞭。」青蓮所以凌駕古今者，不在豪峭儁逸，而在勢如倒峽，發若弸箭，羅列萬有，而不見安排，天然得篇，而若無思鍊。瑕不可拱，以其適當；瑜不可摘，舉之皆寶。詩光邁氣迴射，索頗酒韻，仙風軼乎人外。每讀其集，驚心悸神，方之少陵，其去則遠。

酒中有仙，有醉聖，有醉尹，有醉士，有斗酒學士，有釀王，有醉侯，有麯部尚書，有酒民，有酒徒，獨無酒帝。而唐人有詩云：「若使劉伶爲酒帝，也須封我醉鄉侯。」則伶可酒帝矣。此十四字詔也。

何匪莪先生曰：「漢魏詩遂而悠，婉而詳，深切而著于事意，可以觀其神焉，可以觀其才焉。下逮六朝，詞常至于掩意，而功遂至于抑才，然而作者之勢，必出于此者。宇宙人情物理，有時而盡，而自恐其言之不能出于古人之外也，故皆雕琢摩厲，至于大盡而無餘。而上天所賦之才，吾胸中所鬯之語，固亦覺其索然矣。」旨哉！雕琢摩厲，于近日尤甚，專以字句奇鮮爲工，不知事與意爲何等，又何暇論具體乎？

《詩三百》删後，無人評其優劣，六義明也，何自漢、晉來，雌黄紛然不已？非唯作者不能仿佛《三百》，即觀者于古今得失、文質盛衰之際，亦未能有深辨之者。噫！敝也久矣。孔子教人學《詩》，專爲治性情，達事理。後之君子乃教人作詩工拙之法，何其意相遠也？所以工倍而無用，時過而難成。右二則見《啓軒獨學記》。

今世詩法無傳，正坐真不能假，假不能真，約不能博，博不能約。使天籟之鳴，呹于吹石，而神機之運，澀若轉觚，猶之乎真真假假、博博約約云爾。豈知真假妙在用虚，博約妙在用實。以虚虚實，則山河大地，總屬火傳；以實實虚，則芥子須彌，悉歸平等。世人膚立，手牢關捩，目眯空花，使物爲一定之形，而才入必窮之境，豈非詩道之大蠹哉？右東蒙公鼒云。

立詩之體，濃淡古今之致，每異用而相非，斯皆争乎其流者也，而本之所存不與焉。蓋或深或遠，或質或艷，或清或敦，依乎質性之所近，而馴之以養，輔之以學，宣于其詩，或累言之，約言之，而皆有以尋其所得于中之至分。故古人之幽感于今，與今人之興起于古，存乎未有言語之前，而因詩以相致焉，非苟然而已也。古人之深積于内而克盛其業者，即一章一句，終非後世能文之士之所及。而于帥志博聞、深識静觀之士，其精至者不必論，即有率句累辭，亦足以繹其深厚歷落之意，而矜飾者顧失焉。則以所從出之地，有深焉者，有淺焉者，其與人相召之故，不可得而强矣。世之冒焉于此者，不務深其養之所至與學之所隆，則苟就一時風尚之所趨，而無以自成。右朱隗雲子《旨齋詩序》略也。

古人之詩如畫意，人物衣冠不必盡似，而風骨宛然；近代之詩如寫照，毛髮耳目無一不合，而神氣索然。彼以神運，此以形求也。允哉，于文定之言乎！鍾伯敬云：「古人詠史，不指定一事，寫意而已；今人寫意，反靠定用事。」此亦文定意也。淵明《飲酒》詩多具此意，觀者得之。

今作詩者，搜討字句，甚見精峭。其視忠厚和平爲澹緩而不貴，甚至巧加譏訕，取快偏衷，失「詩言志」而弗顧。太白曰：「但仰山嶽秀，不知江海深。」

善用事者，如鴻冥空外，不礙于空；魚乘水中，無礙于水。即之不得，按之斯在，乃爲高手。

活句須尋意外，莫索題中。得於意外，則題始動。

律詩不必過以突兀爲高，只崔之《黄鶴樓》、杜之「昆明池水」、李之「鳳凰臺」，寄閎廓高峭于純温蒨麗中，至足取法，奚事多求？如欲幽遠奇澹，又當參白樂天之《尋郭道士不遇》、趙嘏之

《早發剡中石城寺》、沈彬之《塞下曲》之類，亦足宣其性靈，滌乃塵俗，而無刻削傷體之害。總之，須盡脱文章之氣，弗作文人舉止，便足稱詩。諸體皆然，不但于律。

「竹批雙耳峻」、「頭上鋭耳批秋竹」，此老杜自翻句，可稱雙璧。皆出《相馬經》「耳欲鋭而小如削筒」。

姜詩母好江水，其妻往汲，雪中歸遲，詩逐出之。仁嘗思，詩何不自汲？後見方鳳云：「嗟嗟姜生者，何不身自汲？試觀負米心，誠孝不可及。」乃知賢者處稍非據，無不爲後人指摘如姜者，可不慎歟？

一日於逆旅畏熱，夙興啓窗，蚊俱轟入，急闔之，已盈室矣。蓋昧爽前蚊猶聚耳，因思楊鐵崖《詠蚊》詩末云：「東方日出苦未明，老夫閉門不敢行。」其言雖有所喻，然詠蚊實録也。

《詩歸》云：「『夜臺無李白，沽酒與何人』，是爲自家死後占地步；『夜臺猶寂寞，疑是子雲居』，是爲他人死後占地步。然太白語謔浪，達夫語悽感。」仁亦謂：張説「夜臺無戲伴，魂影向誰嬌」，是爲妓人死後賣俏麗。本朝孫蕡「黄泉無客舍，今夜宿誰家」，是爲自家死後尋寓所。然平居語易，蕡臨刑語難。唐伯虎易簀時亦有「黄泉若遇好朋友，只當飄零在異鄉」。

賈誼《弔屈文》有「騰駕罷牛驂蹇驢兮，驥垂兩耳服鹽車兮」，裁去兩「兮」，絶似升庵七律起句。

孟襄陽：「荆吴相接水爲鄉，君去春江正淼茫。日暮孤舟何處泊？天涯一望斷人腸。」荒途旅店，只在第三句應上「淼茫」，不必更望「天涯」，而凄颯已極。仁生平經此，不可指僂，悲夫！

唐相鄭畋《馬嵬》詩：「肅宗迴馬楊妃死，雲雨雖亡日月新。終是聖朝天子事，景陽宮井又何人？」義正辭嚴，奪盡哀香惋碧之色。

宋玉賦：「巫山之神，薦枕席於襄王。」坡公詩亦有「小姑前年嫁彭郎」之句。蓋大小孤山，俗轉爲姑；江側彭浪磯，轉爲彭郎，故云。嗟兩山之神，不幸而猶蒙玷若此，况于人乎？李義山有詩曰：「神女巫山元是夢，小姑居處本無郎。」可藉爲兩山昭雪之案。

漢時避諱，避于史而犯于詩者，如高祖諱邦，舊史以邦爲國，韋孟詩則云：「實絶我邦。」惠帝諱盈，史以萬盈數作滿數，李陵詩則云：「獨有盈觴酒。」文帝諱恒，以恒山爲常山，仲長統詩則云：「恒星艷珠。」景帝諱啓，史微子啓作微子開，《漢書》啓母石作開母石，傅毅詩則云：「啓我童昧。」如此者尚多，皆臨文不諱也。若雙諱之避，則《中庸》曰：「徵則悠遠。」《大學》曰：「在明明德。」故《禮記》曰：「言徵不言在，言在不言徵。」《大明律·上書奏事犯諱條》後有云：「其所犯御名及廟諱，聲音相似、字様各别及有二字止犯一字者，皆不坐罪。」然則止犯一字者，亦律中所原，但臣下敬君，自當謹避耳。

晉傅玄：「彎我繁弱弓，美我丈八矟。一舉覆三軍，再舉殄戎貊。」此不用韻詩。

李空同《夏口夜泊别友人》云：「黄鶴樓前日欲低，漢陽江樹亂鳥啼。孤舟夜泊東遊客，恨殺長江不向西。」此全倣李涉《竹枝詞》：「十二峰頭月欲低，空舲灘上子規啼。孤舟一夜東歸客，泣向東風憶建溪。」蓋空同才大，雖欲降格爲中唐不得也。

升庵云：「雨未嘗有香也，而李賀詩『依微香雨青氛氲』，元微之詩『雨香雲澹覺微和』。雲未嘗有香，而盧象詩『雲氣香流水』。」仁按：魏無名氏詩「清風細雨雜香來」，此在諸家前。解琬詩「香雨霽微塵」，太白詩「香雲遍山起」，然皆借言，非實有香也。《征途記》云：「蕭窗曾遇洛陽女，相見後至葭萌逢雨，認得香氣，曰：『雲雨從巫山來，我獨知之。』」《拾遺記》：「員嶠之山有爛石，其色多紅，質虛似肺，燒之有烟，香聞數百里。烟氣升人，則成香雲，遍潤則成香雨。」《受生藏》云：「一切龍王降注香雨。」《紫桃軒雜綴》：「《佛經》云：『龍宫有香，名象門，每焚一銖，則香雲彌滿者三月，散爲香雨。』」凡此皆言雨雲實有香者也。

升庵稱杜工部「天闚象緯逼」，改爲「天闕」，或作「天閲」，殊爲牽强。章表臣《詩話》據舊本作「天闚」，引《史記》「以管闚天」之語，其見卓矣。余又按：《文選》潘岳《秋興賦》「闚天文之祕奥」，注引陸賈《新語》：「楚王作乾溪之臺闚天。」杜子美精熟《文選》者也，其用「天闚」字正本此。仁謂：精熟理《文選》，命其子者。《列子》云：「至人者上闚青天。」黄香《九成宫賦》云：「闚天門而閃帝宫」之類。子美豈不讀而僅以《文選》，不淺之乎闚杜歟？

唐以來詩用「歸人」，如丘爲「萬里一歸人」之類甚多。而不知《爾雅》「鬼之言歸」，《尸子》「古者謂死人爲歸人也」。

《石林詩話》云：「晉魏間尚未知聲律對偶。」仁謂：不然。《三百篇》「遘閔既多，受侮不少」、「發彼小豝，殪此大兕」。漢詩「志俶儻，精權奇」、「易亂除邪，革正異俗」、「歡娛在今夕，燕婉及良時」、「往夫懷征路，遊子戀故鄉」、「雞鳴高樹巔，狗吠深巷中」，非偶乎？然皆高簡典厚，不似後之綺靡纖艷耳。若魏、晉間聲偶始多，何謂未知？雜摘數聯證之，餘未盡録。「愛惜加窮袴，防閑托守宮。」晉樂府「秋蘭被長坂，朱華冒緑池。」「萑蒲竟廣澤，葭葦夾長流。」曹植「妙詩中篤好，精義貫幽頤。」謝琨「凝冰結重澗，積雪被長巒。」「招摇西北指，河漢東南傾。」陸機「寒花發黄采，秋草含緑滋。」「金風扇素節，丹霞啓陰期。」張載「朱實隕勁風，繁英落素秋。」劉琨「精義測神奥，清機發妙理。」曹攄以上諸家，雖對偶而句調猶古，然鍊字多落第三，可以知當時流襲。此類甚多，不必細録。

袁石公《京洛篇》：「眼罩一尺紗，茫茫遮人老。」仁謂：紗無意遮人，眼自來襯紗耳。王弇州《詠眼罩》云：「短短一尺絹，占斷長安陌。如何眼底人，對面不相識。」仁謂：我欲見長安人，致彼對面不相識耳，絹何尤焉。

石公詩：「多少窮烏紗，皆被子曰誤。」客有戲易「誤」爲「富」者。仁曰：「詩欲虛。」客曰：

「吾誤矣。當續二句足之，曰：『比在寒窗時，仕途尚可過。』」仁曰：「亦實。」客曰：「吾益誤。雖然，誰謂汝多虛乎？」乃相與一粲。

史謂孟浩然對玄宗「不才多病」之作，乃王維邀入内院，駕至，匿床下，詔出。《北夢瑣言》謂在李白第。仁謂：在白第，駕至必預聞，可他逸，内院倉卒，故床下耳。

蘇之子城西有乘魚橋。北宋吴子英得赤鯉，謂子英曰：「我迎汝身，汝上我背。」遂飛去。《述異記》謂：「子英，晉人也。」高季迪詩云：「誰知有飛仙，赤脚踏神鯉。波驚風蕭蕭，渡海秋萬里。」蓋指子英也。然則乘赤鯉者，不止琴高。

北齊《敕勒歌》「風吹草低見牛羊」，不如曹丕「草淺獸肥」佳。

魏《野雨》詩：「濺琴移榻避，添硯就檐承。」仁謂：此硯可寫酒肉帳，記稱責名。今人但要句好，不顧義理，如添硯者比比也。

古音複字，二蕭内有「秋秋」音「啾啾」。今人謂小語低聲曰「啾啾」，千遥切。樂府有「啾啾蹌蹌入西園」，《荀子》引逸詩「鳳凰秋秋」。十一尤亦載「秋秋，趨蹌聲」。仁按：《漢書》「飛龍秋」，蘇林曰：「秋，飛貌。」顔師古曰：「《莊子》有『秋駕之法』者，亦言駕馬騰驤，秋秋然也。」「飛龍秋」語奇，「飛貌」更奇，於「啾蹌」二解也。

叔夜：「昔慚柳惠，今愧孫登。」本子建「逝慚陵墓，存愧闕廷」之句。取則前人，古亦不廢。

張茂先：「伏枕終遥昔。」「遥昔」，長夜也。薛道衡《昔昔鹽》，一名《夜夜曲》，此出《列子》「昔昔夢爲君」。鹽〔一〕，行吟曲弄之類。以上「昔」俱訓「夜」，而《吕覽》「孟夏之昔」，則注謂「終」也。

《史記》：「中國一統，明天子在上，兼文武，席卷四海，内輯億萬之衆，豈以晏然，不爲邊境征伐哉？自是而後，遂出師北討彊胡，南誅勁越，將卒以次封矣。」此太史公頌而譏也。又論者謂：中國一統，而馳志如此，不知費幾百萬生靈，成此諸侯封爵。有謂天下一切摧鋒陷敵之士，並得封拜，海内户口耗矣。若若許言被曹松「一將功成萬骨枯」七字該盡，真詩史哉！

金牛峽，一名五丁峽。薛文清公《奉使過五丁峽》云：「蜀在禹貢爲華陽。」黑水梁州之域，是其道通中國也久矣。世傳惠王以金牛詐蜀使，五丁力士開此峽，繆妄不稽。王子衡亦有詩云：「古峽天中闢，鴻荒不記年。蔡蒙來禹貢，彭濮紀周篇。自是并吞易，非關疏鑿然。金牛本茫昧，世代浪相傳。」此詩殊有證據，足稱紀事覽古之作。

《青箱雜記》：「裴愈累居三館祕閣，有詩《送魯秀才南遊》云：『東吴山色家家月，南楚江聲浦浦風。』」我明徐昌穀少時所作：「文章江左家家玉，烟月揚州樹樹花。」似出此，而藻麗

〔一〕「鹽」，原本下衍一「鹽」字，删。

過之。

湯陰精忠廟，葉紹翁《岳忠武王》詩有云：「如公更緩須臾死，此虜安能八十年？」似矣。若結云：「早知埋骨西湖上，學取鴟夷理釣船。」則非王意矣。仁過湯陰，有「中原一死甘恢復，血食千年豈壯懷」之句。竊謂：今日之血食，且非王意。肯以君上蒙塵，中原板蕩時，爲全身計乎？

升庵《山海經補注》云：「浮玉山，即金山也，唐明皇改浮玉山爲金山。前人詩：『天將白玉浮諸水，帝以黄金姓此山。』」仁按：《京口三山志》：「梁天監四年，即金山修水陸會。」則金山之名，自梁已著，不待明皇。

馮元成《晉乘》曰「貴不義則埃塵，賤能義則千鈞。君子知義不義，不知有貴賤」之語，蓋出於左太冲詩云「高眄邈四海，豪右詎足陳。貴者雖自貴，視之若埃塵。賤者雖自賤，重之若千鈞」之句。

升庵云：「世傳吕布妻貂蟬，史傳不載。唐李長吉《吕將軍歌》：『榼榼銀龜摇白馬，傅粉女郎大旗下。』似有其人也。」仁按：布謂魏武曰：「布待諸將厚，諸將臨急皆叛耳。」魏武曰：「卿背妻愛諸將婦，何以爲厚？」其妻亦謂布曰：「妾昔長安已爲將軍所棄，賴得龐舒私藏妾身。」以此則吕布不溺于妻，即是貂蟬，恐非絶色。妻之感人私藏，其亦貂蟬之流歟？

《文苑》「川后效靈，河宗論寶」，未若《魏都賦》「川形其寶」簡秀。

越酒，有名荳酒者，殊醲厚。因問山會人：「用荳釀耶？」曰：「否。」問荳字義，亦不知。一日覽《焦氏筆乘》云：「『遠投錦江波』，投，音豆，假借爲逗合之逗也。又借爲句讀之讀。馬融《長笛賦》：『察度於句投。』一借爲酘酒之酘。梁文帝：『宜城投酒今行熟，停鞍駐馬暫棲宿。』蓋重釀謂之酸。」《韻書》：「酘，重醞酒。」乃知荳酒醲厚，猶重釀，故謂之酘也。爲之釋然。蓋前人本如此義，後或譌傳。今若書荳酒爲酘酒，必群起而非之矣。時用章詩「野店唤呼雙酘酒」，更一證，必曰荳酒，則終無意義。

《東谷所見》云：「錢，金旁，著兩戈，真殺人之物。」又云：「錢乎錢乎，以我之貧，求汝活我，而不可得，我固無奈汝何？以我之不貪，汝欲殺我而不可得，汝亦無奈我何？」此仁所欲言也。漢樂府云：「利旁有倚刀，貪人還自賊。」仁謂：賊好貨而殺人者也，故戎旁有貝。

《東谷所見》謂：「世人多以富貴忘舊爲憾，此特不能理遣耳。理遣宜何如？曰譬似當初不相識。」仁謂：何遣之有？使貧賤人無所望于富貴者，則彼亦一忘舊，我亦一忘舊，等耳。彼行富貴，我守貧賤，安見富貴者獨忘貧賤？太冲詩曰：「貴者雖自貴，視之若埃塵。」則又輕世不可也。

古逸《猗蘭操》，鍾伯敬云：「《操》中一字不及蘭，古人文字，寄托不拘如此。」仁按：周武王諸銘亦然。蔡邕《琴歌》，不言琴而琴在其中。

鍾伯敬云：「古人詠史，不指定一事，寫意而已。今人寫意詩，反靠定用事。」仁謂：寫意在虛，用事在實。蓋才乏用虛，故摭事作料，而猶誇於人，曰博洽切題，而不知其拙。

譚友夏云：「觀太白詩題，有《陪族叔刑部侍郎曄》，而無裴九。此詩《賈至》者有裴九而無侍郎。可見古人作詩，非其心所願服者，不以入題，不畏勢，不避怨也。作題是詩家要緊事，故屢屢點出。」鍾伯敬云：「豈惟不畏權勢？李不以賈存裴九，賈不以李存侍郎，友情亦顧不得。」仁謂：今之人，貴必入之，不論疏；賤必去之，不論親。此借交與不下交者所爲，古誼蕩然矣。賈題不入侍郎，足恥今之書官借交者。

「岱宗喬岳著山水」，清妙語、奇壯語。便是一丘一壑，文士登玩，眼孔須胸中典，故筆下雍穆，有郊壇登歌，氣象始稱。右伯敬云。

杜荀鶴《送人宰吴縣》云：「海漲兵荒後，爲官合動情。字人無異術，至論莫如清。草履隨船賣，綾梭隔岸鳴。唯持古人意，千里贈君行。」此詩乃心人友，戒愛兼至。《姑蘇志》多收冗詩，此獨不載。因考《志》：吴令，唐止三人，王凝在貞觀，盧東美在大曆，其在晚唐，則滕繼一人耳。或即是歟？抑併其人而失之也。

「鴟鴞誠可惡」，乃元微之句也。「可惡」用于詩，見此。太白：「落葉聚還散，寒鴉棲復驚。」乃隋人陳子良「落葉聚還散，征人去不還」句也。唐去隋不爲遠，而李直有之。所謂弗用大曆以後事者，豈通論乎？

漇仁與吾兒過粵西，有「泊當虎豹宵難曙，行逼魚龍日未曛」之句，紀實也。邇讀岑嘉州《發犍爲》詩：「夜泊防虎豹，朝行逼魚龍。」乃知古今行路之難，詩亦有偶合者。

盧照鄰《詠史》有云：「玉帛委奄尹，斧鑕嬰縉紳。」此我熹宗朝十字史也。

李日華◇撰

恬致堂詩話

四卷

徐丹丹◎點校

恬致堂詩話卷之一

明　嘉興李日華君實著

元貫雲石，號酸齋，風流跌宕。人知其工小詞樂府，而不知其歌行奇詭激烈，即盧玉川、李商隱不是過，且翰筆瀟灑雄崛，無勝國軟熟之習。余藏其《筆箓樂》一歌，大出意表，歌云：「雄雷怨别雌雹老，雲海漫沙地無草。胡塵不受紫檀風，三寸蘆中元氣巧。微聲轔轔喘不栖，魑夢哭猩猩飢。壯聲九漏雪如鐵，酥燈焰冷春風滅。神妻夜傳髑髏杯，倒解崑崙飲腥血。紫臺雲散月荒凉，歸路人稀腔更長。」

嶺南有梅無雪，塞北有雪無梅，梅雪相遭，空明妙麗，周遮僅千餘里地界得之耳。然能拈條嗅蕊，挹爽吸清，令寒香沁腑，而又能爲梅雪吐一轉語者，宇宙以來，竟幾何人耶？余昔倅江州，攝瑞昌邑，在荒江邃谷之中，逢迎絶少，衙退，即手杜詩一編，坐後圃亭中作詩人矣。雪中一絶句云：「雲來庭樹暗栖鴉，鈴索無聲吏散衙。獨立虚檐人不見，自團殘雪嚥梅花。」今余解組，日盤桓百樹梅中，而苦爲俗務所嬰，翻憶爾時意味，爲不易得也。

予至江州，彭澤人獲鹿以獻，予蓄之郡圃，而爲作歌曰：「夕陽峰頭亂霞氣，藹澗飲泉銜暮雨。松風震薄如不聞，野笛一聲驚散去。自從縶紲獻君子，文章陸離角砥礪。廢圃秋深積葉黄，中有汙池容勺水。呦呦時作嘯群聲，千巖萬壑知何處。主人固是山澤姿，誤落塵中亦如此。青鞵布襪浣泥滓，騎爾山中問園綺。安能抑抑長困簿書間，狂態發時無可語？」此余初服官三月後所作也。人或疑其不情，乃今竟伸余志。此如破籓之鹿，跳入重雲，豈復可呼哉！

宋王防禦者，號委順子，方萬里挽之曰：「温飽逍遥八十餘，稗官原是漢虞初。世間怪事皆能説，天下鴻儒有不如。聳動九重三寸舌，貫穿千古五車書。哀江南賦箋成傳，從此韋編鎖蠹魚。」蓋防禦以説書供奉得官，兼有横賜〔二〕，既老，築委順堂以居，士大夫樂與之往還。世傳《委順堂圖》，蓋宋人筆也。而或附之趙榮禄，爲鮮于太常寫，吾不知其解。

余倅江州，蘇弘嘉先生以司徒檄榷税江滸，一新琵琶亭，余爲作記，而先生手書鐫石。余記中語云：「抑鬱磥砢之氣，必填闇沕之胸；騷牢憤懣之詞，必發鄙庸之口。意謂樂天曠士，所謂淚濕青衫者，特劇情取妍，非衷語也。」弘嘉嘆息，以爲知言。宋夏英公竦，躁進者，其詩曰：「流光過眼如車轂，薄宦拘人似馬銜。若遇琵琶應大笑，何須收淚濕青衫。」則又特以宦情羈束，而欲藉聲色以自快耳，非余旨矣。

〔二〕「横賜」，原本作「賜物」，據明刻清修本《紫桃軒又綴》卷一改。

婁東朱景春，瞽而審音，館程季白所，夜飲團坐，爲余撥阮，鏗鏘激撞與杳渺之音間作，備極北音之妙。即席賦贈曰：「漸離矐目後，壯氣日填膺。鑄我鐵石腸，彈作金玉聲。勾聒變林烏〔一〕，琮琤敲澗冰。虞姬帳下泣，馬卿壚畔吟。雖作兒女態，中含烈士情。渾渾倒三峽，靡靡傾百城。常怪阮宣子，製器通靈神。婁江有朱翁，草澤潛養真。五音蕩滌具，聊用自屈伸。解散滿把珠，走丸如建瓴。酒徒互狼籍，劍客罷戰爭。虚堂奏君技，颯颯風雨驚。百耳注一隅，擫抑萬廢興。頗宜易水歌，吐吞無此精。」

文與可，世但稱其墨竹擅千古之妙，然其詞筆瑰麗，亦非秦、黄以下人。嘗見其《朱櫻歌》曰：「金衣珍禽弄深樾，禁籞朱櫻斑若纈。上幸離宮促薦新，藤籃寶籠貂璫發。凝霞作丸珠尚軟，油露成津密初割。君王午坐鼓猗蘭，翡翠一盤紅靺鞨。」即李頎輩爲之，亦不過如是。固知風梢雪幹，灑灑騰空，皆從錦胸中躍出，斷非凡手腕可追者。余嘗與一友人論繪事必在多讀書，初時溟涬其語，久乃相信，以其證入漸深耳。

壬戌六月，得七星泓硯一，乃七里灘卵石所琢。長幾尺，闊半之，額大小成七竅，受水遞注，面仍有渦處以貯積瀋，時一濡毫，其稜岸兼可舐筆。蓋亦工之入意者，想由善書人指授爲之耳。

〔一〕「聒」，原本作「䀰」，據《紫桃軒又綴》卷一改。

靡挲如紫玉，間有緑窌，行墨若噓雲吐霧，硯之絶品也。余嘗兩度泊嚴灘，漉石沙中，終鮮稱意者。今忽得之，喜悦何量，因銘四十字其函上云：「昔有捉月人，酒腸出磈磥。千載蕩素沙，落落萬瓊瑰。獨此掌片玉，紫虹亘秋水。文匠斫削之，畀我箋琅蕊。」時方用以注《五千文》故也。

黄葉、落葉，入詩最饒意象。然其源本於「洞庭始波，木葉微脱」，與「亭皋木葉下，隴首秋雲飛」，而唐人剪綴入律，具有情致。如「黄葉前朝寺，無風寒殿開」，又「雨中黄葉樹，燈下白頭人」，又「秋風吹渭水，落葉滿長安」，又「開門落葉深」，又「一葉兼螢墮」。余《江西》詩句，有「空山黄葉雨，淺澗白沙流」，又「寒山秋磬底，落葉夜燈前」、「青山高士榻〔二〕，黄葉老僧家」，又武林大佛院倚醉閣題句「石開黄葉徑，湖展白鷗天」，自謂用得「葉」字頗穩。適暇日，出以質於黄葉頭陀，頭陀吟味再三〔三〕，莞爾曰：「初謂此物，堪止兒啼，不意被公拈得，到處解人頤也。」

余在江州，與言詩者董獻可、曹不隨、吴蘭郎輩。董癖苦吟，思尤清遠，别後每形夢寐。余嘗作《秋林圖》寄之，題句云：「相思托秋樹，一葉隨君前。」董得之以誇諸人，其不及者，往往嗛然於余也。後曹寄余詩云：「望窮秋岸離離樹，何事庭無一葉飛？」一時以爲佳話。

〔二〕「青」上原衍一「山」字，據《紫桃軒又綴》卷一删。
〔三〕「味」，原本作「詠」，據《紫桃軒又綴》卷一改。

昔嘗見王伯穀詩有「松鼠墮枝輕」句，意欣然喜之。邇於武林僧舍獨坐，紙窗映日，忽一松鼠從檐溜下半墮而止，乃得句云：「林光翻草蝶，窗影落松鼯。」不知較王句意何如也。

余爲陸伯承比部作《倚醉樓聯語》云：「樓當山好處，人在醉醒時。」秦心卿云：「此聯人競以爲述唐句，不知爲先生作也。」余曰：「昔人誦『一鳩啼午寂，雙燕話春愁』之句於坡翁前，曰：『此先生詩乎？』翁曰：『乃唐人妙境，余安能及也。』夫以坡翁之才之美，且不敢冒居於唐，鄙句何足相混！直由觀者取其興致，而略其格度耳。」

宋司馬待制《行色》詩云：「冷於陂水淡於秋，遠陌初窮到渡頭。賴是丹青無畫處，畫成應遣一生愁。」人皆賞其描抹。余亦有《送人》一詩，初非襲其意，而落句不得不摭及之。詩云：「故人江上去，我登江上樓。江南花片雨，灑灑送行舟。棹入蘼蕪際，望窮烟樹頭。盈盈一段意，畫出使人愁。」

杜詩《玄壇歌》云：「子規夜啼山竹裂，王母晝下雲旗翻。」説者謂是瑶臺之金母耳〔二〕。張邦基《墨莊漫録》云：宣和間，中官陳彦和掌禽苑，見蜀中貢一鳥，狀如燕，色紺翠，尾甚長，飛則尾開，展如兩旗，故名曰王母。杜詩誠未易讀也。

〔二〕「謂」，據《紫桃軒又綴》卷一補。

唐玄宗既命李思訓、吴道子各圖嘉陵山水於大同殿壁，王維又别用絹素寫之，謂之小簇。宋王履道題句云：「江山已暗大同殿，絃管猶喧凝碧池。别寫嘉陵三百里，右丞心事與誰知？」摩詰手蹟，世難得見，而小簇之法，亦畫家妙境。倘遇高屏大帳，有古人奇絶者，正須仰師此法耳。

子瞻書《黄庭内景篇》贈廬山蹇道士，潁濱有題語云：「君誦《黄庭》内外篇，本欲洗心不求仙。夜視片月墮我前，黑氛剥盡朝日妍〔二〕。一暑一寒久自堅，體中風行上通天，亭亭孤立孰傍緣？至哉道師昔云然，既已得之戒不傳。知我此心未虧騫，指我嬰兒藏谷淵。言未絶口行已旋，我思其言夜不眠。」此鍾吕正傳秘旨也。

「不須落魄（耽）〔躭〕杯酒，切莫猖狂愛詠詩。今日捉將官裹去，這回斷送老頭皮。」此宋楊處士述其妻句也。然處士自有《村居感興》詩一絶云：「一壺村酒膠去聲牙酸，十數胡皴胡餅也。徹骨乾。隨著四婆裙子後，杖頭挑去賽蠶官〔三〕。」四婆即楊之妻。此村翁媪，何所有無於世，而真宗於禮岱祠汾之後，必欲召至，以點太平物色，固此老一時之遭也。若今日山人輩，吟卷壓牛

〔二〕「氛」，原本作「氣」，據《紫桃軒又綴》卷二改。
〔三〕「挑」，原本作「桃」，據《紫桃軒又綴》卷二改。

腰，止博朱門冷醊，亦可哀矣。

人嘗評趙文敏文詞遜其翰墨，然余觀其《題黄素黄庭經後》云：「琴心玉文洞玄玄，金鈕朱錦乃汝傳。子能得之乃長年，黄素縝栗完且堅。横理如髮約兩邊，縱有赤道如朱絃。文居其間走玄螘，飛雲卷舒相終始。大道甚夷非力使，無爲自然有至理。誰能精專换骨髓，掃除俗塵不瑕穢。目中有神乃識真，白玉爲軹裝車輪。裹以天上翠織成，仙人樓閣儼長生。鸞鶴翔舞猿猱輕，子能寶之慎勿驚，宫室之中夜自明。上清真人楊與許，焚香清齋接神語。手作此詩留下土，千年流傳子爲主。東方青龍西白虎，廉不索兮貪勿與。」即東坡廬山寶書後所作語，不過如是也。

癸亥六月十有八日，夜夢畫一古松，頗躇蹰滿志〔二〕，又題一長律云：「洪谷曾棲神鉦山，怪松寫盡雪霜顔。常懸老氣空千古，想見雄心踞百盤。鸛鶴秋風驚策策，鹿麋荒草卧斑斑。生來未識天台路，忽湧飛橋夢裏看。」既醒，亟爲録出。蓋余未遂五嶽之游，徒與荆關輩神結如此。

「人生燭上花，光滅巧妍盡。春風繞樹頭，日與化工進。惟知雨露貪，不念零落近。昔我飛骨時，慘見當塗墳。青松靄明霞，縹緲上下村。既死明月魄，無彼玻璃魂。念此一脱洒，長嘯登

〔二〕「蹰」，原本作「蹶」，據《紫桃軒又綴》卷二改。

崑崙。醉著鸞鳳衣，星斗俯可捫。」「朝披夢澤雲，笠釣青茫茫。尋思得雙鯉，中有三元章。篆字若丹蛇，逸勢如飛翔。歸來問天姥，妙義不可量。金刀割青紫，靈文爛煌煌。燕服十二環，想見仙人房。暮跨紫鱗去，海氣侵肌凉。龍子喜變化，化作梅花妝。遺我纍纍珠，靡靡明月光。勸我穿絳縷，繫作裙間璫。揖余以辭去，談笑聞餘香。」東坡自云於京師遇一道人，風骨秀異，語論不凡，口誦此二章，云東華上清監清逸真人李太白作也。詩句妙麗，誠然太白口吻，顧余竊疑坡翁好奇，或擬作以詒人。觀其所補龍山九日詩，宛是晉人語脉，豈難一青蓮哉。

詩家一字之妙，有遞相祖述、今古用之不盡者，如唐張祜《草色》詩云「草色粘天鶗鴂怨」，「粘天」字本於昌黎「洞汗漫〔一〕，粘天無壁」，而昌黎又源於庾闡《揚都賦》云：「濤聲動地，浪勢粘天。」其後黄山谷有「遠山粘天吞釣舟」，秦少游小詞有「山抹微雲，天粘衰草」。余舊作《春草》詩，亦有「慣粘愁眼碧」之句。古人窮目力騁望，知其「粘天」；余以物色愴人目，知其「粘眼」。自謂用字雖同，而操縱則異。

上海下沙鎮有鶴坡，或云鶴窠，乃陸機養鶴處。宋沈約云〔二〕：「鶴惟鶴村出者爲得地，餘皆

〔一〕「洞」上原本衍一「洞」字，據明刻清修本《紫桃軒雜綴》卷四删。

〔二〕「沈約」，疑爲「沈括」之誤。弘治刻本《上海志》卷六《古蹟志·第宅》引「鶴惟鶴窠村」至「凡格」云云，所言出處乃沈括。

凡格。」孫恬詩云：「歸舟傍南坡，坡樹雜風氣。上有胎禽巢，不知育雛未。」

蔣文藻林塘與姚丹丘同隱大雪，執師資之禮，書畫步趨丹丘，有酷肖者，所作叢竹老木尤蒼勁有致。人或以文雅稍怯輕之，然亦有樸野真率，不失山林氣味者。如《野步過田舍留飲題舊作竹石上》云：「吴蠶上簇桑柘空，薔薇花開村逕紅。野夫飽食無一事，緩步小橋西復東。黄鸝緑陰啼不歇，路轉却逢田舍翁。殺雞留飲話疇昔，葦箔稍稍來南風。江南好景復何有，移山我獨嗤愚公。浮生得酒且盡醉，莫説楚漢争英雄。」

甲子冬十二月四日，春波舊居改構落成，移居之前一月搬運，大都書畫十之九，床几、琴硯、奇石、古敦彝十之五，而他物僅足用，亦先君舊器多破裂者，不忍棄也。趙子昂句云「貧尚典衣貪購書」，東坡抄一書寄叔黨云「吾兒小富貴也」，蔣文藻摭其意作《移居詩》云：「辛苦經營此卜居，林塘吾亦愛吾廬。囊空只爲貪收畫，兒富當知旋讀書。」余所貽後人者，書畫二事，雖未能精麗，然亦粗足備玩索矣。

吴仲圭爲松巖和尚寫《竹枝》一卷，簡淡蕭遠，有天成之趣。自題：「枝枝有參差，葉葉無限量。不根而自生，換却諸天想。至正庚寅，梅沙彌奉爲松巖和尚助喜。」雪山文信題云：「吴郎平生真不俗，千畝琅玕在渠腹。有時寫出與人看，葉葉枝枝動寒緑。之子愛之如千金，袖中戛戛鳴玉音。莫教風雨化龍去，明日葛陂何處尋。洪武二年七月二十一日寫於凝翠樓。」古(抃)

［汴］趙奕題云：「虛心待我不嫌貧，齋下從來獨此君。風似蕭騷和雨響，月隨濃淡向窗分。森森碧玉垂蒼葆，鬱鬱寒稍拂翠雲。晝静清陰消溽暑，凉生枕簟更殷勤。」延陵釋夷簡題云：「梅花庵裏散花天，翠袖佳人色共妍。居士不緣曾示疾，此君端解替談禪。眉山派自湖州出，淇澳詩從衛國傳。回首百年成一夢，三生莫問舊情緣。」又有湛然静者釋惠鑑著語云：「吴仲圭墨竹初學文湖州，運筆雖熟，而野氣終不化。」以仲圭妙境，而疵爲野氣，何此衲之横議若是耶？豈呵佛駡祖於藝事場中，亦作無面漢耶？再三閲之，殊爲之不平。

文休承嘉靖戊申除夕畫《雪林鍾馗》，贈其友號紹春者。亂樾縱横，雲陰慘淡，甚得鬼神幽凛之趣，大都本之叔明，而用意則有獨到者。其題句云：「朔風吹沙目欲眯，官柳摇金梅綻蕊。終南進士崛然起，帶束藍袍靴露趾。手掣硬黄書一紙，若曰上帝錫爾祉。蝟磔于思含老齒[一]，頤指守門荼與壘。肯使妖狐摇九尾，爆響一聲人盡靡，明日春光萬餘里。」詩既流宕可喜，書法亦爽爽雄快。余每值臘盡春回，家人治松盆椒柏，輒懸此幅於中堂，以助歲時之樂，未嘗不感嘆前輩風流，點筆即成佳趣也。

歙友吴伯徵，寓余郡北郭門外。市聲洶洶，伯徵戢影一室，棐几薰爐、法書名畫，恣其（眈）

［一］「思」，原本作「顋」，據明刻清修本《六研齋筆記》卷一改。

［耽］味，蕭然如不在塵中也。每得一奇蹟，輒馳一奚，取余評決。余年來書畫中頗有進長，得伯徵之助爲多。曾以一絶留其齋壁云：「一室虛閒寄市橋，市聲遥聽似春潮。庭梅有意撩詩思，横入低檐尺五梢。」

乙丑人日，雨霽風和，檐日可映，戲寫一松，從幽谷挺幹，飛泉灑其頂，浮雲蕩其足，頗有空山崛强之態。題句云：「群物生生各有材，何須機事苦縈懷。壑松亦有參天勢，豈是由人灌溉來。」意亦微有寓云。

倪雲林《耕雲圖》卷，作喬林三叢，八樹直下，石壁四堵，旁有洞穴，内層遠巒起伏，俱有沙脚。樹間一田舍，舍後叢竹，蕭曠清遠，營丘家法也。題云：「芝田耒耜閒，石廩吐雲滿。渚際荷衣翻，巖前蘿帶緩。垂露藹輕帷，芳池沃清盥。霞餐非腥腐，物化自修短。空囷未足憂，服食滋楨幹。癸丑八月訪耕雲高士於西巖，因《寫耕雲圖》，又爲之詩，十五日倪瓚識。」宋景濂題云：「看院留黄鶴，耕雲種紫芝。天下書讀盡，人間事不知。」徵江趙覲題云：「天風起雲林，衆樹動秋色。仙人招不來，空山倚晴碧。」

趙松雪書紈扇二十握，自擇尤慊意者二握貽贈笑隱，張淵清夫以句調之曰：「古人當暑遺紈扇，最愛千絲雪色新。薄劣王郎閒點污，直教老媼也生嗔。」

沈石田墨荷，一花一葉，一房一蕊，下連折藕一段。先以墨汁濃淡漬成，後以焦筆辨其筋縷孔竅，氣象渾化，生意奕然。題句云：「爲愛南塘好，倩郎種緑荷。秋時來踏藕，兼聽櫂吴歌。」此老清真寡慾，絶無冶艷之好，而筆端風調如此。

昔年於京師見馬麟畫稿如掌片者數十番，皆草草粗筆，略具邱林，而老韻溢出，正唐人點簇法也。馬夏因一時應詔〔二〕，扇羅裙帶〔三〕，方寸求奇，不得不祖述之耳。張禹玉以衲子海湛小畫卷來求著語，余不知海湛何如人，而畫筆實用前法，蕭閒簡淡，大非時流所及。余每爲著二十字云：「蕭蕭不盡風，颯颯時聞雨。幽窗吟夢斷，獨與寒燈語。」「岡頭露石骨，黄葉落已盡。樹中乾蘚皮，斑斑鹿眠印。」「老樹低壓屈，清溪泠浸雲。不須鑽故紙，落墨自成文。」「萬樹團青影，千山鎖緑苔。只留一線白，容得野樵來。」「勇退急流中，翩然似孤鶴。抖擻蓑上雪，片片梅花落。」「漾舟石壁下，烟樾罥深蘿。宿鳥棲未定，驚魚暗翻波。」

乙丑十月二十二日，自紅心行磨盤山，陟降顛頓盡日，始至大柳，驛舍爲他客所據。余與劉馭初僦一民房，頗楚楚華潔，堂陳圖畫，庭有散植殘菊，數（抹）〔株〕尚有榮者。主人成姓者，稽山人，以扇索詩，余漫應一律云：「遥遥千里駐征輪，山色滁南興始新。隱者結廬偏不遠，征夫

〔二〕「夏」，原本作「君」，據《六研齋筆記》卷一及《李太僕恬致堂集》卷八《題釋子海湛畫卷》詩序改。
〔三〕「裙」，原本及《六研齋筆記》卷一闕，據明崇禎刻本《李太僕恬致堂集》卷八《題釋子海湛畫卷》詩序補。

停旆得相親。盤餐已有蒪鱸味，圖史能開車馬塵。何用津途問沮溺，高樓自有上皇民。」主人又索劉詩，劉不即授，余戲爲代乞云：「大柳今何在？孫枝百萬條。梢雲動星斗，匝水蘸波濤。馬去暮山盡，鶯歸春雪消。先生既彭澤，詩句幸相招。」

彝齋爲許梅谷作寫梅詩云：「濃寫花枝淡寫梢，鱗皴老幹墨(惟)[微]焦。筆分三剔攢成瓣，珠暈一圓工點椒。糝綴蜂鬚凝醉靨，穩拖鼠尾曳長條。盡吹心側風初急，猶把枝埋雪半消。松竹襯時明掩映，水波浮處是飄飖。黄昏時候籠明月，清淺谿山長短橋。鬧裏相挨如有意，静中背立見無聊。筆端的歷明非畫，軸上縱横不是描。頓覺坐成春盎盎，因思行過雨蕭蕭。從頭總是揚湯法，拌下功夫豈一朝。」此詩寫梅彀率，併其神聖、工巧，可謂一一具備矣，在人熟參之耳。顧余猶謂寫梅花在取格。簡淡孤高，梅之格也。

恬致堂詩話卷之二

明　嘉興李日華君實著

唐人早朝詩，賈至倡詠，王維、岑參、杜甫和之，俱稱典麗。然王警句則曰「九重閶闔開宮殿，萬國衣冠拜冕旒」，岑則曰「花迎劍珮星初落，柳拂旌旗露未乾」，賈則曰「劍佩聲隨玉墀步，衣冠身惹御爐香」，氣象誠高，波瀾誠闊，終是落境語耳。杜子則云：「旌旗日暖龍蛇動，宮殿風微燕雀高。」以旌旗所畫之龍蛇，對真燕雀，已極變化，而「動」字、「高」字俱含生氣。「風微」字，則以燕雀因風微得至殿屋，風稍壯，不免搶地矣。且「大厦成而燕雀賀」，又本成語，見朝廷寬大、群情樂附之意。有比有興，六義具涵，轉輾詠之，彌堪咀味。杜真詩聖，三子咸當北面。

元馮海粟作《梅花百絶》，調卑意庸，未足稱奇。幻住老衲遽作長律一韻百首以敵之，往往有意外之句。其於風雅雖非本色，然光怪超忽，譬韎韐帝青，實世間異寶也。偶隨手摘出之：「乾坤一夜開吟骨，風雪滿山來故人。」「青開椒眼好窺客，黄撚蜂鬚冷笑人。」「九天靈魄有生意，一殿新妝出内人。」「漢水弄珠寒照影，松風飄袂夜驚人。」「飢蜂冒雪身遊絮，病鶴眠苔迹妒塵。」「釵横鬢亂沾雲影，玉滑酥融却扇塵。」「銀虀落中香入酒，玉鬖鬆外影隨人。」「數枝冲淡晚唐句，一種孤高東晉人。」「鐵面冷於吹劍客，石心深似嗅蘭人。」「鳳隻鸞孤情抱燭，麝温屏暖景消塵。」「荒溪燭照山初静，寒影相持雪亦塵。」「雪消頓覺雲隨夢，月落難聞笛怨塵。」「一派珠幢迎羽客，半機冰織駐鮫人。」幻住幼葉儒，中路棄去從釋，既悟心宗，有籠罩諸方之氣，出語自不寒儉如此。

霧淞即木介，寒陰精潤之氣薄樹所成者，其狀冰花雪蕊。曾子固《霧淞》詩云：「園林初日净無風，霧淞花開樹樹同。記得集英深殿裏，舞人齊插玉鑒鬆。」婉麗暢逸，王昌齡不是過，而謂曾不能詩，何耶？

五臺山冬夏積雪，山泉凍合，冰珠玉溜，晶瑩逼人。然遇融釋時，亦可勺以煮茗，其味清極。元遺山詩云：「石罅飛泉冰齒牙，一杯龍焙雪生花。車塵馬足長橋水，汲得中泠未要誇。」信絶境之未易到也。

天啓癸亥七夕後，經月不雨，每日濃雲晻藹，四遠俱沾足，而近郊獨灑(浙)[淅]不成滴，余戲作《盼雨詞》云：「雲機暫歇銜梭鳳，曉潑臙脂水痕重。四郊鳩語唤婦忙，髡鵲紛紛繞檐棟。空車轆轆輾池塘，淅瀝霏微塵不動。鞭龍咒鬼蜥蜴驚，彩虹掛斷巫陽夢。星娥堅俟隔年期，侍女偷過小仙洞。」蓋用梁玉清故事也。織女侍兒梁玉清爲太白所竊，入小仙洞四十日不出。帝大怒，并謫其子休。行雨河北，每至小仙洞輒止，恥其母淫奔之所也。出《録異記》。

京房《易占》「青雲所覆，其下有賢人隱」，《續逸民傳》「嵇康早有青雲之志」，梁袁彖贈隱士庾易詩曰「白日清明，青雲遼亮」，阮籍詩「抗身青雲中，網羅孰能羈」，李白詩「所以青雲人，高歌在巖户」，皆言隱者高潔之意。後世乃移以詠入仕登科之士，謬矣。

湘中烟色，與他方異。張泌詩云「中流欲暮見湘烟」，沈翠微湘中詩云「魚躍浪花翻水面，雁拖烟練束林腰」〔二〕，朱慶餘詩云「（逋）〔浦〕迴湘烟暮，林香岳氣春〔三〕」，許渾詩云「湘潭雲盡暮烟出」，非暮山也。山大物非，糊天雲雨之雲稍斂即出，何必雲盡哉？古人用字之妙，斷不易窺也。

唐僧玄覽齋壁有張璪畫松，（荷）〔苻〕載讚之，衛象詩之。覽悉加堊之，曰：「無事疥我壁也。」他日覽有句云：「海闊從魚躍，天空任鳥飛。」惟其有天海襟度，故一塵不棲，一法不捨。所謂大地森羅，是沙門一隻眼也。

「老樹吹風驚鸛鶴，壞墻積雨繡龍蛇」，此余夜宿豫章白玕行館所得句也。又記行天目道中，忽得句云：「溪流春淺鹿麋過，山路雨晴（枯）〔栝〕柏香。」俱指一時之實，而前後不復可綴，遂不成章。

〔二〕「沈翠微」，當作「華翠微」。此則所引湘中詩乃宋人華岳《建安暮秋》之頷聯，載《翠微南征録》卷六。華岳，字子西，號翠微。

〔三〕「林香」，原本作「香林」，據《紫桃軒又綴》卷三改。

匡廬絶頂産茶，在雲霧蒸蔚中，極有勝韻，而僧拙於焙。即採，必上甑蒸過，隔宿而後焙。枯勁如藁枯，瀹之爲赤鹵，豈復有茶哉！余同年楊澹中遊匡山，有「笑談渴飲匈奴血」之誚，蓋實録也。戊戌春，小住東林，同門人董獻可、曹不隨、萬南仲手自焙茶，有「淺碧從教如凍柳，清芬不遺雜飛花」之句。既成，色、香、味殆絶。恨余焙不多，不能遠寄澹中，爲匡廬解嘲也。

浮梁人吴十九者能吟，書逼趙吴興，隱陶翰間，與衆作息，所製精瓷妙絶人巧。嘗作卵(膜)[幕]杯，薄如雞卵之(膜)[幕]，瑩白可愛，一枚重半銖。又雜作宣、永二窯，俱逼真者。而性不嗜利，家索然席門甕牖也。余以意造五采流霞不定之色，要十九爲之，貽之詩曰：「爲覓丹砂到市廛，松聲雲影自壺天。憑君點出流霞盞，去泛蘭溪九曲泉。」樊御史玉衡亦與之遊，寄詩云：「宣窯薄甚永窯厚，天下馳名吴十九。更有小詩清動人〔二〕，匡廬山下重回首。」十九自號壺隱老人，今猶(瞿)[矍]然。

絲竹之技，其變多端。予偶同數友訪白牛渚，一豪士酒酣，出伎佐歡，主人與諸郎亦自韝臂彈梁州古調，咿吾凄緊，殆欲墮淚。其器有提琴、胡撥四、兔兒味瑟等名，皆平日所未見者。

〔二〕「更有小詩清動人」，原本作「更有清詩動遠人」，據《紫桃軒雜綴》卷一改。

而提琴之聲，尤纖眇婉折，如蠅語蚊吟，具有低昂節度〔二〕。其法以钀鬉拂之，非主人不能盡其妙也。是夜，余不覺醉倒，裸卧階石，坐中一狂友大叫曰：「今而後知色可傾城，音能亡國。」遂述一絶以謝曰：「玉人相對坐銜杯，胡撥秦箏次第開。彈到月斜方入破，滿身花影卧蒼苔。」

戊戌仲冬十五夜，（洎）〔泊〕吴閶門外，霜月滿江，同沈伯宏、沈子廣〔三〕、盛寓庸團飲張六姬船頭。酒酣，客有彈三絃者，曲盡其妙，余作歌以贈之曰：「洞庭木落西風多，布袍越客登飛艫。寒溪繞城月照水，渺渺烟樹啼棲烏。笙簧中斷踏歌歇，美人盈盈坐霜月。杯分緑灩灩金波，釧冷單衫露肌雪。豪談劇謔意已盡，坐中忽出三絃客。客年三十美風姿，正是撩風弄月時。青猱暖耳紫半臂，纖手削玉揉花枝。一絃一珠珠活潑，三珠滚滚亂挑撥。化爲黄鳥入花間，淡日和風響鈎䂀。海棠貪睡柳貪眠，一齊唤起春風顛。沈深堂院下紅雨，雨聲滴破青苔磚。隔窗有人愁聽雨，噥噥唧唧相爾汝。一朝蕭颯轉無聊，陰廊切切秋蟲語。沙頭老鶻亦斷腸，劃然驚起天地霜。千家砧杵夢魂裹，萬騎鐃歌關塞旁。悲歡意緒總不同，盡在搊搊抑抑中。風箏線斷刀尺

〔二〕「節度」，原本作「節次」，據《紫桃軒雜綴》卷一改。
〔三〕「沈」，原本無，據《嘉業堂叢書》本《味水軒日記》卷四補，其言「同沈伯宏、沈子廣、戴子文、盛寓庸、吴仲賢團飲」云云。

冷，珮環何處敲丁東。蟲肝鼠膽吉鷯舌，蜂鬚蝶翅相蒙茸。喜爲微溜吐幽籟，悲作老木含淒風。四時氣候俱可變，何況鬢凋青黛顔消紅。蔡女十八拍，嵇生廣陵散。潯陽江頭泣嫠婦，柯亭老竹驚飛翰。何如此客細作碎金琢玉裂繒聲，引我詩魂入清境。客彈已罷歌亦竟，明月欲落不落，美人欲睡不睡。坐客低回頭伶俜，總爲餘音嫋人聽。若非白骨觀初成，幾爲三條絃子愁成病。」

門人倪剡雪，奇士也。精大衍數，占事奇中，遇異人，授以劍訣。嘗爲余起舞，白虹繞楹柱間，不可留瞬。余爲《玉龍子歌》貽之，勸其北遊塞垣，以親老未能出户。歌曰：「玉龍子，出舟穴，一縷紫烟千片雪。舞翻滿袖梨花雲，銀海茫茫上孤月。鶴來且（且）［自］返蓬壺，三百六十飛仙鳴佩玦。」

顧逋翁況，隱我里。有洗馬池在小鹽倉橋，委巷既窮，遂連阡陌，有水一泓，環以老樹，水色沈黑，不生藻萍，亦無涸溢。或云：「我地無馳驟，當是洗研池，非洗馬也。」樹間向傳有石碌硌相映，今爲民居闤闠所侵，已悉徙去矣。逋翁有《苔蘚山歌》一首，豈即是中所玩耶？歌曰：「野人夜夢江南山，江南山深松桂閒。野人覺後長嘆息，帖蘚粘苔作山色。閉門無事任盈虛，終日歌眠觀四如。一如白雲飛出壁，二如飛雨巖前滴。三如騰虎欲哮咆，四如懶龍遭霹靂。嶮峭嵌空潭洞寒，小兒兩手扶闌干。」

周公謹，名密，號草窗，又號弁陽老人、泗水潛夫。殘元時流寓吴中，目見僞吴張氏狂圖不遂，城破國亡，皆由任用非人，淫樂自恣，竟殲天戈，有足嗤者。於雜札中得其詩數絶，皆追悼之作也。行筆矯健蒼勁，亦深足尚。余爲裝潢存之，而録其作於此曰：「甲第紛紛起畫樓，忍看孤主赴羈囚。當時幾個偷生將，只合加封不義侯〔二〕。」「霸氣遥加萬乘君，江南兵力已全分。那知几席生奇禍，兩卒舆屍從後軍〔三〕。」「長淮千里陣雲平，萬騎郊原决死生。不信玉堂春醉醒，倚闌晴日唤流鶯〔三〕。」「偃月堂高矗紫烟，夜闌笙火正薰天。如何斥地連吴楚，葬骨都無半壟田〔四〕。」「城門壘合勢如山，夜哭兒夫矢石間。血濺髑髏俱作土，功成上將獨登壇。」

元人有西字韻七言律詩，作於盧充耘，而諸公和之，惟陶南村灑落雄邁，筆亦遒古，有李泰和《雲麾帖》意。詩曰：「與君相遇浙河西，鴻爪縱横踏雪泥。魯酒未聞千日醉，雍琴初墮數行啼。老松卧壑虬髯古，修竹排雲玉節齊。試問終南高隱處，青莎雜樹白蘋迷。」「白雪歌殘月墮西，綵箋緘露濕香泥。錦籌自教鸚哥語，環佩同聆絡緯啼。新製惠文蟬殼大，舊裁白

〔二〕《四庫》本《六研齋三筆》卷三此詩後有小字注云：「其一。」
〔三〕《六研齋三筆》卷三此詩後有小字注云：「其二。注云：『欺君，故有禍。』」
〔三〕《六研齋三筆》卷三此詩後有小字注云：「其三。注云：『不救根本，而耽泆樂，此張所以亡也。』」
〔四〕《六研齋三筆》卷三此詩後有小字注云：「其四。注云：『狂生不知死。』」

紵鶴翎齊。他時若共東園宿，夢裏相期徑弗迷。」「陰陰桃葉武林西，山雨霏微不作泥。梅樹月高携鶴過，桂枝風急喚猿啼。讀書堆裏牙籤合，揮扇行間鐵騎齊。聞道驚人吐奇句，吟情直入五雲迷。」

歙友吴循吾，少豪放，喜聲律，晚年落拓，寓居武陵，吴山松關，竹屋翛然，如在塵外。家有伽南觀世音像二軀，大者高幾三尺，小者高尺餘，皆糖結之精者，供置室中，奇香溢於户外，誠異品也。甲戌初夏，過予恬致堂，携一木癭鼎相示。天然有兩耳三足，(綢)[週]身文理蹙縮，成雲雷獸面之狀，色瑩淨如黄金。撫玩竟日，爲作歌以紀之，歌曰：「木鼎非範金，雲霞自陶鑄。空山無良治，雕鐫亦非處。野火燒枯株，泉溜暗相注。上亦矗雙耳，下亦歧三柱。齟齬夔螭蟠，鬣鬖鳳鸞翥。黄目突海濤，紫芡發山樹。摩挲耀光澤，文彩炳然著。吾友歷落人，幽奇每延佇。天忽畀此物，攻堅殫神智。刳中有所容，筍蕨不以貯。竹風飄翠縷，松爐吹紅炷。華陽十賚中，缺此亦欠事。常笑彌明翁，頑石勞險思。何羡魯廟陳，聊供蕭臺治。木火自宣發，無煩蓐收氏。盡讀蕊笈書，携上蓬萊住。」

古人不貴小楷，謂之隸書，爲胥隸所書耳。梁武帝敕臣下書疏，皆用行(押)[狎]筆自書，惟署名稍謹耳。唐文皇令三館諸生寫道、釋諸經，以其楷正，名經生體，士大夫不爲也。竹雨弟屢要余作楷，余目昏，甚苦之，爲作一絕以冷其意，然實書家正論也：「鴨頭狸骨擅雄奇，不數銀鈎薑尾齊。請看貞觀寫經手，品流虞褚隔雲泥。」

項寵叔，新安人，名承恩，杭州府學生也，屢上不第，遂隱西湖岳墳。携一女奴供爨，奇醜，開小肆，雜置書籍、畫卷併盆花、竹石，索價頗貴。余戲贈之詩云：「西湖流水供濯足，南屏山色對梳頭。月夜酣眠琴作枕，雪朝孤坐絮爲裘。盆花巧作千金笑，壁畫貲高萬户侯。何用更尋高士傳，先生風格在林丘。」比余遊中原回，聞先生以哭婢成疾而逝，即前之奇醜者。人皆笑之，予信先生非（眈）［耽］其色，實藉以相依。一旦失去，如蛩蛩之離巨虛，實難自濟耳。今於常賣處得一扇，有先生倣沈石田畫，蒼莽淋漓，直得子久家法者，題云：「陰陰茅屋野人棲，望裏烟波咫尺迷。約伴携尊釣斜日，從來浪迹寄山谿。」

萬曆癸未季春，余與徐企孺、許思德遊飛來峰，既而思德仲兄沂春先生爲作記，且邀談竟日，盡出所藏法書畫卷，縱觀之甚歡。已别去，買舟抵郁銘葵氏宿焉。其族有悝初者好古，聚二三知己觴我，侑以沈石田《漁舟晚釣圖》，徘徊不能舍去。强識歸安溪，寫於沂春扇背，題短句見意云：「石田詩云：『新豐酒波供濯足，塵土紅污酒波緑。粗豪飲客下馬來，三觥五觥行促促。何如並著春江船，蒲茸紫立柳黄眠。船頭對坐酒漫傳，賣魚盡可供沽錢。夕陽射浪拉柁轉，江光貼天孤鳥遠。』後記弘治五年春三月，偶坐小軒，寫《漁舟晚釣》，賦此長句，以見老况，録寄泠庵先生。」求教竹懶，曰：「每見石翁題畫句必奇，此尤奇峭，孤捩似東野、玉川，向非寵叔拾之，播於毫端，則墮沙莽中矣。余不惜爲此老效捃摭也。」

唐劉賓客集有題《棼絲瀑》詩，得句云：「含暈迎初旭，翻光破夕曛。餘波繞石去，碎響隔溪聞。」「棼絲」，言噴繞如亂絲也，命名亦妙。劉句又有「桃花裙色艷，桐子藥丸成」，七言「眼前名利同春夢，醉裏風情敵少年」，又「山花秀色通書幌，十字春波繞宅墻」。

唐李咸用研詩云：「連澌光比(錦)[鏡]，因墨膩于磬。」「因墨」二字奇。

元朱萬初墨純用松烟，蓋取二三百年摧朽之餘、精英之不可泯者，非常松也。虞奎章贈之詩云：「霜雪摧殘澗壑非，深根千歲斧斤違。寸心不逐飛烟化，還作玄雲繞紫微。」《仇池筆記》云：「真松煤選烟，自有龍麝氣。」

僧惠崇，人知其繪事精妙超凡，不知詩句亦清遠，有冰雪松霞之韻。嘗作《句圖》，(畫)[書]其所最得意如：「嶺暮春猿急，江寒白鳥稀。」「掩門青桂老，出定自髭長。」「鳥歸衫墮雪，僧定石沈雲。」「空潭聞鹿飲，疏樹見僧行。」「磬斷蟲聲出，峰迴鶴影沈。」「繁霜衣上積，殘月馬前低。」「移家臨醜石，租地得靈泉。」「殘月楚山曉，孤烟江廟春。」「松風吹髮亂，巖溜濺棋寒。」「雲殘僧掃石，風動鶴歸松。」「禽寒時動竹，露重忽翻荷。」「野人傳相鶴，山吏學彈琴。」「地遥群馬小，天闊一雕平。」

王安國作詩，好用「酒樓」字，嘗謂吳處厚曰：「子詩有幾酒樓？」吳曰：「有二酒樓。其一,『夜泊潯陽宿酒樓,琵琶亭畔荻花秋。雲沈鳥没事已往,月白風清江自流』。其二,『若耶溪畔醉秋風,獵獵船旗照水紅。後夜錢塘酒樓上,夢魂應繞(淅)[浙]江東』。」安國曰:「足矣。然不如錢昭度『長憶錢唐江上望,酒樓人散雨絲絲』更有情味。」

張伯雨内名嗣真,號貞居,所著有《外史山居集》三卷、《碧巖玄會録》二卷、《尋山志》十五卷。余嘗手抄其《澗阿詩稿》二卷,又得購藏其小楷手蹟二方。每一展舒,覺松雲雪瀑之氣爽然逼人,真仙品也。虞道園《寄伯雨詩》云:「獨抱長鑱管白雲,琴心誰録内篇文?清齋三日秋仍瘦,遍禮群真夜每分。石記恐妨塵外事,山經聊許世人聞。已從司馬求真籙,更爲通章九老君。」伯雨酬道園詩云:「一函真籙是遺書,想爲焚香謝紫虛。海上安期分食棗,人間長吏合懸車。泥丸日月存思否,華蓋烟嵐筆札餘。絶嘆清詩不埋没,解隨霜葉墮山居。」

茅山詩多矣,惟宋楊至質七言一律獨備山中典故,非虚語者,而句自雄倩,云:「玉肺空浮己字山〔二〕,五門不鎖洞天寬。紫花可餌秋尋術,紅焰難埋夜見丹。畫得一牛方水草,飛來三鵠各峰巒。仙蹤寂寞高風遠,誰爲先生指額瘢?」

《傳燈録》載僧問多福院長老曰:「如何是多福一叢竹?」多福曰:「一莖兩莖斜。」曰:

〔二〕「肺」,原作「姊」,據《六研齋筆記》卷三及《茅山志》所載楊至質此詩改。

「不會。」曰：「三莖四莖曲。」余家藏梅花道人一葉竹，題云：「誰云古多福？三莖四莖曲。涼陰生研池，清風滿淇澳。」觀者不解其語，不知沙彌引此一則公案，真以畫説法者也。

蘇子瞻寶成院賞牡丹詩云：「春風小院却來時，壁間惟見使君詩。應問使君何處去，憑君説與春風知。年年歲歲何窮已，花似去年人老矣。去年崔護若重來，前度劉郎在千里。」詩鑱石壁，筆法甚遒。

武林潮鳴寺有宋思陵《賜統制劉漢臣》詩云：「野寺參差落漲痕，疏林欹倒露霜根。扁舟一棹向何處，家在江南黄葉村。」此蘇子瞻句也。起句第二字是「水」字，今只改一「寺」字，遂掩而有之。思陵博雅，斷不如是，當是一時在寺中偶御筆書之，遂以賜劉。而寺中欲假以爲重，乃改字勒石，以侈榮觀耳。不然，豈子瞻以詩得罪，易世之後，猶没其警句，竟充支賜之用耶？一笑。

王仲山先生畫極蒼古，曾見其《看泉圖》一幀，題句云：「幽泉未出山，潛與元氣結。霏霏散爲雲，谷口薜衣濕。」

姜太常立綱，世傳其楷法嚴整，未嘗知其善畫。余偶得其一幀，蕭疏聳秀，全以黄鶴山樵爲宗，特筆意稍未化耳，題句云：「功名已見繡爲衫，萬里青雲入笑譚。白首九峰天際碧，可能無夢到江南。」

孫茂叔，簡肅公孫也，好古博雅，以購藏書畫致橐如洗。一日，出觀其七世祖聽雪公象，余敬諦之，沈邈玄澹，知爲有道者。公生元季，隱峰泖間，入國朝不仕，胡文懿公儼爲作《聽雪齋記》。余曾詠《聽雪》一絶，因書系之云：「破琴凍折兩三絃，晃白窗櫺映坐氈。有耳不令箏笛汙，蕭騷淅瀝掛松間。」

恬致堂詩話卷之三

明　嘉興李日華君實著

范文正、司馬文正二公，選字而言〔一〕，運矩而步，何等方毅。而范有詞云「都來此事，眉間心上，無計相迴避」，又「明月高樓休獨倚，酒入愁腸，化作相思淚」，情深之語，不獨梅花宋廣平也。司馬公嘗寫山水小景，酷倣李思訓。余家有其《獨樂園圖》，張即之題語云：「公自作。驗楮色墨采與其格度，果非南渡以後物。」大都才情艷發處，何能不一寓意。而高賢大良，又何曾專一筭鈍，爲泥塑木雕已哉。晚世乃以留情翰墨、取適詞章疵人之品，如蘇黄輩，前已嬰其毒矣。」近日董玄宰題自寫《西郊草堂圖》句云：「莫將枕漱閒家具，又入中山篋裏書。」蓋傷弓之音也。

蠹魚食神仙字便得化去。衛濟川養六鶴，以粥飯啖之，鶴漸識字，濟川檢書，皆使鶴銜之。余贈常所往來書賈一聯云：「行藏牛似銜書鶴，生計甘爲食字魚。」用此也。

元元遺山賦《雲巖石詩序》，因載覬州倅武伯英詠燭剪一聯云：「啼殘瘦玉蘭心吐，蹴落春

〔一〕「選」，原本作「琢」，據《紫桃軒雜綴》卷四改。

紅燕尾香。」當時以爲奇絶。予細思上句無味，因戲改之云：「吞殘月魄螟頤動，蹴落花鬚燕尾香。」庶於體物較勝乎？

黄葉頭陀舷公《新柳》句云：「夜雨已愁禁不得，春風只管舞教顛。」不意枯禪偏饒柔婉之致，余則以虚無敵之云：「湖波染就憑春雨，野色分携到小橋。」

阮籍詩：「趙李相經過。」注：趙，漢成帝后趙飛燕也。李，武帝李夫人也。並以善舞妙歌幸於二帝也。《丹鉛餘録》：「阮籍《詠懷》詩『西游咸陽市，趙李相經過』，顔延年以爲趙飛燕、李夫人，劉會孟謂安知非實有此人，不必求其誰何也。不詳詩意『咸陽』、『趙李』，謂游俠近倖之儔。《漢書・谷永傳》『小臣趙、李，從微賤尊寵』，成帝數與微行者。籍用『趙李』字，正出此。若如延年説，飛燕、李夫人豈可言『經過』？如會孟言，唐王維詩亦有『日夜經過趙李家』，豈唐時亦實有是人乎？」

「燭剪」句，余又改云：「朱櫻顆(拆)[坼]金蟲墮，絳樹花殘玉燕斜。」覺更縟麗。

詩人多目梅爲香雪。然唐商七七者，有異術，呼屏間畫婦人使之歌，婦人應聲歌曰：「愁見唱陽春，令人離腸結。郎去未歸來，柳自飛香雪。」則柳花也。或疑柳絮無香，而太白詩亦云「風吹柳花滿店香」，何耶？

金華吴少君畫《洗硯圖》，於疏林下略露灘磧，委一硯草中，更不作人物。余亦作《洗硯圖》，於柳枝沙岸邊，一老傲立，而更不作硯，但題句云：「烟中雲樹出復没，風外柳枝斜又斜。秋意不禁初到眼，偶因洗硯立平沙。」他日，少君見面笑曰：「吾兩人繪事，正如公羊、穀梁、左氏之傳《春秋》，先經、後經、錯經，各自立義而已。」

劉躍如，西陳豪士，乙巳年來酙太孺人[二]，因留月餘。别時，余作《柳州待别圖》贈之，上題《玉樓春》一辭云：「輕暖輕寒無意緒，朝來幾陣梨花雨。袖手東風佇立時，暗數落紅愁不語。杜宇一聲人欲去，殘雲片段依沙渚。横塘十里柳烟濃，維舟正在烟深處。」躍如出以示客，爲人奪去，經今十五年矣。爲庚申夏，躍如復來叙闊，道故情益藹然。臨行，邀余重補舊圖，余倣巨然筆爲之，仍填一詞云：「竹窗幽夢縈多緒，盆沼新荷珠迸雨。燈紅酒緑夜呼盧，促任秦箏繁絮語。短琴長鋏漫江湖，春沙細插蘼蕪渚。開帆今夜到誰邊？月明笑指潮平處。」以躍如將取道儀真也。

春燕近人結巢，低檐矮楝，與人相雜，略無猜避，真有隨分營家之象。余嘗有題畫詩云：「沙坳叢葦漁人國，野屋低檐燕子家。」頗自謂有真率趣。今日偶閲新安詩，見宋吴蘭皋亦有「燕未成家寒食雨，人如中酒落花風」之句，則更饒情思矣。

[二] 「酙」，原本作「壽」，據《紫桃軒雜綴》卷三改。

雲林畫有名八層沙者。從下至頂，其沙嶼掩映，凡八級也。下作四樹，二背二向，極有真態。上巒渾厚，小樹點簇皆入意。題者三人，彝齋王光大云：「山遠初晴湧翠，樹疏木葉藏鶯。日與漁樵爲侶，蕭閒自適餘生。」儲思誠云：「群山重疊勢嵯峨，蓼岸蘋洲水不波。落木蕭疏風淅淅，淵明歸去盻庭柯。」馬沼云：「晴川漾漾樹疏疏，西郭門頭宿雨餘。如此谿山著茅屋，潘郎何必托閒居。」

東坡詩云：「暮年眼力嗟猶在，多病顛毛竊未華。故作明窗書小字，更開幽室養丹砂。」黄魯直云：「按：先生《與王定國書》云：『近有惠丹砂少許，光彩甚奇，固不敢服。然其教以養火，觀其變化，聊以悦神度日。』」又詩云：「曹南劉夫子，名與子政齊。家有鴻寶書，不鑄金褭蹄。促席問道要，遂蒙分刀圭。不忍獨不死，尺書肯見梯。」趙次翁注云：「劉夫子，豈劉宜翁乎？先生在惠州，有書與宜翁云：『或有外丹已成，可助梨棗者，望不惜分惠。』其書具在《毗陵後集》。」趙堯卿注云：「劉安世待制，字器之，曹南人，得養生煉丹術，公嘗師之。」

「閉門覓句陳無己，對客揮毫秦少游。正字不知溫飽未，春風吹淚古藤州。」此黄魯直詩也。魯直作此詩時，無己作正字，尚無恙。建中靖國間，樓异試可知襄邑縣，夢無己來相別，且云：「東坡、少游在杏園相待久矣。」明日，無己之訃至，乃大驚異，作詩與參寥言其事。杏園見道家書，海上神仙所居之地也。仙龕虚室以待白樂天之説，豈不信然耶。

偶閲祝枝山手書《遊仙詩》，有句云：「東來西去看花月，忙殺雙飛白鳳凰。」客徵白鳳事，余曰：「鳳分五色，白鳳者，鸑鷟也，仙家騎乘，取以配青鸞。昔揚子雲夢口吐白鳳而成《太玄》，唐曹唐遊仙詞云：『不知今夜遊何處，自怪身騎白鳳凰。』祝詩意本此。然東坡作雪詩有云：『鵝毛垂馬鬉，自怪騎白鳳。』則景態益奇宕可喜。」

與可墨竹，枝葉、幹節皆以法度勝，然其意未嘗不以散逸爲妙。觀其自題《畫齋》一絶云：「試品齋中畫，曾無第二流。頑礓與亂篠，應掛在當頭。」則其神賞於犖確縱横，而不徒以甜滑自貴可知矣〔二〕。

宋趙子良畫雪景，裘竹齋題之，味裘句則畫味溢出矣。一云：「空篌君鄉來，分明記江樹。想君詩成時，夢作白鷗去。」一云：「平生交游間，我幘蓋屢岸。區區稻粱謀，君亦逐鴻雁。」一云：「風檐手君詩，心迹已清絶。何當更長吟，坐對澄江雪。」一云：「扁舟兩漁翁，清唱發白暮。安得如鴟夷，相與五湖去。」「白暮」二字更奇。

蔡君謨少年頗（眈）〔耽〕聲色。既與諸伎鬥茶，如龍倩、周韶輩，特爲書其小詩，又游寓所到，必訪佳麗。過嘉禾郡留一絶云：「盡道瑤池瓊樹新，仙源尋到不逢人。陳王也作驚鴻賦，未

〔二〕「滑」，原本無，據《四庫》本《六研齋二筆》卷三補。

必當時見洛神。」亦俠邪之作也。

元周伯琦書《相鶴經》，自稱谷陽生，跋云：「右經一卷，乃浮丘公授王子晉之書也。崔文子學道於子晉，得其文，藏嵩山石室中。淮南王采藥得之，遂傳於世。」又系一詩云：「江南羽化張天雨，海上神交宋仲温。楷法鍾繇稱獨步，草臨皇象已專門。折釵未墜風前股，（滿）［漏］屋先凝雨後痕。寄語臨池諸俊彦，蚓蛇馳騖莫須論。」

王孟端贈黄叔洪山水一幀，用筆精到，超出幼文、天遊之上，而與叔明並駕，平生所絶少者。耐軒居士王達一詩亦佳，詩曰：「萬古山川一鑑開，層層曲曲見樓臺。雲隨曉月峰前墮，鷗逐春溪樹裏來。兩岸落花人蕩槳，半汀殘雨客銜杯。寰區何處有此地，物外四時無點埃。豈但右軍多筆法，要知黄石是仙才。奔灘觸浪飛頳鯉，絶壁凝嵐護翠苔。玉室金堂疑太華，紫芝瑶草憶蓬萊。相看六月不知暑，一榻清風真快哉。」

鐵冠道人雪中赤脚登華頂，取雪團梅花嚥之，大叫曰：「寒香沁我肺腑矣！」余嘗摭其意得句云：「獨立虚檐人不到，自團殘雪嚥梅花。」然但吞嚥而已，未有嚼之者，以花味辛辣，不堪咀嚼耳。元四明烏斯道者，乃有《嚼梅絶句》云：「密蜂空有一生狂，此味從來不得嘗。我愛芳馨如嚙雪，幸無蘇武九迴腸。」亦奇思也。

每歲蓮初透水，未及葉際，爲驟雨所淋，輒中夭。余出新意，剪荷葉，綫縫之作兜鍪狀，名曰

「蓮笠」。雨前遍覆之，良有濟也。戲詠之曰：「欲展淩波步，先爲行雨裝。擘羅深覆額，擁髻悄藏香。莫倚傾珠蓋，應同裹玉囊。自憐嬌小甚，脉脉待恩光。」

宋仲温書法《急就》，勁利古雅，髣髴鐘鼎，溢爲繪事，惟寫細竹。嘗見其作《雞栖石叢篠》一幅，題語極自滿意，有「藝成不覺自斂手」之句，蓋謂不可復得也。吴仲圭濃陰辣幹，平生不知狼籍墨瀋幾斛，而亦有岡石小竹一方幅〔二〕，森森别有風致。其自題云：「野竹絶可愛，枝葉扶疏有真態。生平素守遠荆榛，走壁懸崖穿石罅。虚心抱節山之阿，清風白雨聊婆娑。長梢千尺將如何？渭川淇澳風烟多。老梅戲墨，元用以爲如何？」

葛稚川之隸黄野人，肉身住羅浮山，至今人有見之者，赤身無衣，紺毛覆體。一日，醉書一詩於石壁云：「雲意不知滄海，春光欲上翠微。人間一墮千刧，猶愛梅花未歸。」

嚴州烏石寺在高山之上，有岳武穆王飛、張循王俊、劉太尉光世題名。劉不能書，令侍兒意真代書。張堯臣題詩云：「諸老凋零極可哀，尚留名姓壓崔嵬。劉郎可是疏文墨，幾點胭脂涴緑苔。」偶有持中興四帥象來閲者，惟劉與韓蘄王世忠，而劉貌更修偉。且視諸公，皆其後進，是以落落倨岸，其命侍女代書，未必不能書，直偃蹇耳。

〔二〕「小」，原本無，據《六研齋二筆》卷三補。

李頻與方干同里，師事干，姚合以女妻之，大曆中猶未知名。常從縣令穆君遊靈棲洞，幽勝盤礴，穆愛之，微吟曰：「一徑入雙崖，初疑有幾家。行窮人不見，坐久日空斜。」而下句不屬，頻曰：「予得之矣。」因云：「石上生靈草，泉中漾落花。終須結茅屋，向此學烟霞。」穆大加賞，名遂振。

古人極留意於紙素，不得佳紙不書，得佳紙必書，不令虛棄。此如壯士遇好矛槊，雖百忙亦必挺舞一回也。嘗見黄山谷書《謝陳適用惠送南雄紙歌》云：「廬陵政事無全牛，恐是漢時陳太丘。書記姓名不肯學，得紙無異夏得裘。琢詩包紙送贈我〔二〕，自狀明月非暗投。詩句縱横剪宫錦，惜無阿買書銀鈎。蠻溪功藤卷盈百，側釐羞滑繭羞白。想當鳴杵砧面平，桄榔葉風溪水碧。千里鵝毛意不輕，瘴衣腥膩(兆)〔北〕歸客。君侯謙光不自供，胡不贈世文章伯？一洊之水客牛蹄，識字有數我自知。小時雙鈎學楷法，如今兒子憎家雞。雖然嘉惠敢虚辱，煮泥續尾成大軸。寫心與君心莫傳，平生落魄不問天〔三〕。樽前花底幸好戲，爲君絶不謝風烟。已無商頌猗那手，請讀南華内外篇。」

〔二〕「紙」，原本作「子」，據《六研齋二筆》卷三改。
〔三〕「魄」，原本作「鼻」，據《六研齋二筆》卷三改。

余得蜀僧石琢研[一]，名峨眉雪卵。客云：「古未有以卵名硯者。」余曰：「有之。梅聖俞集云：劉涇州以所得李士衡觀察家蟾蜍硯，其下刻云：『天寶八年冬，端州刺史李元得靈卵石造。』示劉原甫，方與飲，辨云：『天寶稱載，此稱年，僞也。』遂作詩，予與江鄰諸君和之云：『硯如蚪蟆腹如月，又若剖瓢萌强發。鐫題天寶年造之，刺史李元傳自越。蚪蟆剖瓢我莫分，稱載作年初辨君。君雖能辨猶曰寶，寶兹僞物我何云。仰天大笑飲君酒，硯真硯僞休開口。願封藤匣還與侯，請共江翁獨持守。』」

未到横山五十餘步，有一土穀祠，松樹一攢六株，面面有態。江邦玉將買地移祠，而結屋其下。余與魯孔孫徙倚終日，欲先作圖，而恨手腕弱，不能如相城雄肆，未敢輕落點墨也。庚午春日念之，成一絶寄邦玉，聊望青子枝頭以解渴耳。絶云：「擔書嫋嫋入烟巒，靈鷲西偏上竺南。半月休糧在何處？六株松樹一茅庵。」

吴少君喜自拈佳句，多有不成篇者。如《廢寺》云：「偶經荒落處，人道古招提。不見山僧在，時聞春鳥啼。泉侵松下路，石墮屋邊溪。」止六句。又：「少年不識數，兩手爲十五。醉後自騎馬，墮馬亦弗苦。」又「淡月不成影」，只一句。又「白日不得意，不如秋夜長」，止兩句。

[一] 「石」，原本作「名」，據《六研齋二筆》卷三改。

亨兒有「得雨寒蕪回舊緑，被霜衰柳學新黄」之句，陳眉公先生極喜之。然顧大涵《五臆》記京口陳從訓有「衰柳學新黄」語。余少時有「雨檻蝸痕上，風枝鳥夢摇」，後閲《春風堂詩話》，則宋人已有「雨網蛛絲斷，風枝鳥夢揺」之句矣。

李白《清平調》三絶外〔二〕，又有《清平樂令》云：「女伴莫話孤眠，六宫羅綺三千。一笑皆生百媚，宸遊教在誰邊〔三〕？」

黄庭堅寓潛皖間，與李公麟遊處，讀書潛山之山谷寺，故號山谷老人。山有石牛洞，公麟爲寫山谷坐石牛像，庭堅作詩曰：「鬱鬱杳杳天宫宅，諸峰排霄帝不隔。六謁天門開關鑰〔三〕，我身金華牧羊客。」

《湘川記》曰：「朱陵之靈壇，太虚之寶洞，當翼軫之宿，度應璣衡，故曰衡山。山有五峰，而石廩預其一。山多詞人，樵夫舟子往往能詩。有廣州從事，舟行聞人詠諷云：『野雀灘前一棹孤，月光遥接洞庭湖。堪憎回雁峰前過，望斷家山一字無。』」

米元暉能傳家學，所作山水清潤有致，然亦稍變父法，自成一家，頗自貴重，不輕與人作。

〔二〕「三絶」，《六研齋二筆》卷四作「四絶」。
〔三〕「宸遊」，《六研齋二筆》卷四作「宸衷」。
〔三〕「開」，原本作「啓」，據《六研齋二筆》卷四改。

翟耆年作詩云：「善寫無根樹，能描懞懵山。如今身貴也，不肯與人間。」蓋元暉作《楚山清曉圖》，父元章以進御蒙賞，遂授敷文閣待制，翟詩含此意爲諷耳。

沈石田小幀《四時山水》，倣北苑筆，在烏戍人家，題句亦甚豪邁。中原七子輩談詩，謂啓南本富詩才，而以題畫取辨倉猝，故遂入別調。此猶昝張旭縱酒〔一〕、哭生塗鬼，致筆蹤狼藉也，可笑。沈詩曰：「紅滿枝頭緑滿湖，水邊人影夕陽孤。春波消雪三千頃，賒與溪翁作酒壺。」「雪壓高居玉樹中，曉來寒栗不禁風。村沽急辦雙罌碧，卯飲聊充兩頰紅。」「長竿不屬忙人弄，要自閒人管領之。釣月哦風一般趣，黄塵没馬是何時。」「湖上新晴宿雨收，平頭舫子貼天遊。瘦樽容得三千斛，大醉去題黄鶴樓。」

徽客徐弱水，持看唐子畏白描鐵線勾，一人持杯對月坐，脱巾露頂，氣骨孤勁，神采奕奕。上題云：「烏臺十卷青蠅案，炎海千程白髮臣。人盡不堪公轉樂，滿頭明月脱紗巾。」兒亨曰：「觀此詩意，蓋贈一遷謫巨公者，其徐天全之流乎？」竹懶曰：「不然，必我坡翁。」

衛遂，陽羨人，少習詩書、學劍，遊并、汾間。唐高祖始建義旅，遂以勇藝進，備行列。洎擒竇建德，遂持挾鎗劍，前後突翼，太宗奇之。天下定，録其功，拜將宿衛。以母老乞歸，詔許之。

〔一〕「此猶昝」，原本作「此唐猶」，據《六研齋二筆》卷四改。

既而以孝敬睦閨門，以忠信居鄉里。及卒，邑人懷其賢，祠於荆溪，以平生弓甲懸廟下，歲時祠祀，而國史缺書其人。許渾過廟，題詩於壁云：「武牢關下護龍旂，挾槊彎弧馬上飛。漢業未興王霸在，秦兵纔散魯連歸。墳穿大澤埋金劍，廟枕長溪掛鐵衣。欲奠英魂何處問，葦花楓葉雨霏霏。」

薩天錫（常）〔嘗〕有詩《送訢笑隱住龍翔寺》云〔一〕：「東南隱者人不識，一日聲名動九重。地濕厭聞天竺雨，月明來聽景陽鐘。衲衣香暖留春麝，石鉢雲寒卧夜龍。何日相從陪杖履，秋風江上采芙蓉。」虞奎章見之曰：「詩固好，但『聞』、『聽』字意重耳。」薩當時自負，意虞以先輩故少之云爾。後至南臺，見馬伯庸論詩，因誦前作，馬亦如虞言，欲改之，二人構思數日，竟不獲。未幾，薩以事至臨川，謁虞公，席間談及，虞云：「歲久不復記憶，請再誦之。」薩因誦之，虞曰：「此易事。唐人詩有云『林下老僧來看雨』，宜改作『地濕厭看天竺雨』，音調更差勝。」薩大服。

沈石田倣董北苑山水闊幅，上層作圓巒，濃瀋點苔，半如小樹，下四五樹，平坡一老跂坐，手執書卷，神韻古淡，晚年得意筆也。有題句云：「『滿城風雨重陽句，今日端陽雨滿家。把酒且

〔一〕「訢」，原本作「僧」，據《六研齋二筆》卷四改。

因時節醉，湖田無稚亂鳴蛙。』『湖田無稚亂鳴蛙，未見吾生底是涯。白首把書聊訓子，生涯如此悔農家。』端午日雨作，蓋承前月積陰，湖田浩然一浸，强與承恩張先生小酌破時，而農計縈懷，殊無樂地。酒半，乃形詩二絶，觀此可知老況。甲寅沈周。」此幅余十年前得於昭慶寺廊擺攤鋪，每一展閲，覺天真爛然，詩語率真，亦取辦咄嗟者。古人以此消玩歲月，何息取妍於後，而後人終不能捨。此如獅子糞金，正涕唾膿液，皆至寶也，豈容人銖兩其間耶！

李息齋爲吴興别駕，喜寫墨竹，用文與可法，動筆鬱然，非凉薄者可窺。余得其一幅，作老木二尺，叢篠擁之，葉皆焦墨所成，略不露鋒，而神韻變動，真奇作也。趙松雪竹法疏逸，與公殊調，然亦雅重公，其題此幅云：「李侯寫竹有清氣，滿紙墨光浮翠筠〔二〕。蕭郎已遠丹淵死，欲寫此君惟此人。」

元趙善長原，山水雄麗，可雁行叔明，其墨竹尤得簡貴一法。嘗作過墻一拖枝，上下不數葉，而風中軒簸之態欲絶。有竹泉者題之曰：「叢枝蕭散折釵股，老葉參差金錯刀。酒醒夜半起長嘯，月滿空庭墮鳳毛。」沈石田一絶云：「青鸞有尾不可割，飛過猶餘五尺强。借得庭前夜來月，倒描一影在東墻。」

〔二〕「墨」，原本作「黑」，據《六研齋筆記》卷二改。

蔡林屋行狎書遒美〔二〕，有逸韻〔三〕，詩亦清切。余嘗見其書《鹿飲泉》詩云：「老夫倦茅屋，五日頭不沐。侵晨東家子，邀我看新竹。東風吹梅花，忽見燒痕綠。上山雲推人，下山泉躡足。蒼鼠剥霜栗，白羊竄深谷。丹竈雖生苔，紫芝尚堪宿。渺渺人世間，千載見遺躅。當時僧不到，今日吏催促。但恐有高節，無處寄松菊。七十二點青，對酒聊一匊。」

〔二〕「行狎書」，原本作「作行書」，據《六研齋筆記》卷二改。
〔三〕「有」，原本作「亦」，據《六研齋筆記》卷二改。

恬致堂詩話卷之四

明　嘉興李日華君實著

南京百司事簡，若太常則尤閒寂，先輩有爲是卿者，終日酣眠坐嘯而已。一日傳門柝甚急，詢之，乃宣州人遞公文。因春風多，園户訴所供太廟梨花被落盡，至秋恐難結實，求派他邑，有司故爲申請也。因成一絶云：「印床高閣網塵沙，日聽喧蜂兩度衙。昨夜宣州文檄至，又嫌多事管梨花。」先輩風流亦可見矣。

雪最虚薄，取斗餘煉之，僅勺合耳。色亦陰沈玄黝，不若山泉之明徹。以之瀹茗，亦不甚發香味。古人用之，特標清尚耳。錢廉夫偶得米元章書「煮雪」二字如盎大，因以扁其齋，而要余著語。余漫應之曰：「自我讀玉書，思餐日月氣。松霞易變滅，蘭露亦涓細。玄陰忽凝沍，紛紛捲風絮。樹根没堆垛，藤蔓牽破縷。閨人妒粉妝，稚子搏沙戲。幽棲事鐺鑪，消釋還初地。蕭蕭竹雨鳴，汩汩苔泉沸。有質化無質，無味乃有味。寧知六出花，堪續浮槎記。」

「彈弓園圃陰森下，棋子廳堂寂静中」，可謂極閒適之趣，此林君復句也。余亦有「木葉陰中聽鳥語，荷花香裏下魚鈎」，亦近實際。

宋張先，字子野，爲秀州倅。《高齋詩話》以其詩有「浮萍斷處見山影」、「雲破月來花弄影」、「隔墻送過鞦韆影」，稱張三影。今吾郡倅廳有花月亭。然《後山詩話》又別舉後二影，謂「簾幕捲花影」、「墮輕絮無影」，當之較勝《高齋》所拈者。蓋因客謂子野曰：「人皆稱公爲張三中，以公詞有心中事、眼中景、意中人耳。」子野曰：「我張三影也。」乃自舉其句如後山云。子野妙才情，年八十五猶買妾，東坡贈之詩，所謂「詩人老去鶯鶯在，公子歸來燕燕忙」也。

兒子以草書法戲寫一松枝，不數筆而勁挺鬱蟠之勢可匊，因題數語奬之，且與極論文辭之妙，在簡脱蒼老，亦若是而已矣。詩曰：「畫松不數筆，勁氣能爾許。夜叉肘疥癩，鬼子髮鬖髿。皮穿白骨見，指禿膚帶疻。低彎可掛猿，蕭瑟難逗鼠。藤蔓偶纏絡，未必從澗起。寧令貌者傳，直遺意匠取。馬遷刺客傳，杜子夔州語。此事三印合，滴滴溜檐雨。吾醉徂來巔，失脚捫著此。」

張(乘)[乖]崖剛腸烈氣，千古所罕。其鎮蜀，一女奴隨侍十餘年，迨歸，猶然處子。此是何等節操！乃其席上贈官伎小英詩云：「我疑天上婺女星之精，偷入筵中名小英。又疑王母侍兒初失意，謫向人間爲飲伎。不然何得膚如紅玉初輾成，眼如秋波雙臉横。舞態因風欲飛去，歌聲遏雲長且清。有時歌罷下香階，幾人魂魄遥相驚。人看小英心已足，我看小英心未足。爲我高歌送一杯，我今贈爾新番曲。」抑何鍾情之深耶！固知筆墨遊戲，無關神宰久矣。

李嘉祐詩「水田飛白鷺，夏木囀黄鸝」，王摩詰但加「漠漠」、「陰陰」四字，而氣象迴殊〔二〕。江爲詩「竹影横斜水清淺，桂香浮動月黄昏」，林君復改二字爲「疏影」、「暗香」以詠梅，遂成千古絶調。詩字點化之妙，譬如仙者丹頭在手，瓦礫俱金矣。

杜詩「急急能鳴雁，輕輕欲下鷗」，「能鳴」用《莊子》，「欲下」用《列子》，而操縱則所自出。

隋唐以後之揚州，秦漢以前之邯鄲，皆大賈走集、笙歌粉黛繁麗之地。古語云「騎鶴上揚州」，以騎鶴神仙事，而揚州又人間佳麗之地也。唐張祜詩曰：「十里長街市井連，月明橋上有神仙。人生只合揚州死，禪智山光好墓田。」王建詩云：「夜市千燈照碧雲，高樓紅袖客紛紛。如今不是承平日，猶自笙歌徹曉聞。」徐凝詩曰：「天下三分明月夜，二分明月在揚州。」其盛如此。

杜詩：「寵光蕙葉與多碧，點注桃花舒小紅。」「寵光」、「點注」，唐時有此二語，施之官職選授間。所云寵光者，特恩之意；點注者，注授之意，所以爲妙。今本訛一字，作「點綴」，何啻嚼蠟。

攝山棲霞寺有茶坪，茶生榛莽中，非經人剪植者。唐陸羽入山採之，皇甫冉作詩送之云：

〔二〕「迴殊」，原本作「如生」，據《紫桃軒雜綴》卷四改。

「采茶非采菉，遠遠上層崖。布葉春風暖，盈筐白日斜。舊知山寺路，時宿野人家。借問王孫草，何時泛碗花。」茶事於唐末未甚興，不過幽人雅士手擷於荒園雜穢中，拔其精英，以薦靈爽，所以饒雲露自然之味。至宋設茗綱，充天家玉食，士大夫益復貴之，民間服習浸廣，以爲不可缺之物。於是營植者擁溉孳糞，等於蔬蔌，而茶亦隤其品味矣。人知鴻漸到處品泉，不知亦到處搜茶，皇甫數言，僅存公案而已。

十年前，余購得石翁奇畫一軸，幅闊二尺有咫，高六尺，作翠峰攢天，僅分兩聚，下略露陂麓，列樹五株，四直一偃，對岸兩松亭，亭中虛三尺餘，盡是雲氣湧鬱。掛之屏几間，蒸然欲浮屋也，神來之妙如此[一]。翁亦極滿志，題句云：「翠倚高天玉出奇，淋漓元氣大陰垂。匡廬嵩少憑君措，醉裏狂揮醒不知。」

石田畫法宗北苑，近代則黄子久、王叔明、吴仲圭三家其所醉心，他則旁及而已。以故，倣倪雲林往往縱横有餘，而幽澹不足，亦所自歉而不能强者。有删改舊倣雲林以貽崖君，題句云：「迂倪戲于畫，簡到更清癯。名家百餘禩，所惜繼者無。况有冲澹篇，數語弁小圖。吴人助清玩，重價争沽諸。後雖多學人，紛紛墮繁蕪。崔子强我能，依樣求葫蘆。墨澀不成運，林慚潤

[一]「來」，原本作「采」，據《六研齋二筆》卷一改。

與俱。何敢希典刑，虎賁實區區。醜惡正欲裂，捲去不須臾。今夕秋燭下，再見眼模糊。妄意加潤色，泥塗還附塗。崔子豈不鑑，愛及屋上烏。」

杜樊川滁州詩云：「獨憐幽草澗邊行，尚有黄鸝深樹鳴。春潮帶雨晚來急，野渡無人舟自横。」刻集者訛「行」作「生」，訛「尚」作「上」，宋人遂附會其説，謂牧之有意托興，以幽草比君子，而淪落幽隱；以黄鸝比小人，而得意高顯，致唐祚垂末，而無幹濟之才。不知「行」與「尚」，本是隨時直賦所見，無關比興者，有甲秀堂刻牧之行草真蹟可據。

元時玄教極盛，其掌教真人皆淹通宏雅，翰墨絶人。士大夫樂與盤桓，書札往來及一時題贈，皆有深趣。如虞奎章，館閣大老，負重名，而與張伯雨、吴全節輩稱爾汝之交，居恒簪紱羽衣相錯，無慚色也。余嘗見其遺墨，有與道士徐中孚詩翰一卷，筆法圓熟秀媚，有虞永興風規，而詩亦清婉有味，玩之恍如見當時散朗襟趣也。公自題：「十一月壬辰，明復真人約華陰楊廷鎮、閩中潘子文、四明王安道談道話於徐中孚丹房。微雪灑空〔二〕，塵静雲晏，遂以終日，即事雜詩。詩曰：『白雪護窗雪鳴竹，地爐深深火初熟。樵客晨來午未還，真人自與燒黄獨。』『爐中鉛汞輕千乘，窗外日月飛兩螢。尚有度生情未斷，待人長跪授《黄庭》。』『玉白擣霜月當户，竹窗映雪書

〔二〕「空」下原本有「庭」字，當爲衍文，據《六研齋二筆》卷一删。

滿床。客來長揖不交語，自撥松火燒山香。』『皎皎霜鶴立齋厨，蕭蕭風竹鳴庭除。窗間有客自高坐，堂上真人方讀書。』」

李白《贈參寥子》詩云：「五雲在峴山，果得參寥子。」又云：「骯髒辭故園，昂藏入君門。天子分玉帛，百官接話言〔二〕。毫墨時灑落，探玄有奇作。」又云：「長揖不受官，拂衣歸林巒。余亦去金馬，雲蘿同所攀。」知爲荆襄間隱人，曾召對放還者。宋參寥子友歐、蘇，歸釋；唐參寥友太白，歸玄。世外奇人，不甘齪齪，則往往爲異教所寵如此。

太白風規材韻，固是南宫謫仙，不獨所交賀季真、元丹丘、蓬池隱者、女冠褚妙素諸人皆結霞外之契，即元配許夫人亦慕仙道。往廬山尋仙女李騰空，太白作詩送之云：「多君相門女，學道慕神仙。素手匊青靄，羅衣曳紫烟。一往屏風叠，乘鸞著玉鞭。」其超逸可想見。乃知異人降世，自有上界眷屬相從，斷非凡眼孔所能測識者也。

文衡山先生詩有極似陸放翁者，如煮茶句云：「竹符調水沙泉活，瓦鼎燒松翠鬣香。」吴中諸公，遣力往寶雲取泉〔三〕，恐其近取他水以詒，乃先以竹作籌子付山僧，候力至，隨水運出以爲

〔二〕「話」，原本作「語」，據《六研齋二筆》卷一及《李太白集》卷八《贈參寥子》改。
〔三〕「往」，原本作「經」，據《六研齋二筆》卷二改。

質。此未經人道者，衡老拈得，可補茗社故實。按：東坡愛玉女洞水，有調水符。

柯南宮《晴竹》一幀，立竿亭亭，枝葉皆疏散，略無堆砌蔽翳處。又不作枯木蔓草與陂麓沙礫，只是行枝布葉〔一〕，合於生竹之數，自然精采生動，此非有成竹於胸中者不能也。昔人論國色不藉鉛黛紈綺，所謂西施、毛嬙净洗面，與天下婦人鬥美，此地位未易到也。南宮題句云：「『歲寒有貞姿，孤竹勁而直。虛心足以容，堅節不撓物。可比君子人，窮年交不易。曄曄桃李花〔二〕，旦暮改顔色。』丹丘柯九思并題。」書法雄逸振動，大得顔魯公《坐位帖》三昧，較之平日倣歐整栗者，大不侔矣。戊辰二月，雨中對此，欣欣如有霽色。

蘇東坡手書蔡君謨《夢中》詩「天際烏雲含雨重」一絶及太守陳述古閣中壁上君謨書一絶〔三〕：「綽約新嬌生眼底，侵尋舊事上眉尖。問君别後愁多少，得似春潮日夜添。」又不知誰人和一絶云：「長垂玉筯殘妝臉，肯爲金釵露指尖。萬斛春愁何日盡，一分真態爲誰添。」又杭妓周韶落籍詩及同輩胡楚、龍倩二詩。東坡乘興，偶連書之，字法婉麗含蓄，真千古妙札也。元時柯敬仲得以示虞奎章，奎章試郭屺墨，書跋其後，益足重矣。但不知誰人所和君謨之作，聲調本

〔一〕「行」，原本作「竹」，據《六研齋二筆》卷二改。
〔二〕「曄曄」，原本作「煜煜」，據《六研齋二筆》卷二改。
〔三〕「及」，原本作「於」，據《六研齋二筆》卷二改。

凡，幸經坡翁手筆，若連茹之拔耳。而奎章以爲軒轅彌明之流，則過當矣。

米元章《竹紙詩》云：「越筠萬杵如金版，安用溪藤與池繭。高壓巴郡烏絲闌，平欺澤國清華練。老無他物適心目，天使殘年同筆硯。圖書滿室翰墨者，劉向何時眼中見。」薛紹彭和之云：「書便瑩滑如碑版，古來精紙惟聞繭。杵成剡竹光零亂，何用區區書素練。細分濃淡可評墨，副以溪藤難乏研。世間此語誰復知，千里同風不相見。」

宋姚弋仲夜斫粘罕營，不中，致宋鼎淪墜，即夜遁去，不知何往。後五十年，有見之青城山中者，蓋從方外養丹得仙也，所師友者，吕洞賓、劉高尚。陸放翁作詩題上清宫壁間以招之云：「天方覆中原，殆非一木支。脱身五十年，世人識公誰。但驚山澤間，有此熊豹姿。我亦志方外，白頭未逢師。年來幸放廢，儻遂與世辭。從公遊五岳，稽首餐靈芝。」

閲倪雲林《西神山圖》，題云：「玄中真師，在錫山東郭門立精舍，號玄文館。幽密敞朗，可以閒處。至順壬申歲六月，余處是兼旬，謝絶塵事，遊心淡泊，清晨櫛沐竟，至終日與古書古人相對，形忘道接，倏然自得也。又西神山下，有流水，味甚甘寒，與常水異。館至西神不五里，得朝夕取水，以資茗碗。讀書談道之暇，飲水自樂焉。乃賦詩曰：『真館何沈沈，寥廓神明居。陽庭宿敞朗，丹林鬱扶疏。睠言茲遊息，脱屣榮利區。檐榱初月麗，池臺凉雨餘。焚香破幽寐，飲水聊情舒。潛心觀道妙，諷詠古人書。懷澄神自怡，意淡理無遺。誰言黄虞遠，泊然天地初。

迴首撫八荒，紛攘蚍蜉如。顧從逍遥遊，何許崑崙墟。』蕭閒仙卿倪瓚。」竹懶曰：「玄中真師，不知何人。觀此稱呼，必雲林所禮爲師者也。元時玄教極盛〔二〕，吴全節、張伯雨，日博極群書，高抗物外。倪所尚貞潔，其所尊事，必非凡流。」

沈石田有《寄竹鶴翁》詩，擘窠書極雄快，詩尤真率有味。詩曰：「道人種竹復養鶴，鶴可看家竹護壇。渡海借騎仙驥子，題詩各説舄琅玕。風前掃葉碧雲亂，月下聞聲白露寒。終日閒緣消不盡，墮毛爲服籜爲冠。」沈周寄題竹鶴，以爲他日相見資。

蘇州天平山亦有飛來峰，高季迪詩云：「風吹峨眉雲，來依此山住。我來不敢登，只恐還飛去。」

石田又有寫梅一紙，氣格簡古，其題語亦甚得意。乃知此老撮捏虚空，無不成趣，所謂海印發光，真仙宮佛度人也。詩曰：「平生有眼厭桃李，但托梅花是知己。小橋初春帶淺水，青鞋布襪從此始。看花嚼蕊冰雪中，清浹肺肝香沁齒。歸來拈筆弄清真，淡墨依希春繞指。花光補之今不作，我欲師之竟誰是。橫梢的歷寄疏略，自我意爲聊爾爾。正如北人煮床簀，筍味茫茫舉其似。理之嫌我太草草，斜補竹枝成玉倚。要知君子德不孤，勿謂畫圖而已矣。」

〔二〕「元」，原本無，據《六研齋二筆》卷二補。

《嵐齋録》云：張搏爲蘇州刺史，木蘭堂花開，大宴郡中詩客，惟陸龜蒙後至，搏聯酌浮之，陸徑醉，强執筆題二句云：「洞庭風浪渺無津，日日征帆送遠人。」遂睡去。搏令他客足之，咸莫解其意。俄而龜蒙稍醒，援毫書云：「幾度木蘭船上望，不知原是此花身。」遂爲絶唱。

庚午九月一日，買得菊三本，置之庭下，得一詩云：「杪秋纔一日，買菊已三枝[一]。黄紫初相映，高低各互持。倒樽香欲入，囊枕夢應遲。風雨南窗下，閒箋彭澤詩。」

子昂行書詩一幅，不知子昂作或古人作，其語氣似白樂天、陸放翁。余極愛之，因録於此，云：「山石犖確行徑微，黄昏到寺蝙蝠飛。升堂坐階新雨足，芭蕉葉大梔子肥。僧言古壁佛畫好，以火來照所見稀。鋪床拂席置羹飯，粗糲亦足飽我飢。夜深静坐百蟲絶，清月出嶺光入扉。天明獨去無道路，出入高下窮烟霏。山紅澗緑紛爛漫，時見松櫟皆十圍。當流赤脚踏澗石，水聲激激風吹衣。人生如此自可樂，何必局束爲人鞿。嗟哉吾黨二三子，安得至老不更歸。」

張句曲《澗阿詩》行書，當五錢大，極雄快沈著，詩亦豪邁。詩云：「駕壑截流安尺宅，客來如入市檐壺。百年身外楞楯局，四月山中櫻筍厨。雉雊烟叢朝日上，魚潛瓦影夕凉初。自餘眠食都忘念，更擬求觀後世書。」後幅楊鐵崖又作縱横百餘字跋之。

[一]「已」，原本作「得」，據《六研齋三筆》卷一改。

覺隱寫石與茭蒲溪鳥最妙，又作「疏林平遠」，托竚仙筆，題云：「蜀時竚公作畫〔二〕，覺隱題印。」又題云：「余嘗爲此卷，竚仙亦到。竚仙喜，遂援筆寫此圖，余因題此詩：日暮東溪上，秋深景寂寥。葉稀林影薄，水落岸痕高。野燒明江嶼，漁舟入浦橋。故人烟水隔，悵望首空搔。」

德林禪人喜拈五宗機語勘驗士大夫。崇禎辛未秋，余與同住廣林庵者旬日，每磨牙而争，意不相下，遇觸著處，未嘗無得，亦未嘗實有得也。於其別也，一絶贈之，曰：「一番落草一迷蹤，渴豹飢獅驀面逢。咬盡骨滓無點汁，且拋話欛聽松風。」

李後主嘗於黄羅扇上書一詩，賜宫人慶奴云：「風情漸老見春羞，到處銷魂感舊遊。多謝長條似相識，强隨烟態拂人頭。」扇宋時猶傳玩貴人家，今亡矣。

葛無奇家姬李因者，妙於寫生。無奇以牡丹折枝貽余，余酬一絶云：「珠箔銀鈎獨坐春，拋將繡譜領花神。脂輕粉薄重重暈，恰似崔徽自寫真。」

華以愚，號東湖叟，爲華景彰寫《卧雲圖》〔三〕，祖法巨然，而奄有勝國雲西、幼文之趣。蓋一能手也，而遺蹟不多見。其自題句云：「白鷺不掃翠蘿深，静宿檐端伴獨吟。寂寂枕書聊適興，

〔二〕「時」，原本作「時」，據《六研齋三筆》卷一改。

〔三〕「彰」，原本作「影」，據《六研齋三筆》卷二改。

英英出岫信無心。長年自悦便清夢，萬里遥瞻識舊林。只恐内江歸覲後，也從龍去作甘霖。」

徐幼文作繪，潤清恬雅，所題楷筆亦秀整端慎，不爲沓拖自恣。今得睹其草書《泰山紀遊》三詩，雄緊(趺)[跌]宕，出入旭、素，無不淋漓快健，乃知古人之不可測也。詩云：「萬仞峰頭上帝居，紫宸絳節接清虚。崑崙尚想周王制，贔屓猶傳秦相書。盤礴三齊横地軸，孤根西北接天樞。自是仙人真窟宅，願得安期一起予。」其二曰：「山下更衣路漸難，巖巖高上歷巉岏。天關遥控三千里，烟磴斜懸十八盤。複殿尚留元狩碣，老松仍掛祖龍官。怪來爽氣清人骨，玉峽流雲瀑布寒。」其三曰：「翠削芙蓉倚碧霄，盤空霞磴度飛軺。天門過雨嵐光合，日觀標霞海色遥。絶壁金銀雙闕迥，澄空鐘磬萬山岧。穹碑讀罷占遺迹，欲共玄暉問泬寥。」款云：「余幼觀宋宗室趙伯駒摹唐將軍李思訓所畫《泰山圖》[一]，便思一登眺，願弗克遂。今謁孔林，遂迂道登泰山，得睹巨麗，併書《紀遊詩》三首，始知李、趙之筆，超出於尋常萬萬也。」

唐時顧渚山有明月峽、金沙泉，出紫筍茶。毗陵、吴興二太守就泉上造茶，大張宴會。泉不常出，太守具儀致祭，始流溢。造供御者畢，即微減；供堂者畢，又大減；太守旋旆，涸矣。或淹期多造，則有風雷毒蛇之變。白樂天《聞賈常州崔湖州茶山宴會詩》云：「遥聞境會茶山夜，

[一]「思」，原本作「師」，據《六研齋三筆》卷二改。

珠翠歌鐘俱繞身。盤上中分兩州界，燈前今作一家春。青娥對舞應争妙，紫筍齊嘗各鬥新。自笑花時客窗下，蒲黄酒對病眠人。」按：陸鴻漸《茶經》造茶之法：摘芽擇其精者，水漂之，團揉入竹圈中，就火烘之成餅。臨烹點則入臼研末，潑以蟹眼沸湯。至宋蔡君謨，以其法造建溪之茶，而加精焉。胡元捫馬潼茶，無所聞。入昭代〔二〕，惟貴葉茶，餅製遂絶。洪武中，顧渚貢額止五千餘斤耳。余友王毗翁攝霍山令，親治茗，修貢事，因著《六茶紀事》一編，每事詠一絶。余最愛其《焙茶》一絶云：「露蕊纖纖纔吐碧，即防葉老采須忙。家家篝火山窗下，每到春來一縣香。」

〔二〕「昭代」上，原本有「我」字，當爲衍文，據《六研齋三筆》卷二删。